HEYNE
BÜCHER

Das Buch

Drei Rock 'n' Roll-Space-Babes, Hybridzüchtungen aus Nufoniern und Menschen, sind mit einem Raumschiff vom Planeten Nufon abgehauen und fliegen zur Erde, um Spaß zu haben. Zuerst entführen sie den arbeitslosen Jake und stellen mit ihm sexuelle Experimente an, ehe sie ihn in seine WG in Sydney zurückkehren lassen. Dort ergeht es Jake dann wie allen Menschen, die je von Aliens entführt wurden: seine Mitbewohner glauben ihm kein Wort! In (fast) menschlicher Gestalt machen sich die Babes dann daran, die Erde und speziell die Ecke von Sydney, wo Jake wohnt, sexuell und musikalisch aufzumischen, wobei jede(r) seinen Spaß hat. Doch schon sind die Nufonier und eine Ansammlung anderer Aliens von verschiedenen Planeten – die allerdings bloß eine kostenlose Mitfluggelegenheit zur Erde wollen – unterwegs, um die Babes wieder einzufangen. Und der Asteroid Eros befindet sich auf Kollisionskurs mit der Erde!

Die Autorin

Linda Jaivin lebt als freie Autorin und Übersetzerin in Sydney, Australien. Ihr erster Roman *Haut und Haar* (01/10670) erschien ebenfalls als Taschenbuch im Heyne Verlag.

Linda Jaivin

Sex, Space & Rock 'n' Roll

Roman

Aus dem Amerikanischen
von Thomas Hag

WILHELM HEYNE VERLAG
MÜNCHEN

HEYNE ALLGEMEINE REIHE
Band-Nr. 01/13231

Die Originalausgabe
ROCK 'N' ROLL BABES FROM OUTER SPACE
erschien bei Broadway Books, New York

In einem Anhang finden sich Erläuterungen
zu einigen Namen und Schauplätzen des Romans.

Für meine Eltern

Umwelthinweis:
Dieses Buch wurde auf
chlor- und säurefreiem Papier gedruckt.

Taschenbucherstausgabe 3/2001

Wilhelm Heyne Verlag GmbH & Co. KG, München
Printed in Denmark 2001
Umschlagillustration: Mike Newton
Umschlaggestaltung: Nele Schütz Design, München
Satz: Schaber Satz- und Datentechnik, Wels
Druck und Bindung: Nørhaven, Viborg

ISBN 3-453-17772-X

http://www.heyne.de

Danksagung

Ein großes Dankeschön an Geoffy Weffy Hinchcliffe und Mikel ›Mickey Boy‹ Simic von Prik Harness dafür, dass ich sie im Roman auftreten lassen durfte und für die Erlaubnis, den Text von ›The Slacker Song‹ abzudrucken. Küsse auch für David, Gabrielle, Paul und Pete the Hat, für meine engelsgleichen Mitbewohner und natürlich für meinen *rockin'* Lektor Michael Heyward und alle anderen im Mutterschiff von Text Publishing, meinem australischen Verleger, sowie dem galaktischen Unternehmen namens Broadway Books.

Mein erster Tag auf der Erde! Bis jetzt war alles fantastisch. Ich war einkaufen, ich war bei einem Konzert, ich habe sogar meinen ersten Erdling entführt. Dich natürlich. Ja, hier geht die komplette außerirdische Katastrophe ab und du bist ein Teil davon. Ready to rock 'n' roll?

Ich? Ich bin Baby.

Baby Baby. Kommt dir bekannt vor? Ich hab's aus dem Text eines meiner Lieblings-Rock-Songs. Du kennst ihn. Mein wirklicher Name, na ja, ich glaube, es hat wenig Sinn, wenn ich den hier erwähne. Du könntest ihn sowieso nicht aussprechen. Dazu bräuchte man mindestes zwei zusätzliche Zungen und völlig andere Dentale. Zähne. Egal. Ja, Baby Baby, das bin ich – außerirdisch ungewöhnlich, ein Alien Sex Monster, Chauffeur auf dem Highway zur Hölle. Leader der Gang. Nicht immer die Besonnenste, aber was soll's.

Es ist keine große Gang, die ich anführe. Es gibt nur Lati und Doll und mich. Lati ist ein Turbo-Girl, voll drauf, ständig auf der Suche nach Spaß. Ihr Energielevel ist fast atomar. Man weiß nie, was Lati als Nächstes tun wird. Lati ist der Schmetterlingsflügel, der durch eure Chaostheorien flattert. Doll wiederum ist ein schlimmer Finger ganz anderer Art. Hat ein bisschen was von einem Punk, unsere Doll, und wenn sie schlecht drauf ist, dann ist sie *sehr* schlecht drauf. Gegen sie sind Lati und ich schüchtern. Davon abgesehen, ist sie ganz lieb. Aber verratet ihr das bloß nicht. Die bringt mich dafür um.

Wir sind heute Nachmittag hier reingeschneit, mit Galgal, unserer fliegenden Untertasse. In Sydney einen Parkplatz für ein Ufo zu kriegen, ist keine leichte Sache. Um diesen Platz zu finden, brauchten wir ungefähr so lange wie von der dunklen Seite des Mondes bis zur Erde. Dort haben wir Mum abgestellt. Unser Mutterschiff.

Doll kümmerte sich um die Landung. Sie ist die Einzige, die zu Hause den Test im senkrechten Einparken bestanden hat. Ich hab den Schein nicht bekommen. Ich habe es fertig gebracht, bei meiner Prüfung drei Landeklappen abzurasieren und einen Kontrolltower außer Gefecht zu setzen. Beinahe hätte ich auch noch den Prüfer erledigt. Aber so tragisch war es nicht. Er war schließlich nur ein Borg, du weißt schon, ein Cyborg. Ein brandneues Gesicht, neue Gliedmaßen und schon war er wieder ganz. Trotzdem haben sie mir die Lizenz auf Lebenszeit verweigert. Nufonier haben einen begrenzten Sinn für Humor.

Nufon? Das ist der Planet, von dem wir kommen. Oh, wenn ich erst mal von Nufon und den Nufoniern anfange … Ich weiß, ich sollte nicht dauernd über sie lästern, aber ich mache eine Menge Dinge, die ich nicht tun sollte.

Jedenfalls bereiteten wir unsere Landung auf der Erde vor. Zunächst einmal machten wir uns mit unseren vierfingrigen, kleinen Alienhänden daran, die Form zu wechseln. Wir wollten die Erdenform, weiblich. Damit wir in der flachen Welt nicht so auffielen. Ja, ja, der Erdenwelt. Flach ist nicht das richtige Wort? Oh, klar. Nun, der Weltraum ist dermaßen gekrümmt, dass die Erde von dort aus vergleichsweise flach wirkt, auch wenn sie rund ist. Kapiert? Egal.

Es dauerte eine Weile, bevor wir das mit dem Formwechsel beherrschten. Beim ersten Versuch sahen wir hinterher alle aus wie Keith Richards. Gruselig. Schließlich bekamen wir's hin. Na ja, so weit es unter den Umständen möglich war. Wir schafften es zum Beispiel nicht, die verdammten Antennen wegzukriegen. Aber die haben auch ihre Vorteile. Für einen anderen – nun, du wirst schon sehen.

Natürlich hatten wir keinen Fetzen zum Anziehen. Deshalb besorgten wir uns ein paar Dosen Enigma-Creme aus Galgals Kammer für Spezialeffekte und stürzten uns auf die Konsumzentren. Enigma-Creme? Das ist ein Verberger. Ein Tropfen oder zwei verdeckt den einen oder anderen Pickel oder Knutschfleck, aber wenn man mal einen wirklich schlechten Tag hat, dann klatscht man es sich großflächig auf und verschwindet vollständig. Ne Art Tarnkappe. Wir besorgten uns ein paar schicke Fummel. Wie zum Beispiel diesen orangenen PVC-Minirock. Du findest ihn scharf? Wirklich? Ich hab mich nicht dran geschnitten. Was? Oh, verstehe. Scheiß Translator. Die Technologie dieser Übersetzungschips hält einfach nie mit der Sprache Schritt. Scharf, hm? Cool. Jedenfalls machte sich Lati sofort an die klassischen Bond-T-Shirts und Jeans ran und Doll marschierte in einen Laden auf der Oxford Street und nahm ein paar Lederhosen und Stiefel mit. Als Zugabe ließen wir noch einen großen, fetten Stapel CDs mitgehen. Wie? Ganz leicht. Wir haben einfach unseren ganz normalen Abduktor benutzt, das Standardmodell, du weißt schon, die Miniausführung, die man in jedem Supermarkt kaufen kann. Verstehe. In jedem Supermarkt auf Nufon. Mit dem Abduktor zappst du einfach an, was du haben willst, und schon gehört es dir. Pling-Pling! Sofortige Befriedigung. Was der Doktor verschreibt – eine Konsumathropie. Was? Therapie. Egal.

Du musst eins wissen: Wir steckten in diesem Raumschiff, es kam uns vor wie Äonen und wir hatten noch nicht mal einen Shopping-Kanal. Ich sage dir, wir waren ziemlich scharf drauf loszulegen. Mum ist für ein Mutterschiff gar nicht mal schlecht. Aber seien wir ehrlich, im Prinzip ist es nichts weiter als eine beschissene Blechdose mit Raketenantrieb. Lati, Doll und ich sind die besten Freundinnen und wir kennen uns schon, seit wir den Pilzsporen gerade bis an die Knie gingen. Aber wenn man uns lange genug in einer fliegenden Spraydose zusammenpfercht, dann gehen wir uns gegenseitig ganz schön auf die Nerven.

Dass wir von Natur aus wenig Schlaf brauchen, ist in dieser Hinsicht auch nicht förderlich. Wer wie wir die meiste Zeit wach ist, will unterhalten werden. Die Möglichkeiten zur Freizeitgestaltung an Bord waren allerdings lachhaft. Echt tragisch im Grunde, wenn man bedenkt, wie oft das Schiff die Reise zur Erde gemacht hatte, bevor wir es ausgeliehen haben. Gestohlen. Egal. Andererseits hätte uns das nicht überraschen dürfen, denn wir wissen ja, wie unsere nufonischen Landsleute so sind, nämlich total langweilig. Jedenfalls gab es ein Scrabble, ein paar gewaltfreie Computerspiele und ein paar CDs (fast nur Bing Crosby), ein Buch – *Männer sind vom Mars, Frauen von der Venus,* laut Untertitel –

und, man glaubt es kaum, stapelweise Briefmarkenalben. Man könnte so vieles im Universum sammeln – die Nufonier haben sich ausgerechnet Briefmarken ausgesucht. Verstehst du, warum wir von diesem Planeten weg mussten? Tote Hose. Nufonier sind die Landeier des Universums. Du willst wissen, wie sie sind? Ein Beispiel reicht – sie tragen in der Öffentlichkeit Trainingsanzüge.

Schon gut, ich hör schon auf.

Leider kann man auf dem Weg zur Erde fast nirgendwo Rast machen. Nach der Lektüre von *Per Anhalter durch die Galaxis* versuchten wir es mit dem Restaurant am Ende des Universums. Nun ist der Führer vor Jahren erschienen und das Restaurant muss den Besitzer gewechselt haben oder so was in der Art. Jedenfalls war es in ein Sizzler umgebaut worden. Scheiß Familienrestaurants, die sind überall. Seuchenmäßig.

Irgendwie kamen wir zurecht. Doll vertrieb sich die Zeit damit, Mum auf Handbetrieb umzustellen, die Steuerung zu übernehmen und Hasenfuß mit Asteroiden zu spielen. Ein paar Mal haben wir uns wirklich fast in die Hosen gemacht. Da gab es diesen einen Asteroiden, weiß nicht mehr, wie er hieß, jedenfalls ein echter Brocken. Doll zischte so dicht an ihm vorbei, dass wir den Staub auf seiner Nase sehen konnten. Hat ziemlich dumm geguckt, als wir vorbei rauschten! Jedenfalls hatten wir unseren Spaß mit ihm. Wir warfen ihm Kusshändchen zu und Lati zeigte ihm den blanken Hintern. Lati zeigte allen den blanken Hintern. Nach einer Weile fanden wir es nicht mehr so lustig. Was mich betrifft, ich spielte viel Luftgitarre.

Ich liebe Rockmusik. Das tun wir alle.

Zum Glück gelang es uns, einen intergalaktischen Yaddayadda-Empfänger an Bord zu schmuggeln, sodass wir zumindest anständige Musik hören konnten und die neuesten Folgen von den *Simpsons* und *Akte X* nicht verpassten. Wir Aliens lieben *Akte X*, nebenbei bemerkt. Draußen im All ist die Serie populärer als es *Unheimliche Schattenlichter* oder *Mein Onkel vom Mars* je waren. Auf einem Planeten in der Nähe von Alpha Centauri gibt es einen riesigen *Akte-X*-Fan-

Club. Kurz bevor wir abreisten, haben die Sirianer dort eine grandiose Party geschmissen. Alle Aliens kamen als Fox Mulder oder Dana Scully. Du musst die Sirianer irgendwann mal kennenlernen. Sie stehen voll auf Space Trash. Wir lieben sie. Jedenfalls dachten wir auch daran, während der Reise eine *Akte-X*-Party zu feiern. Aber zu dritt versprach die Sache irgendwie kein Knüller zu werden. Na gut, zu viert, wenn man Revor mitzählt.

Revor ist unser Haustier. Siehst du ihn? Jetzt hat *er* dich gesehen. Ist er nicht süß? Haha, hör auf, Revor. He, Schluss damit. Ha! Komm, Revor, lass gut sein. Du machst den Erdling nervös. Hoppla. Macht nichts. Lässt sich ganz leicht rauswaschen. Wenn er so schnell kommt, ist es normalerweise ziemlich wässerig. Zumindest schwebt es auf der Erde nicht so herum. Bei null Schwerkraft sieht das schon anders aus. Was meinst du damit, was das ist? Es ist nur ein Eyey. Habt ihr die auf der Erde nicht? Witzige kleine Wesen. Eigentlich sind es Hybriden, halb Madagaskanischer Ayay, halb Allefant. Schon mal einen Allefanten gesehen? Das sind winzig kleine rosa Dinger, kaum größer als ein Quark, mit langen Nasen und großen Brustwarzen. Oh, sieh nur. Ich hab gesagt, »nur ein Eyey«, und jetzt spielt er den Gekränkten. Oh, Revor-Baby, hab dich doch nicht so.

Komm her, Revor, komm her. So ist gut. Oooh, was machst du denn da? Weg da! Oh! Aaah! Nein, tu das nicht! Oder vielleicht doch! Ja, tu es. O ja, ooh, Rev. Oooh. Was hast du denn da gefunden? Mmmmmh, oh, Revor, Baby, jaaaaa, bisschen weiter links. Ja, genau da. Oohhh. Nicht aufhören. Guter Junge. Guuuter Junge.

Mmmmh.

Was ist los, Erdenjunge? Blass geworden? Beim Leben auf der Erde, geht es da nicht ausschließlich um Sex? Ich habe eure Filme gesehen. Ich lese *Cosmopolitan*. Ich höre Rock-Songs. Du weißt schon, »mein Bett steht in Flammen«, »O Baby, ich mach's dir die ganze Nacht«, die Vögel und die Ziegen und so. Was meinst du damit, die Sache ist etwas komplizierter? Wie kompliziert kann sie denn sein?

Nebenbei, ist das eine Rakete in deiner Hosentasche oder

freust du dich nur, mich zu sehen? Ich freue mich in der Tat, dich zu sehen. Sehr sogar. Du hast was, Erdenjunge, ganz bestimmt. Etwas, das ich haben will. Etwas, das ich mir vielleicht einfach nehme.

Oh, sieh dir nur Rev an, jagt wieder seinem dummen Schwanz hinterher. Draußen im All hat er das dauernd gemacht. Bei null Schwerkraft ein wirklich irrer Anblick. Ja, Revor stand völlig unter Strom. Wenn er nicht seinem eigenen Schwanz nachjagte, heulte er Kometen an oder lutschte an den Knöpfen der Kontrollinstrumente. Kann's ihm nicht verdenken. Wir flippten alle ständig aus. Ich erinnere mich, wie aufgeregt wir waren, nur weil eine dämliche Raumsonde von der NASA an uns vorbeiflog. Lati hat ihr den blanken Hintern gezeigt.

Aber ich sollte nicht jammern. Im All zu reisen ist heutzutage ein Klacks, verglichen mit den schlechten alten Tagen der Arche-Schiffe. Ich käme mit einem Arche-Schiff nicht klar. Du weißt schon, du kommst als Kind an Bord, du wirst erwachsen, du vermehrst dich, du siehst deine eigenen Kinder heranwachsen und wenn du dahingehst, dann hoffst du, dass sie noch leben, wenn das Schiff endlich sein Ziel erreicht. Fad hoch drei. Ich will immer alles und sofort. Das alte Gefriersystem war auch bescheuert. Wenn die Leute in den Schlafkammern aufwachten, dann lagen ihre Ohren oder Augenbrauen meistens auf dem Kissen neben ihnen. Zum Kotzen.

Die Entdeckung der Wurmlöcher hat eine Menge dazu beigetragen, das Universum kleiner zu machen, wenn man etwas Unendliches überhaupt kleiner machen kann. Wurmlöcher sind die Autobahnen des Kosmos. Du weißt, was Schwarze Löcher sind, oder? Stell dir eins vor, das die Form einer Zigarette hat. Das ist ein Wurmloch. Und nun stell dir vor, dass du an einem Ende als Strang getrockneten Tabaks hineingehst und am anderen als Rauch wieder rauskommst. Das ist das einzige Problem mit den Wurmlöchern. Sie neigen dazu, deine Moleküle durcheinander zu würfeln. Sei froh, dass du nie die Notaufnahmen auf Nufon gesehen hast, damals, als sie begannen, Wurmlöcher als Möglichkeit intergalaktischen Reisens zu testen. Ein Typ kam raus und seine Nase saß da, wo sein – ach, ich glaube nicht, dass dich Einzelheiten interessieren. Vertrau mir, ich bin ein Alien.

Jedenfalls haben wir es geschafft, mit mehr oder weniger intakten Molekülen hier zu landen. Und nach dem top Einkaufsbummel am Nachmittag kamen wir langsam in Paaarty-Laune, als unsere Sehorgane ein Plakat erblickten, auf dem dieses Agent-Mulder-Konzert angekündigt wurde. Spitze! Auf dem Weg hatten wir ein paar Band-Videos auf dem Yaddayadda gesehen. Außer, dass uns der Name gefiel, stehen wir natürlich voll auf diese Art von Indie-Musik. Großartig, dachten wir –wir sind in Glücksstadt!

Jetzt wussten wir, dass wir an den richtigen Ort gekommen waren. Sydney! Die große Brause. Sause. Egal. Unterwegs hatten wir schon ein paar andere Städte ausgecheckt. Zuerst steuerten wir New York an, selbsternannter Nabel dieses Universums und so weiter. Wir schwebten in unserem Raumschiff herab, um uns das aus der Nähe anzusehen, als plötzlich dieser verrückte kleine Typ auftaucht, eine Uzi aus der Jacke zieht und anfängt, auf uns zu schießen. Warp Drive im Rückwärtsgang, so was hast du noch nicht gesehen. Bremsspuren in der Luft! Wir waren uns nicht ganz sicher, wohin wir als Nächstes sollten. Wir hatten den Grand Prix d'Eurovision auf dem Yaddayadda gesehen. Mitteleuropa kam also nicht in Frage. Wir umkurvten es großräumig. Das Zeug jagt einem Angst ein! Wir mögen afrikanische und südamerikanische Musik, aber es ist kein Rock und wir finden Kanton-Pop bescheuert, also kam Asien auch nicht in Frage. Der Himmel über London und Seattle wiederum war so grau wie die Titte einer Nufonierin und so feucht wie der Humor eines Sirianers. Na ja, und im All hört man eben viel von dem Opernhaus und Bondi Beach und dieser süßen kleinen Band, wie war doch der Name, Tinstool. Was? Oh, ach ja. Jedenfalls, um es kurz zu machen – nun sind wir hier.

Ja, ich weiß, ich weiß, Silverchair kommen eigentlich nicht aus Sydney. Aber sieh es mal so – wenn du eine Trillion Lichtjahre von der Erde entfernt wohnst, dann sind ein paar hundert Kilometer nach links oder rechts ein Klacks.

Mach nur, sieh dich ruhig um. Coole kleine Bude, was? Ein bisschen schlampig, aber im Leben geht es doch nicht darum, sein Zimmer sauber zu halten, stimmt's? Wir nennen dieses heiße Möbel die Voodoo Lounge Suite. Haben es heute Nachmittag mitgehen lassen. Galgal war echt fies eingerichtet. Haben wir auf der Fahrt alles zertrümmert. Es ging nicht anders. Alles war mit beigem Kunstleder bezogen. Das sagt wohl genug über nufonischen Geschmack. Nur weil es in *Heim und Untertasse* gebracht wurde, mussten es alle haben. Mein Gott. Verstehst du langsam, wovor wir weglaufen? Die Untertasse selbst ist gar nicht mal schäbig. Ich weiß nicht, ob du viel über Raumschiffe weißt; Galgal ist jedenfalls das klassische Modell – bikonvexe Scheibe mit Kuppeldach. Hat schon einiges erlebt, die alte Galgal. Kennst du Hesekiel? Nein, nicht die Heavy Metal Band. Den Propheten. Jedenfalls haben die Cherubim – andere Aliens – mit Galgal eine ganz starke Runde um Hesekiel gedreht. Hat ihn ziemlich beeindruckt. Noch ewig lang schwadronierte er von ›Feuerrädern‹ hier und ›Feuerrädern‹ dort.

Galgal inspirierte die Erfinder der Discokugel, als sie in den Zwanzigern im hellsten Sonnenschein einen geschraubten Looping flog und dabei mit allen Lasern feuerte. Ist das nicht cool? Oh, und vor einigen Jahren hat sie ein paar spektakuläre Runden über Tahiti gedreht. Einige hielten es für die Auswirkungen der französischen Atomtests im Pazifik. Erneute Proteste und so. Das hat uns gefallen.

Umweltfragen stehen weit oben auf der außerirdischen Tagesordnung. Aber das weißt du sicher schon aus *Millenium Watch* und *UFO Quarterly*. Noch nie von diesen Magazinen gehört? Da hast du nicht viel verpasst. Viele lange Artikel, wie Aliens den Bau der Pyramiden überwacht haben und ähnlicher Scheiß. Wie, das ist neu? Ich jedenfalls ziehe den *Rolling Stone* oder ein gutes Fanzine vor.

Ist schon komisch. Es ist doch so, wir glauben, wir wüssten alles über die Erde und die Erdlinge und nun stehe ich Auge in Auge einem waschechten Erdentyp gegenüber und ich bin sprachlos. Na ja, vielleicht nicht sprachlos. Sorry. Ich bin von dieser ganzen Raumreise wohl überdreht. Aber du weißt, was ich meine. Ich meine, ihr seid uns so vertraut und doch so fremd, gleichzeitig.

Du bist der Erste, den wir entführt haben.

Nicht, dass du der erste Erdling bist, der Galgal von innen zu sehen bekommt. Du bist nur der Erste, seit wir am Steuer sind. Ja, diese kleine Schönheit zeichnet für die massenweise Entführung von Amerikanern verantwortlich. Was aus ihnen geworden ist? Die sind natürlich alle in Talk Shows aufgetreten. Einige von ihnen hast du bestimmt bei *Oprah* gesehen. Australier? Mal überlegen. Vor ein paar Jahren wurden mal drei aus dem Busch geholt. Sie wollten an der nächsten Kneipe abgesetzt werden. Ich bin nicht sicher, was danach passiert ist. Eine Hand voll Kurden aus dem Irak wurde auch entführt. Die schienen überglücklich, mal eine Weile dort wegzukommen.

Übrigens stellt eine komplette Geheimabteilung des US-Militärs Untersuchungen über Galgal an. Beeindruckt?

Das weiß ich aus dem Logbuch. Irgendwann zeig ich's dir mal. Typisch für Nufonier, diese Romane zu schreiben. Regelmäßig wie ein Testprogramm und halb so interessant. Neuer Tag, gleiches Bild. Schnarch. Neuer Tag, gleiches Bild. Schnarch. Verstehst du jetzt, was ich meine? Aber ich sollte wirklich aufhören, über die Nufonier zu lästern. Schließlich bin ich selbst fast einer. Was ich damit meine, fast? Ich bin ein Hybrid. Ja, richtig. Wir sind alle drei Hybriden.

Reden wir mal über Sex.

Du hast die Schlagzeilen in gewissen Blättchen gesehen – »ICH WURDE VON EINEM UFO ENTFÜHRT!« »WESEN AUS DEM WELTALL MACHTEN SEXUELLE EXPERIMENTE MIT MIR!« »GESCHWÄNGERT VON ALIENS!« »AUSSERIRDISCHE ENTFÜHRTEN MEINEN FÖTUS!«? Die stimmen! So was passiert. Glaub's mir. Wir drei, wir sind alle kleine außerirdische Liebeskinder von Mutter Erde. Ja, Alien plus Erdling, daraus bestehen wir. Und wir wurden alle genau hier an diesem Ort gezeugt, auf Galgal.

Latis Murn ist eine Amerikanerin aus dem Mittleren Westen. Eine Schulleiterin, die den Kindern nur das beibringt, was in der Bibel steht, und ihnen verbietet, Rock 'n' Roll zu hören – die Musik des Teufels. Ha. Jedenfalls dachten diese bescheuerten Nufonier, dass die bestimmt keinen Ärger machen würde, und holten sie nach einem Treffen der Elternpflegschaft rauf. Seitdem ist sie nicht mehr die gleiche. Sie leidet unter Blackouts und wenn sie aufwacht, findet sie sich jedes Mal in einem Metallica-Konzert wieder – in der ersten Reihe!

Doll hat einen irdischen Vater und eine nufonische Mutter. Auch seine Wahl war typisch für Nufonier – ein englischer Buchhalter mit drei genau gleichen grauen Anzügen, Löffelbiscuit im Küchenschrank und einer pathologischen Angst vor Leuten mit Piercings. Er kann sich an kaum etwas erinnern. Aber immer, wenn er eine Wiederholung alter *Raumschiff-Enterprise*-Folgen sieht, bekommt er eine Erektion.

Meine Mutter ist, wie der Zufall es will, Australierin. Sie ist mit einem eurer Führer verheiratet, hab vergessen, mit welchem. Die Erdnamen klingen alle gleich. Jedenfalls ist sie voll Mittelschicht, Strumpfhosen aus Nylon, Familie über alles und eine klare Meinung zum Haschischkonsum. Junge, sie würde einen Megaschock kriegen, wenn sie mich jemals treffen würde. Ihrem Mann hat sie nie von diesem Erlebnis erzählt, um seine Gefühle nicht zu verletzen. Es war der beste Fick ihres Lebens.

Komm bloß nicht auf falsche Gedanken. Nufonier sind keine Sexbesessenen, die ihre Freizeit damit verbringen, das Universum nach Frischfleisch abzugrasen. Wenn, dann wären wir vielleicht nie abgehauen. Nein, die nufonische Libido lässt einiges zu wünschen übrig. Dazu kommt, dass die physische Form, in der wir uns für gewöhnlich bewegen, das ist, was Erd-Ufologen wohl als ›klein und grau‹ bezeichnen. Du weißt nicht, was das heißt? Macht nichts. Ich zeig's dir gleich. Als wir zuerst wieder zu Galgal zurückkehrten, war ich übrigens in der kleinen grauen Form, aber du hast ziemlich neben dir gestanden, kein Wunder, dass du dich nicht erinnern kannst. Aber der Knackpunkt – zumindest, was Sex anbelangt – ist der: Kleine Graue haben keine Geschlechtsorgane. Ganz recht. Selbst wir wissen nicht, ob wir Marius oder Marion sind. Kannst du dir das vorstellen?

Wie wir was machen? Uns vermehren? Nun, wie bei den Erdlingen gibt es auch bei den Nufoniern nur zwei Geschlechter. Langweilig, oder? Jedenfalls, wenn die Zeit gekommen ist, dann zieht der männliche Nufonier die Nase hoch, als habe er sich gerade eine Linie Marsstaub reingezogen. Sehr anmutig, kann ich dir verraten. Würg. Irgendwann hat er dann einen Klumpen schleimigen Spermas im Mund. Dann sucht er ein empfängnisbereites Weibchen und spuckt ihr den ganzen rotzigen Samen ins Ohr. Wenn er ins Schwarze trifft, dann purzelt das befruchtete Ei durch eine Röhre in eine Aushöhlung in ihrer Kehle. Ein paar Monate später fängt auch sie an zu würgen und kurz bevor man Angst bekommt, dass sie erstickt, flutscht ein Junges heraus. Bei dem bloßen Gedanken könnte ich kotzen. Wenn ich auf Nufon bin, stößt Mann bei mir auf taube Ohren.

Nicht dass ich etwas gegen Oralsex hätte. Ich habe nichts gegen jedweden Sex. Wenn du mich fragst, wahre Liebe wartet auf Mann oder Frau, seien sie Alien oder Erdling. Lust lässt sich nicht lange bitten und Spaß verkrümelt sich, wenn man ihn nicht am Schlafittchen packt, solange er gerade in der Stadt ist. Im Universum gibt es Spaß in allen Formen und Größen. Einige Aliens haben seltsame, verbohrte Ansichten darüber, mit wem sie sich einlassen und mit wem nicht. Pleiadianer meiden meistens Sirianer, und Andromedaner schauen die vom Alpha Centauri nicht mal an. Ich stehe auf körperliche Typen. Sechsäugig, affen- oder makrelenartig. Ganz egal. Ist mir einerlei, ob einer Schuppen oder Pelz oder Augen mitten auf dem Kopf hat, ob er gepunktet oder gestreift ist oder zwölf fette Finger an jeder seiner zweiundzwanzig Hände hat. Es kommt ja doch nur auf die Chemie an, stimmt's? Weißt du, was ich meine? Ich glaube schon, Erdenjunge, ich glaube schon.

Chemie, was?

Wo war ich gerade? Ach ja, Sex. Alter spielt für mich auch keine Rolle. Die raue Stimme der Erfahrung hat in meinen Ohren immer wie die süßeste Musik geklungen, besonders, da ich als Nufonierin ja nur meine Ohren zum Spielen habe. Ich fühle mich zu fast allen der siebzehn bekannten Geschlechter des Universums hingezogen, auch wenn ich zugeben muss, dass ich die vierschrötigen Typen bevorzuge. Beim Sex sind Löcher eine gute Sache. Löcher sind praktisch, Löcher machen Spaß. Weißt du, das ist das Problem von uns Nufoniern. Zu wenig Löcher. Wir verschließen uns neuen Erfahrungen, buchstäblich.

Da wir von neuen Erfahrungen sprechen, ich bin hier auf der Erde Jungfrau. In Erdenform habe ich es noch nie gemacht und mit einem von euch auch nicht. Obwohl wir teilweise irdisch sind, haben wir diese Erdenmädchengeschichte außerhalb dieser Atmosphäre nie hingekriegt – gerade wenn man denkt, man hat es im Griff, zack, verflüchtigt sich alles und man steht wieder als kleines Graues da. Unglaublich. Unsere Erdengene haben uns haufenweise sexuelle Energie mitgeliefert, aber der nufonische Teil verhindert, dass wir in die Gänge kommen. Sexmäßig seid ihr Typen legendär. Ich will dich nicht beleidigen oder so und vielleicht ist es auch eine Verallgemeinerung, aber wir da draußen finden euch nicht wegen eurer Intelligenz interessant. Nach den Maßstäben des Universums geht ihr gerade noch so als intelligente Lebensform durch. Eure mickrigen kleinen Computer sind ein Witz, die meisten von euch kriegen nicht mal die Kindersicherungen von Flaschen ab und ihr seht lieber tumbe Hollywood-Remakes als die französischen Originale. Und was ihr eurem Planeten angetan habt! Ganz zu schweigen von dem, was ihr euch gegenseitig antut. Dann und wann schauen wir in *LAPD* und *A Current Affair* rein und ich kann dir sagen, was wir da sehen, ist verdammt schockierend. Ich meine, Ricki Lake ist eine Sache, aber Mord und Totschlag und Anzeigen für Schlankheitsfarmen – das sind nicht gerade Zeichen einer höheren Intelligenz. Nimm's nicht persönlich. Es ist nicht so, dass ihr kein Potenzial hättet. Und irgendwas muss an euch dran sein, sonst würde sich ja keiner die Mühe machen, zur Erde zu reisen. Wie ich schon sagte, Reisen durch den Raum sind kein Beatnik. Was? Picknick? Verdammter Chip.

Wo war ich? Genau. Und ihr habt Rock 'n' Roll erfunden. Ich liebe Rockmusik. Habe ich das schon gesagt?

Leb wild am Abgrund oder stirb gelangweilt in der Ebene, sage ich immer. In der trägen Mitte des Flusses findest du keine hohen Wellen. Auf Nufon erzählen sie dir etwas anderes. Die sind so ahnungslos, die würden nicht mal merken, dass ein Shuttle über ihnen ist, bis ein Astronaut rauskommt und einen Spaziergang im All macht. So wie sie ihr Leben lang in ihren bescheuerten Körpern gefangen sind, so wenig können sie sich von der angeborenen nufonischen Drögheit lösen. Wir haben Glück. Wir sind AC/DC. Nein, nicht wie die Band. So wie jetzt. Langsam krieg ich das mit dem Formwechsel in den Griff. Schau! Jetzt bin ich ein Alien. Jetzt bin ich ein Erdenmädchen. Alien. Erdenmädchen. Wenn wir in die Erdenform wechseln, dann nennen wir das ›in etwas Bequemeres schlüpfen‹. Lustig, was? Was ist los? Irgendwas nicht in Ordnung? Was machst du auf dem Boden?

Wo wir vom Formenwechsel sprechen, hier sind die anderen. Dieses Grrrl hier ist Doll. Doll Parts. Und das ist Lati. Latidodidohdoh. Wo habt ihr gesteckt?

Sorry. Sieht aus, als jagen wir dir Angst ein. Warum setzt du dich nicht einfach dorthin, neben Doll. Keine Angst, sie beißt nicht. Erst, wenn sie dich besser kennt. Haha. War nur ein Witz. Fast. Bist du okay? Du siehst ein bisschen blass aus. Egal. Dann setz dich neben mich.

Wie heißt du, Erdenjunge? Jake? Du bist sehr süß, weißt du das? Sehr sexy. Ich wette, das weißt du. Was hast du auf deinem Kopf? Sieht aus wie das falsche Ende vom Schaf. Ach, das nennt ihr also Dreadlocks? Hmm. Sehr süß. Nein, ich mag sie, wirklich.

Jake. Netter Name.

All dieses Zeug über Entführungen, die sexuellen Experimente mit Erdlingen, die uns hervorgebracht haben und so weiter, soll vollkommen geheim bleiben. Oh, sicher, du wirst keinem davon erzählen. Mir ist das total egal. Die Sache ist die, die Experimente wurden nicht gerade als strahlender Erfolg gefeiert. Vom nufonischen Standpunkt aus sind wir zu irdisch. So wie wir es sehen, sind wir nicht irdisch genug. Offiziell gibt es uns eigentlich gar nicht. Wenn wir auf Nufon sind, erwartet man von uns, dass wir uns wie alle anderen verhalten, wir dürfen auch nicht versuchen, Erdenmädchenform anzunehmen oder über unsere Herkunft und all das zu sprechen. Die werden richtig sauer, wenn wir nicht gehorchen, und das ist jedes Mal, wenn wir die Chance dazu kriegen. Die Herrschaften würden Ziegel scheißen, wenn sie wüssten, dass wir das alles jetzt hier unten vor dir ausplaudern. Nein, ich muss mich verbessern. Sie würden keine Ziegel scheißen, denn sie haben ja nicht mal Arschlöcher! Anal retardiert, die Wichser, allesamt.

Aber du willst meine Meinung über die Nufonier sicher gar nicht wissen.

Vielleicht willst du uns ein bisschen von dir erzählen?

Nein? Hat Revor dir die Sprache verschlagen? Ha. Vielleicht später. Also, wenn du nicht reden willst, dann nehmen wir die Sache wieder in die Hand. Zunächst möchte ich jedoch stellvertretend für uns alle sagen, wie erfreut wir sind, dich hier an Bord von Galgal zu haben. Als wir zu dem Konzert gingen, wussten wir nicht genau, was uns erwartet. Es war das erste Mal, dass wir Rock 'n' Roll live hörten. O Mann. Ich sage das zu gerne hier unten – ›O Mann‹. Wenn man mit einem Alien spricht, kommt es irgendwie nicht richtig rüber, verstehst du? Egal. Jedenfalls war es total irre, diese dampfende Masse irdischer Körper, der Geruch von animalischer Leidenschaft und Sex. Das Dröhnen der Musik. Die Schreie. Die tollen T-Shirts. Die wahnsinnige Energie, die von der Bühne durch die ersten Reihen waberte. Und da habe ich dich gesehen. Du bist auf die Bühne geklettert und in die Menge gehechtet, immer wieder. Ich habe dich angesehen und wusste sofort, du warst das, was ich immer wollte: Sex, Drugs and Rock 'n' Roll. Alles schön kompakt. Ich hoffe, das verstehst du. Ich musste dich einfach haben. Deshalb habe ich dich genommen. Mit dem Abduktor natürlich. Ein praktisches Werkzeug. Sollte man nie vergessen, wenn man seinen Heimatplaneten verlässt.

Das war eigentlich der einzige Grund.

Du bist so still, Jake. Ich hätte nicht gedacht, dass Erdenjungs so schweigsam sind.

Du sieht ein bisschen ängstlich aus. Musst du nicht. Bleib

einfach ruhig. Was immer wir tun, wehr dich nicht. Hat keinen Sinn. Genau, einfach entspannen. Und willkommen in der Kammer für sexuelle Experimente.

Schwindelig. Mhm. Fertig. Ja. Verwirrt. Sicher. Panne. Vielleicht. An diesem Punkt in der Geschichte des Universums fühlte sich Jake so. Cool jedenfalls nicht.

Das war keine Kleinigkeit. Jake war jemand, der sich für so cool hielt, dass ihm eine Anweisung zum Auftauen mitgegeben worden war. So cool, dass sich Kühlschränke ein Beispiel an ihm nahmen. So cool – wenn er in den Sandringham Pub in Newton kam, dann seufzten die kleinen Grungemädchen und die Punkgirls, die Lolitas und andere Wesen der Rock 'n' Roll-Nacht bierselig: *Oh, coool.* Coool war natürlich noch coooler als cool.

Coool/cool. Bei diesen Sachen muss man am Ball bleiben. Und das tat Jake. Nicht zu offensichtlich. In Jakes Welt war es wichtig, nicht so rüberzukommen, als strenge man sich an. Es sei denn, es ging um das heroische Ziel, sich am Samstag so vollzudröhnen, dass es für den Sonntag und den größten Teil des Montags auch noch langte.

Sich regelmäßig flachlegen zu lassen, gehörte auch zu den löblichen Ambitionen, auch wenn der Grundsatz ›nur nicht anstrengen‹ hier doppelt zählte. Es kam darauf an, es so hinzukriegen, dass das Mädchen dachte, sie wäre hinter dir her. Dadurch fiel es ihr nicht nur schwerer, dir einen Schuldtrip anzuhängen, wenn du dich verkrümelt hattest, es hatte auch den Vorteil, dass sie dich zum Essen einlud, solange sie hinter dir her war. Und die Mädchen waren hinter Jake her. Er war der Sänger der nicht sehr bekannten, aber angesagten Band Bosnia. Er war verführerisch träge, amüsant und nicht sehr ordentlich, eine Kombination, die viele Frauen unwiderstehlich fanden. Er hatte die großen braunen Augen eines unschuldigen Kindes und das verhaltene Lächeln eines Verführers. Die Frauen verloren sich für gewöhnlich in der Mitte – bei seiner hübschen, kleinen Nase –, betört von seinem jungenhaften, schlaksigen Dreadlocks-Grunge-Rock-Charme.

Dreadlocks – noch ein perfektes Beispiel für die Anstrengungsregel. Dreads waren die ultimative Slacker-Frisur. Nie schneiden, nie kämmen, nie drum kümmern, stimmt's? Falsch. Gute Dreads, das hieß harte Arbeit, TLC und regelmäßiges Rollen mit Wachs zwischen den Handflächen.

Außerdem musste man wichtige ästhetische Entscheidungen treffen. Wie lang war lang genug? Einpacken oder nicht? Verrückte Farbe oder Natur? Dann gab es das Problem, was zu tun war, wenn eine Haarsträhne sich auf halber Strecke selbstständig machte, wie der Griff einer Teekanne abstand und *ziemlich* dämlich aussah. Man musste sich auch entscheiden, ob man das Haar überhaupt wusch und, wenn ja, ob man Shampoo benutzen sollte. Zum Shampoo waren die Meinungen geteilt, richteten sich aber eindeutig gegen Conditioner. Jake wusch sich die Haare alle zwei Wochen mit Shampoo. Er rollte täglich. Er war nicht von Natur aus blond.

Die Leute hatten keine Ahnung, wie schwierig es war, Slacker zu sein. Deshalb gaben viele jüngere Kids die Sache schnell wieder auf. Hatten einfach nicht das Stehvermögen.

Wie es Jake gelungen war, seine außergewöhnliche Cooolness zu entwickeln, seine natürliche Sexualität, seine raffinierte Einstellung zum Hairstyling und sogar sein Rock-Talent, war irgendwie rätselhaft, da er in Canberra aufgewachsen war, der bedrohlich sauberen Hauptstadt der Nation. Canberra war so prickelnd wie Flitterwochen auf Nufon. Eine durchgeplante Stadt, in der die Jahreszeiten stets pünktlich einsetzten, die einzigen organisierten Verbrechen im Parlament geplant wurden, Sex eine straff geführte Industrie war und in der noch in der Zeit vor Jakes Geburt die Bäcker den Immigranten dunkles Brot unter dem Ladentisch verkauften, um die Anglos nicht mit dem Anblick nicht-weißer Laibe zu schockieren.

In den dreiundzwanzig Jahren, die Jake auf diesem Planeten verbracht hatte, war er nicht weit herumgekommen. Er hatte nur ein paar Kurztrips nach Sydney unternommen, bevor er vor zwei Jahren mit seinen besten Kumpels, den Zwillingen Torquil und Tristram, hierher gezogen war. Davor war er einmal in Melbourne gewesen, wo er versucht hatte, mit ein paar Freunden eine Band auf die Beine zu stellen. Ein paar Mal war er zum Surfen an die Küste gefahren, obwohl Jakes Surfbrett mehr Show als Lifestyle war.

Wenn Jake gereist war, dann per Auto, Zug oder Bus. Er war noch nie geflogen. Wie es in dem Song hieß, die Musik war sein Flugzeug. Er sang, er spielte Gitarre, er ging so weit, wie ihn die Musik – und diverse chemische Cocktails – trug. Aber noch nie hatte ihn Rock so verrückt gerollt, noch nie hatte ihn Dope so high gemacht, noch nie Speed so beflügelt, noch nie Acid ihn in ähnlich seltsame Gefilde versetzt wie ins Galgal, wo er sich aus unerklärlichen Gründen wiedergefunden hatte, schwindelig, schwerelos und zitterig.

Sein Blickfeld war verschwommen und wackelig und das Gefühl in seiner Brust so beklemmend wie Gene Simmons' Hosen. Er holte ein paar Mal tief Luft und versuchte, seine Umgebung zu erfassen.

Der Raum, in dem er sich befand, war wie ein Tortenstück geformt. Er schien fensterlos zu sein, obwohl er die Umrisse von Luken erkannte und an jeder Seitenwand eine Tür. Er wurde von einem seltsam glühenden, grünen Zwielicht erhellt und selbst wenn seine Augäpfel nicht Lambada getanzt hätten, hätte er kaum etwas richtig erkennen können.

Erschrocken sah Jake, wie eine zierliche silbrige Gestalt auf ihn zuglitt. Auf ihren schmalen Schultern ruhte ein unverhältnismäßig großer Kopf, der durch lang gezogene, mandelförmige Augen geprägt war. Sie schienen nur aus der Pupille zu bestehen, ein einschüchterndes, unergründliches Schwarz, und erinnerten seltsam an die Wrap-Around-Sonnenbrillen, die Jungs wie Jake trugen. Sie ließen nichts durchblicken. Dazu passte der Mund des Wesens, ein ausdrucksloser Schlitz. Die Ohren lagen in einer Vertiefung und von der Nase sah er nur eine kleine Einkerbung in der Gegend der Nasenlöcher. Im Gegensatz zu der starren Leere ihres Gesichts waren die vielgelenkigen, spindeldürren Hände der Gestalt auf unheimliche Weise beweglich. Vier lange, knorpelige Finger zuckten an jeder Hand. Jedes Zucken und Flattern erzeugte eine geheimnisvolle Vibration wie Glockenklang. Jakes Herz schlug einen Trommelwirbel der Furcht, während er versuchte, das Wesen ins Auge zu fassen, aber sein Blick prallte von der wie Metall glänzenden Haut ab.

Vielleicht war er tot. Er war im Himmel und so sahen die Engel aus. Tot. Das war's. Er war das letzte Mal von der Bühne gesprungen und befand sich nun in der ersten Reihe im Himmel. Passierte den Leuten dauernd, wenn man den Zeitungen glauben konnte. Jesus. Nach der Sache mit dem gebrochenen Schlüsselbein hatte Jake seiner Mutter versprochen, dass er nie mehr stage-diven würde. Wenn sie erfuhr, dass er es trotzdem getan hatte und jetzt tot war, sie würde ihn umbringen.

Moment. Er fühlte sich nicht tot.

Nie. Was immer er auch fühlte, der Tod war es definitiv nicht. Es kitzelte in Jakes Fingern und in seinen Zehen. Wenn sein Kyuss-T-Shirt die winterblasse Haut seiner Brust berührte, lief ein Schauer seinen Rücken hinab. Er schloss die Augen und lauschte dem Atem, der durch seine Nase fuhr, und dem Blut, das durch seinen Körper rauschte. Jake war nie ein besonders aufmerksamer Schüler gewesen, aber daran erinnerte er sich aus dem Biologieunterricht: Atmung und Puls waren ein ziemlich sicheres Anzeichen, dass man nicht tot war.

Mein erster Tag auf der Erde …

Er riss die Augen auf. Es wäre reizvoll gewesen, seinen Blick mit dem einer verblüfften Meerbarbe zu vergleichen. Aber kein Fisch hätte mit seinen einfachen Fischaugen den Grad oder die Kombination von Schock, Verwirrung und plötzlicher Sehnsucht ausdrücken können, die sich in Jakes großen braunen Guckern widerspiegelte.

Denn genau vor seinen schlagartig fast schmerzhaft klarsichtigen Augen verwandelte sich das seltsame silbrige Wesen in den Typ von Frau, der genau das verkörperte, was Frauen für Jungs wie Jake ausmachten. Sie war ein Rock 'n' Roll-Traum. Ihr Haar war ein Tumult in allen Farben unter der Sonne – und auch unter allen Sternen des Universums. Unter violetten Strähnen und hinter seidigen Wimpern strahlten grüne Augen pfiffige Intelligenz aus. Umrahmt von tödlichen Wangenknochen, zeigte ihre elegante Nase auf die Rundung ihrer vollen Lippen. Ein scharfes Minikleid in der Farbe verbrennenden Raketentreibstoffs schmiegte sich um einen Körper, den man nur als anbetungswürdig beschreiben konnte: Antischwerkraft-Titten, eine so schmale Taille, dass man sie mit den Händen umfassen konnte, ein praller Hintern und kräftige Beine so lang wie Raketentriebwerke.

Na schön, ihre Haut ging leicht ins Grüne. Grün war cool. Wenn Jake je dazu kam, sich polizeilich zu melden, würde er die Grünen wählen. Besonders jetzt.

Aber Antennen?

Moment mal, dachte er. Das knallt auf dem Freakometer oben durch. Natürlich, es war das Acid. Was sonst? Bevor er sich auf den Weg zum Agent-Mulder-Konzert gemacht hatte, hatte Jake eine Mikrokapsel eingeworfen. Dafür war es aber auch ein voll irrer Trip. Acid hatte bei ihm noch nie so reingeknallt, auch nicht, als dem Vegemite-Glas Beine gewachsen waren und es zu Regurgitator durch das Zimmer gesteppt war. Vielleicht hätte er diese vier Bourbon mit Coke nicht trinken sollen. Dabei war nicht der Bourbon das Problem. Aber was in Coca-Cola ist, weiß kein Mensch.

Komm, Jake, krieg's auf die Reihe.

Das letzte, woran er sich erinnerte, war, dass er an den Bouncern im Selinas vorbei zum sechsten Mal auf die Bühne gekommen war, ein Rekord. Dann stürzte er sich mit ausgebreiteten Armen nach vorne, segelte über Köpfe und Hände. Plötzlich ein Lichtblitz, eine unheimliche Stille und ein süßliches Gefühl, als würde er schmelzen. Und dann saß er mit kribbelnden Zehen da und die melodische Stimme des Alienmädchens schwappte an seine Ohren, während ihre Wortflut seine Sinne verwirrte. Yaddayaddayadda.

Alienmädchen?

Baby, sie sagte, ihr Name sei Baby. Baby Baby. Wo hatte er das schon mal gehört? Während sie weiterplapperte, beantwortete sie jede Frage, die ihm durch den Kopf schoss. Das Bizarre daran war, dass ihm plötzlich klar wurde, dass er sie gar nicht gestellt hatte. Er hatte ja nicht einmal den Mund geöffnet, außer vor Staunen. Sie las seine Gedanken. Wie schaffte sie das? Das machte ihn ernsthaft nervös.

Ihr Blick war so intensiv, dass es schmerzte.

Baby hatte zwar den Rock-Look bis auf Punkt und Komma kopiert, aber sie hatte keine Ahnung, wie man sich auf angemessene Weise Rock-mäßig verhielt. Jeder Erdling hätte ihr erklären können, dass der Rock-Stil heutzutage sehr eng an den Slacker-Stil gekoppelt ist. Und der Slacker-Stil schreibt unter anderem vor, dass man niemandem zu lange in die Augen schaut oder ihn zu aufmerksam ansieht, besonders, wenn man mit jemandem spricht. Für einen Slacker ist exzessiver, direkter Augenkontakt so unhöflich, dass er schon an Körperverletzung grenzt. Jake duckte sich vor ihrem stechenden Blick und schaute nervös hin und her.

Langsam nahm alles Gestalt an. Sie hatte sich auf ein erdbeerrotes Sofa gesetzt, dessen geschwungene Form irgendwie an einen Schmollmund erinnerte. Voodoo Lounge, hatte sie nicht irgendwas von Voodoo Lounge gesagt? Das sprechende Sofa schien ihren Hintern zu lecken. Er versuchte nicht hinzustarren, ließ seinen Blick etwas wandern und sah, dass schräg zur Lounge ein zweites Sofa stand, in blaubeerfarbenem Wildleder und geformt wie ein riesiger Schuh. In der Ecke des Raums glühte so etwas wie ein Armaturenbrett pulsierend an der Wand. Alles sehr Science-Fiction-mäßig.

Aber trotz des ganzen funkelnden High-Tech sah es aus wie in einer Rumpelkammer. Ein totales, absolutes, wüstes, verkommenes Chaos. Kleider, Zeitschriften und CDs lagen überall verstreut. Ein bisschen so wie in seinem Zimmer in Newtown. Außer dass die Kleider alle neu aussahen und diesem Ort das spezielle *Etwas* fehlte, das dann entsteht, wenn man die Möblierung mit ein paar halbleeren Bierflaschen, halb gegessenen Vanilleschnitten und ein oder zwei öldurchtränkten Pizzaschachteln würzt. Er entdeckte ein paar Tafeln, die wie gestohlene Straßenschilder aussahen, auf denen jedoch Namen wie Roter Riese oder Weißer Zwerg standen. Sternenschilder? Ob sie Sternenschilder klaute? Außerdem schmückten Plakate die Wände. Auf einem sah

Jake das vertraute Gesicht Kurt Cobains. Der Anblick spendete ihm Trost, bis ihm einfiel, dass auch Kurt tot war.

Nicht auch tot. Er ist tot, ich nicht. Ich bin nicht tot. Wenn er das oft genug wiederholte, dachte Jake, würde er es schließlich selbst glauben.

Ein Alienmädchen?

Bilder von Körperfressern, Hirnsaugern, Feuerteufeln, Kokonkünstlern, kosmischen Affen, flüssigen Himmeln, Paralleluniversen, purpurnen Menschenfressern, David Bowie, Sigourney Weaver, den Men in Black und dem vorletzten Dr. Who schossen wie auf einer Achterbahn durch seinen Kopf. Er suchte nach einer Erklärung, aber sie hatte sich zusammen mit dem Rest seiner rationalen Fähigkeiten in einer dunklen Ecke seines Hirns verkrochen, während die Bilder vorbeirasten.

Yap! Yap! Yap! In diesem Augenblick wackelte ein kleines rötliches Wesen in den Raum, mit abscheulichem Fell, das an einen alten Teppich erinnerte, mit einer langen, schmalen Schnauze, flatternden Ohren und Greifzehen. Es stieß merkwürdige Laute aus, irgendwo zwischen dem Japsen eines kleinen Hundes und dem Korkenknall einer Champagnerflasche. Seine hervorstehenden schwarzgelben Knopfaugen wanderten hin und her. Obwohl es auf Vorder- und Hinterpfoten ging, setzte es die hinteren Extremitäten stärker ein und wackelte mit einem charakteristischen Schwanken auf Jake zu, das dieser sonst nur bei Roadies beobachtet hatte. Yap! Yap! Yap! Noch bevor er Zeit hatte, diese neuerliche Erscheinung zu verarbeiten, klammerte sich das Wesen an sein linkes Bein. Es schmiegte seinen kleinen Körper an Jakes linkes Knie und machte plötzlich wilde ruckartige Bewegungen. Das Alienmädchen schüttete sich aus vor Lachen. Das war gemein. Aber keine Zeit, jetzt darüber nachzudenken. Bevor er diese pelzige Geschwulst nicht von seinem Bein entfernt hatte, konnte er über gar nichts nachdenken. Revor war weit mehr als ekelhaft. Und was alles noch schlimmer machte, er hatte mit seiner rosa Schlangenzunge, die aus seinem leicht schiefen kleinen Maul schnellte, einen Riss in Jakes Jeans entdeckt und arbeitete sich jetzt seinen Oberschenkel hinauf, eine feuchte Spur hinterlassend. Vergeblich versuchte Jake ihn abzuschütteln, wegzustoßen, wegzureißen, wegzuziehen und wegzuschlagen, während er sich die ganze Zeit bemühte, halbwegs cool zu bleiben. Als Baby endlich das kleine Wesen von seinem Bein zog, Lachtränen in den Augen, spürte Jake, dass etwas an seinem Knie heruntertropfte. Er blickte hinab und sah eine leuchtend rosa Flüssigkeit. Sein Magen tanzte Pogo gegen seine Rippen. Übelkeit verwässerte den Cocktail aus Erstaunen und Furcht. »Was ist das Ding?«, krächzte er.

»Das ist nur ein Eyey«, meinte Baby und kitzelte es hinter dem Ohr. »Habt ihr die auf der Erde nicht?«

Jetzt schaute Revor schockiert. *Nur* ein Eyey?

Angesichts von Babys Gelassenheit war es Jake peinlich, so panisch reagiert zu haben. Was immer dieses Mädchen war, Mitglied des Alien-Volks oder Halluzination, er wollte sie unbedingt beeindrucken. Allerdings schwante ihm, dass er dabei völlig versagte. Das war eine neue Erfahrung für Jake. Sonst hatte er eher Schwierigkeiten, sich aus den Armen einer Frau zu befreien als sich zwischen ihren Beinen zu plazieren. Tränen schossen ihm in die Augen.

Auch Revor waren die Tränen in die Augen geschossen. Baby ignorierte Jake einen Augenblick und tröstete ihr um Mitleid bettelndes Haustier. Schniefend wand es sich in ihrem Schoß. Was dann geschah, fand Jake einfach unglaublich. Er hatte sich immer für ziemlich erfahren gehalten. Für seine Freunde war Jake ein wandelndes Sexuallexikon. Er konnte stundenlang über solch ausgefallene Dinge wie die relativen Vorteile der Katzen- und der Hundestellung referieren, über die Freuden des Schmetterlingskusses (mit den Augenbrauen), die Vorteile von Kondomen mit Pfefferminzgeschmack (»erfrischt dabei auch noch ihren Atem«) und darüber, wie man sich bei Piercing-Notfällen verhält – wenn sich zum Beispiel dein Augenbrauenring in ihrem Klitorisschmuck verfängt (»Keine heftigen Bewegungen«). Er war darüber hinaus begeisterter Leser des von seinen Mitbewohnerinnen Skye und Saturna abonnierten *Australian Women's Forum.*

Aber nichts, was er jemals gesehen oder getan oder gehört oder gelesen hatte, hätte ihn auf das vorbereiten können, was jetzt geschah. Musste das Licht … ach, du Scheiße. Das war ihr Oberschenkel, um Gottes willen. Ihr Körper wand sich in schamloser Lust. Er sah, wie Revors lange rosa Zunge etwas leckte – aber was? Jesus!

Plötzlich riss Revor seinen Kopf zurück, holte tief Luft und vergrub seine ganze echinoide Schnauze bis zu den Augen. Wo seine Zunge nun war, daran wagte Jake nicht einmal zu denken. Gnuffgnuffgnuff drangen gedämpfte Laute aus dem Inneren.

Jake war so peinlich berührt, dass er nicht wusste, wo er hinsehen sollte. Er wünschte, er wäre unsichtbar. Er wollte sterben. Vor allem aber wollte er Revor sein. Das Gefühl, in etwas hineingeraten zu sein, das eindeutig über seinen Verstand ging, wuchs so schnell wie seine Erektion.

Nach einer scheinbaren Ewigkeit schien Baby von Revors Aufmerksamkeit genug zu haben. »Mmmmh«, seufzte sie und entfernte Revor aus der kleinen Öffnung in ihrem Oberschenkel – seine Schnauze sprang mit einem Geräusch heraus, als schlage jemand die Saite einer Bassgeige an – und drückte ihn an sich. Revor japste glücklich, entwand sich ihrem Griff und plumpste mit einem satten Geräusch auf den Boden, wo er anfing, seinem Schwanz nachzujagen. Er drehte und wirbelte, bis seine Gestalt langsam zu verschwimmen begann wie die Rotorblätter eines Hubschraubers. Für Revor gab es nichts Besseres als ein paar gute Wirbel, um den Kopf richtig klar zu kriegen, die Seele zu erfrischen und die Geschmacksnerven zu erneuern.

Raumreisen rarara … Agent Mulder rarara … fliegende Untertassen rarara … Erdenjungfrau … rarara …

Auch wenn die Gedanken durch Jakes Kopf rasten, Babys Tricks umrundeten sie mühelos. Als sie begann, die Form zu wechseln, *Erdenmädchen – Alien – Erdenmädchen – Alien –*, spürte er, wie er die Kontrolle über das Lenkrad verlor. Dann krachte er in die Leitplanken.

Mit wackeligen Knien sank Jake auf den Boden. Kurz bevor er in Ohnmacht fiel, dachte er, dass er noch nie eine so katastrophale und erniedrigende Begegnung mit dem anderen Geschlecht gehabt hatte.

Als er die Augen wieder öffnete, ruhte sein Kinn auf der verstärkten Spitze eines erlesen zierlichen Armeestiefels.

»Ey«, sagte die Stimme, die zu dem Fuß gehörte, der in dem Stiefel steckte. »Zerkratz mir nicht das Leder, Erdenjunge.«

Er wandte den Blick nach oben. Aus den zugeschnürten Stiefeln ragte ein dünnes Bein, in schwarzes Leder gehüllt. Darüber ein zerrissenes schwarzes T-Shirt. Sehnige Arme über einer schmalen, knabenhaften Brust verschränkt. *Dieses Grrrl hier ist Doll.* Das Gesicht, das mit einer Mischung aus milder Verachtung und heftiger Belustigung auf ihn herabsah, war lang, eckig und blass. Ein silberner Knochen piercte ihre elegant gebogene Nase und ein hämisches Grinsen surfte auf gefährlichen Lippen. Ihre dunklen Augen hatten die Intensität schwarzer Löcher. Ein halbes Dutzend Silberringe zog sich durch ihre Augenbrauen. Ihr Kopf war rasiert, bis auf eine kurze stachelige Bahn in der Mitte, die zwei gebogene und versteifte Teufelshörner aus Haar miteinander verband, die in Höhe der Schläfen aufragten. An den Händen trug sie ein Dutzend glitzernder Ringe. Abgesehen davon, dass sie grün war und Antennen trug, erinnerte sie Jake an Trent Reznor von den Nine Inch Nails und für Jake war Trent Reznor ein Gott. Er küsste die Füße eines Gottes. Einer Göttin. Trotzdem war es furchtbar seltsam und half seinem Ego kein bisschen. Sein Hirn fühlte sich an, als sei es in Baumwolle verpackt. Doll Parts. *Doll Parts?* Der Name kam ihm irgendwie bekannt vor. Wo hatte er ihn gehört?

»In deinen Träumen«, sagte Doll trocken. Als sie seinen verblüfften Blick bemerkte, fügte sie hinzu: »Diese Antennen sind nicht bloß zur Verzierung da, Süßer.« Doll hatte ihre Zweifel bezüglich Babys Auswahl des Erdlings. Aber er war der Erste, den sie entführt hatten, und auch wenn ihm weitere folgen würden, so hatte dieser erste doch eine symbolische Bedeutung, ganz zu schweigen von einem gewissen sentimentalen Wert. Aber ein Mädchen wäre ihr lieber gewesen. »Wo steckt Lati?«, knurrte Doll und ignorierte Jake. »Ich wette, sie hat meine neuen, wie heißen sie doch gleich? Moc Dartens.«

»Doc Martens«, assistierte Jake.

Mit der offenen Handfläche schlug sich Doll so hart gegen den Kopf, dass Jake zusammenzuckte. »Verdammter Translator«, wetterte sie. »Muss der Wurm drin sein.«

Die dritte Erscheinung traf Jake wie ein Tritt in die Magengrube.

Und hier kommt Lati. Die sah er sich von oben nach unten an. *Lati-dodidohdoh.* Ein wilder Mop von Haaren, rot wie Marsstaub. Riesige Augen, mit Kajalstift beschmiert. Die Art von Mädchen, die man in Jakes Kreisen voller Ehrfurcht und Bewunderung als Grunge Queen bezeichnet hätte. Ihr Körper war so kurvenreich wie das All. Weiche üppige Brüste, die gegen ein kurzes weißes T-Shirt drängten, ein sexy runder Bauch über knappen Jeans, ein großer, praller Arsch. Die bereits vertraute grüne Haut und Antennen. Um die Taille ihrer Jeans ein Gürtel, der aus dem gleichen Stoff wie der Nachthimmel gemacht zu sein schien und auf dem Sternenbrocken vibrierten, kollidierten und explodierten.

Jakes Realitätssysteme krachten zügig zusammen.

Warum sitzt der Erdling auf dem Boden? fragte sich Lati. Baby zuckte mit den Schultern, packte Jake bei der Hand und zog ihn wieder auf die Beine.

Jesus! Das Mädchen hatte die Kraft eines Maleebullen. Außerdem war die Berührung ihrer Hand buchstäblich elektrisierend. Jake spürte, wie sich die Haare auf seinen Armen und Beinen aufrichteten. Sie klopfte auf den Platz neben sich.

Wie heißt du, Erdenjunge?

»J-Jake«, stammelte er. O Gott, alles wurde nur noch schlimmer. Er hatte noch nie in seinem Leben gestottert. Gerne hätte er den Film zurückgespult und von vorne angefangen. Aber in welchem Film war er überhaupt?

»Er kann sprechen«, meinte Doll nicht sonderlich beeindruckt. Latidodidohdoh, Latidodidohdoh. Die Silben tanzten und schaukelten auf der Schwindel erregenden Achterbahn seiner Hirnwindungen. Na klar! Der Ed-Kuepper-

Song. »Just Sing Ladidodidohdoh.« Und Doll Parts – das war natürlich der Hit von Courtney Love. Und Baby Baby … Mann! Kam er sich bescheuert vor.

»Nun ja, ich schätze, ganz abschreiben sollte man ihn noch nicht«, sagte Doll. »Er ist nicht gerade der Schnellste, aber dann hat er es ja doch noch gerafft. Ich habe mir schon Sorgen gemacht.«

Ihr Blick fiel auf Latis Taille. »Lati, du Biest! Das ist mein Asteroidengürtel. Ich suche ihn schon, seit wir in dieser Galaxie sind und das weißt du …«

»Du hast gesagt, ich könnte ihn mir ausleihen«, verteidigte sich Lati. »Außerdem hast du meine ganzen Saturnringe.«

»Du hättest wenigstens fragen können«, schmollte Doll. »Ich will ihn zurück. Und«, sie deutete auf die Stiefel, die Lati trug, »meine Mocs, Docs, diese Dinger jedenfalls auch.«

»Dann hol sie dir doch.« Lati stützte die Hände in die Hüften, hob die Augenbrauen und warf Doll einen Blick zu, der so herausfordernd war wie Mama Cass' Arsch. Doll stürmte auf sie zu. Sie sah ihr in die Augen. Dann griff sie nach unten, öffnete den Gürtel, zog ihn durch die Schlaufen und warf ihn auf den Boden. Latis Mundwinkel verzogen sich fast unmerklich. Doll kniete nieder und löste mit schnellen, sicheren Bewegungen die Schnürsenkel von Latis Docs. Mit einer Handbewegung bedeutete sie Lati, einen Fuß zu heben, dann den anderen. Sie zog ihr die Stiefel aus und warf auch sie zur Seite. Dann hakte sie einen Finger in Latis Jeans ein und zog sie zu sich heran, bis sie ihre Lippen auf ihren Bauch pressen konnte. Latis Mund zuckte. Doll leckte und saugte an Latis Bauch, der, das sah Jake plötzlich, *keinen Bauchnabel hatte.* Ihm wurde unbehaglich zumute.

Das war noch nichts im Vergleich mit dem, was Jake als Nächstes sah. Er kam sich vor, als habe er eine mutierte Puzzlewelt betreten, in der alle Teile falsch zusammengesteckt worden waren. Er presste die Hand auf den Mund. »Ich glaub, ich muss reihern«, stöhnte er schwächlich. »Wo isses Klo?«

Doll schaute auf und die drei Aliens blickten sich verwundert an. Ihr Translator bot »Reiher: großer weißer Vogel; in diesem Kontext nicht entschlüsselbar« an. Für »wo isses Klo« gab es überhaupt keine Rückmeldung.

Es ging vorüber. Jake schluckte, schloss die Augen, holte tief Luft und öffnete sie wieder. Vier Paare neugieriger Alien-Augen – drei humanoid, eins animanoid – richteten sich auf ihn. Revor, unheilbar romantisch und mit einem instinktiven Gespür für Gefühlschaos jeder Art, kam angetrottet und steckte tröstend seine Zunge in Jakes Ohr.

Das brachte das Fass zum Überlaufen. Jake sprang auf und warf Revor zu Boden. Revor landete auf allen vieren, unverletzt, auch wenn sein kleines pelziges Herz fast brach. Er hatte doch nur helfen wollen.

Baby zog Jake neben sich auf die Voodoo Lounge herunter und beugte sich zu ihm. Ihr süßer Pflaumenmund war nur wenige Zentimeter entfernt ... *Du warst alles, was ich je wollte.* Als er mit ihren Worten auch ihren Honigatem einsog, beruhigte sich Jakes Magen. Erneut begannen sich seine Lenden, dieses Mal fast unmerklich, zu regen. Unmerklich allerdings nur für ein normales Erdenmädchen. Aliens sind jedoch vor allem für ihre extreme Sinneswahrnehmung berühmt. Sie alle starrten unverhohlen auf die zarten Zuckungen von Jakes Schwanz unter dem Jeansstoff. Zerbeult, verwirrt und, trotz allem, hoffnungslos scharf, errötete Jake und bedeckte die Stelle mit seinen Händen.

Du bist ein stiller Junge.

Baby griff nach hinten und drückte einen Knopf auf der schwach leuchtenden Konsole. Eine der Türen glitt auf und enthüllte einen weiteren Raum von der Form eines Tortenstücks. Dieser war heller erleuchtet. In der Mitte stand ein Labortisch, hinter dem sich eine Bank und Vitrinen befanden. Alle möglichen, wie sterile medizinische Instrumente aussehenden Werkzeuge hingen an der Wand. Was kam jetzt?

Ganz ruhig bleiben ... Baby erhob sich und als sie in der Tür stand, winkte sie ihn zu sich heran. Willkommen in der Kammer für sexuelle Experimente.

Jake klammerte sich an den letzten Rest Coolness, der ihm noch verblieben war, räusperte sich und sagte so beiläufig wie möglich: »Und was habt ihr so auf der Erde vor?«

Baby lächelte. Ihr Lächeln war dermaßen betörend, dass er die Augen zukneifen und schließlich den Kopf senken musste. Licht strömte in süßen, verführerischen Wellen aus ihrer minzigen Haut, ihren Limonenaugen und den Kokosnusszähnen. Es spülte über ihn hinweg, umschlang ihn mit warmen, duftenden Armen. Mit einem Mal fühlte er sich unwiderstehlich schläfrig. Ein süßer Moschusduft mit einem Hauch Muskat und Orangenschalen drang in seine Nase und seine Augenlider ergaben sich dem Druck einer seltsamen, warmen Schwerkraft. »Was wir auf der Erde so vorhaben?«, sagte Baby. Jake nahm ihre Antwort nur noch halb wahr, während er vom Sofa glitt und die Schwelle zur Ohnmacht überschritt. »Drei Dinge, Erdenjunge«, sagte sie. »Nur drei. Sex, Drugs and Rock 'n' Roll.«

In der Tat Sex, Drugs and Rock 'n' Roll. Bei all ihrer kosmischen Coolness, ihrem universalen Wissen und ihrer Moc-Dartens-Bildung hatten die Girls doch keine Ahnung von gewissen entscheidenden Dingen auf der Erde. Zum Beispiel wussten sie nicht, dass Eros ein potenziell großes Problem für Erdlinge darstellte. Eros war praktisch außer Kontrolle. In einigen Kreisen glaubte man sogar, dass Eros die Welt zerstören würde.

Eros; griechischer Gott der Liebe und der Lust. Sohn der Aphrodite. Geflügelter Nudist. Hormon-Hooligan. Mann des Monats im *Australian Women's Forum*, jeden Monat. Der Zungenkuss für die Seele. Der Trieb jeder Triebkraft.

Eros. Größter Motherfucker von Asteroid, der je die Hood umkreiste. Denkt an den Meteoriten, der T. Rex und all die anderen Dinosaur Jrs. und Srs. erwischt hat. Verglichen mit Eros war das ein Kieselsteinchen, ein vorbeifliegendes Fliegengewicht, ein erbsengroßes Etwas.

Aber Eros, 433 Eros, Mitglied der Amorgruppe, für die Astronomen unter euch, war der Liebe verfallen. Oder der Lust. Egal. Tatsache ist, Eros fiel. Oder versuchte es. Und Schuld waren die Babes. Man kann einem Asteroiden nicht den blanken Hintern zeigen und ihm Kusshändchen zuwerfen und dann erwarten, dass das Leben weitergeht wie bisher, oder? Das weiß man doch.

Du möchtest Geschichten von verbrannter Erde hören, Miss Melon Collie? Dann warte nur, bis Eros sich in dein Leben stürzt.

Währenddessen in der Untertasse ...

Baby sah auf Jakes schlanke Gestalt herab. Sie stieß ihn mit dem Fuß an. Auch wenn er fest schlief, kräuselten sich seine Lippen leicht, als erwarte er einen Kuss. Unter schweren Augenlidern und hinter dem Vorhang aus dicken braunen Locken schossen seine Augen hin und her und jagten einem Traum nach. Die kühnen Bogen seiner Augenbrauen wölbten sich bewegungslos auf seiner hohen, klaren Stirn. Der Silberring in seiner linken Braue glitzerte in dem klinischen Licht, das aus der Kammer für sexuelle Experimente herausflutete. Baby beugte sich herab und berührte seine Wangen. Dann fuhr sie sanft mit den Lippen über seinen Hals. Ein kräftiger Erdenjungeduft, teils Bourbon und Coke, teils Schweiß, stieg ihr in die Nase und löste zarte Vibrationen ihrer Antenne aus. Sie schloss die Augen und atmete tief ein.

»Wenn du dann fertig bist ...«, Lati gähnte.

»Ach, leck mich doch an der Sonnenfackel«, entgegnete Baby, die aus ihrer Trance aufschreckte. »Und steh nicht nur so rum. Hilf uns.« Zusammen hoben sie Jake hoch und trugen ihn in die Kammer, wo sie ihn ohne Umschweife auf den glänzenden Labortisch plumpsen ließen.

Doll sah scheinbar desinteressiert zu, als Baby und Lati Jake die Stiefel und die Socken auszogen und sie auf den Boden warfen. Dann richteten sie ihn auf und zogen ihm das Kyuss-T-Shirt über den Kopf. Seine langen Arme glitten aus den Ärmeln und fielen schwer herab. Man hörte, wie er scharf einatmete, ohne jedoch aufzuwachen. Um den Hals trug er ein Lederband, an dem einige Stücke flachgepressten Metalls hingen. Lati zog es ab und biss prüfend in einen von Jakes Wohnungsschlüsseln. »Hhm«, sagte sie anerkennend und warf Doll, die auf der Bank saß und ihre Beine baumeln ließ, den zweiten Schlüssel zu. Sie fing ihn locker auf und steckte ihn in den Mund.

Baby fuhr mit dem Finger über den tätowierten Skorpion, der Jakes rechtes Schulterblatt zierte. »Sieht ein bisschen aus wie diese Typen von Zeta Reticuli«, meinte sie. »Hoffentlich heißt das nicht, dass er schon Kontakt gehabt hat«, fügte sie leicht besorgt hinzu. »Ich hatte mir eine Jungfrau in Bezug auf Aliens versprochen.«

»Oh, ich schätze, er ist ziemlich unbedarft«, sagte Lati. »Er hat uns doch kaum verkraftet und verglichen mit anderen Aliens sind wir harmlos. Ist sicher nur ein Zufall.«

Baby nickte und band das Flanellhemd auf, das um seine Hüften geschlungen war. Als sie ihn wieder hinlegten, wanderte Babys Blick über seine breiten Schultern, die sanften Kurven seiner langen, sommersprossigen Arme, den weichen, hellen Flaum, der seine Brust und die Unterarme bedeckte, die schlanken Umrisse seines Oberkörpers und die netten runden Höfe seiner Brustwarzen, von denen eine mit einem silbernen Stecker gepierct war. Ein kleines Büschel brauner Haare wand sich aus seiner Hose hinauf um das seltsame kleine Loch in seinem Bauch. Wohin diese Spur aus Fell wohl führen würde?

Baby zerrte ungeduldig an seinen Jeans, konnte sie jedoch nicht von seinen schmalen Hüften ziehen. »Verdammt«, fluchte sie.

Lati, die selbst 501 trug, schob Baby mit der Schulter beiseite und machte die Knöpfe auf. Gemeinsam zogen sie Jake die Jeans von den langen Beinen und warfen sie ebenfalls beiseite. Dabei klimperten einige Münzen aus der Tasche auf den Boden. Lati bückte sich interessiert, hob ein paar auf und zeigte sie den anderen. Doll kaute noch immer gedankenverloren auf dem Schlüssel herum und schüttelte den Kopf. Baby nahm ihr Angebot gar nicht wahr.

Baby war verzaubert. Jakes Geruch stieg ihr in die Nase, die Berührung seiner Haut setzte ihre eigene in Flammen und der bloße Anblick seines hübschen Gesichts reichte aus, um ihre Ohren mit einem feuchten Verlangen zu füllen (Nufonier haben sehr sensible Ohren). Dieser Erdenjunge, dachte sie, ist in der Tat göttlich. Lati hätte nur gesagt, dass es Spaß machte. Andererseits machte ihr alles Spaß. In ihren Augen war Jake ein nettes Exemplar seiner Gattung, mehr nicht. Doll wiederum ließ das alles völlig kalt – sie dachte an Drums. Pearl oder Brady? Oder beide?

Letzten Endes läuft doch alles auf Chemie hinaus.

Während Lati sich damit vergnügte, Münzen in die Luft zu werfen und sie mit dem Mund aufzufangen, zog Baby mit zitternden Fingern an Jakes Unterhose und streifte sie ab. Sie hielt die Luft an. Was war das? Die anderen Teile des Erdenjungen hatten nicht annähernd so viele Überraschungen enthalten, da sie doch nur Variationen der Gestalt waren, die die Mädchen selbst angenommen hatten. Aber dieses dicke fette Spielzeug, das auf seinem runden Kissen ruhte und von einem Büschel drahtiger Haare gekrönt wurde, war etwas ganz anderes. Vorsichtig legte sie einen Finger auf die Spitze, die bei der neugierigen Berührung zuckte.

Lati rollte ein paar Meter Fesselband ab. Im Handbuch des Abduktors stand, dass ein Fesselband die beste Methode war, einen lebendig Entführten zu sichern. Es fühlte sich an wie Seide und hielt wie Stahl. Widerwillig trat Baby beiseite, damit Lati Jake Hände und Füße an den Tisch binden konnte.

»Also, Mädchen, das ist es!«, sagte sie atemlos, als er nackt und mit gespreizten Beinen vor ihnen lag. Sie rieb sich die Hände. »Der Augenblick, auf den wir gewartet haben.«

»Einer der Augenblicke«, korrigierte Doll sie. Sie hatte eine Schwäche für Erdenmädchen. Sie saß noch immer auf der Bank, nahm einen Ohrenspiegel und begann im Rhythmus gegen eine Reihe sorgfältig beschrifteter Phiolen und Gläser zu schlagen. »Ich persönlich warte auf den Tag, an dem wir Rockstars werden. Ich will der größte verdammte Rockstar im ganzen Universum werden. Größer als Ben Hur.«

»Wer ist Ben Hur?«, fragte Lati.

Doll zuckte lässig mit den Schultern. »Keine Ahnung. Vielleicht 'ne Mädchenband. Ich hab gehört, wie es ein Erdling auf dem Agent-Mulder-Konzert zu seinem Freund gesagt hat. Er sagte: ›Marylin Manson, Mann, die sind wilder als Ben Hur.‹«

Baby hielt ein Vergrößerungsglas in der Hand und untersuchte Jakes Haut. »Da sind lauter kleine Löcher drin. Seht mal.«

Lati kam herüber. »Abgedreht«, sagte sie. »Wieso läuft er nicht aus?«

»Sie haben überall Löcher«, meinte Baby neidisch. »Ich wünschte, wir hätten das auch. Als Dauerzustand, weißt du.«

»Wir kommen auch so klar,«, sagte Doll.

»Ja, ja«, sagte Baby, beugte sich herab und roch an Jakes Achsel. »Süß«, stellte sie fest.

Lati steckte ihre Nase an die andere. »Smells like Teen Spirit«, witzelte sie.

»Teen Spirit ist eine echte Deo-Marke«, steuerte Doll bei. »Ich wette, das habt ihr nicht gewusst.«

»Echt?«, sagte Lati

»Echt«, bekräftigte Doll.

»Und«, fragte Lati nach einer kurzen Pause, »was ist Deo?«

»Was weiß ich«, antwortete Doll und schlug den Rhythmus von ›Israel's Son‹, während sie mit der unteren Lage ihrer Stimme eine verblüffend gute Imitation des tiefen Basslaufs intonierte. »Ich hab's irgendwo gelesen. Will man nicht einfach raus und jemanden töten, wenn man diesen Song gehört hat?«

»Du bist ein krankes Ding«, meinte Lati anerkennend und ging ans andere Ende des Tischs. Sie schnüffelte an Jakes schmutzverkrusteten Zehen und wich zurück. »Iiih!« Sie wedelte mit der Hand vor ihrem Gesicht. »Was meint ihr, was sollen wir jetzt machen?«

»Im Handbuch steht«, antwortete Doll, »dass man ihn jetzt aufweckt. Dann nimmt man lange, hohle Nadeln aus Stahl, richtet sie auf seinen Kopf und jagt ihm höllische Angst ein.«

»Das steht da doch nicht wirklich, oder?«, protestierte Doll, entsetzt und gleichzeitig ein klein wenig begeistert.

»Nein, natürlich nicht«, gab Doll zu. »Das habe ich aus dem Film *Die Besucher.* Erinnert ihr euch an die Szene?«

»Ja, sicher«, sagte Lati. »Ich schlage vor, wir werfen diesen Erdenjunge in eine Wanne mit Trockeneis, wecken ihn auf und beobachten, was er macht.«

»Ha ha ha.« Baby schüttelte den Kopf. Sie nahm eine Sonde und untersuchte seinen Bauchnabel. »Ulkiger kleiner Krater«, meinte sie.

»Sieht irgendwie nicht normal aus«, bekräftigte Lati. »Vielleicht ein Unfall.«

Doll schlug die Hacken aneinander. Doc an Doc. Ein gutes Geräusch. Solide. »Wusstet ihr, dass *Die Besucher* auf einer wahren Geschichte basiert?«

»Niemals!«, rief Lati. »Du glaubst doch nicht etwa an Außerirdische?«

Sie bogen sich vor Lachen. Jake schlief unbeirrt weiter.

»Also wirklich«, sagte Baby und wischte sich eine blaue Lachträne aus dem Auge. »So kommen wir nicht in die richtige Stimmung. O nein! Seht euch das an.« Während eine Hand besitzergreifend auf Jakes Hüfte ruhte, deutete sie mit der anderen nach unten.

Um um um! Socki wocki wocki! Um um um! Chp chp chp. Ooooh. Stinki winki winki! Um um. Shlrp shlrp. Um um um um! Nf nnf, Shrlp. Nnf nnf. Socki wocki! Ooki wooki! Grrrrrrr, Rrrrrr.

»Einer ist schon in der richtigen Stimmung«, kicherte sie. Selbst Doll musste lächeln. Revor hatte seine Schnauze tief in einen von Jakes schwarzen Wollsocken gesteckt, presste ihn mit eifrigen Klauen fest an sein Gesicht und rollte, zuckte und wirbelte ekstatisch damit auf dem Boden herum, stöhnend und schmatzend und prustend. Der Socken mochte alt, ungewaschen und an Zehen und Ferse fadenscheinig sein, die Art von Fußbekleidung, die Müttern peinlich war und Schafen Schande bereitete – ästhetisch wie auch vom Geruch her abstoßend. Für Revor war er die Inkarnation von Sex. Um um! Um!

»*Das* ist ein krankes Ding«, meinte Doll trocken. »Musik?« Ohne die Antwort abzuwarten, sprang sie auf und verschwand im Spielzimmer. Kurz darauf dröhnte harter Rock durch die Untertasse. Im Takt nickend kehrte Doll zurück. Ihre Antennen und die Haarhörner zuckten wie wild und sie sang den Text mit, der irgendwas mit Fingernägeln zu tun hatte.

»Wer ist das, Doll?«

»Die Foo Fighters.«

»Foo Fighter? Das ist eine Band?« Babys Mund stand offen. »Das ist unglaublich«, ereiferte sie sich. »Was für ein Hammer. Wie wissen die Erdlingen was über Foo Fighter? Das ist selbst auf Nufon echtes Expertenwissen. Ich meine, wir wussten selbst nicht, dass sie da waren, bis Lati den Knopf im Raumschiff drückte und einer einfach rausschoss.« Sie schüttelte den Kopf. »Erdlinge sind so cool«, seufzte sie und streifte sich Gummihandschuhe über. »Mist«, fluchte sie. »Die haben nur vier Finger.«

Doll lachte bei dem Gedanken an den Foo Fighter. »Wir haben dem Piloten echt Angst eingejagt«, gluckste sie und erinnerte sich, wie Mum einen kräftigen weißen Strahl Elektrizität ausgestoßen hatte, der sich zu einer festen Kugel verdichtet hatte und auf die Erde zugeschossen war. Anfeuerungsschreie ausstoßend hatten sie den Weg des Foo Fighters auf dem Foo-Monitor verfolgt, einem bislang leeren Bildschirm am Kontrollbord. Der Foo Fighter hatte sich auf ein Flugzeug der US Airforce gestürzt, das sich gerade auf einem Einschüchterungsflug über einem Land des Nahen Ostens befand. Plötzlich hatte der Pilot einen Feuerball vor Augen, der ihn in strahlendes Licht tauchte und seine Ohren mit himmlischer Musik betörte. Der zitternde Pilot erlebte eine Vision von Gott als kleiner, silbriger Mann mit Hufen. Nach seiner Rückkehr verließ er die Armee, ließ sich die Haare wachsen und schloss sich einer wilden Truppe von Fackeljongleuren mit Neigung zum ökologischen Aktivismus an.

Die Sache mit dem Foo Fighter war eindeutig einer der Höhepunkte auf der Reise der Babes zur Erde gewesen. Fast so gut wie die Sache mit der kleinen Wolke aus Asche, durch die sie hindurchflogen und die sich als die Rückstände von

Timothy Leary herausstellte. Außerdem hatte Mum eine Halluzination gehabt, in der sie sich für den Alien hielt, der Elvis entführt hatte.

Lati wurde hektisch. »Reich mir den Schaber.« Sie deutete auf ein kleines Utensil neben Doll, die sich wieder auf die Bank gesetzt hatte. »Mit diesen Zehen muss etwas passieren.«

Währenddessen widmete Baby ihre Aufmerksamkeit Jakes Genitalien. »Die sehen lustig aus.« Sie strich neugierig über die dunkle, kühle Haut des Skrotums und zog daran. »Oooh«, stöhnte der nur noch halb bewusstlose Jake. Sie nahm die Eier in ihre Handfläche. Sie ließ sie auf und nieder hüpfen. Sie schaukelte sie hin und her und zwickte sie zwischen Latexfingern. Dann zog sie die Handschuhe aus und wiederholte alles von vorne. »Ich frage mich, ob diese Sexualexperimente nicht ein bisschen überbewertet werden«, sagte sie mit einer Spur Enttäuschung in der Stimme.

Dann kam ihr ein Gedanke. »Vielleicht«, sagte sie und ihre Antenne zitterte vor Aufregung, »wäre es lustiger, wenn er wach wäre.« Sexuelle Experimente an einem Erdling, der bei Bewusstsein war – der Gedanke schien zu gewagt. Sie beugte sich herab und biss Jake in die Eier, nicht zu fest, aber auch nicht ganz sanft. Jake riss die Augen auf.

»Jetzt ist er wach«, sagte Doll lapidar.

»Ey!«, rief Jake und versuchte, den Kopf zu heben. Was zum Teufel geschah mit ihm? Wer zum Teufel waren diese Mädchen und was machten sie mit seinen Eiern? »Ey!«, wiederholte er. »Ey!«

Revor sah mit geilen Augen von seinem Socken auf. Hatte ihn jemand gerufen?

»Könnte ich erfahren, was hier vorgeht?«, fragte Jake so beiläufig, wie ihm möglich war.

Baby zuckte mit den Schultern. »Sex«, antwortete sie und nahm seine Eier in die Hand. Er ist sehr süß, dachte sie.

»Sex«, echote Jake tonlos und versuchte, ein Bein aus der Fessel zu lösen. Keine Chance. Jake stand nicht auf Bondage. Sicher, er hatte auch ein paar Mal Mädchen mit Schals gefesselt, wenn sie ihn darum gebeten hatten, und bei einer scharfen älteren Frau hatte er sogar mal Handschellen benutzt. Aber sich selbst hatte er nie fesseln lassen. Nie. Er mochte es nicht, wenn er sich verwundbar und ohnmächtig fühlte. Überhaupt nicht. Und wenn man sich unter mysteriösen Umständen splitternackt, an Händen und Füßen gebunden, auf einem Untersuchungstisch wiederfindet, drei sehr attraktiven, aber sexuell unberechenbaren Aliens ausgeliefert, dann verstärkt das Gefühle der Verletzbarkeit und Ohnmacht ungemein. Dazu gesellten sich intellektuelle Verwirrung und geistige Krise. O Gott. Das war fast so schlimm wie in einer Beziehung. Er versuchte eine Hand frei zu kriegen. »Au«, murrte er.

»Was ist eine Beziehung?«, fragte Baby, die seine Gedanken las, neugierig. Sie machte sich nicht lustig. Diesen Begriff kannte dort draußen im All niemand mehr. Die Alien-Zivilisationen hatten das Konzept der Zweierbeziehung längst hinter sich gelassen. Die irdische Gesellschaft, die nach der Zeitrechnung des Universums noch auf allen vieren lief, verabschiedete sich gerade erst von dem Gedanken, dass man ein Leben lang zusammen verbringen musste, wenn man einmal miteinander geschlafen hatte. Die Aliens waren längst dahintergekommen, dass es meistens besser war, dem Partner der Nacht ein Frühstück und einen Kuss zu geben und ihn dann fortzuschicken.

Jakes Mund stand offen. Er starrte Baby an. Er hörte auf zu zappeln. Seine Augen weiteten sich und sein Körper entspannte sich sichtbar. Ein helles weißes Licht formte einen gleißenden Schein um ihren Kopf. Ihm wurde mit einem Schlag klar, wer da neben ihm stand – sich über ihn beugte, was immer –: eine wunderschöne, intelligente Superfrau, die nicht wusste, was das Wort Beziehung bedeutete. Das Mädchen seiner Träume. Zugegeben, in seinen Träumen hatte sie keine Antennen oder grüne Haut gehabt und er würde mal ein ernstes Wort mit ihr über diese Fesselungs- und Disziplin-Spiele reden müssen, aber ansonsten … coool.

»Also, weißt du«, begann er und betrachtete sie mit sehnsüchtigen Augen, »Beziehungen, das heißt, man hängt miteinander ab, viel länger als nötig ist, den anderen ins Bett zu kriegen, und man tut so, als fände man die gleichen Filme und die gleiche Musik gut, und man streitet sich über dämliche Sachen wie« – der Druck ihrer Hand auf seinen Eiern fing an, ihn ernsthaft abzulenken – »sich nachts die Decke zu klauen und so, was wirklich blöd ist, denn der Größere braucht natürlich auch mehr Decke, stimmt's? Oder sie wird eifersüchtig, weil man einmal gesagt hat, Kylie Purr sei total geil.«

Baby nickte zustimmend, aber dabei dachte sie: Warum sollte jemand nachts einem anderen die Decke klauen? Decken waren aus Stein. Wie klaute man überhaupt eine Decke? Und wer war Kylie Purr? Das kleine blonde Ding, das ›Locomotion‹ sang? Ihr Blick strich über seine langen Beine mit der weichen Behaarung, seinen schlanken Oberkörper mit den Kleiderbügelschultern; ihr fiel auf, wie exakt sein Kinn von Fell bedeckt wurde. Ziegenbärte waren im Universum noch nicht angesagt, denn wenn Aliens Haare wuchsen, dann meistens hinter dem Knie oder dicht unter den Augen oder an anderen Stellen des Körpers, wo es entweder zu schwierig oder zu schmerzhaft war, sich zu rasieren.

»Das schlimmste an Beziehungen«, fuhr er mit einer von Verwirrung und Lust heiseren Stimme fort, »ist, dass sie unweigerlich zu einer Situation führen, in der die eine Person von lieben spricht, während die andere nur an mögen gedacht hat und das verwandelt das Mögen in Angst und alles geht den Bach runter.« Jake hielt inne. O Gott, er klang wie ein zynischer Bastard. Der Wahrheit zuliebe hätte er sagen müssen, dass auch er schon ein-, zweimal in Beziehungen gesteckt hatte, in denen er von Liebe gesprochen hatte. Nicht dass er bereit gewesen wäre, das zuzugeben. Nicht einmal sich selbst gegenüber. »Yeah«, schloss er schwer atmend. »Beziehungen sind das Allerletzte.«

Gott, fühlte sich ihre Hand gut an. Er musste sich schwer zusammenreißen, um sein Becken nicht gegen diese warmen grünen Hände zu drücken.

»Beziehungen klingt schrecklich«, pflichtete Baby bei, während sie abwesend Jakes Schwanz drückte, streichelte und daran zog. Sie fragte sich, wie es wäre, sich zu verlieben. Andererseits hatte sie den Eindruck, dass Liebe, nun ja, verdächtig nach Pop oder so was klang. Sie schloss diese Geschichte nicht aus, aber zuerst musste sie mehr darüber wissen. Sex allerdings war definitiv Rock 'n' Roll.

Heiliger Hades! Was passierte jetzt? Dieser Erdling steckte wirklich voller Überraschungen.

»Seht euch das an«, sagte sie aufgeregt zu den anderen. Vor ihren Augen, und zwischen Babys Fingern, begann Jakes Penis sich auf dramatische Weise zu verlängern, er wurde hart und die Haut straff und glatt. Jake atmete schneller, sein Kopf fiel von einer Seite auf die andere und er kämpfte mit Händen und Füßen gegen die Fesseln.

»Dieses Teil ...« Lati griff nach dem Erdling-Handbuch und blätterte es eilig durch, bis sie den Eintrag gefunden hatte. »Der, ähm, Besamer«, las sie vor. »Der Besamer ist von schwankender Größe.« Sie zog eine Schublade mit der Aufschrift ›Messinstrumente‹ auf und begann ungeduldig den Inhalt zu durchwühlen. »Wo zum Teufel ...« Zirkel, Lineale, Waagen, Oszilloskope, Fotometer, Thermometer, Hydrometer, Hygrometer, Potenziometer, Sphymgomanometer, Odometer, Drosometer, Eudiometer, Audiometer, Sonometer, Tachometer, Nephelometer und – welcher Witzbold hatte den dazugepackt? – ein laufender Meter purzelten vor ihren Füßen auf den Boden. »Das muss reichen«, sagte sie und hielt etwas hoch, das ein irdischer Wissenschaftler als Feinmesslehre erkannt hätte, das für Jake aber verdächtig nach einem Mini-Schraubstock aussah. Erneut schäumten die Stromschnellen einer seltsamen Furcht durch seinen Körper, aber anstatt seine Lust zu dämpfen, stachelten sie sie nur an.

Nur zögernd zog Baby ihre Hand von Jakes Penis zurück, sodass Lati ihn zwischen Amboss und Spindel des Messgeräts schieben konnte. Lati las ab. »Steht schon bei dreizehn Illionen Nufokips. Und wächst immer noch«, sagte sie beeindruckt.

Doll hatte sich abgewandt und blätterte in dem Katalog, bis sie das Kapitel über Frauen fand.

»Vierundzwanzig Illionen«, verkündete Lati.

»Man kann eine Klitoris auch wachsen lassen«, sagte Doll. »Falls es jemanden interessiert.«

Baby nickte abwesend. Sie war interessiert, aber erst später. Sie wusste nicht, ob es der noch nie gesehene Anblick eines sich ausdehnenden irdischen Besamers war oder die verlockend schwachsinnige Lust in Jakes Augen oder ihre allgemeine Aufregung darüber, endlich einen Erdling entführt zu haben, nachdem sie so verdammt lange davon geträumt hatte – jedenfalls machte es sie sehr an.

»Fünfunddreißig Illionen.«

Vielleicht hatte es auch etwas mit der kleinen Pille zu tun, die Baby in Jakes Hosentasche gefunden hatte. Wie auch immer, ihre Haut kitzelte wie ein Sonnensegel unter einem Photonhagel. Träumerisch legte sie die Hand an den Hals und ließ sie ihren Körper hinab und wieder hinauf gleiten. Jede Bewegung löste Wellen der Erregung auf ihrer Haut aus und sie spielte damit wie auf einer Gitarre, schlug ihre Saiten an und lauschte der Musik. Eine winzige Öffnung tat sich an ihrem Nacken auf und leckte sich die feuchten Lippen. Langsam strich Baby mit dem Finger über das glitzernde kleine Loch, das hungrig daran sog. Jakes Augen hatten ihn nicht getäuscht, als er geglaubt hatte, eine Möse an Babys Oberschenkel und eine an Latis Bauch zu sehen. In der Abteilung Geschlechtsorgane waren die Babes reicher gesegnet als die meisten anderen Nufonier. Es war nur so, dass die Dinger an den unmöglichsten Stellen auftauchten und auch nicht richtig stabil blieben. Baby steckte ihren Finger hinein, zog ihn heraus und leckte daran.

»Einundfünfzig Illionen!«, jubelte Lati. »Aber seht euch das an«, rief sie überrascht. »Da scheint ein Leck zu sein.«

In der Tat. Ein kleiner perlenförmiger Tropfen hatte sich durch die Spalte auf Jakes Penis gezwängt. »Hallo!«, rief er. »Ich bin's, Prä-Ejakulatio! Alle Systeme feuerbereit! Die Eier sind startklar, die Triebwerke laufen heiß. Der Countdown beginnt ... Jetzt! Zehn, neun ...«

»Es spricht!«, staunte Lati. »Cool.«

Baby hörte auf, ihren Hals zu befummeln. Jake hob den Kopf und sah seinen sprechenden Schwanz entsetzt an. Voll abgedreht.

»Acht.«

Ohne nachzudenken öffnete Lati den Mund und beugte sich vor.

»Nicht drangehen!«, rief Doll und wedelte mit dem Handbuch. »Hier steht, dass man langsam eine Toleranz gegenüber irdischen Flüssigkeiten aufbauen muss. Hier steht …«

Baby stürzte sich auf Lati, um sie zur Seite zu schieben, bevor sie mit ihren Lippen Jakes Schwanz berühren konnte. Wenn jemand das mit dem Erdenjunge machte, dann sie. Er war ihr Erdenjunge, schäumte sie. Wer war hier der Boss?

Zu spät. Sie kamen beide zu spät. WA-WA-WOOM!

Was genau geschah, kriegte keine richtig mit, aber als es vorbei war, lag Lati nach Atem ringend und zerzaust auf dem Boden. Ihr T-Shirt hatte sich um ihren Oberkörper gewickelt, als habe sie sich während eines Tornados angezogen. Eine zitronengelbe Aura pulsierte über ihre Haut, Hitze strahlte in sichtbaren Wellen ab und einige Sekunden lang oszillierte ihre Gestalt zwischen Nufonisch-Grau und Erdenmädchen. Ein Geruch nach Narzissen erfüllte den Raum. Ihre Antennen zitterten und summten. »Wowie Zowie«, murmelte sie. »Atomar-elektrisch.«

Baby war vor Eifersucht wie gelähmt. Scheißtypisch für Lati, sich so vorzudrängen. Gott! Manchmal war sie wirklich stinksauer auf dieses Mädchen.

Kein Wunder, Baby. Weil sie so wild und frei ist, wie du gerne wärst.

He? Wer ist da? Bist du das, Gott?

Nein, hier ist Will Smith. Was denkst du? Natürlich bin ich es. Gott, der einzig Wahre.

So, Gott, du denkst, ich wäre nicht wild und frei?

Leg mir nichts in den Mund. Ich sagte nur, du bist nicht so wild und frei wie Lati. Aber du wärst es gerne. Das Problem ist natürlich auch, dass du dich verrückterweise zu diesem Erdenjungen hingezogen fühlst. Vergiss es. Entführen ist nicht das Wahre, Baby.

Aber …

Also, ich würde gerne noch bleiben und plaudern, aber ich habe noch einen Termin mit einem Orakel wegen einer Prophezeiung. Hooroo und bis dann.

Hoo-was?

Das ist australischer Slang, Baby. Wenn du in Sydney bleibst, dann lern die Sprache.

Hooroo auch dir dann.

»Countdown verschoben«, verkündete der kleine Rest von Prä-Ejakulatio seufzend. Jake fühlte sich nicht mehr ganz so robust wie noch eben. Er fühlte sich sogar ziemlich verstört. »Mum«, flüsterte er. »Mum. Ich will nach Hause.«

KrrrchKKKRRR! Die Sprechanlage meldete sich und die Antwort erfolgte in blechernen Cybersilben: »Ver.stan.den. Gal.gal. Mum.hier. Bitte be.stä.tige.Be.fehl.Heim.kehr.«

Ich nehme nie wieder Drogen, schwor Jake, der sich schnaufend und schwitzend an die Tischkante klammerte. Ich komm mit dieser Scheiße nicht klar.

Baby packte besitzergreifend Jakes schlaffen Schwanz und sprach in die Anlage. Mit Lati würde sie sich später befassen. »Negativ, Mum. Bedienungsfehler. Geh wieder schlafen. Over.«

»Gute.Nacht.« Zzzzt.

Die Foo Fighters sangen weiter.

Unter Babys warmen grünen Fingern bereitete sich Jakes Shuttle ein zweites Mal auf den Abschuss vor.

Lati noch immer regungslos auf dem Boden. Doll kniete sich neben sie. Sie schüttelte sie an den Schultern und strich ihr über die Wange.

»Ich wette, das wäre nicht passiert, wenn wir mit einem Erdenmädchen angefangen hätten«, nörgelte Doll. »Baby, lass es mal für eine Sekunde sein und komm her, ja? Ich bin nicht sicher, ob es Lati gut geht.«

Zögernd wandte Baby ihre Aufmerksamkeit der angeschlagenen Kameradin zu. »Bist du okay, Lati?«, fragte sie, insgeheim hoffend, dass sie für ihre Sünden büßen musste. Dieses Mädchen war nicht bei Trost.

Während sie sich noch um Lati kümmerten, hörten sie plötzlich ein ängstliches Stöhnen hinter sich. Sie drehten sich um.

»Oah! Aah! Oh!«, jammerte Jake.

»Um Saturns willen ...« Doll platzte vor Lachen heraus.

»Aaargh!«

Unbemerkt hatte Revor seinen Socken im Stich gelassen und sich ein Tischbein hinaufgehangelt. Nun hockte er zwischen Jakes gespreizten Beinen und hatte Jakes steifen Schwanz in der Schnauze. Er passte genau. Während Jake vergeblich versuchte, Revor abzuschütteln, saugte der Eyey mit einer manischen Intensität an Jakes Schwanz, die seine kleinen Glubschaugen noch weiter vorquellen ließ. Sein struppiges Fell hatte sich aufgerichtet und zwischen seinen vor Erregung gekrümmten Zehen und Fingern spannten sich bunte elektrische Bögen. Sein kleiner Schwanz zuckte so schnell hin und her, dass man nur noch einen kirschfarbenen Wirbel sah.

Jake war mittlerweile den Tränen nah. Mit einem Aufschrei kam er in Revors Maul. Ein lautes knisterndes Geräusch fuhr durch Revors kleinen Körper. Wie mit Düsenantrieb flog er nach hinten, ein kleiner pelziger Meteor, der gegen die Wand krachte und von dort auf den Boden plumpste, ein Bündel aus feuchtem Fell und wilden Augen.

Lati hob benommen den Kopf. »Rev!«, rief sie leise, bevor ihre Schultern wieder auf den Boden sanken. Revor sah sie ebenso benommen an. Dann schloss er mit einem Schlag die Augen.

Baby hob ihn auf und hielt die Hand über seine Schnauze. »Er atmet noch«, sagte sie. Wieso hatten Revor und Lati den ganzen Spaß gehabt?

»Das war also Sex, he?«, meinte Doll, nicht ganz so unbeeindruckt, wie sie klingen wollte. Sie warf einen weiteren, diesmal intensiveren Blick auf Latis üppige, regungslose Gestalt.

»Ich denke mal, da muss noch mehr dran sein«, meinte Baby sehnsüchtig. »Aber im Prinzip war das Sex, ja.«

»Aber war es Rock 'n' Roll?«, fragte Doll.

Jake, der sich vorkam, als wäre er gerade von einer sehr langen Reise zurückgekehrt, hob den Kopf und sah sie blinzelnd an. Rock 'n' Roll? Hatte jemand Rock 'n' Roll gesagt?

Baby bedachte ihn mit einem hypnotischen Lächeln und sah mit aufflammender Zuneigung, wie er wieder in Bewusstlosigkeit versank.

»Also«, sagte Doll und deutete mit dem Kinn auf Jakes schlafende Gestalt, »was machen wir jetzt mit ihm?«

Baby antwortete nichts. Sie fühlte sich wie jemand, der gerade in einem Raumschiff das Fenster geöffnet hat. Emotionale Dekompression. Das war es also gewesen. Ihre erste Entführung. Awopbopaloobapaolpbamboom. Oh, sie wusste, es würde andere Entführungen geben, andere Erdenjungs. Aber Jake war ihr erster und es war alles so schnell vorbei gewesen. Sie wusste nicht, warum sie sich so leer fühlte. War es immer so nach Sex? Sie sehnte sich nach einer Zigarette. Sehr. Was seltsam war, denn sie hatte nie zuvor in ihrem Leben geraucht.

Doll unterbrach ihre Überlegungen. »Vielleicht ein kleines bisschen Memozid? Wird empfohlen. Sonst neigen die armen Erdlinge leicht zum Trauma.«

Memozid. Gab es in der handlichen FCKW-freien Spraydose oder als Pulver.

»Sicher«, sagte Baby gleichgültig.

»Und hier ist noch etwas anderes, das nützlich sein könnte«, fuhr Doll fort, während sie sich fragte, was mit Baby los war. Sie hatte sich doch nicht etwa wirklich in diesen Erdenjungen verliebt? Das wäre albern. Baby würde sich doch nicht etwa in jeden Erdentyp verknallen, den sie entführen würden? Doll schüttelte den Kopf. Lachhaft.

»Ich verliebe mich nicht, Doll. Mach dich nicht lächerlich.«

Doll lachte. »Gut. Dann sieh dir das an.«

Baby schaute in das Handbuch, das Doll ihr hinhielt. »Sicher. Tun wir's.« Sie drehte sich um und las die Beschriftungen auf den Schubladen, bis sie eine mit der Aufschrift ›Lokalisator‹ fand. »Oral oder anal?«, fragte sie.

»Anal«, meinte Doll bestimmt.

»Mmmm«, stöhnte Lati im Schlaf und ihr Rosenknospenmund formte ein Lächeln.

Sie banden Jake los und drehten ihn um. Doll studierte die Diagramme im Handbuch, zog die Gummihandschuhe an, rieb sie mit Forbidden-Planet-Gleitmittel ein, nahm das Miniaturinstrument und führte es in Jakes Anus ein. »Das wär's«, verkündete sie. »Dieser kleine Blondschopf ist jetzt der erste Twenty-First-Century-Digital-Boy. Er kann nun dahin zurück, wo er einst hingehörte.«

»Und wir können ihn immer finden?« In Babys Stimme klang Hoffnung mit. Sie wollte noch einen Versuch mit Jake machen. Allein.

»Wann wir wollen. Aber geben wir ihm noch ein anderes Andenken an seinen Besuch mit.« Baby sah, was Doll vorschlug und nickte zustimmend.

Als Doll fertig war, richteten ihn die beiden auf und zogen den immer noch schlafenden Jake wieder an. Baby nahm ein Schamhaar als Souvenir und einen Socken behielten sie für Revor. Den Rest seiner Sachen kriegten sie fast so hin, wie er sie angehabt hatte. Er war schwer, aber das machte ihnen keine Mühe. Ihre Energielevel waren atomar. Sie aßen Uranium zum Frühstück. Heavy-Metal-Bräute.

Baby entdeckte ein kleines Stück Papier auf dem Fußboden. Es war aus Jakes Hosentasche gefallen. Eine Visitenkarte, auf der ein mit schwarzer Spitze bedeckter Totenschädel zu sehen war. »PHANTASMA. Zwei Goth-Läden in einem. Für alle spektralen Bedürfnisse.« Die Adresse lautete King Street, Newtown. »Ich schätze, wir können ihn genauso gut dort absetzen«, meinte sie.

Doll nahm den Abduktor, gab die Adresse des Ladens ein und drückte ZURÜCK. Jake löste sich in einer Wolke glitzernder Partikel auf, hing kurz rum und verzog sich dann. »Vermisse dich schon jetzt«, seufzte Baby.

Ich dich noch mehr, dachte Jake. Wieso hatte er das gedacht? Jake wusste nicht, wie die Worte in seinen Kopf gekommen waren. Andererseits war ihm so einiges unklar. Zum Beispiel, wieso er auf der King Street stand, in seinem Wohnort Newtown, einer Vorstadt Sydneys, an einem Sonntagmorgen zur unchristlichen Zeit von acht Uhr, und auf das ›GESCHLOSSEN‹-Schild an der Tür des Ladens seiner Mitbewohnerinnen starrte. Er zitterte am ganzen Körper und sein Kopf tat weh. Ihm fehlte ein Strumpf.

Newtown, wo hauptsächlich Crusties, Punks, Rocker,

Raver, Piercing-Künstler, Installations-Künstler, Möchtegern-Künstler, Bullshit-Künstler und Sauf-Künstler wohnten, war nicht gerade ein Frühmorgenviertel. Es fühlte sich um diese Uhrzeit einfach nicht fit. Genau wie Jake in diesem Augenblick. Newtown fühlte sich, als habe es Katzenfutter als Hirn. Newtown wollte zurück auf seine alte fleckige Matratze kriechen und sich die schmierige Decke über den Kopf ziehen. Newtown brauchte dringend ein Aspirin und eine sehr dunkle Sonnenbrille. Newtown sollte weniger Zeit in Kneipen verbringen und weniger Geld für Drogen ausgeben, sondern mehr die Broschüren beachten, die in den Bio-Läden, den vegetarischen Restaurants und den Zentren für Naturheilkunde auslagen. Newtown brauchte einen ordentlichen Haarschnitt und einen richtigen Job. Newtown schwor sich, nächste Woche alles auf die Reihe zu kriegen. Spätestens übernächste Woche. Definitiv. Wenn nicht, dann die Woche danach. Bestimmt. Wenn Newtown zu dem strahlend blauen Himmel hinaufblickte, der die Bewohner von Strandvororten wie Bondi veranlasste, nach den Surfbrettern zu greifen und die von Darlinghurst, die Cafés zu bevölkern, dann bedeckte Newtown die Augen mit der Hand und sagte: »Scheiß drauf.«

Jake rieb sich die trockenen, schmerzenden Augen. Kleine orangene Gnome in grünen Kostümen hüpften auf seinen Sehnerven herum und sausten die pochenden Venen in seinen Schläfen hinunter. Andere seltsame Schlümpfe packten mit Klauen seine Gedärme, während sie mit winzigen zahnübersäten Mäulern seine Magenwände anknabberten. Außerdem juckte sein Hintern, von innen. Was hatte er bloß gemacht? Plötzlich flackerte für Sekunden ein Bild von Revor vor seinem inneren Auge auf und er verspürte den unwiderstehlichen Drang, auf den Bürgersteig zu kotzen. Der Augenblick ging vorüber. Gott sei Dank. Jake hatte gewiss schon ein paar Mal auf den Rasen gereihert – yap yap! –, aber er selbst fand nicht, dass man dabei cool aussah. Schon gar nicht mitten auf der King Street. Wenn es an der Zeit war, führte er diese Ferngespräche lieber mit der großen weißen Sprechmuschel in der privaten Atmosphäre seines Heims.

Heim. Dort hatte er eigentlich vor fünf Minuten sein wollen. Yap yap? Was zum Teufel bedeutete das?

Die letzte intakte Familie von Newtown ging vorbei und umkurvte Jake höflich, der benommen und schlapp vor ihnen stand, ein Klischee seiner Generation. Dad und Sohn steuerten rechts vorbei, Mum und Tochter links. Wieder vereint setzten sie ihren Weg zur Kirche fort. Vielleicht hatten sie ihn nicht aus Höflichkeit umkreist, dachte Jake beschämt, sondern aus Vorsicht.

Vielleicht, überlegte er weiter, brauchte er Religion. Er stellte sich vor, wie es wäre, dieser kleinen Vision von Normalität in die Kirche zu folgen.

Nee. Das ging nicht. Er glaubte ja gar nicht an Gott. Was in Ordnung ging, weil Gott auch nicht besonders an Jake glaubte. Dennoch brauchte Jake eine schnelle Form der Erlösung. Er drückte die Handflächen gegen die Schläfen. DA DADA DADADA DA DADA. Da drinnen klang es wie auf einer beschissenen Raver-Party. Wenn ein Rock 'n' Roller anfängt, in seinen Adern Techno zu hören, dann weiß er, dass es Zeit wird, gute Nacht zu sagen. Nach Hause, James, und der andere auch, befahl er seinen Füßen.

Als er die Arme senkte, fiel ihm ein Zeichen auf der Innenseite seines rechten Handgelenks auf, blau, etwa zweieinhalb Zentimeter breit. Es stellte eine fliegende Untertasse dar, die durchs All sauste. Jakes Herz setzte für einen Schlag aus. Woher kam das? Was hatte er letzte Nacht gemacht? Agent Mulder. Natürlich. Das Konzert. Das war nur der Stempel, den man am Eingang auf die Hand bekam. Das Bild eines üppigen Mädchens mit grüner Haut und Antennen raste durch seinen Kopf, um sofort wieder zu verschwinden. Er musste wirklich völlig weggetreten gewesen sein. Vielleicht hatte er ein Mädchen kennen gelernt und sie hatte ihn mit zu sich genommen. Wo sonst hatte er die ganze Nacht verbracht?

Wo hatte er sein ganzes Leben verbracht?

Jake feuchtete die Finger an und versuchte, die Tinte abzuwischen, als er auf der Innenseite des anderen Handgelenks ein zweites Zeichen bemerkte. Im Gegensatz zu dem gestochen scharfen Bild der Untertasse, war das andere nur eine Reihe verschwommener Buchstaben. Jake rieb an der Untertasse. Sie ging nicht ab, verwischte nicht einmal. Er rieb fester. Die Haut rötete sich, das Bild blieb. Klar und deutlich. Er leckte die Finger der rechten Hand und rieb probeweise über das Zeichen auf der linken. Sofort hatte er Tinte an den Fingern. Das war eindeutig der Konzertstempel. Er sah von einem Handgelenk zum anderen. Er war doch nicht etwa so daneben gewesen, dass er sich eine Tätowierung hatte machen lassen? Aber Tätowierungen brauchten länger, um so zu werden. Der Skorpion auf seiner rechten Schulter war über eine Woche verschorft gewesen, bevor er schließlich normal aussah.

Jake war weder geistig noch körperlich in der Verfassung, darüber nachzudenken. Er musste nach Hause. Er drehte sich etwas zu schnell um und wäre fast über die grauen Beine eines schmutzstarrenden Planet-Rescue-Bären gestolpert, der am Fenster des Ladens lehnte.

»'tschuldigung«, murmelte Jake und trat beiseite.

»Haste mal 'n Dollar?«, bettelte der Bär. Er hatte offensichtlich die ganze Nacht auf der Straße verbracht.

Jake seufzte. Er suchte in seiner Hosentasche und fand eine Zwei-Dollar-Münze. Komisch. Er war sicher, dass er mehr Geld dabeigehabt hatte. Er sah die Münze an. Wenn man bedachte, wie viel Milliarden nötig waren, um die Erde zu retten, war das nicht viel. Wenn man bedachte, wie viel er in seinen Taschen hatte, war es alles. Andererseits hatte er gerade das erlebt, was andere Menschen als Grenzerfahrung bezeichnen, und fühlte sich etwas schlapp. Er sagte der Münze Auf Wiedersehen und bewegte seinen Arm in Richtung Sammelbüchse. Doch noch bevor er das Geldstück durch den Schlitz werfen konnte, schoss eine Pfote heran und schnappte sie weg.

»Danke, Kumpel«, sagte der Bär. »Die ist für mich. Ich brauche dringend ein Bier.«

Jake öffnete den Mund, um etwas zu entgegnen, besann sich jedoch eines Besseren. Ein Mädchen mit einem blauen Bürstenschnitt, einem Dutzend Gesichtspiercings und Jeans, die mehr aus Rissen als aus Stoff zu bestehen schienen, tappte barfuß vorbei, Arm in tätowiertem Arm mit einem dünnen Jungen mit Dreadlocks und einem langen Batikrock. »Glaubst du an Engel?«, fragte das Mädchen. Der Junge schüttelte den Kopf. »Glaubst du an Elfen?« Er schüttelte wieder den Kopf. Jake schob die Hände in seine mittlerweile leeren Hosentaschen und schlurfte um die Ecke.

»Aliens?«, fragte sie weiter. »Glaubst du an Aliens?«

Aliens. Irgendwo in Jakes Kopf ertönte eine kleine Glocke, aber dort drinnen war es zu unordentlich und verräuchert, um rechtzeitig zur Tür zu kommen und aufzumachen.

»Morgen!« Die tabakraue Stimme seines Nachbarn George unterbrach Jake in seinen Gedanken. Georges kleine grüne Augen leuchteten hell unter gewölbten Augenbrauen, was seinem breiten, ledrigen Gesicht stets einen erstaunten Ausdruck verlieh. Seine dünnen Lippen bewegten sich – George schien oft etwas zu kauen. In Wahrheit kaute er an etwas. Er kaute – und das schon seit Jahren, seit dem Tod seiner Frau Gloria – an zwei miteinander verbundenen Fragen: Wann kam das Ende der Welt und wann landeten die ersten Aliens auf der Erde? Er glaubte – nein, er war völlig davon überzeugt, er wusste es, todsicher –, dass die menschliche Zivilisation kurz davor stand, ihren letzten Seufzer zu tun. Das hatten schon die alten Maya vorausgesagt und die Tageszeitungen gaben ihnen Recht.

Er wusste noch etwas anderes: Wenn die letzten Sekunden der Menschheitsuhr gekommen waren, dann würden gütige Aliens diejenigen retten, die an sie glaubten. Und wenn das geschah, dann standen die Chancen nicht schlecht, dass er wieder mit Gloria vereint würde, in einer anderen Dimension. Das wusste er, weil er Magazine wie *Millenium Watch* und *UFO Quarterly* abonniert hatte. Er korrespondierte mit Frauen in den Dandenongs und Polizisten in Gladstone sowie anderen Leuten, die wirklich schon einmal eine fliegende Untertasse gesehen hatten. Darunter war auch der rätselhafte Bewohner eines Trailerparks in Südaustralien, der in regelmäßigem Kontakt mit Aliens stand, die sich als Delphine getarnt hatten. Es lief auf eines hinaus:

Man musste bereit sein, für alles. Besonders für die Reise nach oben.

George war bereit. Sein gesamter Garten war meterhoch mit toten und sterbenden Elektrogeräten bedeckt. Wo manch ein Stadtbewohner aus Sehnsucht nach dem Landleben einen Jasmin oder Farne gepflanzt hätte, säte Bauer George Reihen von Küchenmaschinen aus, elektrischen Bleistiftspitzern, uralten Fotokopierern, Transistorradios, Nadeldruckern und Fonduetöpfen. Ein schneeweißer Fluss aus kaputten Waschmaschinen und Kühlschränken wand sich an der Seite des Hauses entlang, das Dach war mit Antennen voll gestopft. Warum genau dies die richtige Art war, sich auf die Apokalypse vorzubereiten, hätte George nicht genau sagen können – es kam eben auf Intuition an.

Seine Intuition sagte ihm, dass an der Alien-Front keineswegs Frieden herrschte. Zum einen waren die Zeitungen voll von Zeichen, dass das Ende der Welt nahte. Die Regierung hatte vor kurzem verkündet, dass sie zur Verringerung der Staatsschulden den Großteil der Natur- und Kulturschätze des Landes zum Verkauf anbieten wollte – darunter alle Gebiete des World Heritage, das Opernhaus, Uluru, ein halbes Dutzend Tanztheater und ein oder zwei Komiker. Diese Regierung leitete Atommülltransporte durch innerstädtische Wahlkreise, in denen zu viele Künstler, Homosexuelle und Frauen wohnten, die Wortpaare wie ›man/frau‹ benutzten. Sie hatte die Versöhnung mit dem Australien der Aborigines gestoppt, weil diese Versöhnung als ›politisch korrekt‹ betrachtet wurde, und die Regierung wollte sich auf keinen Fall bei etwas ertappen lassen, was man als korrekt hätte missverstehen können. Sie wandelte die ABC, den nationalen Rundfunk- und Fernsehsender, in ein Privatunternehmen mit Hamburger-Franchise um. In Amerika schworen Teenager, bis zu ihrer Hochzeit Jungfrauen zu bleiben, während ihre Partner gelobten, für Jesus Schwule zu killen. Die einzige ethnische Gruppe auf der Welt, die nicht versucht hatte, eine andere ethnische Gruppe zu vernichten, war bei einem Busunglück ausgelöscht worden. Schiffe mit giftigem Chemieabfall trieben führerlos auf dem Meer. Dann und wann kippte etwas davon in die Mäuler von Walen. Und das waren nur die Nachrichten von letzter Woche.

Tick tick tick. Die gute Nachricht: Überall auf der Welt waren vermehrt UFOs gesichtet worden, gestern allein ein Dutzend über South New Wales. General Jackal oder sonst jemand aus dem US-Verteidigungsministerium hatte eine offizielle Verlautbarung herausgegeben, in der verirrte Wetterballone, Lubbocklichter und andere UFOs verantwortlich gemacht wurden. Er gab keine Stellungnahme zu der internationalen Rekordernte neuer Kornkreise ab, die in Form von CDs, Schallplatten und Kassetten daherkam.

Dazu kam noch der seltsame Traum, den George letzte Nacht gehabt hatte. Darin war er durch den Busch gelaufen, bis er an einen großen flachen Stein gekommen war. Er beugte sich herab und drehte ihn um. Dort lag ein wunderbarer zierlicher Luftgeist, der lächelte und mit seinen Flügeln schlug. *Ich bin das Mädchen vom Mars,* sagte sie, *frag Jake, wenn du mir nicht glaubst.* Ich glaube dir, hatte George geantwortet. *Also gut,* forderte sie ihn auf, *dann folge mir.* An dieser Stelle war George aus dem Schlaf geschreckt.

Frag Jake. George winkte Jake zu sich.

Jake war nicht nach Plaudern zumute. Andererseits, dem aus dem Weg zu gehen, bedeutete mehr Mühe, als es zu ertragen. Er schlurfte auf George zu, der an Flaschenzüge erinnernde Geräte von seinem Pick-up lud. »Was hast du da, George?«, fragte er.

»Bauchtrimmer«, antwortete George.

»Super«, murmelte Jake. Damit glaubte er seine Pflichten als Nachbar erfüllt zu haben. Er gähnte. »'tschuldigung«, sagte er und hielt die Hand vor den Mund. »War ein bisschen viel letzte Nacht.«

Georges scharfer Blick fiel sofort auf Jakes Handgelenk. »Neue Tätowierung?« Er versuchte, das Zittern in seiner Stimme zu unterdrücken.

»Na ja, so ungefähr«, murmelte Jake.

»Steckt eine Geschichte dahinter?«

»Eigentlich nicht«, antwortete Jake. »Na ja, vielleicht. Kann jetzt gar nicht viel dazu sagen. Ich bin kaputt. Bis später.«

George zuckte mit den Schultern und ließ sich seine Enttäuschung nicht anmerken.

Jake schleppte sich zu dem verwahrlosten Reihenhaus nebenan, in dem er wohnte. Er drückte das quietschende Gartentor auf und ging vorbei an den überquellenden Kartons mit Flaschen und Büchsen, die er eines Tages zum Recyceln bringen würde. Auf dem Weg zur Tür schaffte er es eben noch, nicht in einen frischen Haufen Hundescheiße zu treten. Jake fühlte nach dem Lederband, an dem seine Schlüssel hingen. Es war nicht da. Scheiße! Das war zu bescheuert. Er rechnete schnell nach. Minus: ein Socken, seine Schlüssel, eine Nacht. Plus: eine Tätowierung und einen Whopper von einem Kater. Eine Nacht, die er nicht so schnell vergessen würde. Wenn er sich bloß an sie erinnern könnte.

Er hämmerte gegen die Tür. Keine Antwort. Seine Mitbewohner schliefen noch. Er hörte, wie Iggy Zardust, sein Bullterrier, zur Tür gerannt kam. Seine Krallen klickten auf dem unpolierten Dielenboden im Flur. Iggy zog seine Unglaublich-froh-Herrchen-daheim-zu-haben-Show ab; er kratzte an der Tür, wedelte mit dem Schwanz und fiepte mit einem Enthusiasmus, der noch nicht einmal total geheuchelt war, der Jake aber dem Eintritt ins Haus kein Stück näher brachte. Jake seufzte und schlurfte um den Block herum nach hinten, kletterte über den Zaun und holte den Ersatzschlüssel unter dem Versteck, einem deformierten Gartenzwerg, hervor.

Als er schließlich drinnen war, kraulte er Iggy hinter den flatternden rosa Ohren und atmete den vertrauten Geruch der Wohngemeinschaft ein – eine beruhigende Melange aus schalem Bier, dreckigem Hund, überquellenden Aschenbechern, schlafenden Menschen, schmutzigem Geschirr und der legendären verschwundenen Banane. Aromatherapie. Schön, wieder zu Hause zu sein.

Jake kroch in sein Zimmer hinauf. Dort sah es aus, als sei ein Waschsalon explodiert. Schmutzige und saubere Kleidungsstücke paarten sich schamlos und haufenweise auf dem Boden oder räkelten sich auf dem zerbrechlichen, dreibeinigen Stuhl, den er vom Sperrmüll geholt hatte. Das einzige im Zimmer, das nicht mit Unterhosen, T-Shirts, alten

Anzugjacken, Retro-Hemden, Socken und Jeans bedeckt war, war der Kleiderständer in der Ecke, an dem ein halbes Dutzend langzeitarbeitslose Kleiderbügel baumelten. Jake machte mit den Füßen einen Weg zur Matratze frei. Schwer ließ er sich auf sein Bett fallen, wobei er ganze Kolonien von Staubmilben aufschreckte und zwei sich paarende Kakerlaken beim Liebesspiel unterbrach. Er verärgerte einen Floh, der sowieso schon schlechter Laune war, seit er vor zwei Tagen Iggy verloren hatte, und brachte ganz allgemein das zarte ökologische Gleichgewicht ins Wanken. Jake machte den Aufruhr vollkommen, indem er die Stiefel abstreifte. Der Geruch ließ sämtliche Lebensformen in Richtung Tür flüchten.

In Jakes Kopf drehte sich alles wie eine Schallplatte auf dem Teller. Eine 45er auf 78. Alvin and the Chipmunks auf Speed. Seit er sich auf der King Street wiedergefunden hatte, wollte er nichts als schlafen. Wenn sein Kopf das Kissen berührte, würden alle Lichter ausgehen. Aber das taten sie nicht. Halluzinatorische Bruchstücke spulten sich in seinem Hirn ab. Doch als langsam so etwas wie Nüchternheit durch sein System kroch, sagte irgend etwas in Jake, dass es keine bloße Halluzination war, an die er sich erinnerte. Also gut, räumte er ein, es ist wahr. Es ist geschehen. Ich kümmere mich morgen darum. Nachmittags. Kann ich jetzt schlafen?

Klar doch, antwortete die ehrlich erleichterte Schlaf-Elfe, die ungeduldig über seinem Bett geschwebt hatte. Du brauchtest nur zu fragen. Kopfschüttelnd sah sie auf ihre Armbanduhr, streute ihm Schlafsand in die Augen und flog aus dem Fenster zu ihrem nächsten Termin, bei dem sie schon reichlich spät dran war. Erdentypen. Warum machten sie diese Sache so kompliziert? Und dann, dachte sie wütend, hat man Leute wie diesen Heini auf der Straße, die gar nicht an Elfen glauben. Mmh. Mal sehen, ob der je wieder schlafen kann.

In seinem Traum stieg Jake in ein üppiges Feld unter einem grünen Himmel hinab. Babys weicher Mund schwebte wie ein Tagesmond in der Luft und ihre träge, sexy Stimme umnebelte ihn wie Tau. Aber so sehr er sich auch anstrengte, er konnte nicht verstehen, was sie sagte. Er streckte die Hand aus und erwischte einen ihrer Füße. Er war klein, rundlich, rosa und hatte sieben Zehen. Jake bekam einen Steifen, stöhnte und spritzte in sein Laken ab.

Gegen halb drei nachmittags wachte Jake auf. Sein Kopf fühlte sich an wie einer von Iggys angekauten Tennisbällen, sein Magen, als habe er soeben die verschwundene Banane verspeist. Er wickelte sich ein Handtuch um die Hüfte und schlich den Flur hinunter ins Bad. Er setzte sich auf die Toilette und griff automatisch nach *Krieg und Frieden*, das schon ewig auf einem der Regale stand. Als er eine alte Ausgabe des Fanzines *The Skills of Defensive Driving* unter dem Waschbecken bemerkte, legte er das Buch sofort wieder weg. Weiter als bis Seite zwei war er mit *K&F* noch nicht gekommen. Er würde es lesen, wenn er alt war. Für heute begnügte er sich damit, den Gedanken des SODD-Redakteurs zu folgen, warum er ein Versager war. Jake fühlte sich langsam besser. Ohne den Blick von der Magazinseite zu nehmen, griff er zur Wand und spürte eine Pappröhre zwischen seinen Fingern. »He Leute!«, rief er. »Hallo! jemand zu Hause?« Er seufzte. »Warum sind die Klorollen immer dann alle, wenn ich einen Schiss mache?«

»Nörgel, nörgel, nörgel«, kommentierte Tristram, der zufällig am Klo vorbeikam. »Lass die Hosen unten. Ich schau mal nach, ob wir noch Papier im Schrank haben.« Tristram ging davon, lief direkt gegen eine Wand und prallte davon ab, lief sofort gegen die nächste Wand und titschte im Zickzack zum Schrank. Er tat so, als sei er die Kugel in einem Flipper.

Für Tristram ein keineswegs ungewöhnliches Verhalten. Er und sein Zwillingsbruder Torquil waren sozusagen sich selbst unterhaltende Einheiten. Als Ausgeburten einer schottischen Mutter und eines ägyptischen Vaters besaßen sie die Augen der Pharaos, eine stolze Nase und schlanke Gestalt. Ihre Haut hatte die Farbe von Milchkaffee, ihr Haar das der Woche. Diese Woche war Tristrams violett, Torquils blau. Er trug ein lachsfarbenes Kleid mit Spitzenkragen, das er in einem Op-Shop entdeckt hatte. Tristrams persönlicher Held war Kwong José Abdul Foo von der Band Chunderer aus Brisbane. Kwong José war ein Multi-Kulti-Rock 'n' Roller, der ebenfalls auf Kleider stand. Trist fand Kwong José echt cool.

Schließlich kehrte Tristram mit einer Rolle Klopapier zurück. Gerade als er die Tür öffnen wollte, sah er, dass Iggy davor Wache zu stehen schien. »Was ist los, Iggy?«, fragte er. Iggy reagierte mit einem Schwanzwedeln und einem leisen, kehligen Seufzer. Seine rosa Schweinsäuglein richteten sich auf einen Punkt in halber Höhe der Tür. Tristram sah, dass Iggy eine große Kakerlake verfolgte, die langsam die Tür hinaufkrabbelte. Er fragte sich, wie lange Jake schon da drin saß. Tristram lächelte und streichelte Iggy über den Kopf. Iggy erwiderte das Lächeln wie ein gut gelaunter Schläger und zeigte die Zähne.

Tristram öffnete die Tür einen Spalt, bedacht, die Kakerlake nicht zu stören, und warf das Toilettenpapier hinein.

»Torq! Mein Bester!«, rief Jake dankbar von seinem Porzellansitz.

»Ich bin Trist. Ich bin diese Woche der Violette, weißt du nicht mehr? He, wo hast du letzte Nacht gesteckt, Mann?«, sagte Tristram durch die Tür. »Wir haben noch gesehen, wie du diesen höllischen Stage Dive gemacht hast und dann warst du irgendwie weg. Wir haben dich nach dem Konzert gesucht, konnten dich aber nirgendwo finden. Wir dachten, du hättest 'ne Braut aufgerissen.«

»Eigentlich«, sagte Jake vorsichtig, während ein flüchtiges Bild – er gefesselt auf einem Tisch – an seinem geistigen Auge vorbeiflog, »bin ich von Aliens entführt worden und musste in ihrer fliegenden Untertasse Sex mit ihnen machen.«

Tristram riss die Tür auf. Die Kakerlake verlor den Halt, breitete ihre mahagonifarbenen Flügel aus und fiel in einem perfekten Bogen rückwärts direkt in Iggys offenes, empfangsbereites Maul. Die Kiefer des Hundes schlossen sich und sein Grinsen wurde breiter. Mit wackelndem Kopf trottete er in die Küche, um mit seinem Snack zu spielen.

Währenddessen betrachtete Tristram Jake mit einem sardonischen Lächeln. »Sicher«, sagte er ungerührt. »Und meine Mutter ist eine Klingonin.« Dann fuhr er herum und starrte die Stelle an, an der er gerade gestanden hatte. »Wage es nicht, so über meine Mutter zu sprechen!«, zischte er.

»Wenn du nichts dagegen hast«, sagte Jake und zog die Tür zu. »Hat man hier denn überhaupt keine Privatsphäre mehr?« Er bedauerte, überhaupt etwas gesagt zu haben.

»Und?«, fragte Tristram hinter der Tür.

»Und was?«

»Waren sie süß?«

Jake überlegte. So sehr er sich bemühte, er konnte sich an kein einziges Detail von ihrem Äußeren erinnern. »Ja«, improvisierte er. »Die süßesten kleinen Aliens im All. Sie tragen Moc Dartens.«

»Was?«

»Doc Martens, meine ich.«

»Ich glaube, wir sollten öfter Mittwochabend ausgehen.«

»Wieso?«

»Ich glaube, du siehst zu oft *Akte X*.«

»Warte, warte.« Jake kämpfte, um etwas zu retten, das in seinem Kopf von einem eifrigen Memozid-Partikel gejagt wurde. »Ähm, die sehen auch *Akte X*«, sagte er zögernd. Plötzlich juckte sein Hintern.

»Lass mich das wiederholen«, sagte Tristram. »Du bist von einer Horde Aliens entführt worden, die sexuelle Experimente mit dir gemacht haben und die zufällig *Akte-X*-Fans sind?«

»Ja, ich glaub schon.« Jake schüttelte den Kopf. Jetzt, wo er darüber nachdachte, war er nicht mehr so sicher. Es mussten die Drogen gewesen sein.

»Wie ist ihre Telefonnummer? 0055-Space Cadet?«

»Ich glaube, sie wollten sich melden«, sagte Jake. Ihm tat es Leid, dass er überhaupt etwas gesagt hatte. Wahrscheinlich hatte er sich alles eingebildet. Jetzt würde ihn Tristram – und zweifellos auch Torquil – in den nächsten Tagen ständig mit dem Thema Aliens aufziehen. Vielleicht sollte er einfach ein paar Panadols in einem großen Glas Wasser schlucken und wieder ins Bett gehen. Er kam aus dem Bad, das Handtuch um die Hüfte. »Ach ja«, sagte er und kratzte sich am Kopf. »Ich bin auch noch von einem Planet-Rescue-Bär angeschnorrt worden.«

»Echt?« Jetzt sah Tristram wirklich schockiert aus.

»Echt. Er hat meine letzten zwei Dollar bekommen. Sagte, er bräuchte ein Bier.« Jake runzelte die Stirn. Er schüttelte den Kopf. Seine Hand hing fest. »O Shit«, fluchte er.

»Was ist los?«

»Der Ring hängt fest«, sagte Jake und bewegte das Handgelenk. Dann und wann machten seine Dreadlocks Gefangene: Ringe, kleine Nahrungsteile, einen verirrten Käfer. »Hilf mir mal.«

Tristram rollte die Ärmel seines Kleides hoch, grinste theatralisch und griff heldenhaft zu. Nachdem er Jakes Hand befreit hatte, gingen sie nach unten in die Küche. Der große Raum mit seinen gemischten Antipasti aus gefundenen Tellern und gestohlenem Besteck, seinem krümelübersäten Boden, seinen angebratenen Wänden, seinem mit Butter übergossenem Tisch, seinem flambierten Herd und zuckerverkrusteten Sitzbänken bildete das warme und nahrhafte Herz der Wohngemeinschaft.

Ihre Mitbewohnerinnen Saturna und Skye saßen am Tisch und blickten nicht einmal hoch, als die beiden eintraten. Saturna und Skye tranken Kaffee aus schwarzen Schüsseln und sprachen über das Ende der Welt, von dem sie, wie George, annahmen, dass es unmittelbar bevorstand. Aber während es George ängstigte, erregte es sie. Finsternis und Verderben waren ihre Lieblingsthemen. Sie waren Goths. Außerdem waren sie lesbische Liebhaberinnen und Geschäftspartner. Sie betrieben das ›Phantasma‹, Goth- und Friseurladen in einem, wo man so ziemlich alles bekam, von weißem Gesichtspuder bis zu Futons in Sargform. Sie hatten sich außerdem auf Haarfärben in Violett, Scharlach und Schwarz spezialisiert. Die zierliche Skye trug Schichten scharlachroter und schwarzer Spitze; die üppige Saturna war ein Purpurwesen mit einer besonderen Vorliebe für Samt, auch im Sommer. Sie bedeckten ihre Haut mit dick aufgetragener leichenblasser Foundation, hatten sich ihre eigenen Augenbrauen abrasiert, um dramatischere aufmalen zu können, und trugen auberginefarbenen Lippenstift. Sie wohnten im Souterrain, wo es so dunkel war, dass man kaum etwas sehen konnte; das war, bevor sie die Wände in mattem Schwarz gestrichen hatten.

»Ihr wart hier? Habt ihr nicht gehört, wie ich nach Klopapier gerufen habe?«, tat Jake empört. Echte Empörung hätte zu viel Energie und Interesse gefordert. Ohne eine Antwort abzuwarten, gähnte er, öffnete den Kühlschrank und sah hinein.

»Wir ersetzen das Papier immer, wenn wir eine Rolle aufgebraucht haben«, belehrte Saturna ihn und tauschte einen verschwörerischen Blick mit Skye aus. »Wir dachten, ihr Jungs könntet mal eine Lektion gebrauchen.«

»Ihr?«, sagte Tristam beleidigt. »Was habe ich getan? Irgendwie unfair.«

Jake unternahm eine kurze Bestandsaufnahme des Kühlschrankinhalts: eine kleine Schüssel mit wochenalter Linsensuppe, ein paar verdächtig aussehende Tomaten, ein Sechserpack VB, ein halbes Glas Thai-Currypaste und eine Pfanne mit angebackenem Reis. Das gehörte den Jungs. Saturnas und Skyes Seite bot etwas einigermaßen frisches Obst und Gemüse, eine Schüssel Chili, ein großes Stück Tofu in einer Schüssel mit Wasser, einen Laib Brot, ein Glas mit Kaffeebohnen und eine halbe Packung Eier aus Freilandhaltung. Jake nahm sich ein Bier. »Proteinfrühstück«, sagte er und klopfte sich auf seinen unerklärlich flachen Bauch. »Wo ist Torq?«, fragte er. »Wir wollten doch heute Nachmittag proben.«

»Er macht einen Spaziergang auf der King Street«, antwortete Tristram. »Wegen Federboas oder so. Er hat gesagt, er käme bald wieder.«

Iggy, der die Kakerlake mittlerweile verschlungen hatte, schlürfte laut und zufrieden Wasser aus seiner Schüssel. Saturna und Skye sahen sich an. Iggy war ein solcher *Junge*. Trotz seiner unästhetischen rosa Haut und seinem furchtbaren, scheinbar unerträglichen Geruch mochten die Mädchen

Iggy eigentlich recht gern. Sie hatten jedoch nicht vor, Jake das wissen zu lassen. Sie spielten nur mit ihm, wenn Jake nicht da war. Iggy verhielt sich ganz cool. Er schien die Regeln des Spiels verstanden zu haben und hielt sich so lange von den Mädchen fern, bis Jake und die Zwillinge das Haus verlassen hatten. Dann rannte er in ihr Zimmer, rollte sich auf den Rücken und ließ sich von ihnen den Bauch kitzeln, während er sich wand und stöhnte und den Hals streckte und mit den Beinen in der Luft strampelte. Er leckte ihnen die Ohren, wobei er instinktiv darauf achtete, ihnen nicht das aufwendige Make-up zu ruinieren. Das Telefon klingelte. Tristram nahm den Hörer ab. »Sam und Tonys Panierte Pizza«, sagte er und erntete dafür ein gelangweiltes Lächeln von den Mädchen. »Jake? Äh, wer ist da? Larissa?« Tristram sah fragend zu Jake hinüber. Jake schüttelte entschieden den Kopf. »Ähm, Larissa, er ist nicht zu Hause. Ich sag ihm, er soll dich anrufen. Ja, ja. Mach ich. Bestimmt. Nein, ich vergesse es nicht.« Tristram verdrehte die Augen. »Keine Sorgen. Bis dann. Bye.« Er legte auf und sah Jake entnervt an. »Ich hasse diese Scheiße, Mann«, beklagte er sich. »Von jetzt an gilt – wenn du sie anmachst, nimmst du auch ihre Anrufe entgegen.«

Jake zuckte mit den Schultern und wechselte das Thema. »Habt ihr Georges neue Bauchtrainer gesehen?«

Skye trank einen Schluck Kaffee. »Hat er dir je erzählt, warum er den ganzen Schrott sammelt?«

»Nein«, sagte Jake. »Was steckt dahinter?«

»Er glaubt, dass unmittelbar vor der großen Apokalypse fliegende Untertassen am Himmel erscheinen und die Aliens diejenigen von uns retten werden, die, wie er es nennt, ›bereit‹ sind.«

»Bereit? Du meinst, wer Tonnen von kaputten Heimorgeln und Cappucinomaschinen hortet, ist ›bereit‹?«

»Offensichtlich.«

»Abgedreht. Übrigens«, sagte Tristram, während Jake die letzten Tropfen Bier aus der Dose saugte, »hat mir Jake erzählt, dass er letzte Nacht von Aliens entführt wurde, die in ihrer fliegenden Untertasse sexuelle Experimente mit ihm gemacht haben.«

»Toll«, meinte Saturna vage. Wenn er gesagt hätte, dass Jake von Vampiren oder Zombies entführt worden sei, hätte es sie mehr interessiert. Sie bemerkte etwas auf dem Küchentisch und rümpfte angewidert die Nase. Vorsichtig nahm sie das Objekt des Anstoßes zwischen Daumen und Zeigefinger und hielt es hoch, damit es alle sehen konnten. »Wem gehört dieses Schamhaar?«, fragte sie anklagend. »Jake?«

Jake zuckte die Achseln und hielt die Hand hin. »Weiß nicht«, meinte er trocken. »Aber ich nehm's. Mir fehlt eins.«

Da hatte er Recht.

Währenddessen an anderer Stelle im Kosmos ...

»Wir haben hier ein Problem.« Captain Qwerk räusperte sich. Es klang wie das Zwitschern eines Glockenvogels. Die Haut der Nufonier mag kalt aussehen, aber sie kann ungeheuer angenehme und oft überraschende Klänge hervorbringen. Es gibt zum Beispiel keinen anderen Schallstoß im Universum, der es mit dem klaren, kristallinen Ton und der symphonischen Klangbreite eines nufonischen Furzes aufnehmen kann.

Ein Notfalltreffen der Interplanetarischen WAEE (Versammlung vernünftiger Aliens zur Erforschung der Erde) war einberufen worden. Vertreter verschiedener Planeten hatten sich in dem Raum versammelt. Unter den Anwesenden befanden sich auch einige Cherubim vorn Planeten Cherubi. Von allen Aliens ähnelten die Cherubim äußerlich den Menschen am meisten. Selbst die über Hundertjährigen hatten rosa Haut, goldene Locken und süßen Babyspeck. Herrliche schneeweiße Flügel wuchsen aus ihren molligen Rücken. Trotz ihrer unschuldigen Erscheinung hatten sie alle einen Sinn für derbe Streiche. Außerdem waren sie hoffnungslos exhibitionistisch und posierten gern nackt für Maler. Irgendwann nach der Renaissance wurde ihnen das jedoch langweilig. Sie begannen ihre Termine zu verschwitzen oder onanierten beim Modell-Stehen. Dies beschleunigte den Niedergang der sakralen Kunst und förderte den Aufstieg des Säkularstaats in Europa. In den letzten Jahren waren sie von der Idee fasziniert, Wim Wenders zu entführen. Es gab auch eine Anzahl Delegierter von Sirius. Sirianer hatten sechs Augen und waren hochintelligent, gleichzeitig aber auch so albern, dass sich viele von ihnen buchstäblich zu Tode lachten (außerdem waren sie fast lebensgefährlich schlampig). Auch ein Alpha Centaurianer war dabei und eine Abgesandte von ETs Heimatplaneten. Sie hielt sich allerdings zurück – ihr Volk litt noch immer unter der Peinlichkeit von ETs weit verbreitetem Missgeschick.

Den Aliens bot sich nicht oft Gelegenheit zu einem interplanetarischen Plausch. Trotz der angeblich so ernsten Lage plauderten sie noch angeregt miteinander, als Qwerk die Versammlung zur Ruhe rief, tauschten die neuesten Nachrichten aus und zeigten einander einige der Spielzeuge, die sie auf ihren letzten Reisen zur Erde hatten mitgehen lassen. Ein Cherubini hatte einen delphinförmigen Dildo mitgebracht, den ein Sirianer zur allgemeinen Belustigung in eines seiner drei Nasenlöcher steckte. Ein kleiner Schwarm von Grau, vor Aufregung klingelnd und bimmelnd, umringte einen anderen kleinen Engel, der mit einem Gameboy spielte. Zögernd begaben sie sich auf ihre Sitze und wurden ruhig. Als sich die Stille herabsenkte, hörte man, wie der Alpha Centaurianer auf einem Quarzkristall-Snack herumkaute. Er gab sich alle Mühe, nicht zu schmatzen, aber bei jedem vorsichtigen Knirschen platzte irgendeiner der eher unreifen Außerirdischen am Tisch fast vor Lachen.

Qwerk räusperte sich noch einmal. Kling pling ding dong.

Einige der Nicht-Nufonier tauschten heimliche Blicke aus. Nur weil die Nufonier die einzige intelligente Lebensform im All waren, die organisiert genug war, um die Expedition zur Erde zu starten, an der sie alle so gerne teilnehmen wollten, hielten sie sich wohl für die Herren des Universums oder so. Nufonier waren ja so furchtbar rational und vernünftig. Ihre Behausungen waren ohne Ausnahme sauber und ordentlich, sie stritten sich nie, wer den Müll raustragen sollte, sie glaubten, dass Bürokraten ›einfach nur ihren Job machten‹, und irgend etwas spontan zu tun, fanden sie weniger verdächtig als einfach nur unvorstellbar. Ihre Auren glühten beständig, weil sie dank Selbstheilung und gesunder Lebensweise topfit waren, und sie dachten sogar daran, sich zu versichern, wenn sie auf Astralreise gingen. Kein Nufonier hatte Schwierigkeiten damit, einen Videorecorder zu programmieren oder ein von IKEA entwendetes Möbel zusammenzubauen. Mit anderen Worten, sie waren die nervigsten Aliens im ganzen Universum. Ein paar Sirianer hatten mal versucht, das Monopol der Nufonier auf ernsthafte Weltraumreisen zu brechen, aber, nun ja, die Maschine war da, der Raketenantrieb dort, jemand sagte, sie könne den Treibstoff über einen privaten Kontakt besorgen, verlor dann aber die Telefonnummer und überhaupt wusste keiner, wo die Abschussrampe geblieben war.

Die Nufonier wiederum hätten es vorgezogen, ihre terrestrischen Expeditionen ohne diese kosmischen Clowns durchzuführen. Die traurige Wahrheit lautete jedoch, dass im Spezial-Treibstoff für diese Langstreckenflüge Mineralien und Chemikalien enthalten waren, die es auf Nufon nicht gab. Sie mussten um die Hilfe der anderen werben. Und die anderen halfen nur zu gerne, auf ihre Weise, im Austausch für Gratisreisen zur Erde.

Die Erde zog die Aliens magnetisch an. Sie liebten sie. Was für ein funkiger, schrottiger, chaotischer, wilder und verrückter Planet. Sie konnten nicht genug von ihm bekommen. Einige Aliens, wie die Cherubim oder die Sirianer, hingen dort einfach nur gerne ab. Andere, wie die hoffnungslos versauten Zeta Reticulaner, spielten den Erdlingen Streiche. Sie huschten nachts aus Kinderzimmerschränken, brannten zusätzliche Tracks auf CDs und hielten Reinkarnations-Seminare für ganz dumme Leute ab, die glaubten, sie seien Cleopatra.

Die Nufonier behaupteten einfach, sie wollten die Welt verbessern. »Und ist das«, wie sie allzu gerne sagten, »denn eine schlechte Sache?« Irgendwie vergaßen sie zu erwähnen, dass sie einen Geheimplan hatten. Der Geheimplan war 1475 Seiten stark, genau eine Seite länger als Vikram Seths *Eine gute Partie,* was es zum dicksten Buch im ganzen Universum machte. Es gab exakt zwei Exemplare.

Qwerk bedeutete den beiden interstellaren Polizisten, die das Treffen bewachten, hinauszugehen und die Tür zu schließen. »Was ich zu verkünden habe«, sagte er, wobei seine Stimme bedeutungsvoll hallte, »ist recht delikat.«

Ein Cherubim gähnte laut. Qwerk sah ihn entrüstet an.

»Sorry«, kicherte sie. »Ist spät geworden gestern.«

»Ich würde es begrüßen, wenn diese Information unter uns bleibt. Aber wir haben es hier mit einem suboptimalen … nun, einfach gesagt, haben wir es mit den Folgen eines fehlgeschlagenen Experiments zu tun.«

»Cool«, befand der Alpha Centaurianer.

Wenn das hier die vernünftigen Aliens sein sollen, dachte Qwerk nicht zum ersten Mal, dann kriegt das Universum Probleme. Der Alpha sah seinen verärgerten Blick. »Sorry«, sagte er. »Nur weiter. Aua.« Er schlug nach einem Sirianer, der unter den Tisch gekrochen war, um an seinen Zehen zu saugen. Alpha Centaurianer hatten besonders aufregende Zehen, und davon zwanzig an jedem Fuß.

Qwerk legte den Kopf in seine grauen leuchtenden Hände. »Bitte, jetzt mal ernst! Nur für eine Minute!«

»Ja!«, rief ein Cherubim. »Wir wollen Ernst!«

»Wir wollen Ernst!«

»Wir wollen Ernst!« Der Cherubim stürzte sich mit den anderen auf den Sirianer, den sie niederhielten und kitzelten, bis er fast verschied. Wellen von Gelächter, das Flattern fetter weißer Flügel, das Quietschen und Fiepen von Alienkörpern, die sich rangelnd auf dem Boden rollten, sowie atemlos ausgestoßene Bitten um Gnade hallten von den Wänden. Unwillkürlich begannen Qwerks Antennen zu vibrieren und eine große blaue Träne tropfte aus einem seiner großen schwarzen Augen.

Einer der Cherubim wies die anderen darauf hin. »Pssst, pssst.« Unter Ächzen und Stöhnen und ein paar heimlichen Püffen und Kniffen setzte man sich wieder.

»Kurz gesagt«, nahm Qwerk erneut Anlauf, »haben wir Experimente mit Hybriden gemacht. Kreuzungen zwischen Nufoniern und Erdlingen, um genau zu sein. Das ist ein, ähm, recht schwieriges und riskantes Unterfangen. Wir hatten gehofft, dass eine Auffrischung des menschlichen Genpools mit nufonischen Genen einen beruhigenden Effekt auf die Erdlinge haben würde. Ich kann übrigens nicht verstehen, was es dabei zu grinsen gibt. Wir hofften, dass sie vernünftiger, klüger, ausgeglichener und weniger aggressiv würden. Sie sollten nicht mehr meckern, wenn sie Schlange stehen oder Formulare in dreifacher Ausfertigung ausfüllen mussten. Schließlich ...«

»Machen Beamte nur ihren Job«, schallte es ihm im Chor entgegen.

Wie alle Nutenier litt auch Qwerk unter massivem Ironiemangel. Er verstand nicht, dass sie sich über ihn lustig machten. Er glaubte, sie hätten endlich kapiert. Wurde auch Zeit. Er hätte gelächelt, aber die nufonische Miene ist von Natur aus starr, und so fuhr er gleichmütig fort. »Eine kleine, aber wachsende Anzahl von Erdlingen versteht und unterstützt unsere Bemühungen. Wir haben Verbindungen, die von Sedona im Südwesten Amerikas bis nach Mullumbimby an der Ostküste Australiens reichen.«

»In Mullumbimby hab ich das beste Dope meines Lebens gekriegt«, flüsterte ein Cherub dem Alpha zu. »Ich hatte eine Nirvana-Vision. Dreizehn Dalai Lamas und Kurt Cobain saßen auf diesen riesigen Lotusblättern und hatten eine scharfe Jam Session.«

»Du hast Glück«, seufzte der Alpha. »Bei uns wirkt Dope immer nur so, dass wir mit dem Ellbogen an Sachen stoßen.«

»Das kann auch interessant sein.«

»Na ja, mir hat es schon GROSSEN ÄRGER gemacht.«

»Erzähl.«

Qwerk klopfte auf den Tisch. »Darf ich um Aufmerksamkeit bitten?«

»Gleich, Mann«, versprach der Alpha.

»Wie ihr euch vorstellen könnt, hat es einige Rückschläge gegeben. Wir mussten eine ganze Reihe von, ähm, Sexexperimenten mit irdischen Objekten, männlich und weiblich, machen.« Jetzt hatte Qwerk ihre Aufmerksamkeit. »Obwohl wir eine Anzahl von, ähm, biodynamischen Positionen und, äh, mechanischen Apparaturen ausprobiert haben, hatten wir am Anfang doch enorme Schwierigkeiten damit, nufonische Eier mit irdischem, ähm, Sperma, zu befruchten. Umgekehrt lassen sich auch irdische Eier nur schwer von nufonischem Sperma, ähm, penetrieren. Durch, äh, Ausdauer und Sorgfalt ist es uns schließlich gelungen, die Knackpunkte zu überwinden.« Qwerk errötete hellblau und sah seine Zuhörer an.

Bis auf das flüsternde Flattern der Engelsflügel – trotz ihrer Modell-Erfahrung konnten die Cherubim nie ganz still sitzen, wenn sie aufgeregt waren – herrschte Ruhe. Auch die Sirianer waren gepackt. So, selbst die langweiligen alten Nufonier machten dann und wann einen drauf. Die anderen konnten es kaum bis zur Teepause abwarten, um so richtig darüber zu tratschen.

»Schließlich gelang es uns, drei Hybriden zu züchten, alle weiblich, um spätere Kreuzungen zu erleichtern. Als sie heranwuchsen, stellten wir jedoch fest, dass die Erdgene offenbar dominant waren. Sie brachen dauernd aus den Sozialisationszentren aus und ließen sich von umherziehenden Klingonen und anderem Gesindel mitnehmen.« Qwerks Stimme wurde ernst. »Sie reagierten nicht entsprechend auf Vorgaben zu ihrer Verbesserung. Was heißen soll« – an dieser Stelle machte er eine Pause und seufzte –, »dass sie wild, undiszipliniert und nicht zu bändigen sind und, obwohl recht intelligent, nicht nach nufonischen Werten erzogen werden können. Sie sind unverbesserlich.«

»WOW!«, rief der Alpha Centaurianer beeindruckt. »Wann können wir sie kennen lernen?«

»Nun, das bringt uns zum Zweck unserer Versammlung«, entgegnete Qwerk erleichtert. Endlich schien jemand echtes Interesse zu zeigen. »Es ist so, wir hatten uns noch nicht entschieden, was mit ihnen zu tun sein würde, als es ihnen irgendwie gelang, wir wissen nicht wie, ein Raumschiff zu stehlen, zusammen mit den gesamten Treibstoffreserven des Planeten. Wir müssen davon ausgehen«, schloss er düster, »dass sie bereits die Erde erreicht haben.«

»Stark!«, rief ein Cherubim neidisch.

»Cool.«

Und wenn man gerade glaubt, man wäre endlich auf der gleichen Wellenlänge mit ihnen, dann stellt man fest, dass sie allesamt vom Mars sein könnten. Qwerk ließ ein zartes Silberglöckchen von einem Räuspern ertönen und fuhr fort. »Das heißt, wir müssen eine Expedition zur Erde senden, um sie, ähm, wieder zu fassen, natürlich behutsam und unauffällig, und sie und das Raumschiff wieder zurückbringen. Können wir auf eure Unterstützung rechnen?«

»Yippieh!« Ein Sirianer sprang auf den Tisch, machte einen Handstand und klatschte seine vier fetten grünen Füße in der Luft zusammen. »Es geht zur Erde! Es geht zur Erde! Es geht zur Erde!«

Der Raum explodierte förmlich vor Begeisterung.

»Stark!«

»Echt stark!«

»Wir sind dabei!«

»Wir auch!«

»Wann geht's los?«

»Was soll ich anziehen?«

»Sind wir schon da?«

»Worauf warten wir noch?«

»ET, nach Hause telefonieren.«

»Ich dachte, das wollten wir nicht mehr erwähnen.«

»Hab nur Spaß gemacht.«

»Ich muss vorher noch auf Toilette!«

»Kleiderschrank-Stress! Kleiderschrank-Stress! Ich habe wirklich keinen Fetzen für die Erde.«

»Dann geh doch nackt.«

»Yeah!«

»Beam mich rauf, Scotty!«

»Yipiieh!«

»Rock and Roll!«

Elizabeth Bay auf der freundlichen Seite von King's Cross war auf den ersten Blick nicht gerade das typische Rock 'n' Roll-Viertel. Es war kein Newtown, soviel stand fest. Wenn Elizabeth Bay sich das Haar blau färbte, dann mit Spüllösung. Selbst die Bohemiens von Elizabeth Bay, die Künstler und Filmemacher und Musiker und Schauspieler, die in den schicken kleinen Cafés der winzigen Vorstadt herumhingen, anstatt ihre Arbeit zu machen, hielten sich dort nicht allzu lange auf, da sie in der Regel alt genug waren, um zu wissen, dass man nur dann Künstler, Filmemacher, Musiker oder Schauspieler blieb, wenn man wenigstens ein bisschen was dafür tat, ein Gedanke, der einigen ihrer jüngeren Kollegen in Newtown noch nicht gedämmert war.

Aber gerade in Elizabeth Bay stand das größte kleine Rock 'n' Roll-Hotel Sydneys, das Sebel Townhouse. Die Smashing Pumpkins, Björk, Green Day, Alanis Morrisette, Billy Idol, Queen, Rod Stewart, Joe Cocker, Cyndi Lauper und selbst der außerirdische Michael Jackson, alle hatten sie schon im Sebel logiert.

An diesem schönen Sonntag handelte es sich bei dem im Sebel abgestiegenen Rockstar um niemand anderen als Ebola Van Axel, Sänger der amerikanischen Death Metal Band Twisted Mofo, die sich auf der letzten Etappe ihrer *F*** the World* Tour befand. Normalerweise hätte sich Big Eb zu dieser Stunde nicht einmal tot sehen lassen; zu dieser Stunde hieß drei Uhr nachmittags. Doch die Kombination aus Jet Lag, seltsamen Drogen und den Diensten einer Horde aufgedrehter junger Groupies waren dafür verantwortlich, dass er an diesem Nachmittag in einem Liegestuhl neben dem Swimming-pool auf dem Dach des Hauses hing, eine blasse, haarige Wurst, eingehüllt in schwarzes Leder und Sonnenbrille. Eb fühlte sich unwohl. Er mampfte Erdnussbutter- und Austernsandwiches, die der Zimmerservice auf einem Servierwagen herangerollt hatte. Die fröhlichen Juchzer der Eviten, die im Wasser tollten, konnte er kaum ertragen.

Ebola Van Axel hatte eine Haarkrise. Die Mitglieder von Metallica, der wahrscheinlich wichtigsten Metal Band der Welt, hatten sich die Haare kurz schneiden lassen. Hieß das, fragte sich Eb besorgt, dass kurzes Haar jetzt glaubwürdiger war? Aber wie konnte man Heavy Metal mit kurzen Haaren spielen? Was sollte man schütteln? Die Ohren? Er käme sich lächerlich vor. Vor allem sähe er lächerlich aus. Ebola Van

Axel, Gitarrengott und Idol von Millionen verwirrter, problembeladener männlicher Teenager, war überzeugt, dass er wie ein Immobilienmakler aussehen würde. Und zwar deshalb, weil sein Bruder, dem er ähnelte, kurze Haare hatte und Immobilienmakler war. Vielleicht ganz abrasieren? Aber was, wenn er einen spitzen Schädel hatte?

O Gott! Würden diese Mädchen irgendwann die dumme Klappe halten? Er hatte fürchterliche Kopfschmerzen.

Ebola steckte mitten in diesen quälenden Überlegungen, als er etwas Seltsames am Himmel bemerkte: eine Vibration, ein Sprudeln, ein Schimmern, die Spur eines Geheimnisses, ein Hauch von Magie. Es war die Art von spirituell erleuchtetem Augenblick, der in vergangenen Zeiten dem Sterblichen signalisiert hätte, dass ihn sogleich eine Nymphe bezaubern, eine Fee verhexen, ein Kobold bannen würde oder dass ihm eine seltsame Begegnung mit einer Elfe oder einem Waldgeist bevorstünde. Er kündigte einen Frontalzusammenstoß von Welten an, für den keine der beiden Parteien ausreichend versichert war.

Egal, was es war, es machte Ebola sehr geil. »He!«, rief er. »Hat eine von euch Tussis Lust herzukommen und mir einen zu blasen?« Sie ignorierten ihn. Sie hielten sich am Rande des Pools fest und starrten wie hypnotisiert zum Wasserspeicher auf dem Dach hinauf. »He!« Noch immer keine Antwort. Ebola rülpste und wollte gerade einen Schluck aus seiner Flasche Dom Perignon – die zweite an diesem Tag – trinken, als ihn ein Blitz, ein strahlendes, glitzerndes Licht auf dem Wasserturm ablenkte. Er richtete seinen durch dunkle Gläser geschützten Blick dorthin und wurde mit einem höchst ungewöhnlichen Bild belohnt. Eb schloss die Augen, bevor ihn eine Herde rosa Elefanten zertrampelte. Die Alkung von Wirkohol konnte einem Angst machen. Er presste seine Augen bis auf ein Angström zusammen und riskierte einen zweiten Blick.

Da war es. Klar wie der helllichte Tag – und der Tag war sehr hell. Gottes Frisbee auf der Spitze der Kapelle des Heiligen Hedonismus. Der Hi-Hat des Unendlichen Drum Sets. Die funkigste Discokugel im gesamten Universum. Eine hundert pro, garantiert-echt-oder-Sie-kriegen-Ihr-Geld-zurück, eine original fliegende Untertasse.

Auf der Spitze des Turmes pulsierte, glühte und funkelte Galgal im Sonnenlicht. Whirrr. Whirrr. Sssssss. In der scheinbar nahtlosen Außenhaut der Untertasse tat sich ein Spalt auf, der zur Tür anwuchs. Seltsames grünes Licht strömte aus der Öffnung. Baby trat als Erste hinaus. Mit ihrem Amazonenkörper und der Sanduhrfigur schien sie direkt einem japanischen Comic entsprungen. Doll und Lati stellten sich neben sie, zwei weitere universale Babe-Variationen. Im Profil wirkten ihre Antennen besonders beeindruckend. Mit einem lauten Zischen öffnete sich eine Luke unter der Tür und stieß eine Wolke glitzernden purpurblauen Gases aus. Das Gas bildete eine große Treppe, die sich hinab bis zum Pool wand.

Ebola ließ die Champagerflasche fallen. Sie landete aufrecht und ejakulierte einen begeisterten Geysir fetten weißen Schaums in die Luft.

»Yap! Yap!« Revor schoss zwischen Babys Beinen hindurch, stolperte die Stufen hinunter, rutschte über den perlenden Schaum und stürzte sich mit einem perfekten dreifachen Überschlag rückwärts in den Pool, wo er durch das Wasser tauchte, um schließlich zwischen den Beinen eines der Groupies zu landen. Revors Lungen arbeiteten exzellent. Deshalb war er bei Pool-Parties im All stets ein gern gesehener Gast.

Derweil schritten die Babes die Stufen aus Äther hinab, die sich hinter ihnen auflösten. Baby hatte sich umgezogen und präsentierte einen heißen pinkfarbenen Minirock aus Kunstpelz, einen hautengen schwarzen Lurextop, Netzstrümpfe und kniehohe Schnürstiefel. Doll war noch immer in schwarzem Leder, trug aber mittlerweile den Asteroidengürtel und Doc Martens. Lati trug ihr weißes T-Shirt und Converse All Star Sneakers. Sie hatte farbige Bänder in ihre Antennen geflochten.

»Oh, Baby!«, stieß Ebola aus, rappelte sich auf und griff sich zwischen die Beine.

»Ja?«, erwiderte Baby. Woher kannte er ihren Namen? Sie

griff sich ebenfalls zwischen die Beine. Wenn man sich hier so begrüßte …

»Wow! Bleibt ihr Mädels für 'ne Weile hier? Vielleicht könnten wir, ihr wisst schon, was, miteinander *machen*?«

Woran dachte er dabei wohl? Doll wollte es wissen. Nachdem sie seine Gedanken abgetastet hatte, versteiften sich ihre Antennen angewidert. »Das glaube ich nicht, Arschgesicht«, zischte sie. »Natürlich«, schränkte sie ein, »spreche ich nur für mich selbst.«

»Für mich auch«, meinte Lati fröhlich.

Scheiße! Seit er Rockstar war, hatte keine Schnecke mehr so schlecht auf ihn reagiert. Es mussten die Haare sein. Er würde sie noch heute schneiden lassen. Vielleicht.

»Um deine Haare solltest du dir als Letztes Sorgen machen«, meinte Doll lächelnd, während der leichenblasse Teint des Sängers noch eine Spur fahler wurde.

»Seht mal!«, rief Lati aufgeregt. Sie war auf den Balkon gegangen, um einen Blick auf den Hafen zu werfen. Dort hatte sie an der Wand das Reliefbild eines Cherubim bei einer Orgie entdeckt. »Ratet mal, wer vor uns hier war?«

»Cool«, schwärmte Baby. »Wir sind offenbar am richtigen Ort gelandet. Wo ist eigentlich Revor?«

Der tauchte gerade mit einem Schwall von Luftblasen wieder an die Oberfläche des Pools und die Groupies, die um seine Aufmerksamkeit buhlten, ließen das Wasser noch höher spritzen. Sie zogen Revor jedem hochkarätigen Rockstar vor – Rockstars leckten es einem nie da unten.

Es sei denn, man war ein Alien Babe aus der Hölle. Baby spürte etwas an ihrem Fuß. Es war Ebola. Amüsiert sah sie zu, wie sich seine fetten rosa Lippen den Weg von ihrem gestiefelten Knöchel bis zu ihrem Knie hinaufschleimten, gefolgt von einer Menge Haar und knarzendem Leder. Sie verpasste ihm einen sanften Tritt. Ebola blickte auf allen vieren zu ihr hoch, mit einem sehnsüchtigen und Mitleid erregenden Blick, der sein unrasiertes Gesicht in Falten legte. Sie schüttelte den Kopf. Komisch, dachte sie, und wischte sich mit dem Handrücken den Speichel vom Stiefel. Dieser Erdling war nicht weniger Sex, Drugs and Rock 'n' Roll als Jake.

Dennoch spürte sie nicht den geringsten Wunsch, sexuelle Experimente mit ihm zu machen. Die Vorstellung ekelte sie eher an. »Würg«, sagte sie.

»Benutze mich«, flehte Ebola, willenlos vor Lust. »Missbrauche mich.«

Lati näherte sich Ebola von hinten und schickte ihn mit einem gut gezielten Tritt in den herausgestreckten Hintern auf den Boden.

»Mehr!«, seufzte Ebola.

Lati drückte ihm wunschgemäß den Stiefel in den Nacken und sah die anderen kopfschüttelnd an. Erdlinge. Irgendwie komisch.

Baby machte den anderen ein Zeichen, ihr zu folgen, und pfiff nach Revor. Revor wand sich aus dem kollektiven Griff der Groupies. Er schüttelte sich kräftig und duschte dabei den noch immer entrückt flehenden Ebola, bevor er zu den Babes trottete, die auf den Lift warteten. Die Türen glitten auf und sie fuhren abwärts.

Als sie die Hotellobby betraten, entfachten die Babes einen Aufruhr erotischer Verwirrung. Gesetzte Matronen pressten ihre üppigen, perlenbehangenen Busen gegen die schmalen Brustkästen der eifrigen, grün uniformierten Hotelpagen. Geschäftsmänner in Armani-Anzügen rieben sich an den Säulen, an denen Erinnerungstafeln an Phil Collins und Cliff Richard hingen. Eine Horde von Twisted-Mofo-Fans riss das riesige Blumenarrangement vom großen Tisch in der Mitte der Lobby, um dort von einem Paar reicher Flitterwöchner aus Taiwan genommen zu werden und es selbst zu nehmen.

Den Babes entgingen diese fieberhaften Aktivitäten nicht. Da sie keine anderen Erfahrungen mit menschlichem Verhalten hatten, betrachteten sie es als normal.

Auf dem Dach des Sebel wurde Galgal, die nach dem Abgang der Babes ihr Glow-Matic-Lichtsystem automatisch heruntergefahren hatte, von kaum einem Passanten bemerkt. Die Leute, die hinaufsahen und die Untertasse entdeckten, dachten sich nichts dabei, und wenn, dann hielten sie es für eine dieser trendigen Shampooreklamen, die nichts mehr mit dem Produkt zu tun hatten. Was konnte einem eine Anzeige über Haarewaschen auch schon mitteilen, was man nicht bereits wusste? Als die Babes aus dem Chaos des Hotels auf die sonnendurchflutete Straße hinaustraten, nahm Baby den Lokalisator aus ihrer Tasche. Sie hielt ihn hoch und gab Jakes Code ein – SPUNKNIK 1.

Drüben in Newtown versuchten Jake und Tristram Saturna und Skye davon zu überzeugen, dass die Schüssel mit Chili, die mitten auf der Trennungslinie des Kühlschranks stand, zu ihrer Hälfte gehörte, als der Detektor in Jakes Hintern ein weiches, flaches Beep von sich gab.

»Aber hallo«, kommentierte Skye.

»Mr. Natural«, konterte Jake ungerührt und kratzte sich am Hintern.

»Das war's«, erklärte Saturna. »Dieses Chili ist nicht für euch, Jungs. Das macht es nur noch schlimmer.«

»Und ich?«, beklagte sich Tristram. »Ich habe nicht gefurzt. Echt unfair.«

Als das Signal registriert wurde, blinkte ein Licht am Lokalisator auf. Baby las das Ergebnis ab. Vom Sebel Townhouse in Sydneys östlichen Vorstädten lag Newtown im inneren Westen ein ganzes Stück entfernt; nach den Maßstäben der Erdlinge. Für eine Horde jetsettender intergalaktischer Alien-Babes war es ein Spaziergang. »Falls ihr Mädchen nicht sonst irgendwas vorhabt«, sagte sie so beiläufig wie möglich, »würde ich gern diesen Erdenjungen wiederfinden. Ich glaube, wir sind noch nicht ganz fertig mit ihm.«

»Von mir aus«, sagte Lati gutmütig und leckte die Lippen nach einer kleinen grauen Katze. Die Katze verwandelte sich in einen Tiger, fauchte sexy und rieb sich dann, wieder ganz Katze, an ihren Beinen.

Doll zuckte mit den Schultern. Der Erdenjunge war ihr schnurz. Aber man wusste ja nie, wen man unterwegs traf.

Revor hopste in Babys Schultertasche und die Babes

schlenderten die Elizabeth Bay Road entlang, die Sonnenstrahlen mit ihren Körpern aufsaugend. Ein erstaunlicher Stern, diese Aussie-Sonne. Ihr täglicher Fahrplan mit Ankunft und Abfahrt ließ den Himmel durchdrehen und Party feiern. Während sie abhing, sangen und tanzten die Farben auf den glitzernden Stränden, die Spiegeltürme des Geschäftsviertels zwinkerten den Sandsteingebäuden zu, die sanft neben ihnen glühten, und eine eigentümliche australische Kombination aus körperlicher Kraft und sinnlicher Lässigkeit strömte durch die Erdling-Venen. Die Auswirkung auf die Aliens war noch drastischer. Alle drei pulsierten sichtbar vor erotischer Energie. Das Sonnenlicht tränkte ihre Haut, machte ihren Blick feucht schimmernd und zauberte einen glänzenden Tau auf ihre Lippen. Außerdem ließ es sie weniger grün aussehen, was unter den gegebenen Umständen keine schlechte Sache war.

Sie durchquerten einen kleinen Park und fanden sich mitten im Cross wieder, einem Anziehungspunkt für schräge Vögel und Prolls jeder Couleur. Eine Wagenladung Prolos fegte in einem violetten Valiant vorbei. »Ey!«, rief einer aus dem Fenster. »Von welchem Planeten seid ihr denn?«

Die Mädchen sahen einander amüsiert an. War das so unübersehbar?

»Nufon«, antwortete Lati.

»Ich würd euch gern mal am Arsch lecken!«, schrie ein anderer und während der Wagen davonbrauste, ebbte das brüllende Gelächter darin langsam ab.

»Habt ihr das gehört?«, sagte Doll. »Klang wie ›am Mars lecken‹? Ich meine, wieso will er das? Auf dem Mars ist es ekelhaft.«

Als sie an den Stripschuppen, den Sex-Shops und den Hauseingängen vorbeispazierten, über denen Schilder GIRLS GIRLS GIRLS versprachen, pfiffen die Zuhälter; die Sexarbeiter johlten, die Biker ließen ihre Maschinen aufheulen und überall auf der Straße fielen die Männer auf die Knie. Im Alien Planet, der Video-Spielhalle, drehten sich Baseballkappen auf jugendlichen Köpfen, virtuelle Schurken krochen aus ihren Monitoren und ergaben sich und Maschinengewehre aus Plastik verwandelten sich vor den Augen der verblüfften Spieler in Pflugscharen aus Plastik.

Die Tage, in denen jede Aliencrew, die auf der Erde landete, damit rechnen konnte, als Götter empfangen zu werden und monumentale Tempel und Höhlenmalereien zu ihren Ehren errichtet zu bekommen, mochten vorbei sein, aber Rock 'n' Roll-Babes aus dem Weltall machten noch immer ziemlichen Eindruck.

Die Babes überquerten die Kreuzung an der Williams Street. Sogleich herrschte das vollkommene Chaos, weil Autofahrer wie Fußgänger vergaßen, wohin sie wollten und ihnen einfach folgten. Sie näherten sich der Feuerwache am King's Cross. Ein unauffälliger Eingang führte nach unten zu einer Einrichtung, wo man gebrauchte Nadeln eintauschen und sich auf Geschlechtskrankheiten untersuchen lassen konnte. Eine Frau mit leeren Augen schob einen Dollar in den Automaten am Eingang. Die Babes bauten sich fasziniert um sie herum auf. Was für ein Spiel war das?

»Oh, Baby«, begrüßte Baby die Frau und fasste sich in den Schritt.

Leider ist festzustellen, dass es auch den einen oder anderen Erdling gab, der sich für ihren Charme als unempfänglich erwies. »Verpisst euch, ihr Nutten«, fauchte die Frau und drückte einen Knopf. Ohne sich um ihre Verärgerung zu kümmern, sahen die Mädchen zu, wie ein schwarzer Plastikbehälter auftauchte. »Danke sehr«, flötete der Automat blechern. Nachdem die Frau ihnen noch den Mittelfinger gezeigt hatte, schlurfte sie mit ihrem Gewinn in den winzigen Park um die Ecke. Ein Feuerwehrmann, der gerade in der Einfahrt der Wache genussvoll eine Zigarette rauchte, sah interessiert zu den Babes herüber.

»Cool«, sagte Lati und drückte den gleichen Knopf. Aliens konnten mit Maschinen umgehen. Es hatte irgendwas mit der Menge an Elektrizität zu tun, die durch ihre Synapsen floss. Dadurch erklärt sich auch, wie immer wieder berichtet wurde, dass Autos nicht ansprangen und Fernsehbilder sich in weißes Rauschen auflösten, wenn Aliens in der Hood waren. Wer diese Art von Macht über die mechanische Welt ausübte, brauchte kein Geld und hatte keine Sorgen. Ein gleich aussehendes Päckchen kam aus dem Automaten. Lati zog es aus dem Schlitz und packte es aus. Zum Vorschein kam eine Spritze, die sie mit beifälligem Kichern untersuchten. Dann steckte sich Lati die Spritze in den Mund und aß sie.

Bei diesem Anblick ließ der Feuerwehrmann seine Zigarette fallen, die einen kleinen Haufen Abfall in Brand setzte. Ein Teil davon wehte die Straße hinunter, wo er am Café nebenan in einem Berg Zeitungen vom Wochenende landete, die sofort Feuer fingen.

Als ein Kellner die Flammen mit einem Eccochino löschte, hatten die Mädchen die Straße fast schon hinter sich gelassen. Sie verstanden den ganzen Wirbel nicht. Erdlinge aßen Tiere und Gemüse, Aliens knabberten gerne Mineralien. Es wäre doch lächerlich, ja sogar unhöflich, wenn ein Alien jedes Mal alles in Brand setzen würde, wenn er sah, wie ein Erdling einen Teller Pasta verputzte.

Tristram schlenderte die King Street entlang, auf der Suche nach seinem Zwillingsbruder. Er fand Torquil, der mit verschränkten Armen in das Schaufenster ihres Lieblings-Secondhand-Ladens, The Fifth Scarf, starrte. Torquil trug die weiten, tief hängenden Baumwollhosen, die in der Gegend als Furzfänger bezeichnet wurden, und ein Mambo-Theology-T-Shirt mit der Abbildung der Landung eines dreiäugigen Rock-Gottes auf der Erde. Seine olivfarbene Stirn war in Falten gelegt und seine großen dunklen Augen nachdenklich halb geschlossen, während er eine wasserblaue Federboa betrachtete, die zufällig genau zu seiner Haarfarbe passte.

»Yo Bro«, begrüßte ihn Tristram. »Bin ich meines Bruders Pieper, oder was? Zeit für unsere Probe.«

»Was meinst du?«, entgegnete Torquil. »Brauche ich diese Federboa lebensnotwendig oder was?«

»Was.«

»Was?«

»Du sagtest ›oder was‹, und ich antworte dir. ›Was‹, so wie ›Nein, du brauchst diese Federboa nicht.‹«

»Gut. Dann ist alles klar.« Torquil marschierte schnurstracks in den Laden, um weniger als eine Minute später mit der Boa um den Hals wieder herauszukommen. »Und?«, sagte er. »Was hängst du hier noch rum? Wir müssen nach Hause und proben.« Gutmütig wandte sich Tristram in Richtung Heimat.

»He, he, he!«, rief Torquil. »Kein Grund zur Hetze. Außerdem, ich weiß nicht, wie's mit dir ist, aber ich hab Kohldampf. Hast du Schotter? Ich hab alles hierfür ausgegeben.« Er wedelte Tristram mit dem Ende der Boa zu. Eine Feder löste sich und sie sahen zu, wie sie durch die Luft schwebte, bis sie auf der Straße landete, wo sie prompt von einem Laster überrollt wurde. Torquil lachte. »Cool«, sagte er. »Ich fand sowieso, dass zu viele Federn dran waren. Und?«

»Und was?«

»Hast du Kohle?«

Tristram schüttelte den Kopf. »Null. Hab überall nachgesehen. Und mein nächster Scheck mit dem Arbeitslosengeld kommt erst morgen.«

»Zum Kotzen.« Torquil war entrüstet. »Wie kann die Regierung erwarten, dass wir mit unserem Geld haushalten, wenn sie uns so wenig gibt, he? Erklär mir das mal.«

»Ich erkläre dir gar nichts«, sagte Tristram, fischte eine Packung Malteser aus seiner Lederjacke und reichte sie seinem Bruder. Sie gingen nach Hause; auf dem Weg zogen sie eine Menge Blicke auf sich. Das taten auch Zwillinge, die sich die Haare *nicht* leuchtend purpur und blau färbten und kleine, wie Rosenknospen aussehende Zöpfchen hineinflochten, à la Björk in der ›Violently-Happy‹-Phase. Dann waren da noch Tristrams Kleid und Torquils Federboa.

Ein Junge blieb stehen, zeigte mit dem Finger auf sie und fragte: »Seid ihr Zwillinge?«

Sie sahen sich verwirrt um. »Wie bitte?«, sagte Tristram. »Siehst du vielleicht noch andere Leute hier?«

Währenddessen verzog Torquil das Gesicht zu einer Grimasse und begann auf dem Bürgersteig zu steppen. Ohne den Jungen aus den Augen zu lassen, fiel Tristram mit ein. Er schnippte mit den Fingern, schlug sich gegen den Kopf und machte schnalzende Geräusche mit dem Mund. Die beiden Zwillinge waren ausgesprochen perkussiv. Sie waren Bosnias Rhythmusgruppe. Tristram spielte Bass und Torquil Drums. Manchmal spielte Torquil Bass und Tristram Drums. Eigentlich konnten sie auf allem spielen: ihren Körpern, Doppelglasfenstern, den Deckeln von Mülltonnen, Lampenmasten, den Köpfen von Zwölfjährigen. Und sie taten es auch.

Als sie fertig waren, hatten ihnen die Passanten, darunter auch die Mutter des Jungen, sechs Dollar fünfunddreißig in Münzen vor die Füße geworfen.

»Echt einfach«, meinte Tristram, als sie mit federnden Schritten zu ihrem Lieblingslibanesen gingen und dabei das Kleingeld zählten.

Kurz darauf wischte sich Torquil mit dem Handrücken Chilisauce vom Mund, während Tristram die Reste eines Falafel-Sandwiches verdrückte. »Wie spät ist es?«, fragte Torquil.

Tristram sah auf seine Uhr. Es war zwanzig nach drei. »Echt spät«, sagte er anklagend.

»Dann mach endlich voran, du Slackertyp.« Torquil wedelte mit der Boa vor Tristram herum. »Was hatte Jake eigentlich zu seiner Verteidigung vorzubringen; einfach abzuhauen, gestern Abend. Was ist passiert? Oder sollte ich sagen, wer ist ihm passiert?«

»Fremde Wesen, wie es scheint.« Tristram hob erstaunt die Augenbrauen.

»Ausländer?«, fragte Torquil verwirrt.

»Nein, fremde Wesen wie in *daadaadaadaa daadaadaadaa*.« Tristram summte die Titelmelodie von *Unheimliche Schattenlichter*.

»Aliens?«

»Genau, Aliens. Er sagt, sie haben sexuelle Experimente mit ihm gemacht.« Tristram beschrieb mit dem Finger einen Kreis um sein Ohr, das weltweite Zeichen für echt abgedreht.

»Ja, klar.« Torquil lachte. »Das habe ich nie kapiert«, sagte er. »Wieso machen sich diese Aliens dafür auf den weiten Weg zur Erde? Kriegen sie im Weltraum nicht genug Sex? Oh, Tag George.« Sie standen vor George, der sich über seinen Schatzgarten beugte. »Was hast du da?«

»Bauchtrimmer. Welcher bist du?«

»Torq. Torquil.«

»Ach, ja.« George zeigte abwechselnd mit dem Finger auf sie. »Torquil – blau. Tristram – violett. Kann euch irgendjemand auseinanderhalten, wenn ihr nicht gefärbt seid?«

»Nee. Nicht mal wir selbst«, gestand Torquil fröhlich.

»Jedes Mal, wenn ich so etwas wie eine eigenständige Persönlichkeit entwickele«, klagte Tristram, »kommt er, atmet heftig ein – und schwupp, weg ist sie. Er zieht sie direkt durch die Nase ins Blut. Dann ist es auch irgendwie seine. Gruselig.«

»Quatsch«, meinte Torquil und schlug seinem Bruder sanft gegen den Arm. »Du sprichst von dir. Der menschliche Staubsauger.«

George polierte mit einem öligen Lappen eine Maschine und betrachtete die Zwillinge. Tristram trug wieder ein Kleid. Interessant. Sie hatten ihm erzählt, dass ihr Vater Ägypter sei. Später hatte er in einem seiner Bücher gelesen, dass die Ägypter glaubten, Zwillinge seien mit dem Planeten Sirius verbunden. »Denkt ihr manchmal über Aliens nach?«, fragte George.

Torquil sah Tristram an. Was war das hier, Internationale Alien-Woche? »Dauernd, George«, sagte er ernst. »Tatsache ist, dass wir gerade jetzt mit ihnen zu tun haben. Anscheinend haben sie letzte Nacht Jake entführt.«

Wenn George noch Haare auf dem Kopf gehabt hätte, hätten sie sich jetzt aufgerichtet.

»Was?«

»Torq! Trist! Bewegt eure lahmen Ärsche rüber!« Jakes Stimme tönte von nebenan über den Garten. »Hopp Hopp!«

Die Tätowierung. George wollte gerade davon anfangen, als ihm Tristram das Wort abschnitt.

»Wir müssen los«, sagte er schulterzuckend. »Wir plaudern nächstes Mal, George.«

»Ja«, sagte Torquil. »Papa ruft.« Er nahm seinen Bruder bei der Hand, sie drehten sich um und zogen los.

George setzte sich mit einem Plumps auf den Boden. Es war soweit, er war sich sicher.

Bie Babes näherten sich mittlerweile dem ewig angesagten Café Da Vida, dessen mit Tassen mit Milchkaffee beladene Tische auf den Bürgersteig fluteten; die Gäste laberten und lachten, schmiedeten Pläne und Ränke. In diesem Café war jeder ein aufstrebender, ehemaliger oder zumindest zeitweiliger Filmemacher, Schriftsteller oder Schauspieler. Das trug natürlich zur Theatralik der Gespräche bei – ein Beziehungsdrama hier, eine tragische Karriere dort, eine derbe Burleske in der Mitte.

»Ich habe da diese Idee für einen Film«, sagte ein ernster junger Mann mit Pferdeschwanz und schwarzer rechteckiger Brille, der sich über den kleinen Tisch zu seinem Freund beugte. Wie alle anderen Gäste waren auch sie ganz in Schwarz gekleidet.

»So?«, sagte sein Freund, wandte sich etwas ab, um Rauch auszuatmen, und sah dabei die Babes. »Wow. Marty, eine Sekunde mal. Bräutealarm.«

Marty runzelte die Stirn. »Hörst du mir jetzt zu, Bret, oder was?«

»Ja, ich höre zu«, sagte Bret seufzend. »Kann ich nicht gleichzeitig hinsehen und zuhören?«

»Kannst du das?«

Bret seufzte und drehte den Kopf so, dass er die Babes zumindest aus den Augenwinkeln beobachten konnte. »Also los.« Waren sie wirklich grün oder war es nur das Licht?

»Es geht um diesen Typ, Mitte Zwanzig, Stadtmensch, der versucht, seine Entfremdung und Langeweile durch Drogen, Alkohol und Sex zu überwinden.«

Bret verzog das Gesicht. »Das gibt's schon. Außerdem ist das keine Kunst. Das ist das Leben.«

»Ach danke«, sagte Marty leicht gekränkt. »Aber bevor du es ganz ablehnst, es gibt noch einen Sub-Plot.« Er wartete.

»Und?«

»Es geht darum, dass blonde Typen, und ich meine, echt Blonde, keine Flaschenblonden, echte Schwierigkeiten haben, sich Ziegenbärte wachsen zu lassen, weißt du, besonders dieses dreieckige kleine Stück unter der Unterlippe. Selbst wenn sie genug Haare dafür haben, dann kann man es kaum sehen und das Ende vom Lied ist, dass sie unglaublich darunter leiden, nicht trendy zu sein.«

Bret überlegte kurz. »Jetzt kommst du der Sache schon näher«, meinte er nickend. Er blickte über die Schulter. »O Mann«, sagte er. »Das musst du dir ansehen.«

Marty tat es. »Ich glaube, sie sind grün, Bret.«

»Na und.« Bret zuckte mit den Schultern. »Wir leben in einer multikulturellen Gesellschaft.«

»Hi«, grüßte er sie.

»Ey!«, rief Lati, griff sich lächelnd zwischen die Beine und holte mit der Zunge ein Stück Nadel zwischen den Zähnen hervor. Ihre großen grünen Augen leuchteten unter der zerzausten Mähne. »Von welchem Planeten seid ihr denn?«

»Mars«, stotterte Bret. »Und ihr?« Hatte sie sich gerade zwischen die Beine gegriffen?

»Mars?« Baby schüttelte den Kopf und zeigte ihm den Finger. »Verpisst euch, ihr Nutten«, sagte sie lachend. »Ihr seht kein bisschen aus wie Marsianer. Marsianer sind nichts weiter als tumbe Mikroben. Prähistorisch. Kalt und steinig.« Sie strich mit der Hand über seinen Arm. Er hatte das Gefühl, als säße er in einer Badewanne mit warmer Milch und würde von einer Katze abgeschleckt. »Du bist nicht kalt und steinig. Nein, du bist kein Marsianer.« Spielerisch legte sie den Finger auf Martys Nase. »Und du bist auch keiner.« Marty hatte den Eindruck, als habe er einen Zungenkuss aufs ganze Gesicht bekommen. Er erschauerte. »Du bist nur ein Erdling«, fuhr Baby fort und strich kokett den rosa Pelz über ihren außergewöhnlichen Oberschenkeln glatt. »Nicht dass ich etwas gegen Erdlinge hätte. Wir lieben Erdlinge, nicht wahr, Mädchen?«

Lati hechelte wie ein Hund, dem man einen Knochen hinhält. Doll scharrte mit den Füßen. »Ich langweile mich«, verkündete sie. Zum Beweis holte sie aus und rammte ihre Faust mit einem Schlag, der im Kickboxen als Spinning Back bekannt ist, in die Mauer hinter Brets und Martys Tisch. Mit einem leisen Knirschen bildete sie sich wieder zurück. Zwei Männer am Nebentisch fielen fast in Ohnmacht. Ein anderer bekam eine Erektion. Doll inspizierte ihre Hand und blies die Schicht aus Staub und Ziegelresten weg. Sie warf den Kopf in den Nacken und lachte. Ihre Teufelshörner wippten im Takt ihres Übermuts. Cappuccinos blubberten und schäumten in ihren Tassen, Anchovis schwammen durch Caesar-Salate, und Pita-Sandwiches erhoben sich zum Bauchtanz.

Marty und Bret waren sprachlos, wie alle anderen auch. Ihr Blick war durch silbernes Licht getrübt und eine Symphonie von Triangeln erklang in ihren Ohren. Sie fühlten sich irgendwie, als hätten sie sich gerade verliebt. Sie wurden von einer Sehnsucht ergriffen, die so körperlich war, dass sie schmerzte, und sie sahen einander mit einem Ausdruck von Verwirrung und Verlangen an. Alle waren ein bisschen hart und ein bisschen feucht.

Lati nahm den Löffel von Martys Untertasse, begutachtete ihn und steckte ihn in den Mund. Sie rülpste, ein leises, metallisches Geräusch, das aus der Ferne zu kommen schien, wie Glockenklang unter Wasser.

»Sollen wir?«, schlug sie vor.

»Wird auch Zeit«, meinte Doll.

Babababababababum. Babababababababum. Bababum. Bababum. Tatatata. Bumtata. Bumtata.

Wunnekadankadank.

Wahwahwahwah.

Tristram sah zweifelnd von seinem Bass auf. »Sollten wir nicht ein bisschen weniger Wahwah nehmen?«

»Nein.« Jake schüttelte den Kopf. »Man kann nie zu viel Wahwah haben.«

»Es ist dein Stück.«

»Noch mal von vorne?«

»Von hinten kann ich nicht.« Torquil hielt seine Trommelstöcke hoch über den Kopf.

»Ja, ja. Jeder Mensch ist ein Komiker.«

In drei Wochen hatten Bosnia einen Auftritt im Sandringham und Jake hatte einen neuen Song geschrieben, ›Big Toe Beanie‹, den sie noch proben mussten. Manch einer hätte gesagt, dass er so ähnlich klang wie alle anderen Songs, die Jake je geschrieben hatte, auch wenn Manch Einer sich dadurch in Jakes Augen sicher als Rockreaktionär entlarvt hätte, als Gitarrenanalphabet, der die Blind Melons nicht von den Smashing Pumpkins, die Celibate Rifles nicht von Single Gun Theory unterscheiden konnte. Aber es spielte auch keine Rolle, weil Manch Einer sowieso nicht zu Gigs ins Sando ging.

Bababababadum machten die Drums. Tsssss machten die Becken. Whookookookikookookikoo ddlanwana machte die Gitarre. Iggy verzog sich nach unten in den Keller, auf der Suche nach Ruhe und Frieden und der Gesellschaft der Mädchen. Iggy mochte Rock 'n' Roll, aber alles hatte seine Grenzen und so schmerzhaft es auch sein mochte, dies im Geflecht der Hund-und-Herr-Beziehung zu sagen, Iggy verfügte über Geschmack und Maßstäbe.

Er verfügte auch, das muss gesagt werden, über eine seltsame Art, die Treppe hinunterzugehen. Vor der obersten Stufe presste er seinen dicken Schlägerkörper fest auf den Boden, streckte die Beine flach zur Seite aus und hob das Kinn. Dann stieß er sich mit den Hinterpfoten ab, schwang sich über die Kante und holperte steif die schmalen Stufen hinab wie ein tiergewordenes Skateboard. Dabei stöhnte er rau. Während diese merkwürdige und scheinbar schmerzhafte Angewohnheit Saturna und Skye verblüffte, hatten die Jungs in der Wohngemeinschaft es sofort intuitiv verstanden. Es war eine extrem effiziente, wenn auch potenziell riskante Weise, sich die Eier zu kratzen. Beneidenswert, wenn auch für Menschen nicht unbedingt zu empfehlen.

Bababababadum.

Das Scheppern und Krachen des Unternehmens Bosnia übertönten das atemlose Johlen, das aus dem Souterrain drang. »Iggy! Hör auf damit! Hör auf!«

Gekicher und Gequietsche.

»Saturna! Du ermunterst ihn nur … oh … ohhhh … mmhm!«

Die Babes zogen weiter. Sie kamen an eine Kreuzung. Lati stupste Baby mit dem Ellbogen und deutete auf einen Wagen, der um die Ecke parkte. In einem großen alten Buick, der sich an der Bordsteinkante ausruhte, saßen zwei fette Männer mit billigen Anzügen und noch billigeren Zoten. Der eine reichte dem anderen ein dickes Bündel Banknoten. Der andere hatte eine gute Stellung bei der Polizeitruppe von Kings Cross und eine böse Kokainsucht.

Später sollten die Beamten der Anti-Korruptionseinheit sich das Videoband der Transaktion, die von einer im Handschuhfach versteckten Kamera gefilmt worden war, schwitzend, fluchend und kopfschüttelnd ansehen. Eigentlich hatte das Band als Beweismittel in einem schweren Fall von Bestechung dienen sollen. Es enthielt jedoch folgende mysteriöse Sequenz: Fettsack Nummer Eins nimmt die Geldbündel aus einer verschlissenen schwarzen Aktentasche. Das Geld, allesamt alte Fünfzig-Dollar-Scheine, ist zu Zehnerpacks gebündelt. Fettsack Zwei grinst zufrieden und streckt die Pranke aus. Fettsack Eins will ihm die Kohle gerade in die Hand drücken, als das Geld – und was dann folgte, konnte man nur in Superzeitlupe und mit Standbildern erkennen – sich in Pixel auflöst, von denen sich jedes Einzelne wiederum in winzigste Fraktale aus Gold, Grün und Weiß aufspaltet, die sich schließlich in farbige Lichttupfer verwandeln, nach draußen fließen und dort im Nichts vergehen.

Beide Männer erbleichten unter ihren schlecht rasierten Visagen. Als sich Fettsack Zwei soweit unter Kontrolle hatte, um zu fragen: »Wo zum Teufel ist es hin?«, wollte er nur noch – unerklärlicherweise, denn er war sicher keine Schwuchtel, nein, Sir, er war ein richtiger Mann – Nummer Eins an die Hosen gehen und anbeten, was er dort finden würde. Und genau das tat er. Eine halbe Stunde später zog er ein Schamhaar zwischen den Zähnen hervor und murmelte: »Eigentum ist sowieso Diebstahl.«

»Hör nicht auf«, sagte Nummer Eins.

Kontakt mit Aliens kann so was Schönes sein.

Mittlerweile hatten die Babes den Abduktor wieder weggesteckt und betrachteten mit großem Interesse das Bild, das auf den rechteckigen Scheinen abgebildet war, die sie in den Händen hielten. Genau dieses Bild hatte sie in erster Linie an den Banknoten interessiert. »Nicht schlecht«, meinte Babe. »Irgendwie niedlich.«

»Ziemlich groovy«, stimmte Lati zu. »Irgendwie retromäßig.«

Auf dem Schein, den sie betrachteten, befand sich die Zeichnung des CSIRO-Teleskops bei Parkes im tiefsten New South Wales. Während sie sich unterhielten, surfte es durch das Universum, auf der Suche nach Funksignalen außerirdischer Zivilisationen. Natürlich wussten die Wissenschaftler in Parkes nicht, dass die außerirdischen Zivilisationen schon längst Funk gegen Fernsehen eingetauscht hatten.

Unwissende Wissenschaftler.

Aber selbst wenn sie irgendwelche Signale aufschnappen würden, wären sie mindestens 150 Jahre alt, also viel älter als, sagen wir, *Gilligans Insel* oder *Mein lieber Bieber* oder *Countdown* oder Freizeitanzüge oder Gary Glitter und könnten daher den außerirdischen Zivilisationen, die sie irgendwann mal gesendet hatten, sehr peinlich sein. Es ist vorstellbar, dass es da draußen ganze Völker gibt, die auf ihren Planeten sitzen, das, was bei ihnen als Kopf durchgeht, in das gestützt, was man als Hände bezeichnen könnte, bei dem Gedanken errötend – in welcher Farbe auch immer –, dass eines Tages eine intelligente Lebensform auf das stößt, was sie vor Lichtjahren unbedachterweise gesendet haben.

Die Babes stopften die hübschen Banknoten in ihre Taschen und gingen weiter.

Ihr Weg führte sie an einem kleinen Park vorbei, einem großen Krankenhaus, auf die Oxford Street, wo Erdenjungen in den Eingängen von Pubs standen und andere Erdenjungen abknutschten und Erdenmädchen vor Lust ihre Finger verdrehten. Für diese Straße war das eigentlich nicht ungewöhnlich. Ungewöhnlich war nur, dass die Jungs einander kaum wahrgenommen hatten, bevor unsere Aliens vorbeigekommen waren, und dass sich die Mädchen bis dahin für hetero gehalten hatten. Über jeder zweiten Tür hing ein rosa Dreieck mit der Aufschrift ›Safe Area‹. »Glaubt ihr, dass es das Gleiche bedeutet wie auf Nufon?«, fragte Baby nervös.

»Was könnte es sonst bedeuten?«, sagte Lati stirnrunzelnd. »Vielleicht heißt es, dass sie eine Art von Schutzschirm eingerichtet haben. Aber ich hätte nie gedacht, dass es die Cyborgs von 49 Serpentis bis zur Erde geschafft haben.«

»Gibt es denn keinen unbedrohten Ort mehr im Universum?« Baby schüttelte den Kopf. »Ich hoffe, ich klinge nicht wie ein paranoider Androide, aber ...«

»Zum Kotzen«, sagte Doll. Die berüchtigten dreiseitigen Cyborgs vom Doppelstern 49 Serpentis brachten sogar Doll zum Zittern. »Ich hasse Borgs.«

»Boter sind noch schlimmer«, entgegnete Baby zähneklappernd. »Zumindest haben Borgs ein Herz.«

»Ja«, erwiderte Doll. »Ein schwarzes. Ich werde nie vergessen, was sie mit Michelle gemacht haben.«

Als ob eine von ihnen das je könnte. Als Qwerk der Versammlung mitgeteilt hatte, dass sie nur drei Hybriden gezüchtet hatten, hatte er keineswegs die Wahrheit und nichts als die Wahrheit gesagt. Es gab noch Michelle Mabelle, den ersten Hybriden und den wildesten von allen. Als Captain Qwerk und die anderen Führer der Qohorte genug von ihren Riot-Grrrl-Eskapaden hatten und beschlossen, sie zu ›versiegeln‹, hatten sie die Borgs geholt. Baby, Lati und Doll hatten zusehen müssen. Es war schrecklich. Als sie mit ihr fertig waren, war Michelle nur noch ein zitterndes Wrack, ein Schatten ihrer selbst. Sie trug nur noch Marineblau und beige Twinsets, wusste nicht mehr, warum Fluchen gut tat, wusch nach jeder Mahlzeit das Geschirr ab und ging zu idiotischerweise als ›vernünftig‹ bezeichneten Zeiten schlafen. Die Mädchen wussten, dass ihnen das Gleiche – oder

Schlimmeres – bevorstand, wenn sie erwischt wurden. Michelle hatte noch nicht mal ein Raumschiff gestohlen.

Sie hatten kaum über die Bedeutung der rosa Dreiecke nachgedacht, als ein beständiges Läuten ihre Aufmerksamkeit in Beschlag nahm. Es kam von einem massiven silber- und orangefarbenen Apparat, der mit Nummern verziert war und Löcher sowie einen Schlitz enthielt. Der Apparat hing an der Wand einer gläsernen Zelle. Lati erkannte es als Erste. »Das ist Dr. Who's Zeitmaschine!«, rief sie.

Eine adrette ältere Dame blieb stehen und starrte ebenfalls auf den Apparat. »Erwartet ihr einen Anruf?«, fragte sie. Die Aliens schüttelten den Kopf. Die Frau nahm den Hörer ab. »Hallo?« Sekunden später verflüchtigte sich ihr Lächeln und sie schmetterte den Hörer wieder auf die Gabel. »Verdammtes Arschloch«, murmelte sie wütend, eindeutig mit der Stimme eines Mannes. »Ähem.« Sie räusperte sich und schraubte ihre Stimme ein paar Oktaven höher. »Nein, nein, so behandelt man eine Dame nicht.« Sie wandte sich an Baby und flötete: »Übrigens, tolles Outfit. Hast es nicht zufällig bei Drag Bag gekauft, oder? Nein, na macht nichts. Der Hund ist auch süß. Ciao.« Sie blies ihnen einen Kuss zu und stöckelte auf hohen Absätzen in Richtung Albury Hotel.

Rrring. Rrring. Sie sahen einander an. Doll nahm den Hörer ab und hielt ihn sich an den Kopf, so wie sie es bei der anderen Frau gesehen hatte. »Hallo?«, wiederholte sie.

»Willst du meinen Schwanz lutschen?«, fragte eine Stimme am anderen Ende, bevor sie eine Stöhnarie anstimmte. »Ooh. Ooohhh. Aaaahhhh. Mmmmh. Pffff.«

»Vielleicht«, unterbrach Doll das Gestöhne. »Wie mache ich das?«

»Aaah, oohhh … was?«

»Ja, wie? Wie soll ich deinen Schwanz lutschen?«

Schweigen am anderen Ende.

»Also, ich bin für Anregungen offen. Ich könnte ihn zum Beispiel sehr hart lutschen und dann abbeißen, wenn du magst.«

Das nasale Sirren des Freizeichens erklang in Dolls Ohr. Sie zuckte mit den Schultern und legte auf.

»Was war das?«, fragte Lati.

»Irgendeine Art von Erdling-Sex, glaube ich«, antwortete Doll. »Dieser Typ hat mich gefragt, ob ich seinen Schwanz lutschen will.«

»Cool«, meinte Lati. »Was für einen Schwanz?«

»Was weiß ich.«

Ein junger Mann aus Queensland, der gerade mit dem Bus aus Brisbane angekommen war, näherte sich der Telefonzelle. »Sind Sie mit dem Telefonieren fertig?«, fragte er höflich.

»Willst du meinen Schwanz lutschen?«, erkundigte sich Doll versuchshalber.

Er lief tiefrot an. Das Erste, was ihm durch den Kopf schoss, war: »Ja, ich will.«

Sie gingen weiter, in Richtung Westen. An der Ecke Hyde Park trafen sie auf zwei konservativ gekleidete, kurzhaarige Mormonen-Missionare. »Einen schönen Tag, die Damen«, sagte einer der beiden.

»Willst du meinen Schwanz lutschen?«, fragte Doll. Der neue Ausdruck gefiel ihr.

»W-w-wie bitte?«, stammelte er erbleichend, während sich sein eigener Schwanz unter der offiziellen, onanierfesten Hose regte. Die Mädchen winkten ihnen freundlich zu, bogen nach links ab, dann wieder links, dann rechts, dann links und dann wieder links. Sie würden in Newtown sein, noch bevor man »Babes in Toyland« sagen konnte.

Der Asteroid Eros war in seinem Leben auf einer einzigen guten Party gewesen. Der absolute Knaller. Es war die planetarische Explosion gewesen, durch die er überhaupt entstanden war. Aber das war lange her und seitdem hatte Eros nichts Interessantes erlebt. In der großen Autoscooterbude des Asteroidengürtels hatte es Eros nicht geschafft, einen anderen Himmelskörper wenigstens leicht zu rammen. Und jetzt hing er in dieser Sackgasse von Umlaufbahn, ausgerechnet um den beschissenen Mars.

Eros war groß, gelangweilt und sehr unruhig.

»Ey! Kleiner Stern! Sternenlicht, leuchte für mich – ja, du! –

du bist der erste Stern, den ich heute sehe. Doch, ehrlich. Du bist der Erste. Der allererste, ich schwöre bei Gott. Hör mir nur zu, ja? Ich wünschte, ich könnte, wenn ich könnte, würde ich – was meinst du, so was sagen nur Erdlinge? Das ist doch scheißegal. Was ist überhaupt so besonders an Erdlingen? Sag schon, he? He? Scheiß-Erdlinge, kriegen immer alles. Was meinst du, alles? Zum Beispiel leben sie auf der Erde. Reicht das nicht? Das ist so ungerecht. Warum bin ich kein Erdling? Hab ich darum gebeten, als Asteroid geboren zu werden? He, kleiner Stern! Kleiner Stern! Willst du nicht ein Weilchen bleiben? Wir könnten einfach quatschen, einander besser kennenlernen. Ah, dann verpiss dich doch! Ich wollte sowieso nicht mit dir reden.«

Keiner beachtet mich. Was bin ich? Ein Spinner? Ein schräger Vogel?

Diese Girls in ihrer Rakete, die waren ziemlich nett. Das war so cool. Die tiefe Stille im All und dann plötzlich dieser Boomboomboom, dieser Bassbeat, und wie ich so hochsehe, steuert dieses Mutterschiff auf mich zu, Anlage voll aufgedreht, und drinnen diese Babes. Ich bin sicher, dass eine von ihnen »Bis dann auf der Erde!« gerufen hat. Ich würde sie gerne wiedersehen. Auf der Erde, überall. Egal welche Galaxie. Mist! Warum hab ich mir nicht die Telefonnummer geben lassen? Mist, Mist, Mist! Auf der Erde, was? O Gott, vielleicht sollte ich versuchen, dahin zu kommen.

Denk nicht mal dran, großer Junge.

Gott? Bist du das?

Nein, hier ist Sun Ra. Was glaubst du, wer hier ist? Und du, mein schmachtender kleiner Asteroid, wirst so lange Mars umkreisen, bis ich sage, dass du etwas anderes tun darfst. Könnte hundertfünfzigtausend Erdenjahre dauern, aber auch eins komma vier Millionen. Hängt von meiner Stimmung ab. Also, komm nicht auf dumme Gedanken. Kein spontaner Einschlag auf die Erde. Ich habe in diesem Universum das Sagen, vergiß das nicht.

Ja, Gott, seufzte Eros. Wie du meinst, Gott. Gott. Gott? Bist du da?

Nachdem er sicher war, dass Gott sich davongemacht hatte, begann Eros trotzig zu schaukeln und zu zerren und zu reißen und stemmen. Gott hin oder her, er würde Fluchtgeschwindigkeit erreichen und wenn es das Letzte war, was er tun würde.

Klopf klopf.

»Ist das an der Tür?«, fragte Torquil Tristram. Die Zwillinge lümmelten in dem großen braunen Sitzsack im Wohnzimmer mit seinem beigen Teppich. Die ursprünglichen Besitzer mussten stolz auf ihren Teppich gewesen sein, denn sie hatten ihn etwa dreißig Zentimeter die Wand hochgezogen, bevor billige Holzpaneele ihn ablösten. Jake lag auf einem anderen echten Siebziger-Jahre-Teil, einem wabbelnden schlammfarbenen Sofa, das so formlos und formbar war, dass am Ende eines Abends viele Leute feststellten, dass sie zusammen mit dem größten Teil der Kissen auf den Boden gerutscht waren. Die Tapeten und Farben und die Einrichtung des Wohnzimmers, ein Tribut an den gigantisch schlechten Geschmack einer früheren Generation, hatten sie alle schon immer angezogen. Tristram blies einen langen Schwaden Rauch aus. Er beugte sich vor, um die improvisierte Wasserpfeife, eine kleine Saftflasche aus Plastik, die mit dunklem, braunem Wasser gefüllt war, wieder auf den Couchtisch zu stellen. Bei der Bewegung knirschten die Styroporkügelchen unter ihm. Was für ein nettes Geräusch, dachte er.

TÜR? TÜR. TÜÜÜR. Das Wort schwebte wie Herbstlaub durch den Äther und trieb gemächlich in Tristrams Luftraum. TÜÜÜR. TÜÜÜÜR. Sein Radar empfing etwas. Blip blip blip. Der Tower war jedoch leicht durcheinander. Er befahl dem Wort, in eine Warteschleife zu gehen, bis jemand etwas damit anfangen konnte. Tüüüür. Tüüür.

Nach der Probe hatten die Jungs ihre Instrumente an die Wand gelehnt und sich dem ursprünglichen Zweck des Zimmers gewidmet – abhängen. Der Fernseher lief ohne Ton. Sie sahen, wie Fred Astaire stumm über den Bildschirm tanzte und sang. Den Sound lieferte die neueste CD von Three, einer Band mit genau zwei Mitgliedern. Sie rauchten Gras.

Jake blätterte dabei in der letzten Nummer von *On the Drum*, und Tristram und Torquil probierten Grimassen aus, wobei das Gesicht des einen den Spiegel für den anderen darstellte. Von den Mädchen oder Iggy hatten sie seit Stunden nichts gesehen.

Jedenfalls kam es ihnen wie Stunden vor. Irgendwie verliert man den Faden. Ihr wisst schon. Wenn man stoned ist. Es ist kein schlechtes Gefühl. Aber man verliert leicht den Plot. Ähm, den Faden. Ja. Manchmal.

Klopf klopf.

TÜR. Der Fluglotse in Tristrams Kopf stellte endlich seine Kaffeetasse ab und blickte auf den Monitor. Die Tür! Natürlich. Tristram sah Jake an. »Ist das an der Tür?«, fragte er. Keine Antwort von der schlaffen Gestalt auf dem braunen Sofa. »Jake.«

»Weiß nicht«, sagte Jake gedehnt, ohne die Lippen zu bewegen. »Kommt darauf an, was du mit ›der Tür‹ meinst. Es gibt viele Türen. Es gibt Tür an Tür. Es gibt Türen zum Reingehen und zum Rausgehen. Türen nach drinnen und draußen. Und dann gibt es noch die Doors.«

»Ich schätze, es gibt mehr Fenster als Türen«, behauptete Torquil und deutete dabei aus irgendeinem Grund zur Decke. »Es gibt Fenster des Glücks. Fenster der Seele. Fenster zur Welt. Und Microsoft Windows.«

»Ja«, räumte Tristram ein, »aber das haben sie ja nur kopiert, von, du weißt schon …«

»Von wem?«, fragte Torquil.

Tristram stierte seinen Bruder an. Wer was? Wovon redete er?

Klopf klopf.

Jake holte tief Luft. »IGGY!«, rief er. Er hielt kurz inne, um Energie zu sammeln. »DIE TÜR!«

»Das ist doch total lächerlich«, meinte Tristram, nachdem er eine Minute überlegt hatte. »Iggy ist unten. Er hört dich nie im Leben.«

»Ist einen Versuch wert«, meinte Jake. »Bewegung tut ihm gut. IGGY! IGGY!«

»Mein Gott, ihr seid hoffnungslose Fälle«, murmelte

Tristram, stemmte sich aus dem Sitzsack hoch und stolperte in den Flur. »Bescheuerte stasibasiphobe Typen.«

»Ich weiß, was das heißt!«, rief Jake hinter ihm her. »Das sind böse Worte. Und wenn ich je meine Aversion gegen Aufstehen und Gehen überwinde, dann setzt es was dafür.«

Tristram deutete mit großer Geste auf die Tür. »Sesam öffne dich!«, verkündete er.

Es war George.

»Yo, George. Was liegt an, Mann?«

»Sie sind gelandet«, antwortete George mit leuchtenden Augen. »Wie ich es vorausgesagt habe.«

Tristram starrte Georges Bierbauch an. Er stellte sich vor, wie er sich von den dünnen Beinen losmachte und fröhlich die Straße hinunterhüpfte. »Wer ist gelandet?«, fragte er.

»Die Aliens.«

Tristrams Blick wanderte wieder zum Gesicht seines Nachbarn hoch. »Na, das ist ja toll, George«, meinte Tristram trocken, während das Wort ›Alien‹ in seinem Kopf tanzte und Ginger Rogers auf dem Fernsehschirm herumwirbelte. Aliens! Wheee! Aliens! Wheeee! Wheee! »Und, ähm, wo sind sie?«

»Bei mir.«

»Ich verstehe. Wie sehen denn diese Aliens genau aus, George?«

»Drei Tussis und ein Hund.«

»Aha.« Tristram brütete über dieser Information. »George, ich will nicht irgendwie skeptisch rüberkommen, aber, sag mal, woher weißt du, dass es Aliens sind? Woher weißt du, dass es nicht nur, ähm, drei Tussis und ein Hund sind?«

»Ihre Antennen«, erwiderte George triumphierend und tippte sich an den Kopf.

»Ihre Antennen«, wiederholte Tristram langsam und tippte sich ebenfalls an den Kopf. Er fragte sich, ob George nicht ein Känguruh zu viel in seinem Oberstübchen hatte. Känguruhs, Känguruhs, boing, boing. Skippy. Ts ts ts. Boing boing.

»Wer ist da?«, rief Jake aus dem Zimmer nebenan. »Und wenn's eine Party ist, warum bin ich nicht eingeladen?«

Fünfzehn Sirianer, zwanzig Cherubim, zwölf Zeta Reticulaner. Captain Qwerk legte seinen glänzenden grauen Kopf in seine vierfingrigen Hände und schüttelte ihn. Klingeling. Klingeling. Er saß über dem Passagier-Treibstoff-Verhältnis, das heißt, er rechnete aus, wie viele seiner außerirdischen Kollegen er im Austausch für die Bestandteile des Raketentreibstoffs mit zur Erde nehmen musste. Sieben Alpha Centaurianer.

Mussten es wirklich fünfzehn Sirianer sein?

Es würde eine lange Reise werden, selbst wenn es ihnen gelang, den neuen Anti-Materie-Antrieb rechtzeitig einzubauen.

Was gab es noch?

O Gott, die Lizenz.

Sie war fast abgelaufen. Gott.

Gott war der einzige unsterbliche Bewohner des Planeten Genesis. Nachdem dieser IHN geschaffen hatte, IHN gesehen und für gut, oder gut genug, befunden hatte, hatte Er sich nicht mehr damit aufgehalten, weitere Anweisungen für die Vermehrung der Spezies zu hinterlassen. Was wahrscheinlich vernünftig gewesen war, wenn man bedachte, dass eine der Haupteigenschaften Gottes seine Allgegenwart war. Man konnte sich schwer vorstellen, dass für noch einen seiner Sorte Platz im Universum sein könnte. Gott, der manchmal mit Phil Collins verwechselt wurde, war ein ziemlich kreativer Geist. Manchmal sagte Er, es werde Licht, und das wurde es dann auch. Oder Er sagte, dort, inmitten dieses Wassers soll ein Firmament sein. Das fanden die anderen Aliens cool. Dann gab es mehr Welten zu entdecken und so. Was ihnen jedoch mächtig auf die blaugesprenkelten Eier ging, war die Tatsache, dass Er so große Stücke auf sich hielt. Ohne zu untertreiben, Er war der Oberboss im Kosmos. Er ging so weit und erließ Gebote oder schickte jenen Plagen, die es wagten, Ihm zu sagen, Er solle sich verpissen oder einfach seine Anrufe nicht erwiderten. Ein weiteres seiner bestimmenden Persönlichkeitsmerkmale – eines, das Er sicher in einer Bekanntschaftsanzeige erwähnen würde, wenn Er eine Partnerin suchen würde – war seine Omnipotenz. Seinen Freunden half Er gerne. Und doch lautete die traurige Wahrheit, dass Er nicht immer alles tat, was in seinen Kräften stand. Gott riss sich nicht gerade ein Bein aus, wenn es darum ging, sinnlose Kriege zu beenden oder sich um Sein auserwähltes Volk zu kümmern, oder ein bisschen Mitleid mit den armen Teufeln zu zeigen, die eine Chance gebrauchen konnten. In diesen Dingen war Er der erste Slacker. Andererseits konnte Er höllisch genau sein, wenn es darum ging, Weltallcowboys wegen abgelaufener Raumschifflizenzen oder anderer galaktischer Verkehrsverstöße hochzunehmen. Man konnte auch nichts vor Ihm verheimlichen. Er war schließlich allwissend.

Qwerk seufzte und fügte ›neue Lizenz‹ seiner Liste hinzu.

»Wißt ihr, ich hätte wirklich nicht mehr gedacht, dass das Essen auf der Erde so gut ist«, lobte Baby. »Die ganzen Cafés, an denen wir vorbeigekommen sind, haben ja nur diese winzigen Portionen serviert, und immer das Gleiche. Messer, Gabeln, Löffel, Löffel, Gabeln und Messer. Was für ein Scheiß.«

»Ich weiß genau, was du meinst«, sagte Lati und riss einen Toaster in Stücke. Sie roch an dem Drehknopf und rieb ihn sinnlich über ihre Wange, bevor sie ihn schließlich in den weit geöffneten Mund steckte. Doll hatte sich über ein Backblech hergemacht.

Baby lutschte zufrieden an einer Steckdose. »Ich hätte zu gerne das Rezept für dieses Ding«, sagte sie. Sie schluckte einen Stift herunter und schmatzte. »Tolle Legierung.«

»Dieser Erdling George scheint ein Guter zu sein«, urteilte Lati. »Wir tauchen hier unangemeldet auf und er tut so, als hätte er sein ganzes Leben auf uns gewartet.«

Iiiih! Revor, der an einem ausgemusterten Staubsauger geleckt hatte, war mit seiner Schnauze in der Düse stecken geblieben. Mit wachsender Verzweiflung schüttelte er den Kopf hin und her. Huch! Iiiih! Hilfe! Iiiih! Iiih!

»Dummes Ding«, lachte Baby.

Lati nahm ein Elektromesser, holte vom anderen Ende des

Gartens eine elektrische Heckenschere und den Anlasser für einen Kombi und begann damit zu jonglieren.

»Hör auf mit dem Essen zu spielen«, befahl Baby mit gespieltem Ernst.

»Ja, Captain Qwerk. Wie Sie wünschen, Captain Qwerk.« Ohne Vorwarnung warf Lati Baby die Heckenschere zu. Baby fischte sie aus der Luft und warf sie mit einer eleganten Bewegung zurück. Lati erwischte sie mitten im Flug und jonglierte weiter. »Es ist so toll, dass uns Qwerk und diese anderen Langweiler nichts anhaben können«, jauchzte sie.

»Ich bin sicher, dass sie uns auch nicht sonderlich vermissen«, sagte Baby.

Vermissen war nicht ganz das Wort, das Qwerk benutzt hätte. Aber wenn Baby glaubte, sie wären ihm egal, dann irrte sie sich gewaltig. Sie alle irrten sich gewaltig. Qwerk war auf dem Weg zu ihnen. Er musste nur noch ein paar Details klären.

Iiih! Iiiiih! Iiiiiih! Iiiiiih! Iiiiiiih!

Oh. Fast das Haustier vergessen. Baby packte Revor bei den Hinterbeinen und zog. Mit einem satten Geräusch flutschte sein Kopf aus der Düse. Er rollte auf den Rücken, schloss die Augen und japste dankbar.

»Wir können den ganzen Tag hier sitzen bleiben«, meinte Doll, »oder wir können was unternehmen. Ich möchte nicht drängen oder so, aber ich rieche Sex, Drugs and Rock 'n' Roll, und ich weiß nicht, wie es mit euch Tussis steht, aber ich bin bereit.« Die anderen lachten anerkennend. Sie wussten, was Tussi bedeutet. Aliens mochten von vielem auf der Erde keine Ahnung haben und die Worte kamen ihnen nicht immer korrekt über die Lippen, aber sie waren nicht dumm und auch keine Analphabeten.

»Jetzt, wo du es erwähnst«, sagte Lati und ließ ihre Spielzeuge auf den Boden fallen, »rieche ich auch Sex, Drugs and Rock 'n' Roll. Und zwar von nebenan.«

Baby sah auf den Lokalisator. »Definitiv von nebenan«, bestätigte sie. »Eins noch, Lati«, fügte sie mit ihrer strengen Ich-bin-hier-der-Boss-Stimme hinzu.

»Und?« Lati hasste es, wenn Baby diese Bossnummer abzog. Das war so verdammt nufonisch.

»Dieses Mal gehört Jake mir.«

Lati zuckte mit den Schultern. »Das geht mir am Arsch vorbei. Ich fand ihn auch beim ersten Mal nicht so toll.« Lati war eigentlich nicht boshaft. Sie ärgerte Baby nur ganz gerne.

Doll verfolgte das Gespräch gelangweilt.

Gerade als Baby entgegnen wollte, dass Jake von ihr wahrscheinlich noch weniger hielt, kam George wieder. »Danke für den Imbiss«, sagte sie zu George. »Wir müssen los.«

»Ihr kommt doch wieder?«, fragte er ängstlich.

Sie las seine Gedanken und beruhigte ihn. »Ohne dich würden wir nicht abheben.«

Tristram schlurfte ins Wohnzimmer zurück. Er ließ sich neben seinem Bruder auf den Sitzsack fallen.

Jake und Torquil sahen ihn mit leerem Blick an. Sie fragten sich, wo er die ganze Zeit gesteckt hatte. Es schien, als sei er jahrelang fort gewesen. Von seinen Gefühlen überwältigt, schlang Torquil die Arme um ihn. »Bruder«, schluchzte er. »Wo warst du?«

»Was glaubst du?« Tristram befreite sich aus Torquils Umklammerung. »An der Tür.«

»Wirklich?«, sagte Torquil in höchstem Erstaunen. »Das ist so cool.« Er überlegte. »War da noch jemand?«

»George.«

»Und was hatte der alte George zu sagen, he?«, mischte sich Jake in die Unterhaltung.

»Er sagte, dass, ähm, Aliens gelandet sind«, antwortete Tristram, stand wieder auf und ging in die Küche, um sich ein Glas … ein Glas … egal. Es würde ihm schon einfallen, wenn er erst mal da war.

»Dudududu«, kicherte Torquil. *»Dudududu.«*

Jake wurde es plötzlich sehr warm. Er schaute auf seine neue Tätowierung. Sie schien sich aufzuheizen. Bizarr. Fred und Ginger gingen ihm langsam auf die Nerven. Er nahm die Fernbedienung und zappte umher. Klick. Eine fliegende Untertasse versuchte, einen neuen Jeep mit Allradantrieb hochzuheben, scheiterte aber. Klick. Jemand spielte ein Mintie nach, indem er sich die Ohren mit Elastikfolie zusammenband. Klick. In den Nachrichten ließ die Regierung neue Gesetze verkünden, die es unter Strafe stellten, über den Außenminister und andere Mitglieder des Kabinetts zu lachen, egal, wie lächerlich sie sich machten. Klick. Ein kleiner Außerirdischer tanzte um einen riesigen Schokoladenriegel herum. Klick. Zurück zu Fred und Ginger.

»Torq«, sagte er.

Torq hatte die Augen geschlossen und auf Bildschirmschoner umgeschaltet. Fliegende Toaster flatterten an seinen Augenlidern vorbei, gefolgt von Toastscheiben.

»Torq.«

Langsam kam Torq wieder online. »Mhm?«

»Ich habe dieses komische Gefühl, dass ich bald die Liebe meines Lebens kennen lernen werde.«

Torq rollte mit den Augen. »Sicher, das sagst du jeden Samstagabend.«

»Es ist Sonntag.« Jake hielt die Zeitung hoch und tippte auf eine Anzeige. »Und da wir von Sonntag sprechen. Smokey Stover spielt heute Abend im Sando. Smokey Stover. *Der* Smokey Stover. Heute Abend.«

Torq griff nach der Wasserpfeife, nahm einen Zug und dachte über Jakes unübersehbare Begeisterung nach. »Aber Jake«, begann er.

»Was?«

»Ich hab's vergessen. Worüber haben wir gesprochen?«

»Weiß nich. Nichts?«

»Nein, da war was. Was hast du eben gesagt?«

»Ich sagte«, sagte Jake gähnend und kratzte sich am Hintern, der plötzlich höllisch juckte und wieder ein leises Prrrt von sich gegeben hatte, »Smokey Stover spielt heute Abend im Sando.«

»Genau. Aber Jake, Stokey Smover, Skokey Mover, Smovey Stokey spielt jeden Sonntagabend im Sando.«

Jake seufzte und schüttelte den Kopf. »Weißt du, Torq, ich erwarte ja nur ein kleines bisschen Begeisterung. Ein bisschen Drive, ein bisschen Leidenschaft.« Nachdenklich sog er den Rauch in die Lungen. Genau das fehlte *ihm*, flackerte die Selbsterkenntnis in ihm auf: ein bisschen Begeisterung, ein bisschen Drive, ein bisschen Leidenschaft. Torq hatte diese Dinge nicht halb so nötig wie er selbst. Was wollte er sagen? Ach ja. »Außerdem, ich weiß, es ist schwer, sich das vorzustellen, aber eines Tages wird Smokey Stover vielleicht nicht mehr jeden Sonntag im Sando spielen. Und weißt du was? Dann wäre das Leben anders.«

»Das Leben ist voller Überraschungen«, sagte Torq.

»Das ist es«, pflichtete ihm Tristram bei, der mit einem Geschirrhandtuch zurückgekehrt war. Er wusste nicht genau, warum er das Handtuch mitgenommen hatte. Es war ihm irgendwie vernünftig erschienen. Er setzte sich wieder und hing seinem Bruder das Handtuch über den Kopf. Dann beugte er sich vor und betrachtete den Saum seines Kleids. Die Stiche waren verdammt beeindruckend.

Klopf klopf.

»Trist«, sagte Jake. »Die Tür.«

»Ich hab beim letzten Mal aufgemacht«, protestierte Tristram. »Und genau deshalb«, dozierte Jake mit unwiderlegbarer Logik, »solltest du auch diesmal aufmachen. Du bist in Übung.«

Tristram runzelte die Stirn. Er spürte intuitiv, dass mit diesem Argument etwas nicht stimmte, konnte aber nicht genau sagen, was. In Jakes Argumentationsstrang war definitiv ein Fehler, Argumentationsstrang? Warum hieß es Strang? Konnte es nicht auch ein Punkt sein, eine Ebene oder ein fester Körper? Vielleicht war die Logik auch ein Rhomboeder, irgendwie rund, aber mit Kanten. Tristram schlurfte aus dem Zimmer, um die Tür aufzumachen.

Torq fuhr eine geistige Klaue aus und wühlte in dem Schlamm seiner Erinnerung. »Ähm, Jake«, sagte er und streifte das Handtuch ab. »Willst du einen Witz hören?«

»Weiß nich. Isses ein guter Witz?«

»Weiß nich. Wer kann das entscheiden?«

Jake arrangierte die Kissen unter seinem Nacken so, dass er bequemer lag, und streckte seine langen Beine aus. »Also gut«, sagte er. »Erzähl.«

»Kennst du schon den von dem sprachgestörten Agnostiker, der nicht schlafen konnte?«

»Nein.«

»Er lag die ganze Nacht wach und grübelte, ob es Bottes Goten gab.«

»Ha ha ... ach, du Scheiße ...« Plötzlich richteten sich die Haare auf Jakes Armen und Beinen auf. Der totale Haar-Horror. Selbst seine Dreadlocks taten ihr Bestes, auf die Beine zu kommen. Aber da sie fett und schwer und außer Form waren, gelang es ihnen nur, sich halb aufzurichten, bevor sie vor Erschöpfung in sich zusammenfielen. Three lösten sich in Nichts auf, als die CD zu Ende war. Eine tranceartige Stille waberte durch das Zimmer. Fred Astaire mutierte in einen Schwall von Schmetterlingen und flatterte vom Bildschirm. Jakes Augäpfel badeten in einer Wolke aus eisigem, diamantenem Licht und er hatte das Gefühl, als stolzierten Tausendfüßler in Stiefeln mit Stahlkappen seinen Rücken hinauf und hinunter. Zögernd drehte er sich zu Torquil. Nach dessen hervorquellenden Augen zu urteilen, spürte Torquil ähnliches.

Eines muss man ihnen lassen – Aliengirls wissen, wie man auftritt.

In der Tür zum Wohnzimmer standen ein sehr blasser Tristram und drei förmlich glühende Rock 'n' Roll-Babes aus dem Weltall.

»He«, grüßte Baby. »Kennst du uns noch?«

Jake richtete sich auf und blinzelte. Déjà vu. Déjà vu. Aber. Wie. Wo. Wann?

Sicher, dachte sie. Gar nicht an das Memozid gedacht. »Macht nichts«, sagte sie erstaunlich enttäuscht. »Wir hatten nur Sex. Aber es ist nicht deine Schuld, dass du dich nicht erinnerst.«

Jake fielen die Augen aus dem Kopf.

»Wirklich nicht.«

Lati betrachtete die beiden Zwillinge, die gleichermaßen verwirrt schienen. Sie waren viel süßer als Jake. Baby konnte ihn ruhig haben. Sie würde diese beiden nehmen. »Wie geht es Ihnen heute, Ma'am?«, fragte sie kokett. »Wollen Sie meinen Schwanz lutschen?«

Doll seufzte und griff sich zwischen die Beine. Junge, Junge, waren die nicht so süß wie Mädchen?

»Tja«, brachte Torquil hervor, als er seine Stimme wiedergefunden hatte. »Kommt doch rein. Und, ähm, Jake?«

»He?«, murmelte Jake, ohne seine Augen von Baby abzuwenden.

»Du bist eine echte Legende. Affenstark.«

Ich frage mich, ob wir nicht mit ein paar Sirianern weniger auskommen.

Mal sehen. Angenommen $ZN^{2+} + 2e = Zn$, und die Auflösungsmenge von $MgNH_4PO_4$ beträgt bei 25 °C $2{,}5 \times 10^{-13}$; wenn wir dann ein paar zusätzliche Solenoiden hier und ein Synchrocyclotron da einbauen, dann brauchen wir vielleicht nicht so viel Vanadium oder Molybdenum, und so – Qwerk strahlte – könnten wir die sirianische Komponente ein wenig kürzen.

Qwerk erhob sich von seinem Schreibtisch und ging zur Tür. Er sah den Flur hinunter. Niemand zu sehen. Er schloss die Tür und setzte sich wieder an seinen Schreibtisch. Er öffnete den Mund und schob einen seiner langen silbernen Finger hinein. Mit einem leichten Schuldgefühl dachte er an die Dinge, die ihn am meisten erregten – saubere Einkaufszentren in den Vorstädten, Taschenrechner und Michelle Mabelle –, und verbrachte die nächsten zwanzig Minuten damit, sein Zäpfchen zu stimulieren. Ding dong, ding dong, ding dong, DING DING DING DING.

Vor Rock 'n' Roll, vor Rhythm & Blues, vor Mozart und Bach, vor den gregorianischen Chorälen und deutschen Liedern, vor Sitar und Marimba und balinesischen Gongs und Hackbrett und chinesischer Laute, *Cats* und *Das Phantom der Oper* und vor dem *Hair*-Revival, vor Reggae und House und Ska und Dub, vor den Hansons, vor Elvis, vor Orpheus, vor Throbbing Gristle und Nine Inch Nails groovren alle Lebewesen zu einem Beat: dem des Herzens.

Bumbum. Bumbum. Bumbum. Eine stethoskopische Untersuchung der Lebewesen, die sich im Wohnzimmer einer bestimmten Wohngemeinschaft in einem Haus in Newtown aufhielten, in einem Frühjahr des späten zwanzigsten Jahrhunderts, hätte bei allen eine hochgradige kardiologische Verwirrung gezeigt. War es wilde, ungestüme Lust? Die ersten stürmischen Anzeichen wahrer Liebe? Die unvorhersehbaren physiologischen Auswirkungen von Aliens auf die menschliche Verfassung und umgekehrt? Nur der Frühling? Eine kosmische Vibration, die durch eine Änderung in der Umlaufbahn des Asteroiden Eros entstanden war, der genau in diesem Augenblick der Erde ein wenig näher kam? All das zusammen?

Wuff?

Wuff?

Iggy trottete auf seinen kurzen Stummelbeinen in das Zimmer, schob sich zwischen Latis Beine und fuhr sich mit der Zunge über die Schnauze. Nach ihm kamen Saturna und Skye, die Spitze, Samt und einzelne Haarsträhnen zurecht zupften. Revor war der Erste, der impulsiv reagierte. Er ging auf Iggy zu, stellte sich auf seine Hinterbeine, hielt seine Vorderpfoten hoch wie ein Känguruh, legte den Kopf zur Seite und begann zu heulen. Iggy sah verblüfft auf Revor herab. Er riss seine kräftigen Kiefer auf, packte Revor und schüttelte ihn mit ökonomischen Halsbewegungen hin und her.

Wowowowo. Lass mich runter. Wowowowowo. Wowo. Oooo. Ist das deine Zunge? Oooooo. Oooo. Nicht aufhören. Ooooo. Nfnfnfnfnfnfn. Mmmh. Rrrrrrrrrr. Ahhhh. Ahhhhh. Nf.Nf. Die versammelten Zweibeiner, Erdlinge und Aliens, sahen konsterniert oder amüsiert zu, nicht sicher, was sie tun sollten, wenn überhaupt etwas. Bevor sie noch reagieren konnte, hatte Iggy Revor hustend ausgespuckt, sich umgedreht und war mit hocherhobenem Kopf in die Küche getrottet. Revor landete mit feuchtem, struppigem Fell und feuchten Augen auf den Füßen und schüttelte sich heftig. Er schnupperte nach Iggys unverkennbarem Geruch und nahm die Verfolgung auf.

»Schalten wir doch wieder die elektrischen Geräte ein«,

schlug Lati vor. Doll richtete ihre Antennen auf den CD-Player. Sofort ging er wieder an.

»I can smell your sweet sweet fuzzy armpits, woman, I can smell you«, sang einer der beiden von Three.

Darauf folgte eine Pause voller erotischer Möglichkeiten.

Jake fühlte sich unwohl. Er hatte das komische Gefühl, als trage er die Verantwortung für all das und das behagte ihm gar nicht. Verantwortung machte ihn fast so unsicher wie Hingabe. Ihm war wesentlich lieber, die Dinge einfach geschehen zu lassen und entweder war er dabei oder nicht.

Ein weiterer Laib buk im Ofen der Zeit.

»Echt cool«, sagte Torqil. »Aliens, ey?«

Baby nickte. Sie war ebenfalls nicht besonders scharf auf Verantwortung und Hingabe. Das klang zu sehr nach diesem, wie hieß es doch noch, ach ja, nach diesem Beziehungsding. Es klang überhaupt nicht nach Rock 'n' Roll. Allein schon die vielen Silben. Sie zeigte auf den CD-Player. »Ich mag die Musik«, urteilte sie freundlich.

»Ja?«, sagte Jake unerklärlich stolz, als habe er irgendwas damit zu tun.

»Absolut. Deshalb sind wir hier.«

»Hier? In diesem Haus? Wegen Three?« Jake war verwirrt. Ohne irgendwie negativ gestimmt zu sein.

»Auf diesem Planeten. Wegen Rock 'n' Roll.«

»Cool!«, sagte Tristram. Leckte sich die Rothaarige die Lippen nach ihm? Unmöglich! Tristram liebte Frauen, die sich unmöglich benahmen. Er wusste nicht, wohin er schauen sollte.

Doll begutachtete Saturna und Skye. Das waren schon eher Objekte für eine Entführung. Mhm.

»Also«, schlug Jake vor, »sollen wir nicht alle zusammen ins Sando gehen?«

»Sando?«, fragte Lati. »Ist das der öffentliche Ort für Sex, Drugs and Rock 'n' Roll?«

»Ich schätze, das hängt davon ab, wie man Sex, Drugs and Rock 'n' Roll definiert«, antwortete Jake amüsiert. »Doch, ja, ich denke schon.«

»Ich mag dieses Mädchen«, flüsterte Torquil Tristram zu. »Echt abgefahren.«

»Ich mochte sie zuerst«, flüsterte Tristram. »Und ich«, fügte er hinzu, »habe sie zuerst gesehen, was sicher auch zählt.«

Lati grinste zufrieden. Sie würde beide zum Frühstück vernaschen. Was immer das auch sein mochte, Frühstück. »Dann ab wie eine Rakete«, sagte sie.

Was folgte, war alles andere als ein Raketenstart.

Zunächst verschwanden Saturna und Skye unten, um ihre Augenbrauen nachzuziehen. Jake und die Zwillinge machten sich auf eine lange ratlose Sockensuche, in deren Verlauf sich ihre Wege oft kreuzten. Sie schauten unter Kissen nach, verschoben den Fernseher, fassten auf den Kühlschrank und durchwühlten die Regale, auf denen die Erdnussbutter und die Corn Flakes lebten. Dadurch schreckten sie ganze Familien von Insekten auf und zwangen Spinnen, Kakerlaken und mehrere Ameisenarten, ihre angestammte Heimat zu verlassen. Ihr Weg führte die Jungs hinaus in den kleinen Garten und wieder in die Tiefen der Schränke, und schließlich, als sie alle anderen Möglichkeiten erschöpft hatten, zurück in ihre Zimmer.

Sich selbst überlassen, untersuchten die Babes neugierig ihre Umgebung. Ziemlich braun, lautete Babys Urteil. Irgendwie hatte sie sich Jakes Buddel – oder Bude, egal – ganz anders vorgestellt. Sie hatte etwas Farbigeres erwartet, etwas Kinetischeres, mit mehr Perspektivenwechsel. Allerdings hatte sie ihre Vorstellungen davon, wie Rock 'n' Roll-Boys lebten, aus den Innenaufnahmen der Musikvideos. Sie war eher verwirrt als enttäuscht, aber dann dachte sie daran, dass sie Jake ja kaum kannte, trotz allem, was in der Nacht zuvor passiert war. Hatte sie zu viel geredet? Vielleicht hätte sie ihm mehr persönliche Fragen stellen sollen.

»Wäre keine schlechte Idee gewesen«, murmelte Lati, die ihre Gedanken gelesen hatte. »Besonders, da du so scharf auf ihn bist.«

»Verpiss dich, du Nutte«, entgegnete Baby.

»Was ist mit euch beiden?«, fragte Doll, ohne es wirklich wissen zu wollen. »He, die Kleine ist süß.« Sie deutete auf ein Plakat von Kylie Minogue, das an der Holzverkleidung klebte. »Kommt mir irgendwie bekannt vor. Kennt ihr sie?«

»Erinnerst du dich an ›Wild Rose‹?«, antwortete Baby prompt. »Sie war die Leiche.«

Baby griff nach der Wasserpfeife und nahm einen Schluck der trüben Flüssigkeit. Komisch, dachte sie, sogar ihre Drogen sind braun. Sie hatte eine Vision von beigen Wildlederdolphinen in einem braunen Meer an einem Schokoladenstrand.

Doll packte die Trommelstöcke und schlug auf Torquils Drums. »Genug rumgesülzt. Ich will endlich geile Musik machen, ihr grünen Gören. Wir sollten die Hauptsache nicht aus den Augen verlieren. Und was mich angeht, ist Rock 'n' Roll die Hauptsache.« Dolls Einstellung glich der des Hubble-Weltraumteleskops. Sie wirkte weniger flamboyant als ihre beiden Freundinnen, aber sie war die treibende Kraft hinter vielem. Sicher, Baby und Lati hatten die Idee gehabt, zur Erde abzuhauen, aber wer hatte ausbaldowert, wie man das Raumschiff stiehlt? Und wer hatte den Treibstoff geklaut, he? Lati war total witzig und Doll mochte sie sehr, aber sie war auch sehr anstrengend. Baby zeigte sich immer total enthusiastisch, aber es hielt nicht lange vor. Doll gab der Sache mit Jake etwa noch, na ja, zwei Tage, höchstens eine Woche. Doll wusste auch, dass Baby und Lati noch bis zum Sankt Nimmerleinstag – was immer das auch war – davon quatschen würden, dass sie Rockstars sein wollten, aber wenn sie das ihnen überließ, würden die nie ein Instrument in die Hand nehmen. Doll konnte nicht wissen, dass Baby und Lati diese Schwäche mit einem großen Teil der Erdlinge teilten.

Ihr fiel etwas ein, was sie in einem Video gesehen hatte. Sie legte die Trommelstöcke beiseite und nahm Tristrams Bass, hielt ihn hoch und wollte ihn gerade auf der Armlehne des Sofas zerschmettern, als Tristram wieder hereinkam.

»Hehehe!«, rief er. »Vorsicht mit den Instrumenten, Alienmädchen.« Er nahm ihr die Gitarre ab. »Ich weiß nicht, wie es auf eurem Planeten ist, aber hier kosten diese Dinge eine Menge Kies.«

Doll verdrehte entnervt die Augen. Baby und Lati machten ihr das Leben schon schwer genug und jetzt entpuppten sich auch diese Erdlinge noch als völlig humorlos. Sie ließ sich so schwer in den Sitzsack fallen, wie es bei ihrem geringen Gewicht nur ging. »ÖDE«, verkündete sie. »ÖDE, ÖDE, ÖDE!«

Das fand Lati furchtbar komisch. Sie warf ihren Kopf in den Nacken und entließ aus ihrem Mund eine Welle xylophonischen Gelächters. Die Musik ihrer Fröhlichkeit tanzte durch den Raum, turnte in den Ecken herum und prallte von den Wänden ab. Schließlich wurde sie sanft und gemächlich und weich und schwebte zu ihr zurück. Sie saugte sie durch ihre Nase wieder ein und produzierte eine weitere Klangkaskade. Lachend streckte sie ihren herrlichen, kräftigen Hals und ihr schöner Bauch und die üppigen Brüste drängten gegen den Baumwollstoff ihres T-Shirts. Ihre Antennen zitterten inmitten ihrer sinnlichen roten Mähne.

Tristram hörte ihrem Lachen zu, bewunderte die Bewegungen ihres Körpers und ließ sich dadurch so verzaubern, dass er Dolls Angriff auf seinen Bass völlig vergaß. In Gedanken presste er seine Lippen auf die fast durchsichtige Haut von Latis Hals, knabberte an den zarten Muscheln ihrer Smaragdohren, leckte mit der Zunge über ihre grünlichen Brustwarzen, drückte seinen Körper an sie, knetete ihren Hintern, betete ihren Hintern an …

Torquil, der gerade hereingekommen war, als Lati zu lachen begann, war genauso fasziniert. Vor seinem geistigen Auge sah er, wie er sein Gesicht in ihren süßen, buschigen Achselhöhlen vergrub, wie er die weiche Haut an ihrer Seite und ihrem Bauch mit einer Serie von Knutschflecken bedeckte und wie er seine Nase und seinen Mund und seine Zunge in den Falten ihrer Möse vergrub, die echt nass sein würde …

Baby erfreute sich an Latis Vorstellung. So wie die Zwillinge darauf reagierten, würden sie Lati sicher eine ganze Weile beschäftigen können.

Da furzte Lati plötzlich.

Nachdem sie erst vor kurzem einen halben Toaster verspeist hatte, einen ganzen Fonduetopf (mit Gabeln), eine Hand voll Kugellager, den größten Teil einer Wagenachse und einen elektrischen Dosenöffner – ganz zu schweigen von der Spritze und den Cappuccinolöffeln –, handelte es sich bei Latis Blähung nicht um ein bloßes triangluläres Klingklang. Wenn ihr Lachen wie ein forsches Xylophon geklungen hatte, dann erschallte ihr Furz wie eine komplette Fuge. Ein harmonisches Gewebe aus Trompeten-, Posaunen- und Paukenklängen blies einen Schauer aus goldenen und bronzenen Funken in die Luft. Der Geruch war an sich schon erstaunlich, ein Duft nach Ingwer mit einem Hauch Moschus auf einer Basis orientalischer Gewürze.

Doll, die bis zu diesem bahnbrechenden, eisbrechenden, Darmwinde abgehen-lassenden Knall düster und schmollend dagesessen hatte, kicherte vergnügt und kickte ihre Beine in die Höhe.

Baby brach vor Lachen auf dem Boden zusammen.

Vergnügt nahm Lati daraufhin das Feuerzeug vom Tisch – sie konnte sich allgemeiner Aufmerksamkeit sicher sein –, drehte ihren Hintern zu ihnen, zog sich die Jeans runter, ließ noch einen fahren – und zündete ihn an.

WHHOOOOOOF! Die rotblaue Flamme schoss heraus und löschte sich dann selbst mit einem brutzelnden kleinen Riff, das in Torquils Ohren so klang, als hätte die Heavy Metal Band Pantera ihre Gitarren durch Glockenspiele ersetzt. Lati zwängte ihren runden Hintern wieder in die Jeans, drehte sich um und knöpfte sie grinsend zu.

»Der größte Knall im All!«, lachte Baby.

Torquil und Tristram sahen einander an. Torquil schluckte. Tristram holte tief Luft. Torquil holte tief Luft. Tristram schluckte. Die Liebe bewegt sich in geheimnisvollen Bahnen. Dies Schauspiel hatte die Zwillinge völlig umgehauen.

»Was sagte der Russe zu der Domina?«, fragte Torquil.

Tristram blinzelte. Dann fielen sie beide auf die Knie, hoben die Arme und senkten die Köpfe auf den Boden. »Lass mich dein Slave sein!«, riefen sie im Chor.

»Pah«, schnaubte Doll, sprang aus der faltigen Umklammerung des Sitzsacks und stürmte aus dem Zimmer. Bei diesem Tempo würden sie nie bis zum Drogenteil kommen.

»Hat ihr der Witz nicht gefallen?« Tristram hob den Kopf und sah Baby fragend an.

»Macht euch keine Sorgen um sie«, meinte Baby. »Das ist typisch Doll. Sie kriegt sich wieder ein.« Dann fügte sie so beiläufig wie möglich hinzu: »Mal sehen, was Jake so macht«, und verließ ebenfalls den Raum.

Lati betrachtete das Twin Set zu ihren Füßen. »Wenn Musik der Liebe Nahrung ist – dann spielt mir was vor«, befahl sie.

In Gedanken sprang Torq auf, durchsuchte geschwind den Haufen CDs neben dem Player und wählte ein ebenso verführerisches wie exzellentes Album aus. Dave Graneys *Soft and Sexy Sounds* vielleicht oder *Odelay* von Beck oder *Henry's Dream* oder vielleicht sogar wiehießerdochnoch unplugged. Vielleicht die Perkins-, Walker- und Owen-Scheibe. Ja, Perkins, Walker und Owen. Er rollte sich auf den Rücken und sah völlig verknallt und hilflos zu Lati hinauf. Was für eine Frau. Hatte sie ihn gerade um etwas gebeten? Hatte sie, oder? Aber um was? Verdammt. Na ja, wenn es wichtig war, würde sie ihn sicher noch mal darum bitten. Tristram dachte derweil an *Porno for Pyros.* Aber wieso kniete er auf dem Boden? Er sammelte seine butterweichen Knochen zusammen, krabbelte zum CD-Player und fand das Album. Er hielt es hoch und sah Lati fragend an.

»Ihr beide gebt bestimmt tolle Schoßhündchen ab«, verkündete sie.

Auf ihre eigene haschbenebelte Weise waren Torquil und Tristram vor Lust und Faszination völlig neben sich. Sie wollten nur noch eines – diese außerirdische Schnalle besitzen und von ihr besessen sein, allein oder zu zweit. Mit grüner Haut hatten sie keine Probleme, keine Vorurteile, keine schlechten Erfahrungen, keinen Grund zum Zögern. Andererseits waren sie totale Slacker. Also taten sie nur eins: nämlich nichts.

Um mal zu beschreiben, was Verführung im Slackerstil heißt: Tristram hängt schlaff auf dem Sitzsack, die Augen auf

Halbmast. Torquil liegt wie bewusstlos auf dem Boden. Lati tanzt, allein. Viele Minuten verstreichen. Tristram richtet sich auf und greift nach der Wasserpfeife.

»He, Space Girl«, sagt er. »Rauchst du?«

In Eros' Ecke des Alls war es furchtbar still. Eros hatte eine Menge Zeit zum Nachdenken. Er dachte oft an Zusammenstöße und Kollisionen. Eine typische Obsession von Asteroiden. Jedes Mal wenn ein Kollege vorbeischoss, stellte Eros sich vor, wie sie ineinanderkrachten und in Myriaden winziger Fragmente zersplitterten. Er stellte sich diesen Augenblick der Verschmelzung immer wieder vor, in jedem Detail, ein simultaner Akt von Befriedigung und Auslöschung, der *grand mort* eines asteroiden Orgasmus. Aber die Vorstellung, es mit einem anderen Asteroiden zu tun, gefiel Eros nicht besonders. Eros hatte größere Pläne und ausgefallenere Fantasien. Eros wollte in die Erde krachen, wollte sich in ihre weiche Krume wühlen und durch ihre knackigen Felsen bohren, er wollte ihre Kruste durchbrechen und ihre Hülle penetrieren, wollte sie bis in den Kern erschüttern.

Das würde diese Babes sicher beeindrucken.

»He, nicht reinbeißen, Mädchen!«, rief Tristram. »Nur saugen.«

Torquil riss die Augen auf. Was hatte er verpasst? Lati saß auf dem Sofa. Tristram beugte sich über sie und untersuchte die Wasserpfeife auf Schäden.

»Hast du noch nie aus so einem Ding geraucht? Nein? Du machst Witze. Du kommst wirklich von einem anderen Stern.« Er reichte sie ihr wieder. »'tschuldigung. Also, du zündest es an, ja, genau, und saugst den Rauch von der Spitze aus ein. Schön tief. Ja, so. Und jetzt halt ihn so lange wie möglich drin, bevor du ausatmest.«

Dieser Vorgang erwies sich als ausgesprochen lang. Gerade als die Zwillinge anfingen, sich Sorgen zu machen, blies

Lati den Rauch durch ihre Ohren aus. In einer Folge perfekt geformter Kringel.

»O Mann«, seufzte Torquil kopfschüttelnd. »Wie machst du nur das, was du machst?«

»Ich sagte doch schon, ich bin ein Alien. Ihr wolltet mir ja nicht glauben. Außerdem kenne ich das Zitat. Es ist von Vesuvia, von der *Fear of a Flannel Planet*-EP.«

»Ach komm, Lati«, flötete Tristram. »Woher weißt du das denn?« Die Wirkung des Dope ließ langsam nach und er fühlte sich schon viel klarer. Mein Gott, war sie sexy.

Lati schüttelte den Kopf. »Ich habe euch doch gesagt, ich habe ein perfektes Gedächtnis für Musik und Texte, besonders solche mit galaktischen Bezügen. Ich muss es nur einmal hören, dann ist es hier.« Sie tippte sich an die Stirn. »Und nebenbei, einer der Vorteile, ein Alien zu sein, ist, dass ich eure Gedanken lesen kann, wenn ich will. Also, als Antwort auf eure unausgesprochenen Fragen, sicher, Torq, das kann ich sicher. Ich würde es dir gerne besorgen. Aber du müsstest das Gleiche mit einer anderen Federboa machen. Und Trist, was du denkst, regt mich auch ganz schön auf, aber du müsstest mich führen … O GOTT!«

Ja, Lati?

Was zum Teufel geschieht mit mir, Gott?

Auswirkungen der Droge. Du hast gerade Cannabis geraucht. Wenn Cannabis in die nufonische Ichorbahn gerät, löst es intensive biologische Reaktionen aus. Bereite dich darauf vor, dass du ein paar Mal die Form wechselst und sehr viel Hitze erzeugst. Und Liebes, vergiss nicht, dass du halb Erdling bist, also wirst du auch noch für eine Weile stoned sein. Wenn das alles ist … ich habe da ein UFO im Visier, das achtzig Googolplex in einer Fünfundsechziger-Zone fliegt. Muss dem Bastard einen Strafzettel verpassen, bevor er abhaut.

Sicher. Danke, he, warte mal eben. Wenn es ein Unidentifiziertes Flugobjekt ist, woher weißt du dann, dass es ein Er ist?

Er, sie, es. Ich bin immer noch der Meinung, dass ›er‹ als Universalpronomen fungiert. Nenn mich unemanzipiert. Aber die Feministinnen hatten auch Unrecht, was Mich betrifft, nicht wahr? Ich ärgere mich jedes Mal, wenn sie mich ›Sie‹ nennen. Als ob. Ich hätte nicht übel Lust, sie meinen Zorn spüren zu lassen, du weißt schon, sie zerschmettern oder so etwas.

Lati seufzte. Mit Gott konnte man nicht diskutieren. Ich dachte, du hättest was zu tun, sagte sie.

Das habe ich auch. Ich bin weg.

Lati blinzelte. Ihr war heißer als sonst. Ihre Antennen fühlten sich an, als würden sie glühen. Sie merkte, dass die Zwillinge sie längst nicht mehr deshalb so entsetzt anstarrten, weil sie ihre schmutzigen Gedanken gelesen hatte.

Vor ihren Augen schien Lati in Flammen aufzugehen. Ihr rotes Haar schien zu brennen und die Luft um sie herum schwamm vor Hitze. Ihre Gesichtszüge mutierten. Sie hatte Bette Davis' Augen, Chrissie Amphletts Lippen und die Hüften von Salt 'N' Pepa; sie war Prince in Purple Rain, sie war Kurt Cobain, sie war You Am I und Faith No More; sie war Jim M von den Doors, Annie Lennox und Madonna, Courtney, PJ und Summers, Donna; sie war Velvet wie Underground, sie war eine silberne CD, die sich drehte …

He!

Torquil und Tristram starrten auf den CD-Player, der ein leises Zischen von sich gab. Sie waren allein. Sie schwitzten gewaltig. Die Fenster waren beschlagen und Kondenswasser lief am Fernsehschirm herab.

Tristram fuhr mit den Fingern darüber und betrachtete es eingehend. »Was ist das für eine Scheiße?«

Währenddessen hatte Baby Jake in Torquils Zimmer entdeckt, wo er sich einem Socken näherte.

»Ich habe diese Theorie«, sagte er, als sie hereinkam und sich neben ihn aufs Bett setzte. Er beugte sich vor und streifte den Socken über. Sein großer Zeh lugte durch das Loch in der Spitze. Er betrachtete ihn, als habe er nie zuvor einen Zeh gesehen. Um die Wahrheit zu sagen: Jake, der Ladykiller der schlaffen Generation, der verspielte Playboy aus Newtown, war total verknallt. Außerdem war er total verwirrt. Er hatte Sex mit ihr gehabt? Und hatte es vergessen? »Du weißt doch, dass man einen Strumpf von einem Paar immer verliert«, erläuterte er. »Ich bin sicher, dass alle diese einzelnen Socken in ein Schwarzes Loch irgendwo im All gesaugt werden. Dann schleudert sie das Schwarze Loch auf einen fernen Planeten, dessen Bewohner nur einen Fuß haben.«

»Das stimmt«, bestätigte sie. »Der Planet liegt in der Nähe von Arcturus. Ich kenne jemanden, der dort gewesen ist. Er sagt, dass sie jede Woche einen Sockenmarkt abhalten. Sie bedienen die Schaltung in ihren Raumschiffen mit ihren extrem langen Nasen und spielen Twister nach speziellen Regeln. Wegen der Sockengeschichte haben sie keinerlei Schuldgefühle, weil sie sich sagen, wenn wir mit einem Fuß auskommen, dann kann der Rest des Universums auch mit einem Strumpf auskommen.«

Jake hob den Kopf und sah sie genau an. Sie schien keine Witze zu machen. Sie sah ihn auch an. Augenkontakt. Jake kam es vor, als würde sie seine Augäpfel aufsaugen. Er löste sich mühsam von ihrem Blick und widmete sich seinen Stiefeln, die er voll konzentriert zuband. Es gefiel Baby, wie seine schlanken Muskeln unter der sommersprossigen Haut seiner Arme arbeiteten und wie die langen gepolsterten Haarröhren wippten, wenn er seinen Kopf bewegte. Und bei Jake brannte heißes Verlangen gerade die letzten Reste des Marihuananebels weg. Sie las sowohl seine Sehnsucht als auch seine Scheu und lächelte in sich hinein. »Was ist so komisch, Space Girl?« Jake hatte sich wieder aufgerichtet und seine Hand bewegte sich ungewohnt nervös auf ihre zu. Sie schwebte kurz darüber, aber die Landeklappen schienen zu klemmen. Komm schon, dachte er, fahr die Räder aus, du kannst es doch. Mittlerweile starrten sie beide auf seine Hand. So beiläufig wie möglich machte er kehrt und steuerte sie zur Basis zurück, wo er sie in den Hangar seiner Jeanstasche bugsierte.

Scheiße! Was jetzt?

Jake glaubte fest an das Prinzip der Ablenkung.

»Weißt du«, sagte er zu ihren ungeheuer küssbaren Lippen. »Ich hab mal dieses unglaubliche Hasch genommen. Zuerst dachte ich, ich sei Gott.«

»Du bist kein bisschen wie Er«, unterbrach sie ihn. Sie fragte sich, warum er nicht mit dem herausrückte, was in seinem Kopf vorging, vor allem, da es ihn so beschäftigte. »Wirklich. Ich kenne Gott. Ihr zwei könntet nicht verschiedener sein.« Und dafür Gott sei Dank, sozusagen, dachte sie. Zwei von der Sorte könnte ich nicht ertragen.

Sie kannte Gott? Jake bedachte die Konsequenzen dieser Bemerkung. Sie konnte doch wohl kaum eine Wiedergeborene sein, oder? Seiner Erfahrung nach kriegte man die nie ins Bett und sie hatten auch keine Ahnung von guten Restaurants. Aber sie war bestimmt keine Wiedergeborene. Zum Beispiel hätte sie dann einen Slip getragen.

Dass sie keine Unterwäsche trug, hatte er festgestellt, als er sich über seine Stiefel beugte. Ihm war aufgefallen, dass sie für jemanden, der einen so kurzen Rock anhatte, recht ungezwungen dasaß und als er, rein zufällig, hochgeschaut hatte, hatte er einen Blick riskiert. Eigentlich war es ein bisschen komisch gewesen. Keine Haare und es sah so aus, als wäre da gar nichts. Barbie-mäßig. Er erschauerte unwillkürlich. Nein, das war nicht möglich. Er hatte auch nicht gewagt, richtig hinzusehen. Wahrscheinlich war sie eine von diesen leicht perversen Bräuten, die sich die Schamhaare rasierten. Na, klar.

Was soll dieses Wiedergeboren, wer ist Barbie und was zum Teufel ist Unterwäsche? fragte sich Baby.

Jake ließ das religiöse Problem im Papierkorb mit der Aufschrift ›Problematisch‹ verschwinden und versuchte es erneut. »Jedenfalls«, preschte er los, »erkannte ich, dass ich nicht Gott war, aber ich wusste, dass Gott, wer immer Er war, mit mir sprechen wollte. Und dann sah ich, dass Gott ein, ähm, Alien war.« Er machte eine bedeutsame Pause. »Ein weiblicher Alien.«

Quatsch, dachte Baby. Was wollte er wohl sagen, bevor er beschlossen hat, mich zu beeindrucken?

Wilma Feuerstein hatte er sagen wollen. Er hatte eine Vision von Gott als Wilma Feuerstein gehabt. Andere Mädchen hatte er damit beeindruckt, aber er wusste nicht, ob es bei Baby funktionierte. Was war das überhaupt für ein Name, Baby? »Wollen wir gehen?«, schlug er vor.

Als sie ins Wohnzimmer kamen, saßen die Zwillinge auf dem Fußboden und warfen einander einen Big-Mac-Karton zu. »Wo sind Lati und Doll?«, fragte Baby.

Tristram zuckte zusammen, Torquil verzog das Gesicht. »Doll ist unten bei den Mädchen«, murmelte er. »Lati ist irgendwie verschwunden.«

Baby zuckte mit den Schultern. Sie kannte Lati zu gut, um sich Sorgen zu machen. Sie hatte auch nichts dagegen, Jake ganz für sich zu haben.

»Kommt ihr mit?«

»Eher nicht«, sagte Torq. »Ich denke, wir bleiben hier und warten auf Lati. Ach ja, Doll lässt ausrichten, dass sie nachkommt.«

Das Telefon klingelte. Bevor Jake reagieren konnte, nahm Baby den Hörer ab. »Willst du meinen Schwanz lutschen?«, sagte sie mit tiefer Stimme. Am anderen Ende brach eine Frau in Tränen aus. »Jake, du bist ein Arschloch«, schluchzte sie und knallte den Hörer auf.

Baby sah zu Jake. »Jake, du bist ein Arschloch«, teilte sie ihm mit.

»Das sagen sie alle«, meinte Jake betroffen. »Das sagen sie alle.«

»Sie sind alle Arschlöcher«, sagte Saturna schulterzuckend. »Aber es gibt verschiedene Arten von Arschlöchern. Es gibt liebenswerte Arschlöcher, erträgliche Arschlöcher und unverbesserliche Arschlöcher. Die Jungs in diesem Haus rangieren von liebenswert bis erträglich, mit einigen Ausrutschern ins Unverbesserliche. Nebenbei, dieses Spinnentattoo ist göttlich. Bist du sicher, dass du kein Vampir bist? Wirklich nur ein Alien?« Saturna, Skye und Doll saßen im Schneidersitz auf dem riesigen Himmelbett der Goth-Girls, das mit schwarzem Musselin effektvoll verhangen war. »Willst du es nicht rauskriegen?«

Schwarze Kerzen verbreiteten einen Moschusduft und schimmerten durch den Musselin, ein glühendes Licht, das mysteriöse und aparte Schatten erzeugte. Saturna legte sanft die Hand auf Skyes Hals. Sie strich Skyes Haar nach hinten und zog ihr Spitzenhalsband herunter. Skyes nackter Hals glänzte golden im Kerzenlicht. »Und?«, wiederholte sie.

»Doch, ich will«, flüsterte Doll. Sie presste ihre Lippen auf die dargebotene Haut. Ihre Teufelshörner kitzelten Skyes Wangen. Sie schlang einen Arm um Skyes Hüfte und vergrub den anderen in ihrem Haar, wo er sich mit Saturnas Hand verband. »Was macht eigentlich ein Vampir?«, murmelte sie.

»Ein Vampir beißt seinem Opfer in den Hals und trinkt das Blut«, erläuterte Saturna. Die Autorität in ihrer Stimme wurde durch ein leichtes Zittern beeinträchtigt. Sie bewegte ihren in einen schwarzen Strumpf gehüllten Fuß sachte, sodass die Ferse sich gegen ihre steif werdende Klitoris drückte. Durch die Schichten von Spitze und zerknitterter Seide streichelte sie Skyes Oberschenkel. »Davon träumen wir schon seit Ewigkeiten. Das wird sicher hinreißend.« Ihre Hand glitt nach oben, wo sie durch den weichen Stoff sanft Skyes Möse streichelte. Skye atmete heftig aus und schloss die Augen.

Zum ersten Mal, seit sie auf diesem Planeten gelandet waren, fühlte sich Doll wirklich glücklich. Für ihren Geschmack hatte es bisher viel zu viel Erdenjunge hier und Erdenjunge da gegeben. Zu viel Boyzone. Das hier war eher ihr Ding. Sie entblößte ihre Zähne und grub sie tief in Skyes Hals. Es waren die Zähne einer Frau, für die die Aufnahme von Mineralien bedeutete, auf einem Stein zu kauen. Leicht durchstieß sie die Haut und saugte an dem salzigen Nektar, der aus der oberflächlichen Wunde floss. Der Geschmack des Blutes jagte ihr einen Schauer über den Rücken und eine plötzliche, intensive Wärme durchflutete ihren Körper. Skye erschrak und versuchte sich abzuwenden. Saturna hielt sie jedoch fest und aus Dolls eisernem Griff hätte sie sich sowieso nicht lösen können. Schließlich wehrte sie sich nicht mehr. Zitternd lehnte sie sich an Saturnas Brüste, die mit ihren intimen Liebkosungen fortfuhr.

Dolls Antennen bebten und ihr Atem ging stoßweise. Ein Regenbogen aus Farben lief über ihre Haut wie eine im

Wind flatternde Mardi-Gras-Flagge. »Mmmhhh, mmhhh.« Die Körperflüssigkeiten der Erdlinge waren gar nicht so gewöhnungsbedürftig. Typisch kleinmütiges nufonisches Gewäsch.

Doll hob den Kopf und wollte sich das Blut von den Zähnen lecken. »Lass mich«, sagte Saturna und drehte sich so, dass sie das Blut von Dolls Mund lecken konnte, ohne die Hand von Skyes Möse zu nehmen.

»Vielleicht bin ich ja doch ein, wie habt ihr's genannt?«, überlegte Doll und fuhr sich mit dem Finger über die Schneidezähne. Was war das an ihrem Gaumen? O ja. »Seht euch das mal an, Mädchen«, sagte sie und machte den Mund ganz weit auf.

»Die Vampir-Chroniken haben mir gefallen, aber *Cry to Heaven* hat mich zu Tode gelangweilt, und *Exit to Eden* halte ich für schwer überschätzt.«

»Hast du die Hexenserie gelesen?«

»Noch nicht. Wie ist die?«

»Ich fand sie ganz okay. Skye und Saturna lesen ziemlich viel und ich stöbere schon mal in ihren Regalen. Die Jungs wiederum sind hoffnungslose Fälle. Jake hatte nur einmal vernünftige Bücher im Haus – als er diese Maus aus der Bibliothek angebaggert hat. Es macht ihm gar nichts aus, in einer Kneipe an einem Abend mal eben fünfzig Dollar für Alk auszugeben, aber fünfzehn Mäuse für ein gutes Buch sind ihm zu viel. Ich verstehe das nicht. Wenn ich nicht genetisch so programmiert wäre, mir bedingungslose Loyalität zu leisten, wäre ich schon längst abgehauen. Wie steht's bei dir, du Knirps?«

Iggy lag auf der Seite. Revor hatte sich an seinen hellen Bauch geschmiegt, zwischen die Vorderpfoten des Bullterriers. Er seufzte. »Die Babes sind auch nicht gerade Leseratten. Klassische Rocktussis. Nicht, dass ich was gegen Rock hätte. Magst du Musik?«

»Aber klar, obwohl mein Geschmack etwas altmodisch ist. Natürlich hatte ich immer ein Faible für die Animals und

Three Dog Night, ganz zu schweigen von Beasts of Bourbon. Aber ich mag auch neue Musik; Portishead, zum Beispiel. Aber auch, wenn es nahe liegt, mein Lieblingsstück ist ›Biscuit‹. Wie sieht's bei dir aus, Revie-Schatz?«

»Wir ergänzen uns so gut, es ist fast schon albern. Ich würde allerdings noch *Pet Sounds* von den Beach Boys nennen.«

»Natürlich. Scheiße, da kommen Jake und Baby. Mach einen auf Tier.« Iggy sprang auf, trottete zur Tür und leckte mit genau kalkulierter Unterwürfigkeit Jakes Hand, wobei er durch gleichzeitiges Schwanzwedeln naive Freude ausdrückte. »Wuff«, sagte er. »Wuff! Wuff!«

»Yap!«, rief Revor. »Yap! Yap!« Er rollte sich auf den Rücken und ruderte mit den Beinen, als Baby über seinen flauschigen Bauch strich. »Nf, nf! Eheheh! Killekillekille!«

Jake füllte Iggys Wasserschüssel, gab ihm einen Abschiedsklaps und verschwand mit Baby. »Da geht sie hin, die Herrenrasse«, meinte Revor, als die Tür zufiel.

Iggy ließ sich neben ihm auf den Boden fallen und gähnte sein Krokodilsgähnen. Gnaaaaaa-schnapp! »Geht dir dieser ganze Heidschi-bumbeitschi-Kram nicht auch manchmal auf die Nerven? Wünschst du dir nicht auch, wir könnten die ganze Schauspielerei vergessen und uns wie die intelligenten Lebewesen benehmen, die wir nun mal sind?«

»Ach, ich weiß nicht«, entgegnete Revor, nahm Iggys Pfote und leckte sie. »Dann würden sie wahrscheinlich bald erwarten, dass wir sie füttern und mit ihnen spazierengehen. Ehrlich gesagt, mir wär's zu viel Aufwand. Warum wissen lassen, dass man mit Messer und Gabel essen kann, wenn man schon an den Fleischtöpfen sitzt?«

Iggy lachte. »Du kleiner Gauner.«

»Heiho, heiho, zur Erde zieh'n wir froh!« Die Sirianer, die das interplanetarische Shuttle nach Nufon verließen, tanzten eine Konga die Stufen hinunter. Da sie vier Füße hatten, sah das wirklich rasant aus. Dabei sangen sie mit unbegrenztem Enthusiasmus und äußerst begrenztem Talent. Aufgrund der Platz- und Gewichtsbeschränkungen in dem Raumschiff, das sie zur Erde brachte, durfte jeder von ihnen nur einen Rucksack und eine Reisetasche mitnehmen. Zusammen durfte das nicht mehr als 86,3 Nufogramm wiegen. Als Sirianer hatten sie jedoch mit diesen simplen Gewichtsangaben ihre Schwierigkeiten.

Einer von ihnen saß auf dem Asphalt, heulte sich seine sechs Augen aus und schniefte durch seine drei Nasenlöcher, weil er seine Tasche vergessen hatte, in der sich unter anderem sein Lieblings-Haarclip, der Cyberroman, den er gerade las, ein Backstage-Pass für Kyuss, eine Packung mit psychedelischen Snacks und seine goldene Amex-Karte befanden. Ein schon leicht gereizter nufonischer Offizieller stand neben ihm, scharrte mit seinem Huf und versuchte ihn mit dem Hinweis zu trösten, dass er all diese Dinge auf der Erde ersetzen könne. »Nein, kann ich nicht«, schniefte der Sirianer. »Kyuss haben sich getrennt. Sie treten nicht mehr auf.«

Der stets logisch denkende Nufonier schüttelte den Kopf. »Was nützt dir dann ein Backstage-Pass?«

»Das verstehst du nicht«, schluchzte der Sirianer.

Er hatte Recht. Nufonier waren nicht in der Lage, so etwas zu verstehen. Sie konnten auch nicht verstehen, wie irgendjemand mit Sirianern klar kam. Man sollte doch meinen, dass Aliens, die sich auf eine interstellare Tour begaben, mit leichtem Gepäck reisten, nur mitnahmen, was sie brauchten, und es so einpackten, dass alles unversehrt ankam. Die Nufonier waren von Natur aus effiziente und ordentliche Packer, aber was andere Aliens betraf … Aus den Rucksäcken der Sirianer ragten oder lugten die unmöglichsten Dinge hervor, darunter Elvis-Bühnenanzüge (Sirianer waren die besten Elvis-Imitatoren im ganzen All), Golfschläger (sie liebten Golf, wegen der Schuhe), Bowlingkugeln (dito), Staffeleien und Farben, falls ihnen unterwegs nach Kunst zumute war. Einer hatte sogar eine ET-Maske eingepackt. Und als ob das alles nicht schon reichte, um den durchschnittlichen Nufonier auf die Palme zu bringen, schleppte ein anderer einen Wäschesack an, in dem sich zerknitterte Wäsche und stinkende Socken befanden. Ein Paar bestand aus dreien. Ätsch.

Im Hintergrund luden nufonische Helfer (die ihre Rolle nie anzweifelten, sondern ihre Arbeit mit Sorgfalt und in der Gewissheit ausführten, dass einer es ja machen musste) die Säcke mit den Mineralien und Chemikalien ein, die für die Sirianer der Fahrschein zur Erde waren.

Mit einem plötzlichen Zischen und einem gewaltigen Klatsch landete eine Kapsel der Cherubim kopfüber in dem Teich neben der Landebahn. Eine Tür glitt auf, und ein aufblasbares Floß schnellte hervor. Innerhalb von Sekunden schaukelte und ächzte es unter einem Durcheinander von molligen Körpern.

Als sie an Land gekrabbelt waren, schüttelten die Cherubim ihre Flügel aus und begrüßten die Sirianer und Alphas, die gerade aus einem Shuttle hüpften, auf das jemand die Worte ›Ich lieb dich. Ehrlich. Ich schwöre‹ gesprayt hatte. Ein Alpha hatte diese Botschaft bei ihrem letzten Besuch in L.A. gehört. Sie tapsten mit ihren lächerlichen Füßen die Gangway hinunter und begannen gerade, die anderen abzuklatschen und ihnen die Nasen zu lecken, als das schwarze Hovercraft der Zeta Reticulaner hereinschwebte. Kaum hatten sie festen Boden unter den Füßen, als die schrecklichen Zetas auch schon Cherubim in die Luft warfen oder sie an ihren Flügeln herumschleuderten, den Alpha Centaurianern zum Spaß auf die zweiundzwanzigzehigen Füße traten und den Sirianern Witze erzählten, nur um zu sehen, ob sie vor Lachen in Ohnmacht fallen würden.

Captain Qwerk näherte sich einer der Untergebenen und nachdem er sich mit einem verstohlenen Blick davon überzeugt hatte, dass niemand sie beobachtete, reichte er ihr ein dickes Paket. Er flüsterte ihr Anweisungen ins Ohr. Sie nickte. Nachdem sie das Raumschiff betreten hatte, fand sie sogleich das Geheimversteck, das ordentlich gekennzeichnet war, verstaute den Geheimplan dort, verriegelte die Kammer und entfernte das Zeichen.

Jake und Baby gingen die King Street zum Sandringham entlang. Sein schlurfender, langbeiniger Gang wurde von ihren energischen, hüpfenden Schritten aufs Beste ergänzt.

Jake fiel auf, dass jeder, dem sie begegneten, ihr zulächelte. Wenn sie das Lächeln erwiderte, sanken einige selig auf den Bürgersteig, als hätten sich ihre Knochen in Wasser verwandelt. Das machte ihn gleichzeitig glücklich – sie war mit ihm zusammen – und nervös. Offensichtlich konnte sie jeden haben, den sie wollte. Auf der Tafel vor dem Club stand mit Kreide ›Smokey Stover‹, darunter stand etwas von ›Gedeck – Zwei Dollar‹.

»Gedeck? Was soll das immer mit diesen Decken?«

Jake sah sie verblüfft an. »Was?«

»Du weißt, was du mir über Beziehungen und die Decke stehlen erzählt hast?«

Wovon zum Teufel redete sie?

»Gestern, weißt du nicht mehr?« Dann fiel ihr ein, dass Jake natürlich nicht mehr wusste, worüber sie gesprochen hatten. Sie bedauerte langsam die Memozidmethode. »Vergiss es«, sagte sie.

Sie war schon ein komisches Mädchen, dachte Jake, als er aus seinen Taschen vier Dollar hervorkramte. »Ich zahle«, bot er an. Er hielt es für taktisch sehr geschickt, beim ersten Date mit einem Mädchen zu bezahlen, vorzugsweise etwas Billiges, wie ein Konzert im Sando. Wenn sie erst einmal seine prekäre finanzielle Situation erkannt hatte, konnte er ihr gnädig gestatten, künftig immer für ihn mitzulöhnen. Nicht dass er heute Abend so berechnend gewesen wäre; es war mehr Gewohnheit.

»He, Jake.« Am Eingang stand ein Mädchen, in dessen kurzes Haar ein Yin-Yang-Symbol geritzt war. Sie trug ein kurzes Oberteil mit chinesischen Stickereien über einer engen schwarzen Hose und begrüßte Jake, indem sie ihre schmale Schulter verführerisch nach vorne schob.

»Hi, Ka«, sagte er lässig, auch wenn ihm nicht danach zumute war. Nach dem Ende seiner kurzen Affäre mit Kya hatte sie die nervtötende Masche entwickelt, ihm in aller Öffentlichkeit die gröbsten und peinlichsten Dinge zu sagen, egal unter welchen Umständen. Und die heutigen Umstände waren ihm keineswegs egal. »Zwei, bitte«, sagte er in seiner geschäftsmäßigsten Tonlage.

»Oh, du hast eine Freundin dabei.« Sie musterte Baby eingehend. Eigentlich wollte sie ihren Blick rasch abwenden, aber von Alien Babes kann man den Blick nicht rasch abwenden.

»Kya, nimmst du mein Geld, oder kann ich davon ausgehen, dass wir umsonst reinkommen?«

Kya riss sich nur mit Mühe von Babys Zauber los. »Ich nehme dein Geld, Jake. Einem Mädchen bietet sich diese Gelegenheit nicht oft und ich möchte sie auf alle Fälle ergreifen, wenn du nichts dagegen hast.«

Jake sah zu Baby hinüber, aber sie schien das Gespräch gar nicht mitzubekommen. Völlig begeistert starrte sie über seine Schulter hinweg in den Pub.

Jake hielt Kya die Hand hin. Während sie ihm einen Stempel aufdrückte, kitzelte sie ihn. Er zog seine Hand weg. »Muss das sein?«, sagte er. Zum ersten Mal traf sie Babys Blick. Kya spürte, wie sich ein strahlendes Lächeln auf ihr Gesicht legte. Tränen schossen ihr in die Augen. Ihr Herz schlug heftig und ihre Hände zitterten.

Baby hielt ihre Hand hin. Kya stempelte sie. »Muss das sein?«, sagte Baby und zog sie fort, so wie sie es bei Jake gesehen hatte.

Kya sah sie mit offenem Mund an. Baby öffnete ebenfalls ihren Mund, lächelte noch einmal und folgte Jake in den Pub.

Sie sah sich um. Die Art-Deco-Fliesen, die den Boden und zwei Drittel der Wände bedeckten und die grelle orangene Farbe darüber, auf der sich unzählige schwarze Kritzeleien befanden, hatten einen fast außerirdischen Charme. Haare und Klamotten der Gäste leuchteten in einem Farbspektrum, das Baby zuletzt bei einem Alpha Centaurianer mit Sommersprossen gesehen hatte. Sie trugen mehr Metall am Körper als der Durchschnitts-Cyborg. Babys Antennen registrierten den Geruch hitziger Sexualität sowie das sanfte Summen, das in einem Raum entsteht, in dem viele Personen bewusstseinserweiternde Drogen genommen haben. Das menschliche Ohr kann es nicht wahrnehmen. Das Klingen von Gläsern, das elektronische Gurgeln der Videospiele, das ausgeleierte Ziing! der Flipperstarter und das Tuckern der Flipperkugeln erinnerte sie an halb vergessene Alien-Dialekte. Rauch hing in der Luft wie die weißen Wolken über Titan. Kurzum, Baby fühlte sich wie zu Hause. Und wie zur perfekten Abrundung, stand wenige Meter von ihnen entfernt eine richtige Rock 'n' Roll-Band und sie spielte live.

Die Band, Smokey Stover, gehörte zum Inventar des Sandringham. Baby ging sofort mit und tanzte begeistert. Jake stand neben ihr und wippte lässig mit dem Fuß. Er fragte sich, wieso Baby einen solch elektrisierenden Effekt auf die Leute hatte. Während sie tanzte, betrachtete Baby jeden um sich herum mit einem derart offenen und neugierigen Blick, dass viele vor Scham zu Boden schauten. Auf ihre eigene einfache, ehrliche Rock 'n' Roll-Art checkten auch die Stammgäste Baby ab. Und zwar ganz genau. Das Sando, dessen McJob-Klientel darauf achtete, niemals gepflegt auszusehen, die Antwort von Newtown auf welche auch immer gerade angesagte Frage, der ultimative Schuppen für die Rock-, nicht die Technofraktion, hatte schon einige extravagante Gestalten gesehen, aber verdammt noch mal, Spieglein, Spieglein an der Toilettenwand, Baby war die extravaganteste von allen.

Jetzt, da die Wirkung der Drogen fast vollständig nachgelassen hatte, nahm die aphrodisierende Wirkung von Baby auf Jake immer mehr zu. Ohne ein chemisches Pallativ würde er das alles nicht mehr in den Griff kriegen. Er sah zur Bar. Ein Drink käme jetzt gut. »Was willst du?«, fragte er Baby.

»Rockstar werden. Viele Drogen nehmen. Eine Menge Sex haben. Vor allem wieder mit dir. Alles. Egal was. Solange ich es *jetzt* bekommen kann.« Baby war alles andere als zurückhaltend.

Jake konnte nicht glauben, was er gehört hatte. Besonders den Teil über Sex mit ihm. Nein, entschied er, das konnte sie nicht gesagt haben. Er fantasierte. Vielleicht sollte er es noch mal versuchen. »Wie bitte?«, sagte er. »Was willst du? Ich meine, zu trinken?«, erläuterte er.

Zu trinken? Warum hatte er das nicht gleich gesagt? Es

würde einige Zeit dauern, bis sie die Kommunikation der Erdlinge kapiert hatte. Baby hatte noch nie etwas getrunken. Das flüssige Element des nufonischen Ichors bestand aus Quecksilber. Sie suchte nach einer geeigneten Antwort. Wie hieß es in dem Song? Ein Scotch, ein Bourbon, ein … Cooper's Ale? Nein, das klang irgendwie falsch. Ein Scotch, ein Bourbon, ein … ach ja: »Ein Selters.«

Jake ging an die Ecke der riesigen, fast quadratischen Bar, die die Mitte des Raums wie eine Raumfahrtzentrale ausfüllte, und winkte einem der Kommandanten zu. »He, Greg, ein Coldie. Und, ähm, ein Scotch, ein Bourbon und ein Selters.«

Der Barmann hob eine Augenbraue, was bei den vielen Silberringen, die daran hingen, keine leichte Sache war. »Du machst Witze, hm?«

»Ich nicht. Sie vielleicht.«

Greg beugte sich über den Tresen und sah, auf wen Jake deutete. »Wow!«, rief er beeindruckt und grinste. »Wer ist das Babe?«

Jake zuckte mit den Schultern. Gute Frage.

»Ich schätze, das ist die abgefahrenste Braut, mit der ich dich je gesehen habe«, lobte Greg, als er die Drinks auf den Tresen stellte. »Und du hast wahrlich schon ein paar wilde Feger mitgebracht.«

Innerlich grinsend steckte Jake das Wechselgeld ein. »Weiter so, Greg«, sagte er lässig. Er kämpfte sich mit den vier Drinks zu Baby durch. Sie nahm ihm drei ab. »Cheers«, sagte er und setzte sein Glas an die Lippen.

Zuerst probierte Baby den Bourbon. Sofort begann sie zu husten und noch bevor Jake eingreifen konnte, drehte sie die Gläser herum und ließ den Inhalt auf den Boden laufen. Dann aß sie die Gläser. Es ist schwer zu beurteilen, ob die Umherstehenden den Mund deshalb so weit aufrissen, weil die Szene so bedrohlich wirkte, sie kaute schließlich knirschend auf dem Glas, oder weil sie vollkommen trinkbaren Alk weggeschüttet hatte.

»O Mann.« Ein Crustie betrachtete seine bourbon- und scotchgetränkten Hosen und kratzte sich am Kopf, worauf eine kleine Staubwolke aufwirbelte. Ein verwirrtes Lächeln glitt über seine Züge. »Was immer sie genommen hat«, sagte er neidisch. »Ich will auch was davon.«

Jake wurde schwindelig. Gerade wenn du glaubst, du bist auf der Straße nach Normal, dann passiert so etwas und dir wird klar, dass du genauso gut auf dem Weg zum Mond sein könntest. Er legte seinen Arm um Babys Taille und führte sie aus dem Kreis der interessierten Blicke. Aber kaum war seine Hand ihr so nahe gekommen, als sie auch schon einen überstürzten Rückzug antrat. Er deutete zum hinteren Ende des Pubs. »Wollen wir Pool spielen?«, schlug er vor.

»Klar«, antwortete Baby freundlich und dachte an mit Wasser gefüllte Löcher in Gärten. »Spielen wir im Pool.«

Jake sah sie an. »Pool-Billard?«, begann er. »Kugeln und Queues?« Er fragte sich, ob er wie ein kompletter Idiot rüberkam. »Man spielt es auf einem Tisch.« Er deutete nach hinten. »Auf so einem wie diesem. Du hast doch sicherlich schon mal einen Pooltisch gesehen. Oder?«

»Und wie schwimmt man darauf?«

»Nimmst du mich auf den Arm?«

»Wann? Jetzt und hier?«

»Ich geb's auf.«

Baby zuckte mit den Schultern. »Ich sagte dir doch, ich komme aus dem All. Ich muss noch viel über die Erde lernen.«

»Wir alle müssen noch viel über die Erde lernen«, sagte ein sorgenvoll dreinschauendes Mädchen mit einem Nasenring und einem keltischen Tattoo auf dem Oberarm. »Wirklich. Sonst werden wir sie zerstören.«

Jake führte Baby zum Pooltisch und legte eine Münze auf den Rand. Gerade hatte ein Spiel begonnen, zwischen einem dürren Kerl mit rasiertem Schädel und einem anderen, der Ende zwanzig war und auf der Kippe zwischen attraktiv, aber schmierig und nur schmierig stand. »Wir warten, bis sie fertig sind«, sagte Jake. Die Spieler losten aus, wer anfangen sollte. Wie, Kopf oder Zahl? Jake erklärte es ihr. Er wollte gerade noch etwas zu Baby sagen, aber ihr Blick ließ ihn verstummen. Sie starrte mit einer Mischung aus Faszination und nahezu wissenschaftlicher Neugier auf den Tisch.

Mr. Dürr warf einen Blick über den Filz, beugte sich fast parallel über seinen Queue und spielte mit voller Wucht die weiße Kugel. Die anderen Kugeln stoben auseinander und eine rollte direkt in eine Seitentasche. Die weiße landete in einer perfekten Position, um eine zweite zu versenken. Es gelang ihm auch und er versenkte noch zwei weitere Kugeln, bevor die vierte Zentimeter vor einem Loch liegen blieb. Mr. Schmierig stand, ungerührt auf sein Queue gestützt, dabei. Seine halb geschlossenen Augen und sein herunterhängender Mundwinkel schienen zu sagen, Spieler wie dich verspeise ich zum Frühstück.

Baby hatte noch nie ein Spiel gesehen, das so sexy war wie Pool. Das intensive, pirschende Umkreisen des Tisches, das langsame Knirschen der Kreide, die sanfte Bewegung des Queues zwischen den Fingern, das scharfe Klacken der Kugeln und das unterirdische, hungrige Schlucken des Tisches. Der weiche grüne Filz und das glatte polierte Holz. Die Zigaretten, die lässig aus den Mundwinkeln der Spieler baumelten. Die eleganten Haltungen, wenn sie die Ärsche ausstreckten und die Hüften schwangen.

Ihr Blick blieb auf den Tisch geheftet. Zwischendurch fragte sie Jake Dinge, die so grundlegend waren – über die Regeln und die Zählweise –, dass er davon überzeugt war, dass sie tatsächlich nichts über das Spiel wusste. Die beiden Spieler hörten ihre Unterhaltung und warfen einander wissende Blicke zu. Ihre zur Schau gestellte herablassende und überhebliche Art ärgerte Jake, genauso wie ihm ihr offensichtlicher Neid – sie begleitete ihn – gefiel.

Jake hoffte, sie würden ihr Spiel beenden und verschwinden. Er freute sich darauf, mit Baby zu spielen. Er spielte nicht halb so gut wie die beiden, aber gut genug. Baby machte ihn nervös. Er musste endlich einmal Stärke beweisen, Stil zeigen und das Missverhältnis zwischen ihr und ihm irgendwie gerade rücken. Die Sache mit dem Sex. Vielleicht verstand sie so etwas unter einem Witz. Das würde er nicht vergessen.

Als Mr. Dürr die schwarze Kugel versenkte und das Spiel gewann, bot Jake den beiden höflich an, ein Doppel mit ihnen zu spielen. Insgeheim hoffte er, sie würden den Tisch einfach räumen. Als sie grinsend zusagten und einen kleinen Wetteinsatz vorschlugen, glaubte Jake die Filmmelodie aus *Der weiße Hai* im Hintergrund zu hören.

»Was ist los?«, fragte Baby verblüfft.

Jake schüttelte verächtlich den Kopf. »Sie wollen um Geld spielen.«

»Geld?«, fragte Baby. Sie zog eine Hand voll Fünfziger aus ihrer Tasche, die Früchte der nachmittäglichen Tour mit dem Abduktor. Jake wurde blass. Er hatte eine sehr praktische Auffassung von Geld. Er sah nicht nur ein Bündel Scheine. Er sah die Miete. Er sah Strom. Schokoriegel. Den Pizza-Service. Lunch in Cafés, Abendessen zu zweit im Thai Poton. Frühstück mit Eiern Florentine und Champagner. Frische Meeresfrüchte. Die besten Weine. Gefüllte Wachteln und gegrillte Feigen. Ganz zu schweigen von Unmengen von exzellentem Stoff. Nur vom Besten. »Du meinst diese rechteckigen Gutscheine?«

»Ganz recht, du süßes Ding«, sagte Mr. Dürr, formte lautlos mit den Lippen das Wort ›Jackpot‹ zu Mr. Schmierig und fragte: »Rechteckige Gutscheine – wo kommt sie her, vom Mars?«

»Nicht ganz, aber aus dem Weltall.«

»Baby«, unterbrach Jake nervös. »Können wir mal kurz über diese Sache sprechen? Ich halte das nicht für eine sehr gute Idee.« Woher hatte sie bloß all die Kohle? Sie war sexy, smart und reich. Bei dem Gedanken wurde Jake wieder schwindelig.

»Sie sieht aus, als könne sie ihre Entscheidungen selbst treffen, Freundchen«, sagte Mr. Dürr mit einem kalten Lächeln. Jake hätte schwören können, dass zwischen seinen Zähnen ein paar große Kiemen steckten.

Smokey Stover kündigten eine Pause an. Die Nachricht, dass die bizarre, Glas essende Braut mit den Antennen mehr Geld auf eine Partie Pool setzen wollte als viele der Gäste des Sando an monatlicher Stütze sahen, verbreitete sich schneller durch den Pub als Herpes bei einer Orgie. Bald standen alle dicht gedrängt um den Tisch herum.

Baby beendete die Diskussion, indem sie eine Münze hochhielt. »Kopf oder Zahl?«

»Zahl«, sagte Mr. Schmierig gierig.

Sie warf die Münze in die Luft und richtete, sehr diskret, ihre Antenne darauf. Zapp!

Es war Kopf.

»Ich stoße an!«, verkündete Baby, noch bevor Jake irgendwas sagen konnte. Sie mochte den Klang des Wortes ›anstoßen‹.

An dieser Stelle wäre es sehr unhöflich gewesen, wenn Jake noch einmal gefragt hätte, ob dies eine gute Idee sei. »Ich hoffe, du weißt, was du tust«, flüsterte er besorgt.

»Sicher, du hast es mir ja gerade erklärt«, antwortete sie ganz ruhig. »Man knallt die weiße Kugel gegen die anderen. Sie rollen auseinander und wenn man Glück hat, rollt dabei ein Ball in ein Loch.« Einige Beobachter kicherten hämisch in ihr Bier. Das würde ein Spaß werden. Als hätte sie es schon oft getan, strich Baby langsam über die verschiedenen Queues, die an der Wand lehnten. Sie nahm einen und hielt ihn hoch. Sie zog ihn durch die Hand und drehte ihn langsam. Mit geschlossenen Augen, wie in Trance, prüfte sie Gewicht und Balance. Dann senkte sie ihn und beugte sich darüber. Ihr rosa Kunstpelz-Minirock spannte sich über ihre vollen Arschbacken und rutschte ihre kräftigen Oberschenkel hoch. Zwei Jungs mit Irokesenfrisur, die direkt hinter ihr zuschauten, fielen vor Erregung in Ohnmacht. Einer sank in die bereiten Arme eines Goth-Mädchens, das hinter ihm stand. Der andere sank zu Boden und bekam von Smokey Stovers Drummer eine ausführliche Mund-zu-Mund-Beatmung.

Baby zielte genau und führte einen perfekten Anstoß aus. Sie breitete die Kugeln regelmäßig über den Tisch aus und versenkte zwei. Beifälliges Murmeln lief durch die Reihen der Zuschauer. Jake starrte sie überrascht und erleichtert an. Mr. Dürr sah abschätzig zu Mr. Schmierig hinüber. Anfängerglück.

»Ich bin dran, ja?«, sagte Baby. In ihrem Kopf schwirrten Gleichungen von Masse, Kraft, Geschwindigkeit und Richtung durcheinander. Komplexe Kalkulationen von Reibung, Bewegung und Gegenbewegung. Wo sie herkam, hatte man Newtonsche Physik in der ersten Klasse. Newtonsche Physik war Kindergarten. Sie schlich um den Tisch herum wie eine Tigerin. Fast schnurrend wählte sie ihr erstes Opfer aus. Mit einem knackigen Stoß gegen die weiße Kugel versenkte sie die rote. Dann die blaue. Dann die grüne. Sie hielt einen Moment inne, um die Position der Kugeln zu studieren und nahm die Kreide. Langsam fuhr sie mit dem weichen Stein über die Spitze des Queues. Dieses Mal fielen drei Leute hinter ihr in Ohnmacht, zwei Mädchen und ein Junge.

Für den nächsten Stoß setzte sie sich auf die Tischkante, stützte sich mit einem ihrer langen Beine auf dem Boden ab und winkelte das andere an. Mit einer tänzerischen Bewegung hob sie den Queue über den Kopf hinter den Rücken und führte so den Stoß aus. Er war perfekt. Ehrfürchtige Stille breitete sich aus. Jake ging es wie einigen anderen Männern am Tisch. Er spürte, wie sich etwas in seiner Hose regte, während sie cool wie Ice-T die Kugeln aus dem Weg ballerte. Sie brauchte nur noch die schwarze zu versenken. Und genau das machte sie, kein Vertun. Die Erdlinge brauchten eine Weile, um aus ihrer Trance zu erwachen. Dann klatschten alle, bis auf Mr. Dürr und Mr. Schmierig, Beifall. Die beiden sahen aus wie die Katzen, die vom Kanarienvogel gefressen worden waren. Sie schüttelten Baby leicht zitternd die Hand, dann auch Jake, als wollten sie sich entschuldigen.

»Gib einen aus!«, rief eine Gruppe von Frauen, die besonders interessiert zugesehen hatte. »Einen für die Mädchen!«

Baby sah Jake mit einem unschuldigen Lächeln an. »Und was jetzt? Spielt ihr nicht mehr?«

Zum ersten Mal in seinem Leben war Jake sprachlos. Hilflos. Haltlos vor Zuneigung.

Im Haus tauchte Lati so plötzlich und mysteriös wieder auf, wie sie verschwunden war. Sie strahlte und klopfte sich auf den Bauch. »Mann, habe ich Kohldampf«, verkündete sie und ging auf die Stereoanlage zu.

»NEIN!«, schrie Torquil und sprang auf, während Tristram die Hände über die Augen legte. »NICHT DIE SCHWARZE WARE!«

Der Monday morning – Montagmorgen nach Rock 'n' Roll-Maßstäben, was ungefähr zwei Uhr nachmittags nach der normalen Zeitrechnung heißt, sah Jake mit einem Handtuch um die Hüfte die Treppe hinunterschleichen, ein Panadol in der Hand. Er brauchte dringend ein Glas Wasser und hatte sogar schon mit dem Gedanken gespielt, aus dem Krug zu trinken, der seit Urzeiten in seinem Zimmer stand. Allerdings ähnelte die darin enthaltene Flüssigkeit dem Inhalt eines jahrelang nicht gewarteten Swimmingpools. Jake war sicher, dass dort weit mehr als zwei Hs und ein O herumschwamm. Obwohl er nichts gegen Chemikalien im Allgemeinen hatte, so wollte er seinem Kopf doch keine weiteren mysteriösen Moleküle zumuten, wenn der sich eh schon anfühlte, als wäre dort ein Laborversuch schief gegangen.

Man wundert sich vielleicht, warum Jake den Krug mit abgestandenem Wasser nicht schon längst nach unten gebracht, ausgegossen, gespült, mit frischem Wasser gefüllt und wieder hinauf in sein Zimmer getragen hatte. Die Antwort war einfach. Das Prinzip dahinter war das Gleiche, das ihn davon abgehalten hatte, das berüchtigte Regenbogenbrot wegzuwerfen. Es handelte sich dabei um einen Laib Brot, den Jake gekauft, auf dem Kühlschrank deponiert und vergessen hatte. Die stetig komplexer werdende schimmlige Oberfläche des Brots war von Grün in Blau übergegangen, ergänzt von leuchtenden orangenen und roten Flecken. Eines Tages konfrontierte Saturna Jake mit der Frage, warum er es nicht längst weggeworfen hatte.

»Ich wollte sehen, was so passiert«, antwortete er schulterzuckend. »Wäre doch schade, es jetzt auszumustern, wo es sich so gut macht.«

»*Gut?*«, sagte Saturna verächtlich, streifte ihre Spülhandschuhe aus schwarzem Gummi über, löste das Brot vom

Kühlschrank und schmiss es in den Abfalleimer, »würde ich das nicht nennen.«

Der Zwischenfall mit dem Regenbogenbrot war schon Ewigkeiten her, was in Jakes Alter, also dreiundzwanzig, bedeutet, dass er sich vor zwei oder drei Monaten ereignet hatte. Heute jedoch konnte sich Jake kaum an das Wochenende erinnern. Als er die Küche betrat, hingen die Zwillinge über Schüsseln mit Frühstücksflocken.

Torquil hob bei Jakes Eintreten den Kopf. Milch tropfte von seiner absurd aristokratischen Nase, an der Cornflakes klebten, wie auch an der Stirn. »Holla«, murmelte er und steckte seinen Kopf wieder in die Schüssel.

Das war Tristrams Stichwort. Er hob sein milchiges Gesicht, über das milchige Flocken rutschten. »Hossa«, stieß er hervor, bevor er wieder in das Urfrühstück eintauchte.

Wer braucht Aliens, wenn er solche Freunde hat, dachte Jake.

Aliens. Wer hätte das gedacht, was? Oh, Baby Baby. Wo war sie jetzt? Was machte sie? Sie war doch nicht mit jemand anderem zusammen? Diese Antennen. Jake spürte eine weiche, feuchte Zunge an seinen Füßen. Er zuckte zusammen und sah nach unten. Aber es war nur Iggy, der zur Begrüßung an den Zehen seines Herrn schlabberte.

Iggy sah nach oben. Ja, es war sein Herr, aber seit seiner letzten Inspektion waren Jakes Zehen irgendwie anders. Weicher, weniger verkrustet. Hatte Jake etwa eine Pediküre machen lassen? Iggy war schockiert.

Das Telefon klingelte. Niemand nahm ab. Es klingelte erneut. »Ich teile hier gerade eine wichtige Bindungserfahrung mit Iggy«, ließ Jake die Zwillinge wissen. »Kann einer von euch mal rangehen?«

»Wir teilen eine wichtige Bindungserfahrung mit Kellogg's«, sagte Tristram mit einem Mund voll Milch. »Echt intensiv.«

»Ja«, ergänzte Torquil blubbernd. »Es ist sowieso für dich.«

Jake seufzte. »Komm, Ig. Wir müssen ans Telefon. In diesem Haus ist sonst niemand, dem man mental vertrauen könnte.«

Es war Tim, der Sänger von Umbillica, auch eine Band aus Newtown. Umbillica waren eine klassische Heavy Metal Band mit kreischenden Gitarren, macho Bühnenposen und wallenden Matten. Auch sie hatten von Metallica gehört, warteten aber noch ab, was andere führende Metalbands haarmäßig unternahmen, bevor sie eine solch wichtige Entscheidung trafen.

»Timbo«, sagte Jake, »wie läuft's so?«

»Ehrlich gesagt, nicht allzu gut. Ich hab schweren Ärger. Ich wollte meine Freundin morgen zu ihrem Geburtstag überraschen und sie zum Twisted-Mofo-Konzert im Sydney Entertainment Center einladen.«

»Ich dachte, sie hasst Heavy Metal.«

»O Bruder, da liegst du nicht falsch. Aber ich dachte, wo es sich doch um was ganz Besonderes handelt, Axel Van Ebola und so, also der totale Metal-Gott und so, dachte ich, sie würde sich wenigstens ein bisschen freuen.«

»Aber sie hat sich kein bisschen gefreut.«

»Ja. Nein, also, sie war total sauer, um ehrlich zu sein. Diese Zicke. Hat gemeint, sie hätte mir schon vor Ewigkeiten gesagt, was sie an ihrem Geburtstag machen wolle.«

»Was denn?«

»Ich komm ums Verrecken nicht drauf. Ich meine, echt wörtlich. Ich hab noch vierundzwanzig Stunden. Wenn ich's bis dahin nicht weiß, stecke ich tief in der Scheiße.«

»Hm, Timbo, starke Geschichte. Hat sie auch eine Moral?«

»O Mann, fast vergessen. Ja, ich meine, ich hab jetzt zwei Tickets für Twisted Mofo. Günstiger Kurs. Eigentlich umsonst. Wäre schade, sie verfallen zu lassen.«

Jake rümpfte die Nase. »Tja, Alter, ich will nicht unhöflich sein oder so, aber Ebola Van Axel ist echt nicht mein Ding. Der Mann ist uns neuen, sensiblen, unmacho Rockstars eher peinlich. Aber vielleicht sind die Zwillinge interessiert. Ich frag sie. Bleib dran.«

Jake wanderte in die Küche zurück. Die Zwillinge nahmen mittlerweile ihr Frühstück zu sich. »Du hast einen Cornflake am Ohr, Torq. Ihr seid sicher nicht an Karten für Twisted Mofo morgen Abend interessiert, oder?«

Torquil sprang auf, griff sich zwischen die Beine und kreischte in bester Ebola-Van-Axel-Manier: »Ich fick dich an der Mole, ich fick dich auf dem Pier, ich fick dich da drüben, und ich fick dich hier.«

»Denn ich lieb dich, Baby, wie ich dich nur lieben kann. Yeah, und ich hab 'nen großen Schwanz, o Baby, yeah!« Auch Tristram war aufgesprungen, wackelte mit den Hüften und schwenkte eine eingebildete Gitarre über dem Kopf. Er platzte vor Lachen. »O Mann, dieser Typ ist eine Legende. Echt lächerlich. Was ziehen wir an?«

»Ich kann Tim also sagen, dass ihr die Karten nehmt?«

»Ist der Bär katholisch?«, entgegnete Torquil.

»Kann mir vielleicht jemand sagen, was zum Teufel hier passiert ist?!« Mr. Spinner, der Manager von Kissed for the Very First Time Records, schäumte. Das junge Verkaufspersonal tauschte ängstliche Blicke aus, trat von einem Fuß auf den anderen und schaute schließlich zu Boden. Sie waren völlig unschuldig. Trotzdem fühlten sie sich schuldig. Wie immer.

Nun, vielleicht nicht ganz unschuldig. Jeder der Angestellten hatte schon mal eine CD mitgehen lassen. Aber selbst wenn man alle CDs zusammenzählte, die sie je aus dem Lagerraum geklaut hatten und noch die hinzunahm, die als Aushilfe arbeitende Teenager eingesteckt hatten, kam man nicht annähernd auf die Zahl von CDs, die jetzt fehlten. Es sah nach einem Insider-Job aus. Die Kisten, in denen die CDs verstaut gewesen waren, waren weder aufgebrochen noch sonst irgendwie manipuliert worden.

Quälende Minuten verstrichen, ohne dass irgendjemand ein Wort sagte.

»Mr. Spinner?«

»Ja, Zach?«

»Ähm, vielleicht haben es Aliens getan?«

»Zach.«

»Ich meine, ich hab diesen Comic gelesen, in dem die Aliens diese Maschine hatten, diesen Abduktor. War echt cool, und es …«

»Zach.« Mr. Spinner schloss die Augen, senkte den Kopf und bedeckte sein Gesicht mit den Händen, als bete er zu Allah um Erlösung von Teenagern, seinem Job, von allem. »Halt die Klappe.«

In der Stadt spielten sich in Läden wie Drum Warehouse und Guitar City ähnliche Szenen ab. Die Babes hatten viel zu tun.

Die Tür der Kammer für sexuelle Experimente öffnete sich. Doll taumelte heraus. Sie ging zur Voodoo Lounge, wo Baby sich ausruhte. Dolls drahtiger kleiner Körper steckte in einem hautengen schwarzen Latexanzug mit einer Halbkappe, den sie bei House of Fetish entwendet hatte. Sie hatte vier kleine Löcher in die Kappe geschnitten – zwei für die Haarhörner und zwei für die Antennen.

Gleichzeitig kam Lati aus einer anderen Tür, gähnte lasziv und streckte sich. Sie trug Jeans und ein T-Shirt, das für *Alien 3* warb. Lati machte immer einen sinnlichen, trägen Eindruck, war aber die Verrückteste von den dreien. Langsam glitt ihr Blick über Dolls Aufzug. »Grrrrrr«, schnurrte sie sexy. »What's new, Pussycat?« Doll versuchte nicht zu sehr zu zeigen, wie zufrieden sie mit sich war. Die beiden sahen Baby an, die kein Wort gesprochen hatte, seit sie hereingekommen waren.

Auf ihren Knien lag eine Fender Stratocaster. Sie übte Slide-Griffe, den langen schönen Gitarrenhals rauf und runter. Aus irgendeinem Grund erinnerte sie die Gitarre an Jake. Warum war er gestern Abend nicht bei Ebolas Konzert gewesen? Er war doch nicht mit jemand anderem zusammen, oder? Mit ihren supersensiblen Sinnen und exakt ausgerichteten Antennen hatten die Babes die Zwillinge inmitten all der Leute schnell gefunden. Aber wie oft Baby die Menge im Entertainment Center auch abgetastet hatte, sie nahm kein Zeichen von Jake auf. Und den Lokalisator hatte sie zu Hause gelassen. Typisch.

Doll deutete mit dem Kinn zur Experimentierkammer. »Die da drin will auch bleiben«, verkündete sie selbstzufrieden. »Sie ist ein echter Hammer. Macht es euch was aus?«

»Ganz wie du willst«, antwortete Baby ohne großes Interesse und starrte in das Betty-Boop-Hologramm, die Inspiration für ihr neues Kleid, das wie eine Schwesternuniform aussah. Sie war vorhin ein bisschen darin herumspaziert. Als sie durch den Cafégürtel von Darlinghurst ging, hatten sich Erdlinge die Kleider vom Leib gerissen, Tassen und Gläser auf den Boden geworfen, sich auf die Tische gelegt und »Frau Doktor, Frau Doktor« gerufen.

Es hatte Baby amüsiert, aber die ganze Zeit hatte sie gedacht, warum ist keiner von denen Jake.

»Lati?«, fragte Doll. Sie wollte schnell zu ihrer neuesten Entführung zurück. »Bist du happy?«

»Happy wie Larry.«

»So happy?« Ein Lächeln bahnte sich den Weg durch Babys Melancholie. Die Mädchen hatten noch nie jemanden gesehen, der so happy war wie Larry. Larry war so happy wie ein Sirianer mit einem Staubwedel. Larry war so happy wie eine kleine Indie-Band mit einem großen Schallplattenvertrag. Larry war so happy wie nur was. Dabei hatte Larry noch vor zwei Tagen eine mittlere Midlife-crisis durchgemacht. Anders als er gehofft hatte, bereitete ihm seine Krise wenig Freude. Seinen Job als Bankdirektor zu schmeißen, um Zimmermann zu werden, hatte ihm wenig mehr als Splitter eingebracht. Dann gab es ein Problem mit seinem Liebesleben – seit er seine Frau verlassen hatte, hatte er keins mehr. Am Montag hatte er im Café Da Vida gesessen, schwarzen Kaffee getrunken und wehmütig all den hübschen jungen Dingern hinterhergesehen, von denen sich demonstrativ keine umdrehte, als er plötzlich das Gefühl hatte, als leckten tausend Zungen an seinen Ellbogen.

Victoria Street begann vor ihm zu verschwimmen. Sterne tanzten vor seinen Augen und als er sie öffnete, fand er sich nackt und auf den Knien wieder, eine von Latis Antennen im Arsch. Babys Beine umschlossen seinen Hals. Doll, in einem schwarzen Reitjacket und Jodphurs, spielte mit einer Hand an Latis Brüsten, mit der anderen an ihrem eigenen Bauch. Das Einzige, was die Idylle störte, war Revor, der auf Babys Gesicht hin und her rutschte, aber nach dem ersten Schock fand Larry selbst das erregend. Seine Träume hatten sich erfüllt, bis ins letzte Detail. Larry war, wie die Zwillinge gesagt hätten, *echt* happy.

»Wie sieht es mit Platz aus?«

»Schätze, wir können noch jede Menge reinquetschen.«

»Dann tun wir's doch. Je voller, desto doller.«

»Hä?«

»Egal.«

Die Mädchen waren in den letzten Tagen schwer beschäftigt gewesen. Abgesehen von dem Groß-Klau bei Kissed for the Very First Time Records und den Musikläden, hatten sie sich ganze Garderoben zugelegt, von Firmen mit Namen wie Mission Earth und Space Time. Sie hatten sich im Annandale Hotel eine Band mit dem Namen Venutian Vixens angesehen, weil sie hofften, Bekannte zu treffen. Das Aufregendste war jedoch, dass sie begonnen hatten, eigene Songs zu schreiben und zu spielen. Doll hatte die Formel herausgearbeitet. Drei Akkorde, zwölf Takte, vier Beats und eine Melodie – das konnte so schwer nicht sein.

Baby schrieb den ersten Song. Der Text ging so:

Raus aus Hangar Ninety-Nine
Wir fühlen uns gut, wir fühlen uns geil
Lassen Nufon Nufon sein
Wir sind die rock 'n' roll babes from outer space
Wir bringen dich hoch, völlig losgelöst

Als sie fertig war, legte Baby ihre Gitarre beiseite und sah die anderen erwartungsvoll an. »Nicht gerade Patti Smith«, meinte Lati offen, »aber es ist zumindest ein Anfang.«

»Ich würde das mit dem Reimen nicht übertreiben«, meinte Doll.

Baby ließ sich schmollend in die Voodoo Lounge sinken. »Meckern kann jeder.«

»Ich denke, wir kriegen das hin«, murmelte Doll und setzte sich hinter ihr Schlagzeug. Schon nach wenigen Minuten erzeugten sie ganz passablen Krach, und ›Hangar 99‹ hob ab. Danach schrieb jedes Babe Songs. In ihren Texten sangen sie vom Frust über ihren patriarchalischen Planeten, über den Spaß, die Ordnung in Chaos zu verwandeln, von Raumschiffen, die mit Sehnsucht angetrieben wurden, und anderen universalgültigen Themen.

Währenddessen entführten sie weiterhin Erdlinge. Männer und Frauen, Alte und Junge, Starke und Gebrechliche, Erdlinge aller sexuellen Vorlieben und Neigungen. Und, wow, einige waren mehr als geneigt. Eher verdreht. Und zwar bevor sich die Girls mit ihnen beschäftigten. Sie hielten sich nicht lange mit dem alten Kennenlern-Spiel auf, sondern bugsierten die Erdlinge gleich in die Sexkammer. Das schien niemanden zu stören. Die Babes fesselten die Leute auch nicht mehr. Im Gegenteil, einige der Erdlinge fesselten *sie*. Andere, wie Larry, hatten gebeten, bleiben zu dürfen. Memozid schien gar nicht notwendig.

Lati gähnte erneut und wandte sich um. »Das war echt stark, Revor, aber ich muss jetzt gehen. Bei ›happy wie Larry‹ fällt mir ein – ich muss ihm noch den Slip überziehen, den ich seit zwei Tagen trage.« Die Mädchen hatten schnell herausgefunden, warum die Erdlinge Unterwäsche hatten. Es machte so viel Spaß, damit zu spielen. Besonders nachdem sie ein paar Tage getragen waren.

Doll trat einen Schritt näher an Baby heran und lächelte süß. Baby fand den Anblick ausgesprochen beunruhigend, wenn nicht gar beängstigend. Doll? Lächeln? Das Mädchen hatte Fangzähne. »Nebenbei, Baby«, sagte Doll. »Ich will dir nur sagen, wie sehr ich es schätze, dass du uns anführst und wie sehr ich dich liebe und an dir hänge. Deine Freundschaft bedeutet mir so viel. Lass mich dich umarmen.«

Baby ließ es über sich ergehen und musterte Doll misstrauisch. »Was hast du dieses Mal eingeworfen, Doll?«

»Oh, nur eine kleine Pille, die mir das letzte Mädchen gegeben hat. Ich glaube, sie sagte, es ist ein Ooky.« Doll schlug sich mit der Hand gegen den Kopf. »Ein Ekky. Mann, dieser Sprachchip macht mich noch wahnsinnig. Ich glaube, da ist ein Draht locker. Und in den Gelben Seiten stehen keine Cyber-Werkstätten. Gott, sind die primitiv hier.«

Nörgeln, immer nur Nörgeln. Ihr habt doch eine Menge Spaß, was, Doll?

Ja, Gott.

Doll verdrehte die Augen in Richtung Baby.

Das habe ich gesehen, Doll.

Ja, ja, großer Junge. Leck mich am Arsch.

Ich glaube nicht, dass das eine gute Idee wäre, Doll. Nicht, dass es mir keinen Spaß machen würde. Aber ich würde dein Arschloch danach ungern sehen. Es würde von Perth bis zum Pluto reichen. Kein schöner Anblick, da bin ich sicher. Haben wir sonst noch was über mein Werk zu sagen, mein teures Projekt Erde?

Nein, Gott. Ich liebe dich, Gott, fügte sie hinzu.

Pass auf mit den Pillen, Doll. Du treibst es zu bunt.

Ja, Gott.

Dann bin ich jetzt weg. Da ist diese süße kleine Nonne, die mich aus einem Kloster in Belgien ruft. Ich glaube, ich werde ihr eine Vision schenken. Was meint ihr – eine Vision oder Stimmen? Oder vielleicht ein Wunder?

Eine Sekunde später war Er fort. Er hatte nicht einmal ihre Antwort abgewartet.

Junge, manchmal macht Er mir richtig Angst, dachte Doll. Das kann ein Mädchen doch glatt in den Black Metal oder wer weiß was treiben.

Revor steppte in den Raum, ließ sich vor Babys Fuß fallen und fuhr mit seiner rüsselähnlichen Schnauze an ihrem Knöchel entlang, bevor er an ihren Zehen saugte. »Iggywiggyiggywiggyiggywiggy. Nf nf.«

»Was ist los mit ihm?«, fragte Doll bestürzt.

»Ich glaub, der ist liebeskrank«, meinte Baby. Seltsam. Sie fühlte sich ähnlich. Es kam ihr vor, als sei schon sehr viel Zeit seit Jakes Entführung vergangen, obwohl es erst ein paar Tage her war. Und obwohl sie mit anderen Erdlingen viel Spaß und Sex gehabt hatte, fühlte sie sich merkwürdig traurig. Sie drückte ihren Kummer auf klassisch nufonische Art aus, indem sie sich ständig in weiche Kissen kuschelte und die Decke ableckte. Ein Medley von Liebesliedern dudelte in ihrem Kopf.

Liebe? Das war lächerlich. Sie war eine Hardcore-Rockbraut, sagte sie sich, keine sentimentale Suse. Was sie spürte, war, na ja, Neugier. Lust. Zwischengeschlechtliche Pheromone. Was auch immer. Bestimmt keine Liebe. »Was meinst du, Rev? Zeit, nach Newtown zurückzukehren?« Revor rollte sich auf den Rücken und ruderte langsam mit den Pfoten in der Luft.

Jake lag auf seiner Matratze, fuhr mit den Beinen in der Luft Fahrrad und starrte abwesend aus dem Fenster. Es war Donnerstag. Nicht dass ihm Zeit allzu viel bedeutet hätte. Nein, Jake stand über der Zeit. Raum dagegen hatte eine Menge Potenzial. Unbemerkt hatte Torquil amüsiert in der Tür gestanden. »Erde an Jake, Erde an Jake«, sagte er schließlich. »Runterbeamen, Junge.«

Jake drehte den Kopf zur Seite. »Torq, mein Alter. Oder bist du Trist? Was hast du mit deinem Haar gemacht?« Torq, der extrem weite Jeans und ein extrem enges T-Shirt mit der Aufschrift ›Sportsgirl‹ trug, hatte sein Haar entknotet und neu gefärbt. Jetzt stand es in hysterischen Klumpen ab, als versuchte es nach allen Richtungen gleichzeitig seinem Kopf zu entfliehen.

»Torq. Grün ist die Farbe der Stunde. Was machst du da eigentlich?«

»Ich treibe Sport«, antwortete Jake. »Es ist wie Fahrradfahren, aber gesünder. Kein Verkehr, kein Stress.« Er drehte seinen Kopf hin und her und wedelte mit den Armen. »Und man kann dabei auch noch den schönen Mädchen zuwinken. Und anders als im wirklichen Leben winken sie auch immer zurück.«

»Du bist ein komischer Junge«, meinte Torq anerkennend, während sich Jakes Fuß in dem indischen Tuch verfing, das als Vorhang diente. Der Stoff löste sich und fiel auf ihn herab. Stöhnend rollte Jake sich mit steifen Gliedern auf die Seite.

»So tot«, klagte Jake unter seinem Leichentuch im kastanienbraunen Paisleymuster. »Erinnerst du dich an die Zeile aus *Tank Girl*? Ich bin *so* tot.«

Torquil schüttelte den Kopf. »Wenn ich dich nicht besser

kennen würde, Mann, könnte ich denken, du seist verliebt oder so was.«

Jake kämpfte sich aus der Baumwolle und stützte sich auf dem Ellbogen ab. »He, Torq.«

»He, Jake.«

»Glaubst du, sie sind wirklich Aliens?«

»Also Lati ist sicher nicht von dieser Welt.«

»Ernsthaft?«

»Ernsthaft glaube ich, dass wir nicht mehr so viele Drogen nehmen sollten«, sagte Torquil. »Wir haben nicht mal dran gedacht, uns ihre Telefonnummern geben zu lassen, bevor sie am Sonntagabend verschwanden.«

Jake seufzte, ließ sich wieder auf den Rücken fallen und richtete seinen Blick auf die Decke. »Netter Tag«, sagte er betrübt.

»Genau«, stimmte Torquil zu. »Der Frühling ruft und Trist und ich gehen schnorcheln. Kommst du mit, oder was?«

»Weiß nicht. Ich hab ja gerade erst trainiert.«

Torquil betrachtete den Kleiderberg. »Jake, du bist echt schlapp.« Er pflückte eine Badehose mit den Zehen heraus und kickte sie zu Jake hinüber. Sie landete auf seinem Gesicht. »Pack die Badehose ein. Start um zehn.«

Jake pellte die Hose von der Nase und rollte sich zur Wand. »Geht nur ohne mich. Nein, geht mit mir. Nein, ohne mich. Mit. Ohne. Ach, ist mir egal.« Er hievte sich auf die Ellbogen. »An welchen Strand geht ihr?«

»Nur Bondi.«

»Na gut, na gut. Ich komme mit. Aber nur dieses eine Mal. Aber kommt mir nicht und sagt, ich hätte nie was für euch getan.«

»Uran.«

»Ja.«

»Titan.«

»Ja.«

»Samaran.«

»Ja.«

»Praseodymium.«
»Ja.«
»Californium.«
»Ja.«
»Valium.«
»Ja.«
»Kryptonit.«
»Ja.«
»Coke und Sprite.«
»Ja.«
»Eisen.«
»Ja.«

Qwerk runzelte die Stirn und fuhr ein letztes Mal mit dem Finger über die Liste. Die Nahrungsvorräte waren komplett. »Jedes Wesen kann eigene Snacks mitbringen, Muttern, Schrauben und ähnliches.«

Als George am Freitag nach Hause kam, durchkämmten die Babes seinen Garten. »Schaut zum Himmel«, begrüßte er sie.

Die Girls sahen blinzelnd in die Sonne. »Wozu, George?«, fragte Lati.

»Ist nur ein Scherz«, entschuldigte sich George. »Es gibt diesen Film *Das Ding*. Da ging es um ein außerirdisches Karottenmonster, das sich von menschlichem Blut ernährte. Das ist der letzte Satz in dem Film.«

»Oh«, entfuhr es Doll. »Die sind ekelhaft. Haben wir immer ignoriert.«

»Wie bitte? Wen habt ihr ignoriert?«

»Die außerirdischen Karottenmonster.«

George schüttelte den Kopf. »Na klar, wer hätte das nicht.«

»Darf ich?« Baby hatte eine kaputte Gießform in Gestalt einer Forelle aufgehoben und hielt sie an den Mund.

»Bedien dich«, sagte George, schleppte einen Computer heran und legte ihn ihr vor die Füße. Er grinste. »Hier. Jetzt hast du Fish 'n' Chips.«

Doll hob ein Teil mit einem abgeschrägten runden Arm auf, dessen Spitze einer fliegenden Untertasse ähnelte. Sie drückte auf den direkt unter der Krümmung angebrachten Schalter. Einen kurzen Augenblick erwachte das Teil zu surrendem Leben, bevor es erstarb. Sie drückte noch einmal, aber jeder Rest an Energie war dahin. Als sie es umdrehte, las sie die Aufschrift *Breville Multi-Spaß*. Sie biss ein kleines Stück von der Spitze ab. »Weenie Beenie!«, rief sie. »Lecker, lecker.«

Die anderen sahen sie an. »Was ist das, Doll?«, fragte Baby.

»Weiß nicht«, antwortete Doll und drehte das Werkzeug hin und her. »Aber es sieht sehr appetitlich aus.«

Lati, die an einem Radiowecker knabberte, schaute auf. »Was ist los, George?« George war so heftig errötet, dass seine Kopfhaut unter dem dünnen Haar zu glühen schien. Selbst seine Ohren waren rot geworden.

»Nichts«, murmelte er, bückte sich und wühlte wie ein Strauß zwischen seinen Apparaten. Der Vibrator hatte seiner verstorbenen Frau gehört, Gott hab sie selig. Er wusste nicht, wie er in den Garten gekommen war.

Baby steckte den Finger in den Mund und zog ein kleines Keyboardstück heraus, das zwischen ihren Backenzähnen geklemmt hatte. Sie war zu nervös, um viel zu essen. »Seid ihr fertig?«, fragte sie und versuchte, nicht zu zeigen, wie aufgeregt sie war, Jake wiederzusehen.

Lati sah trotzdem, was mit Baby los war. Sie beschloss, sie ein bisschen aufzuziehen. »Warum diese Eile?«, neckte sie. »Ich möchte erst aufessen.« Sie hielt ein Handy hoch und begann, die Tasten nacheinander zu schlürfen, bewusst langsam. Dann zog sie die Antenne heraus, schob sie wieder zurück, zog sie heraus und wieder zurück.

Baby knirschte fast mit den Zähnen. »Muss das sein?«

»Ich mach sie nur etwas zarter«, entgegnete Lati.

»Schluss mit dem Quatsch, Lati.« Doll sehnte sich nach Saturna und Skye. Sie riss Lati den Rest des Telefons aus der Hand und verschlang es. »Das wär's«, sagte sie kauend. »Gehen wir.«

»Danke fürs Futter, George«, sagte Baby.

»Jederzeit«, bot George an. Er hätte zu gerne mal mit ihnen über das Ende der Welt und was sie darüber wussten gesprochen. Er war sicher, es stand bevor. Am Morgen hatte er in der Zeitung gelesen, dass die Regierung alle Aborigines ausweisen wolle, um so das Problem der Ansprüche auf Landrückgabe zu lösen. Die Jugendarbeitslosigkeit sollte durch Zwangsarbeit bei öffentlichen Projekten beseitigt werden, hauptsächlich dem Bau von Spielkasinos.

In Übersee hatte sich eine ganze Nation, die einst Teil der Sowjetunion gewesen war, mit ihren Atomwaffen selbst in die Luft gesprengt, noch bevor jemand ihren Namen buchstabieren konnte. Astrologen berechneten den Kurs des Asteroiden 433 Eros, der sich aus seiner Umlaufbahn zu lösen schien. Ein Sprecher der Londoner Sternwarte versicherte, dass Eros keine Gefahr für die Erde darstelle, dass man ihn aber im Auge behalten würde.

Klopf klopf.

»Willst du meinen Schwanz lutschen?«, rief Doll durch die Tür. Keine Antwort. »Wieso sind unsere Lieblingserdlinge nicht in ihrem Nest?«, brummte sie. Revor hüpfte aus Babys Tragetasche und schnüffelte am Spalt unter der Tür.

Auf der anderen Seite wedelte Iggy schmachtend mit dem Schwanz. Er fluchte stumm. Warum ließen ihm die Menschen nie den Schlüssel da? Sie waren alle fort. Saturna und Skye waren in ihrem Geschäft, Tristram bei seinem Teilzeitjob in einem Zeitschriftenladen auf der King Street und Jake und Torq waren beim Arbeitsamt, wo sie ihren Sachbearbeitern mit ernster Miene erklärten, warum sie wieder mal keine Arbeit gefunden hatten. Die Tür war verriegelt. O Gott, bitte, Gott, lass mich irgendwie diese Tür öffnen.

Also gut, aber nur dieses eine Mal. Wir wollen das nicht zur Gewohnheit werden lassen.

Ein Schauder lief Iggy den Rücken hinab. Sein Fell, so kurz es war, richtete sich auf und seine Ohren juckten nervös. Er schnüffelte in der Luft. Wer zum Teufel sprach da zu ihm?

Es ist Gott, du Hundesohn. Erinnerst du dich? Du hast mich gerufen.

Gott??!!

Was glaubst du, wer sonst, die Schwestern der Ewigen Milde?

Iggy wurden die Knie weich und er sank zu Boden.

Ich verspreche, dass ich von jetzt an zur Kirche gehe und …

Schluss mit dem Quatsch. Ich tue das nur den Babes zu Gefallen.

Das Schloss sprang auf und die Tür öffnete sich mit einem Schwung. Revor stürzte auf Iggy zu, sprang ihm ins Gesicht und hing sich zur Begrüßung an seine Nase. Gnyah! Gnyah! Gnyah! Während die Mädchen amüsiert zusahen, schob sich Iggys große rosa Zunge aus dem Maul und verschwand in Revors Arsch.

Doll schüttelte den Kopf. »Tierisch«, sagte sie anerkennend.

»Jemand zu Hause?«, rief Baby mit klopfendem Herzen.

Stille.

Wie dumm von ihr. Sie hatte doch den Lokalisator dabei. Schnell gab sie den Code ein.

»Haben Sie eben gefurzt?« Jakes Sachbearbeiterin rümpfte die Nase. »Kein Wunder, dass Sie keinen Job kriegen.«

Baby verbarg ihre Enttäuschung und führte die anderen ins Wohnzimmer. »Warst du das, Lati?«, fragte sie lachend und strich über die Zahnabdrücke am Stereolautsprecher. »Was für ein ungezogener kleiner Alien.«

Lati prustete vor Lachen. »Du hättest ihre Gesichter sehen sollen«, kicherte sie und wischte sich Lachtränen aus dem Gesicht. »Schockreaktion.« Sie nahm Torquils Bass.

»Den würde ich an deiner Stelle nicht essen«, sagte Babe. »Ich glaube nicht, dass er sich darüber freuen würde.«

»Ich würde nie einen Bass essen«, sagte Lati entrüstet. »Wofür hältst du mich?« Sie zupfte die Saiten, während Doll Tristrams Schlagzeug aus der Ecke zog und sich auf den

Schemel setzte. Sie nahm zwei Trommelstöcke, wirbelte sie in der Luft und begann, die Drums zu attackieren. Digitdigitdigit. Baby entdeckte Jakes Gitarre hinter dem Sofa. Sie band sich den Gurt um und stellte sich in Pose. »One two three four!«

Als die Mädchen anfingen, spielten Revor und Iggy ein kleines Spiel namens die Wüstenmaus und der Filmstar (wobei Revor die Wüstenmaus und Iggy der Filmstar war). Iggy spitzte die Ohren und ein Lächeln weitete seinen brachialen Kiefer. Sein Schwanz zuckte wild hin und her und als er mit dem Hintern wackelte, löste er damit gedämpftes Stöhnen bei Revor aus. Dann tauchte Revors kleiner Kopf mit dem lachsfarbenen Halsband auf. Er blinzelte ein paar Mal. Er wand sich heraus, landete auf dem Boden, schüttelte sich und trabte hinter Iggy her ins Wohnzimmer, wo sie sich in die erste Reihe setzten, hingebungsvoll zuhörten und mit den Schwänzen im Takt klopften.

»Du hast gesagt, sie sind gut«, flüsterte Iggy aufgeregt, »aber nicht, wie gut.«

Die Girls spielten ihr gesamtes Repertoire, darunter ›Comet Karma‹, ›Close Encounter You‹, ›Warped Drive‹, ›In the Sexual Experimentation Chamber (Anything Goes, Everything Cums)‹ und natürlich ihr erstes Stück ›Hangar 99‹. Sie gingen so in der Musik auf, dass sie Torquil und Jake erst bemerkten, nachdem die beiden schon eine ganze Weile in der Tür gestanden hatten.

»Das war geil!«, rief Torquil bewundernd.

»Voll geil«, stimmte Jake zu. Er stützte sich am Türrahmen ab, um nicht davonzuschweben.

Jake hatte versprochen, am Samstagabend für zwei Bands aus Canberra, Prik Harness und The Angel Pygar, im Sandringham den Türsteher zu machen. Er war zusammen mit dem Drummer von Prik Harness zur Schule gegangen. Baby würde sie sicher gern sehen, also lud er sie ein, mitzukommen.

Doll begleitete Skye und Saturna zu der CD-Präsentation

von Pitch Bitch, einer neuen Goth-Frauenband. Wohin Lati gegangen war, wusste niemand genau. Als sie mit den Zwillingen Freitagabend LSD eingeworfen hatte, hatte sie sich in ein riesiges Huhn mit glitzernden blauen Federn verwandelt, war stracks in den Fernseher geflogen und bislang noch nicht zurückgekehrt. Die Zwillinge wollten lieber auf sie warten.

Etwa ein Stunde vor Babys Eintreffen probierte Jake alle seine Hemden an. Schließlich entschied er sich für ein Paisleyteil aus purpurnem Polyester. Da es ein bisschen zu eng war, sah es auf seinem schmalen Oberkörper fantastisch aus. Er zog gestreifte Leggings in die Wahl, entschied sich jedoch für rote Jeans. Er band seine Dreadlocks zu einem Pferdeschwanz und betrachtete sich im Badezimmerspiegel. Nein. Er schüttelte den Pferdeschwanz aus und steckte sie hoch, sodass sie wie ein herrlicher Geysir aus gelben Röhren von seinem Kopf ausfächerten. Dann befand er jedoch, dass er seine feminine Seite heute nicht genug spürte, um sie so zu tragen. Schließlich ließ er sie *au naturel* herunterfallen und begutachtete das Resultat. Er bog ein oder zwei, bis sie in interessanten Winkeln abstanden und trug etwas Wachs auf, damit sie so blieben. Dann durchwühlte er Saturna und Skyes umfangreiche Sammlung von Make-up, schmierte Abdeckcreme auf einen Pickel, experimentierte mit einem Hauch Eyeliner und lackierte einen Fingernagel schwarz. Er bog noch eine Locke um. Anschließend knöpfte er den untersten Knopf des Hemdes zu, öffnete ihn wieder und machte ihn wieder zu.

Das Ganze dauerte fast eine Stunde, aber als Jake fertig war, sah er aus, als habe er sich gerade aus dem Bett geschält und wahllos etwas übergestreift.

Klopf klopf.

Wer ist da? Eli.

Eli wer?

Alien.

Jake öffnete die Tür. Als er Baby sah, haute es ihn fast aus den Schuhen. Sie trug ein silbernes Kleid, purpurne Strumpfhosen und Basketballschuhe, hatte einen Samtschal um den Hals geschlungen und mehrere schwarze und silberne Reifen um die langen grünen Arme gelegt. Ihre Zöpfe hatte sie so um die Antennen drapiert, dass sie wie ein großes V von ihrem Kopf abstanden. Jake hatte in seinem ganzen Leben nichts Atemberaubenderes gesehen.

Nachdem er Gleichgewicht und Luft wiedergefunden hatte, suchte Jake nach den Worten, mit denen er ihr sagen konnte, wie wunderschön sie war, wie großartig, wie total fantastisch, und dass ihr Talent, ihre Energie, ihre Intelligenz, ihr Selbstvertrauen und ihr Stil in ihm den Wunsch erweckten, sich ihr zu Füßen zu legen und zu sterben. Er wollte sich sein pochendes Herz aus der Brust schneiden und ihr auf einem Tablett darbieten. All diese Gedanken gingen ihm durch den Kopf, bevor er einen Satz herausbrachte. Dann sagte er: »Was meinst du? Sollen wir gleich zum Sando gehen?«

Baby lächelte. Sie hatte seine Gedanken gelesen. »Ja, klar«, antwortete sie.

Im Pub zog Jake einen kleinen Tisch und zwei Stühle zum Eingang. Bevor er dazu kam, das kleine Servierbrett mit dem Stempel und den einhundert Dollar Wechselgeld von der Bar zu holen, schwebte Gregory, kaum hatte er Baby bemerkt, mit dem Tablett in der Hand heran. »Hi, meine Schöne«, begrüßte er Baby und reichte Jake das Tablett, ohne ihn auch nur anzusehen. »Geiles Outfit«, fügte er hinzu, nachdem er sie von oben bis unten angeschaut hatte.

»Danke, Gregory«, schnurrte Baby. »Übrigens, nettes Hemd.«

Gregory strich über sein Original-Seventies-schwarzweißes-Op-Art-Hemd und lächelte einladend. »Es ist gut, nicht wahr?«

»Schön, dich zu sehen«, warf Jake ein und versuchte, nicht so sauer zu klingen, wie er war. Über mein Hemd hat sie nichts gesagt, dachte er trotzig.

»Dein Hemd mag ich auch, Jake«, sagte Baby und schenkte ihm ein bezauberndes Lächeln. Plötzlich war es, als wären sie allein. Als wäre nie jemand anderes dort gewesen.

»Cool. Na, dann werd ich einfach mal wieder reingehen«, sagte Greg verwirrt und taumelte zur Bar zurück.

Ein großer Junge in einem Unsane-T-Shirt, dessen Frisur aussah, als habe ihn ein Stromschlag getroffen, schlurfte auf die Tür zu. »Wie viel?«, sagte er und riss den Kopf nach hinten, als er Baby sah.

»Drei Dollar«, antwortete Jake.

Keine Reaktion. Unsane hatte sich verliebt. Man kann nicht reden, wenn man verliebt ist. Unbewusst bewegte er sich ganz langsam auf sie zu, von ihrer Umlaufbahn in genau dem Augenblick angezogen, als dort oben im All der Asteroid Eros sich ein kleines bisschen weiter aus der seinen gestemmt hatte. Unsanes Mund öffnete sich. Seine Zunge quoll hervor. Seine Augen drängten sich in die äußeren Ecken und seine Wangen liefen rosa an.

»Drei Dollar, Kumpel«, wiederholte Jake. Er sah zu Baby hinüber, ob sie dieses idiotische Benehmen in irgendeiner Weise ermunterte. Sie schien Unsane gar nicht zu bemerken, tippte nur fröhlich im Takt der Musik mit den Füßen – *Songs in the Key of X* lief über die Anlage – und sah der Band beim Aufbau zu.

Unsane versuchte sich zu erinnern, wo er war und warum. Neugierig erfasste er die orangenen Wände des Pub, die Bühne, die Mammutbar, seine eigenen Füße. Genau. Er zog die Zunge wieder ein. Langsam, als erwache er aus einem Traum, fragte er: »Irgendwelche Ermäßigungen?«

»Sorry, Kumpel.«

Unsane holte nacheinander drei Münzen aus seiner Tasche und verabschiedete jede Einzelne mit traurigem Blick. Er hielt Jake ein dünnes Handgelenk hin, das Jake mit einem kleinen Bild von R2D2 stempelte. Er schaute Baby noch einmal mit reiner Hingabe an und verschwand am Ende der Bar.

Als Nächste kam ein intelligent aussehendes Mädchen mit Glitter im Gesicht und Comics auf den Strümpfen. Sie reichte ihre drei Dollar rüber, als der Türsteher auf sie zutrat. »Ausweis«, forderte er.

»Pisspott«, schnaubte die Fünfzehnjährige, drehte sich auf dem Absatz um und stürmte davon.

»Freund der Band«, verkündete der nächste Ankömmling,

ein dürrer Typ in einem riesigen Prik-Harness-T-Shirt, auf dessen Vorderseite ›Choose Satan‹ stand. Auf der Rückseite war eine Comiczeichnung. Andromedaner, erkannte Baby.

»Name?«

»Fizzer.« Er deutete auf seinen Namen auf der Liste.

»Cool.« Jake strich den Namen durch und stempelte sein Handgelenk.

»'tschuldigung«, sagte Fizzer, als er sich an Baby vorbei in den Pub schob. Zufällig berührten sich ihre Beine. Er zuckte wie elektrisiert zusammen und wenn Jakes Augen ihn nicht täuschten, dann grinste der Andromedaner auf Fizzers T-Shirt und zwinkerte. Fizzer schluckte und machte, dass er reinkam. Der Mann hinter Fizzer hatte sich vorgebeugt, um die Namen zu entziffern. »Freund der Band«, murmelte er mit ausweichendem Blick.

»Name?«, fragte Jake.

»Äh … Chomper.«

»Drei Dollar, Freundchen. Chomper und ich sind so.« Er hielt seine ineinander verschlungenen Hände hoch.

»Vielleicht klappt's beim nächsten Mal.«

Der Typ verzog das Gesicht und machte kehrt, leise vor sich hin murmelnd, bei wem er sich alles beschweren würde.

»Wer ist Chomper«? fragte Baby und schob ihren Stuhl ein oder zwei Zentimeter näher an Jake heran.

»Keine Ahnung«, entgegnete er und hoffte, dass sie nicht nur Platz für die Besucher gemacht hatte. »Aber auf der Liste steht Stomper. Er hat es falsch abgelesen.«

Die nächsten in der Schlange waren ein Haufen Crusties. Sie standen so dicht zusammen, dass es aussah, als seien ihre Dreadlocks zusammengeklebt. Und so war es auch. Eine Freundin hatte eigentlich am Nachmittag vorbeikommen sollen, um sie zu entwirren, aber sie hatte ein paar Joints geraucht und die Sache vergessen. Nun, waren sie noch einen oder zwei Tage zum Gemeinschaftsleben verurteilt. Was ihnen nichts ausmachte. Sie standen darauf, obwohl es ein bisschen peinlich wurde, wenn eins der Mädchen auf die Toilette musste. Einer von ihnen reichte Jake einen Fünfer und einen Zehner und das ganze Gebilde bewegte sich nach vorn und hielt sechs Arme zum Stempeln hin. Jake stempelte fünf ab und rechnete. »Fehlen noch drei Dollar, Leute.«

Sie grinsten entschuldigend im Kollektiv. »Das ist alles, was wir haben«, flötete ein feines Stimmchen aus der Mitte des Klumpens. »Und wir konnten wirklich keinen zu Hause lassen.« Jake stempelte das sechste Handgelenk ab. Mit einem dankbaren Grunzen bewegten sie sich wie ein Tausendfüßler in den Pub. Von denen, die noch kamen, behaupteten drei, im Pub zu arbeiten, sechs sagten, sie müssten nur eben mal auf die Toilette, und vier sagten: »Wir suchen einen Freund.« Eine Frau sagte, sie arbeite in der Bar nebenan. »Ich darf immer umsonst rein.« Ein weiterer versprach, nur schnell eine Flasche an der Bar zu kaufen. Wie die, die nur die Toilette benutzen wollten, kam er für den Rest des Abends nicht wieder heraus.

Ein junger Typ, offensichtlich ein Student, leerte eine Tasche seiner übergroßen Hose, die gefährlich tief über der Arschritze hing, und legte achtzig Cent in Zehn- und Fünf-Cent-Münzen auf den Tisch vor Jake. Dann leerte er die andere Tasche. Die gesamte Summe belief sich auf zwei Dollar zwanzig. Traurig sah er Jake an. Jake winkte ihn durch. Er verstand. Ihm war es genauso ergangen. Es *ging* ihm genauso.

»Dies«, erklärte er Baby trocken, »ist die glitzernde und aufregende Welt des Rock 'n' Roll.«

Baby bemerkte seinen Sarkasmus nicht. Sie war verzaubert. Erdlinge hatten solch seltsame und faszinierende Rituale. Nufonier hätten sich angestellt, ohne viel Theater ihre drei Dollar bezahlt und wären hineingegangen. Wenn sie keine drei Dollar gehabt hätten, wären sie zu Hause geblieben. Sie genoss jede Minute.

Prik Harness betraten die Bühne in Häkelbikinis. Die Bikinis hätten selbst an Frauen bizarr gewirkt, aber in der Band spielten nur Männer.

»Warum lachen alle?«, fragte Baby Jake. Auf Nufon trugen im Sommer alle Häkelbikinis. Sie waren nicht nur praktisch, sondern sahen auf silberner Haut, die unterm Sternenlicht schimmerte, auch sehr ästhetisch aus.

Ein Mädchen mit einem verstohlenen Grinsen kam zur Tür, beugte sich über den Tisch und flüsterte Jake zu: »Ich habe eine sehr große Unterhose für die Band dabei.«

Jake winkte sie herein.

»Ist Unterwäsche in der Rock 'n' Roll-Welt eine gültige Währung?«, fragte Baby neugierig.

Jake überlegte kurz. »Ja«, antwortete er. »Das ist sie tatsächlich.« Er drehte sich um und kassierte den Eintritt von einem Mädchen, das ein Baby Doll und Wollstrumpfhosen trug. Sie nuckelte an einer großen Möhre. Baby lächelte ihr zu und sie erwiderte das Lächeln. Ihre Lippen schlossen sich um die Karotte. In solchen Augenblicken fühlte sich Baby wie zu Hause. Im Grunde waren Erdlinge und Aliens gar nicht so verschieden.

»Das nächste Lied haben wir für unseren Kumpel Jake geschrieben«, kündigte der Drummer an. Baby sah Jake beeindruckt an. Jake war selbst ziemlich beeindruckt. Er hatte keine Ahnung gehabt, hatte den Song noch nie gehört. Er bemühte sich, gelangweilt dreinzublicken, aber innerlich war er hoch entzückt. »Es heißt der ›Slacker Song‹.« Leises Gelächter lief durch die Menge. Bei Jake schrillten leise Alarmglocken.

»Was ist ein Slacker?« Baby wollte alles wissen.

»Ein bescheuerter Ausdruck, den die Medien erfunden haben«, antwortete er. »Ich weiß selbst nicht genau, was er bedeutet.«

Baby las seine Gedanken. Was immer Slacker hieß, Jake fürchtete offenbar insgeheim, dass er ein typischer Vertreter dieser Spezies war. Nicht, dass er grundsätzlich etwas dagegen gehabt oder es besonders peinlich gefunden hätte. Er wollte nur kein Abziehbild sein. Und selbst typische Slacker haben ein gewisses Maß an Würde.

I need a cup of coffee
but there isn't any milk
so I have some cordial
and I'm feeling ill
Why am I so tired

Why am I so bored
I couldn't get off my arse
to save my own life
I need a piece of toast
but there isn't any bread
so I search through the fridge
and eat a carrot instead
Why am I so tired
Why am I so bored …

Wie peinlich. Die Menge bedachte den Song mit lautem Applaus und anerkennendem Geheul. Ein paar Leute drehten sich um, lachten und hielten den Daumen in Richtung Jake. Der tat so, als bemerke er nichts.

»Hast du oft Langeweile, Jake?«, fragte Baby.

»Nö«, sagte er. »Früher vielleicht.«

»Was ist passiert.«

»Es fing an, mich zu langweilen.«

Baby neigte den Kopf zur Seite. Sie hatte ihn nicht völlig verstanden, nahm aber an, dass er einen Witz gemacht hatte. Manchmal wusste man das bei den Erdlingen nicht so genau. Persönlich verstand Baby nicht, wie man sich auf der Erde langweilen konnte.

»Dieser Song gefällt dir bestimmt«, erklärte er ihr. »Er heißt ›Space Food‹.« Er saugte die letzten Tropfen Bier aus seiner Flasche, reichte sie ihr und sah zu, wie sie sie gierig zerkaute und runterschluckte. Ihre Essgewohnheiten schockierten ihn nicht mehr, auch wenn sie ihn immer noch verunsicherten. Zweifellos war Baby die erstaunlichste Frau, die Jake je getroffen hatte. Alien. Hybrid. Egal.

»Nee, nee«, beschied er zwei Jungs mit Baseballkappen. »Keine Ermäßigung für Canberraner. Jeder drei Dollar. Danke.«

Er sah ihr zu, wie sie der Band lauschte. Er liebte die Art, wie sie sich der Musik hingab, ob sie nun spielte oder zuhörte. Es war so sexy.

Am Ende des Abends zählte Jake seine Einnahmen, nachdem er die hundert Dollar Wechselgeld wieder zur Bar gebracht hatte. Zweihundertfünfundsechzigdreißig. Die Band zahlte ihm zwanzig Dollar. »Ich bin ein reicher Mann«, teilte er Baby mit.

Sie zuckte mit den Schultern. »Mit Geld kann man keine Liebe kaufen«, entgegnete sie, ohne sich viel dabei zu denken. Jake traf der Satz jedoch mitten ins Herz.

»Seht nur!«, rief ein Cherubim und hüpfte vor dem All-Monitor von einem molligen Fuß auf den anderen. »Der Rote Zwerg!«

»Cool.« Nach *Akte X* war die BBC-Serie *Red Dwarf* wahrscheinlich das beliebteste Programm draußen im All. Es handelte von einem Grubenschiff, das hilflos im Weltraum trieb. Die Besatzung bestand aus dem einzigen überlebenden Menschen, dem Hologramm eines toten Crew-Mitglieds und einer Figur, die genetisch aus einer Katze mutiert war.

Ein Sirianer, der auf dem Boden des Kontrollraums lag, fragte Captain Qwerk: »Sind wir schon da? Sind wir schon da?« Er sprang auf und salutierte dem Roten Zwerg, eine völlig absurde Geste, die darin bestand, dass er den Arm ausstreckte und einen schlaffen Kreis beschrieb, bevor er die Hand im militärischen Stil an die Schläfe zucken ließ. Ein anderer Sirianer, der das beobachtet hatte, bekam einen solchen Lachkrampf, dass er durch Mund-zu-Mund-Beatmung wiederbelebt werden musste. Währenddessen hüpften immer mehr Sirianer um Qwerk herum und flehten ihn an, den Kurs zu ändern, damit der Rote Zwerg ihr Raumschiff nicht sah. In der Fernsehserie gab es keine Aliens, kein anderes Schiff, nichts außer dem All. »Wenn sie uns sehen, machen wir alles kaputt«, bettelten sie.

»Wir verlieren zu viel Zeit, wenn wir einen Umweg machen«, widersprach Qwerk.

»Bitte, bitte, bitte«, bedrängten sie ihn, während sie ihn umschwärmten, ihm das spitze kleine Kinn streichelten, Tentakel über den dünnen Schlitz seines silbrigen Mundes gleiten ließen, seine komischen kleinen Hufe leckten und seine knubbligen Knie zwackten.

»Bleibt mir vom Leib!«, rief Qwerk verzweifelt und wehrte sie ab. »Fort mit euch, Mutanten!« Damit ermunterte er sie nur.

»Wir lieben es, wenn du uns beschimpfst«, kicherte ein Sirianer.

»Wenn ihr mich nicht in Ruhe lasst«, knurrte Qwerk, »dann werde ich nicht mehr rechtzeitig beidrehen können und dann sehen sie uns bestimmt.« Die Sirianer ließen schneller von ihm ab, als man ›Start me up‹ hätte sagen können.

Baby, Doll und Lati probten jeden Nachmittag im Haus in Newtown. Die Untertasse war zu einem Zoo geworden, in dem sie sich nicht mehr konzentrieren konnten. Dann gab es noch die Seuche Ebola. Am Ende seines Konzerts im Sydney Entertainment Center hatte Ebola Van Axel seine Fans mit der Ankündigung verblüfft, dass er auf unbestimmte Zeit in Australien bleiben wolle. Er richtete sich, hatte es den Anschein, am Pool des Sebel häuslich ein, legte jeden Tag rote Rosen vor dem Wasserturm nieder, schrieb mit Schlagsahne ›Ich Liebe Dich, Baby‹ auf den Boden und schluchzte Liebeslieder zur Untertasse hinauf.

Es gab natürlich noch mehr Gründe, warum die Babes in Newtown abhingen. Hier fühlten sie sich ganz wie zu Hause. In Newtown hatten viele Leute grüne Haut und zerzaustes Haar, besonders wenn sie am Abend zuvor ausgegangen waren. Aber der Hauptgrund für die Babes war, dass in Newtown ihre Lieblings-Erdlinge wohnten. Doll war mittlerweile sicher, dass sie in einem anderen Leben mit Leichtigkeit Vampir hätte sein können. Lati hatte mit den Zwillingen die perfekte Drogenfreundschaft entwickelt, aber obwohl die beiden immer noch total scharf auf sie waren, waren sie zu schlaff oder zu stoned, um irgend etwas zu unternehmen.

Was Baby und Jake betraf, sie umkreisten einander weiterhin wie zwei Vögel, die nicht über den Balztanz hinauskamen. Es war jetzt doch schon, Moment, drei Wochen her. Lebten sie in den Fünfzigern? Baby, die es auf einen Knopfdruck ihres Abduktors hin mit Wildfremden trieb, brachte es nicht einmal fertig, Jake richtig zu küssen.

Sie versuchte, mit den anderen darüber zu reden. Doll antwortete knapp, dass sie die Letzte sei, die man über männliche Erdlinge befragen sollte. Lati wiederum bot an, Jake selbst zu verführen. Schließlich, so erinnerte sie Baby immer wieder genüsslich, sei es Jake gewesen, der ihr den ersten Geschmack der Körperflüssigkeiten vermittelt hatte. Baby machte ihr unmissverständlich klar, dass sie ihr die Antennen um den verdammten Hals wickeln würde, wenn sie Jake auch nur anrührte.

Um alles noch komplizierter zu machen, waren Jake und Baby die besten Freunde geworden. Sie hingen die ganze Zeit zusammen rum, hörten Musik, lachten und redeten über alles, außer ihren Gefühlen füreinander.

Was Jake betraf, so kam er langsam mit diesen Gefühlen klar. Er erkannte, dass er sich mit jedem Tag mehr in sie, ähm, was auch immer. Er wollte sie mehr als jedes andere Mädchen, das er gekannt hatte. Er war sogar bereit, eine Art, ähm, na eben, Dingens, äh, Beziehungsundsoweiter einzugehen. Und wenn das geschah, dann würde er sich sogar die Sache mit der festen Bindung überlegen.

Trotzdem schaffte er es nicht, etwas zu unternehmen.

Zumindest im musikalischen Bereich gab es Fortschritte. Mit fast beängstigender Schnelligkeit schufen sich die Babes ein großes Repertoire von Originalsongs. Manchmal spielten sie schnell und zornig, dann wieder verführerisch langsam. Ihr Sound war leidenschaftlich, spontan, rau und kantig, dabei locker, was in der Rockwelt als gute Sache angesehen wurde. Babys Stimme hatte etwas von einem Chamäleon. In der einen Minute klang sie wie ein Knurren, das unter einem Stein hervorkam, in der nächsten wie die Farbe der Luft.

Das Bemerkenswerteste war jedoch, wie die Musik sich im Bewusstsein der Leute veränderte. Jeder hörte sie anders. Saturna und Skye erkannten in ihr einen dunklen Unterton, einen Hauch von Marilyn Manson, Siouxsie and the Banshees oder Sisters of Mercy. Für Jake und die Twins kamen die Babes eindeutig aus der Girl Punk-Tradition von L7 oder Bikini Kill, vermischt mit genügend Grunge-verzerrten Gitarren und mehr als einem Schuss Metal. George, der sich auf dem Gebiet nicht so auskannte, befand schlicht, dass sie besser als Abba waren oder die Rolling Stones oder wie auch immer diese Gruppe mit diesem Elvis-Klon sich nannte. Iggy und Revor sahen darin die einzigartige Synthese von Skate- und Surfmusik beeinflusstem, postindustriellem Grunge-Punk-Power-Pop-Acid-Funk, die es war.

»Kurt Cobain hatte Recht«, seufzte Torquil, nachdem er einen neuen Song gehört hatte. »Die Zukunft des Rock 'n' Roll gehört den Frauen.«

Es war Samstag, und sie hingen alle im Wohnzimmer rum. Das Telefon klingelte. »Ich geh ran«, erbot sich Tristram.

»Crazy Joe's Rock 'n' Roll-Kaufhaus. Nein, nein, schon richtig, Ähm, wer ist da?« Sie hörten alle mit. »Julia? Ich schau mal nach, ob er da ist.«

Als Tristram wieder ins Zimmer kam, hielt sich Jake ein Kissen vors Gesicht. »Soll das heißen, dass du nicht da bist?« Saturna und Skye verdrehten die Augen.

»Ganz und gar nicht hier«, antwortete Jake unter dem Kissen. »So wie tot oder verschieden. Verschwunden, wird nie mehr zurückkehren.«

Tristram ging zum Telefon zurück. »Hallo, Julia? Er ist gerade raus. Soll er zurückrufen? Ja, ich sag's ihm. Nein, ich bin sicher, er hat deine Nummer. Nein, ich vergess es nicht. Ja, ich sag's ihm.«

Tristram kam zurück, zog Jake das Kissen vom Gesicht und haute es ihm auf den Bauch.

Das Telefon klingelte. Alles starrte Jake an. »Soll ich rangehen?«, fragte Baby.

»Oh, nein danke«, murmelte Jake, der sich an das letzte Mal erinnerte, als sie einen Anruf für ihn entgegengenommen hatte. »Ich geh schon.« Er hievte sich vom Sofa. »Faule Schweine«, titulierte er die anderen. Das Telefon klingelte zum siebten oder achten Mal.

»Hallo?«

»Jake, altes Haus.«

»Timtam.« Es war Tim von Umbillica. Umbillica sollten am nächsten Abend als Vorgruppe von Bosnia im Sando auftreten. Sie ersetzten Smokey Stover, der seinen jährlichen Aufenthalt in der Entziehungsklinik gebucht hatte.

»Ich weiß, es ist ein bisschen in letzter Minute«, entschuldigte sich Tim. »Aber wir können morgen Abend nicht spielen. Kennt ihr 'ne andere Band?«

»Was ist passiert?«

»Ach, es ist ziemlich peinlich. Meine Freundin ist total sauer auf mich.«

»Und? Was gibt's sonst Neues?«

»Na ja, sie hat mir die Haare abgeschnitten, während ich geschlafen hab.«

»Das ist gemein. Aber jetzt hast du wenigstens nicht mehr das Metallica-Problem.«

»Und sie hat meine ganzen Sachen mit der Schere zerschnitten.«

»Wirklich? Sieht doch gut aus.«

»Und unsere Instrumente zerstört.«

»Wahnsinn. Und was jetzt?«

»Wir werden heiraten.«

Jake hielt den Telefonhörer von sich weg und machte eine ungläubige Grimasse. »Nun, was die kurzfristige Planung betrifft, mag das okay sein«, sagte er schließlich. »Aber was wird aus der Band?«

»Na ja, als Styx erfuhr, was sie mit seinem Schlagzeug gemacht hat, hat er *mir* eine verpasst. Selbst wenn ich noch meine Haare, meine Klamotten und meine Gitarre hätte, würde ich mit diesem Superveilchen nicht auf die Bühne gehen. Zwei Veilchen, um korrekt zu sein. Ich sehe aus wie einer von diesen Bambuskauern in den chinesischen Zoos.«

»Wie haben es die anderen aufgenommen?«

»Viel zivilisierter. Sie sprechen nur nicht mehr mit mir.«

Jake schüttelte den Kopf. »Arschgeigen.«

»Ich weiß. Alles Scheiße. Ich wollte nur wissen, ob wir eine andere Vorgruppe suchen sollen oder ob ihr das macht. Wir können Trace im Sando Bescheid sagen. Sie kennt eine Million Bands, die mit der Zunge vor ihrem Arsch hecheln und auf die große Chance warten.«

»Timbo, leg dir lieber zwei Steaks auf die blauen Augen und relaxe. Ich glaube, ich weiß eine Lösung.«

»Du bist ein echter Freund, Jake.«

Jakes Motive waren nicht rein freundschaftlicher Natur.

»Wie wär's mit Zaygon?«, schlug Tristram vor. »Der böse Planet aus *Metaluna IV antwortet nicht*?«

Lati hörte nur kurz damit auf, auf einem Löffel zu kauen, um die Nase zu rümpfen und den Daumen nach unten zu senken.

»Scotty?«, bot Torquil mit einem Trommelwirbel auf einer Sojasaucenflasche an.

»Zu macho«, lehnte Baby ab.

Obwohl Torquil den Namen vorgeschlagen hatte, spürte Jake, wie ihn die Zurückweisung erröten ließ.

»Abduction Theory?« Jetzt brachte Jake sich selbst zum Erröten.

»Mmm«, überlegte Baby. »Setzen wir mal auf die Liste.«

»Succubus«, reichte Skye ein.

»Das gefällt mir«, meinte Lati. »Was bedeutet es?«

»Ich weiß auch nicht genau«, gab Skye zu und ging nach unten, um in einem Lexikon nachzuschlagen.

»Wir wär's mit Spinar Tap?«, sagte Baby.

Torquil lachte. »Du meinst Spinal Tap. Gab's schon.«

»Nein, Spinar Tap. Wisst ihr nicht, was Spinare sind?« Baby sah in die Runde. »Das sind Schwarze Löcher-Sonnen«, erklärte Baby. Wussten die Erdlinge denn gar nichts?

»Schwarze Löcher-Sonnen?«, wiederholte Tristram verblüfft. »Ich glaube, Soundgarden haben ein Stück darüber geschrieben.«

Skye kam zurück. Sie trug einen Umhang aus dunkelbraunem und schwarzem Samt.

»Es ist ein weiblicher Teufel, der schlafende Männer fickt«, verkündete sie.

Jake verschluckte sich an seinem Bier.

»Was ist ein weiblicher Teufel, der schlafende Männer fickt? Wovon redest du?« Tristram war nun völlig verwirrt.

Lati sprang auf, stieg auf den Tisch und verkündete mit einer Pfeffermühle als Mikro: »Ladies und Gentlemen, hier sind die einzigartigen, die großartigen, die unverwechselbaren, die absolut fantastischen – Rock 'n' Roll Babes from Outer Space!«

Als die Babes sich am folgenden Nachmittag in Galgal auf ihren Gig vorbereiteten, liefen alle Systeme heiß. Türen surrten auf und zu, während sie von einer Ecke des Raumschiffs in die andere liefen, verfolgt von Entführten, und Klamotten, Lippenstifte und Plektrums suchten. Galgal hatte sich mittlerweile in eine Art Bordell verwandelt – überall türmten sich Kleiderberge, Graffiti zierten die Wände, auf dem Boden stapelten sich Tabletts vom Zimmerservice des Sebel und Pizzakartons und überall lagen Sexspielzeuge herum.

Baby kam aus ihrem Zimmer. Sie trug einen karierten Minirock, ein enges weißes T-Shirt und schwarze Nylonstrümpfe, die in knöchelhohen Lederstiefeln verschwanden. Sie posierte für die anderen wie ein Model und drehte sich gerade, als Revor heranschoss, ihr Bein hinaufsprang und daran herunterrutschte, wobei er ihr die Strümpfe mit den Klauen zerfetzte und Löcher und Laufmaschen hineinriss. Noch bevor sie reagieren konnte, wiederholte er das Ganze am anderen Bein.

»Revor hat Recht.« Doll nickte. »Das ist der Look.« Doll trug das, was sie immer trug. Leder. Schwarz. Als einziges Zugeständnis an Bühnenglamour hatte sie sich Glitter über die Haarhörner und den Kopf gestreut.

Jemand rief draußen vor der Untertasse nach ihnen. Doll drückte einen Knopf und eine Luke öffnete sich. Sie schaute hinab. »Schon wieder der alte Kotzbrocken«, meldete sie.

Baby verdrehte die Augen. »Lass ihn lieber rein. Sonst steht er nur heulend vor dem Eingang und treibt uns alle in den Wahnsinn.«

Doll seufzte. Sie betätigte ein paar weitere Knöpfe und die Untertasse fuhr ihre magische Treppe aus. Ebola schleppte sich hinauf. Er fand auf den ätherischen, schwankenden Stufen kaum Halt.

»Hi, Eb.« Baby hatte das Gefühl, nett zu Eb sein zu müssen. Sie war nicht im Geringsten an ihm interessiert. Noch immer konnte sie sich nicht vorstellen, auch nur das kleinste sexuelle Experiment mit Eb zu machen. Nicht mit diesem Typen, mit seiner Sammlung von hässlichen, silbernen Totenkopfringen, unter denen die schwarzen Haare auf seinen bleichen Knöcheln hervorlugten, dem engen schwarzen Leder, das seine Wampe wie ein Korsett einschnürte, und der Angewohnheit des Kokainschnüfflers, dauernd den Kopf nach hinten zu werfen, die Nase hochzuziehen und den Zeigefinger gegen den Nasenflügel zu drücken. Wenn das Liebe war und er bestand darauf, dann wollte sie nichts damit zu tun haben. Seine Erzählungen aus dem Leben als großer internationaler Rockstar gefielen ihr jedoch. Sie befriedigte ihn auch auf einer anderen Ebene nicht ungern. Ebola wünschte sich, von ihr so gedemütigt zu werden, wie er seinerzeit tausende von Groupies gedemütigt hatte. Alles ziemlich karmisch.

Als Eb sich endlich ins Spielzimmer geschleppt hatte, keuchte und stöhnte er. »Polier mir die Stiefel, Eb«, begrüßte sie ihn. Noch atemlos ließ er sich dankbar auf den Boden fallen, streckte die Zunge heraus und begann beim Absatz.

»Ich könnte dir ein Tattoo machen, wenn du willst«, bot Doll Baby an und ignorierte den Homunculus zu ihren Füßen. »Wir haben Zeit.« Doll liebte das Tätowieren. Sie übte es an allen Erdlingen. Als Doll ihre Utensilien wieder einpackte, zischte eine Sternschnuppe über Babys linken Oberarm. Auf ihrem rechten prangte das Mutterschiff, umringt von Herzen und Bändern, und darunter das Wort ›Mum‹.

Ebola hatte die Stiefel abgeleckt und das Tätowieren mit tränenfeuchten Augen beobachtet. »Ich teile deinen Schmerz«, erklärte er Baby. »Wirklich. Ich bin für dich da, Baby.«

»Wirklich prima, Eb«, meinte Baby gleichgültig. »Aber wir müssen in etwa einer Stunde in Newtown sein.«

»Ihr seid immer nur in Newtown«, winselte Eb.

»Ja und, wir haben heute Abend einen Auftritt.«

Ebola sprang auf und strahlte entzückt. »Darf ich mitkommen?«, bettelte er. »Darf ich?« Doll schüttelte entschieden den Kopf. Er brach in Tränen aus.

Baby übermittelte Doll telepathisch: »Guck bloß, was du angerichtet hast. Der Kerl ist sentimentaler als eine Guns-'N'-Roses-Ballade.«

»Ist ja schon gut«, tröstete Baby ihn. »Du musst unser Raumschiff bewachen, Eb. Es bedeutet uns sehr viel. Du setzt dich an den Pool und lässt es nicht aus den Augen, ja?« Sie kitzelte ihn an seinem haarigen Kinn. Er versuchte ein tapferes Lächeln, während sich ein Schleimrinnsal den Weg aus seiner Nase durch die Bartstoppeln auf die Oberlippe bahnte. »Guter Junge«, lobte sie. »Bis später. Jetzt müssen wir nach Lati sehen.« Sie gab Doll ein Signal und sie zappten Ebola zurück an den Pool. In Latis Zimmer tobte ein Wirbelsturm aus Kleidern. Lati ging mit Blitzgeschwindigkeit ihre gesamte Garderobe durch, probierte Sachen an, zog sie wieder aus, warf sie beiseite, holte etwas von ganz unten aus dem Haufen hervor und fing wieder von vorne an. Ein paar Entführte, die auf der Revitalisierungs-Plattform saßen, erteilten aufmunternde, wenn auch insgesamt etwas widersprüchliche Ratschläge in Sachen Stil, die Lati lächelnd ignorierte. Schließlich zog sie ihr Lieblings-T-Shirt von Bonds an, Jeans und Converse-All-Stars. Sie sah in den Spiegel und grinste. »Das ist es«, entschied sie. Die meisten Entführten, darunter auch Larry, der Galgal nicht verlassen hatte, seit er fast drei Wochen zuvor gekidnappt worden war, kamen auch zu dem Konzert. Sie waren fast so aufgeregt wie die Mädchen.

»Yap!« Gerade als sie gehen wollte, rannte Revor auf Baby zu und knabberte an ihren Knöcheln.

»Geh weg, Revor. Du kannst nicht mit. Tiere dürfen nicht ins Sandringham. Genug jetzt. Weg.« Sie hob ihren Fuß und schüttelte ihn ab. Revor flog in hohem Bogen gegen die Wand und landete mit den Beinen nach oben auf der Schulter. Er sah aus wie ein verrückter Yogi.

»Du bist ein komischer Vogel, Rev«, sagte Lati. »Bis später.«

Ich wollte doch nur bis Newton mitgenommen werden. Echt unfair.

Müde Augen blickten aus einem asymmetrischen Wrack von Gesicht mit blauer, faltiger Haut, hellgrünen Lippen und fetten orangenen Ohren. Die Augen starrten auf eine Steuerkonsole, die atomgrün schimmerte und auf der sich endlose Muster ablösten. Auf dem Nebensitz hockte eine ähnliche

Gestalt, mit dem Gesicht eines mutierten Hundes und dreißig Zentimeter langen, wackelnden Antennen. Auch sie blickte auf den Bildschirm. Der dritte Stuhl wurde von einem unbeholfen wirkenden Wesen mit affenähnlichen Zügen besetzt. Auf dem Kopf trug er eine Kappe mit Propeller.

Aubrey, ein unscheinbarer Erdling mittleren Alters, brachte ein Tablett mit Tee und Keksen herein. Er stellte es auf der Konsole ab, sah den mutierten Hund und reckte entsetzt seine Arme hoch: »Ich habe ein Monster aus dem Weltall geheiratet!«, rief er und beugte sich vor, um am Ohr des Wesens zu knabbern. Die Hündin sah auf ihre Uhr, nahm einen Stock in die Hand, an dessen Spitze eine kleine Untertasse befestigt war, und drehte sie. Die wirbelnde Scheibe wechselte die Farben – Blau, Grün und Gelb. »Zeit für den Tee«, verkündete sie und nahm ihre Maske ab. Die anderen taten es ihr nach und kurz darauf bissen alle herzhaft in die Kekse.

Es war der 31. Oktober und die Wissenschaftler, die beim Projekt ›Beam mich rauf, beam mich runter‹ Dienst hatten, feierten Halloween. Beam mich rauf, beam mich runter war der Spitzname, den Professor Luella Skye-Walker und ihre Kollegen einer Aufgabe verpasst hatten, die, was die tägliche Arbeit betraf, fast unerträglich langweilig war, jedoch das Potenzial besaß, zu einer der aufregendsten wissenschaftlichen Entdeckungen überhaupt zu führen. Für Erdlinge jedenfalls. Sie befanden sich in Parkes und beobachteten die große Satellitenschüssel, die auf den alten Fünfzig-Dollar-Scheinen abgebildet war. Die Schüssel belauschte viele hundert Sterne in der galaktischen Hood, um zu sehen, ob irgendjemand da draußen irgend etwas zu sagen hatte.

»Obe-Wan Kenobi«, begrüßte der kosmische Affe Luellas Ehemann und verschlang einen Keks. »Einfach köstlich.«

»Danke«, sagte Aubrey. »Und, wie viele Kanäle habt ihr heute gecheckt?«

»Vierundzwanzig Millionen, zehntausend mehr oder weniger.«

»Irgendwelche Rückmeldungen?«

»Nein«, antwortete Jason. »Bei unserem Glück bekommen wir irgendwann einen Kontakt und dann handelt es sich um einen außerirdischen John Laws, oder wie heißt der in Amerika, Rush Limbaugh.«

Der blauhäutige Alien, ansonsten Aaron, griff gerade nach der Erdbeermarmelade, als sein Blick eher zufällig auf den Schirm fiel. »He!«, rief er. »Ich glaube, wir haben da was.«

»Ich glaub, ich ...« Teller fielen auf den Boden, Kekse krümelten, Sahne spritzte.

Zehn Minuten später sah Luella von ihren Instrumenten auf. Sie hatte gerade ›Elmer‹ überprüft (die Finde-und-Determiniere-Datenbank – FUDD). Sie war leichenblass.

»Was ist es?« Aaron konnte kaum an sich halten.

Ihr Gesicht verzog sich zu einem komischen, kleinen Lächeln. »Irgendjemand hat gerade ›Hello, Mum‹ gesagt.«

Jakes orangener Kombi kämpfte sich klappernd die King Street hinauf und hielt mit einem Ruck vor dem Sando: »Gut gemacht, Kate.« Er streichelte das Armaturenbrett. Sie hatte die Strecke geschafft und das war ein Lob wert.

Die Girls stiegen lärmend aus. Lati stieß Doll mit dem Ellbogen an, die wiederum Baby an der Hand packte. Aufgeregt sahen sie zu, wie Gregory der Barmann auf eine Tafel mit Kreide ›Rock 'n' Roll Babes from Outer Space‹ unter ›Bosnia‹ schrieb.

»He, he.« Gregory sah mit einem flirtenden Blick hoch. »Mein süßer grüner Körperfresser!«

»Woher weißt du, dass ich ein Körperfresser bin?«, neckte ihn Baby und verunsicherte ihn damit schwer.

»Hi, Gregory.« Jake beugte sich vor. »Lass dich nicht von uns stören.«

»Nur zu«, flötete Gregory und sah Doll und Lati an. »Diese Mädchen können mich jederzeit stören.«

»Das sind wir«, sagte Lati stolz und deutete auf den Namen der Band.

»Tatsache?« Gregory pfiff. »Jetzt freue ich mich wirklich auf heute Abend. Komisch, ich hab noch nie von euch gehört. Wo spielt ihr denn sonst?«

»Bei ihnen«, antwortete Baby und deutete mit dem Daumen auf die Jungs.

»Jede Wette«, sagte Gregory grinsend.

Jake legte eifersüchtig die Hand auf Babys Rücken. Eine Stromladung lief zwischen ihnen her, stark genug, um Jake zu Boden zu werfen. Fast hätte er zwei Mädchen mit rosa Bürstenschnitt umgerempelt, die seine akrobatischen Fähigkeiten so beeindruckten, dass sie ihm den Mittelfinger zeigten. Jake tat, als wäre nichts passiert, klopfte sich den Staub ab und sagte zu Baby mit einer Stimme, von der er hoffte, dass sie nicht zitterte: »Gregory macht die Bar. Du musst nett zu ihm sein, denn er gibt uns am Ende des Abends unser Geld. Aber nicht zu nett.«

Torquil schleppte stöhnend die Drums aus dem Bus und stellte sie auf dem Bürgersteig ab. »Vorsicht, die sind schwer«, warnte er Doll, die das ganze Teil hochhob und damit in den Pub ging, als wäre es eine Handtasche. Torquil versuchte derweil, die kaputte Tür des Kombi zu schließen. Als Doll wieder kam, winkte sie ihn zur Seite. Mit bloßen Händen bog sie den Metallrahmen gerade, schob die Tür wieder in ihre Nute, warf sie zu und richtete den Rahmen aus.

»Du«, hauchte Torquil, »bist groovy.«

Das fand Kate der Kombi auch.

Unter den neugierigen Augen einer Hand voll Trinker, die bereits an der Bar saßen, begann die Band, ihre improvisierte Bühne aufzubauen – Teppichreste auf dünnen Brettern, die sie über nebeneinander aufgestellten Milchkästen ausbreiteten, in eine Ecke gequetscht, im Schatten der alles beherrschenden Bar. Lati, Doll und die Zwillinge waren als Erste fertig und gingen ins Hinterzimmer, um Flipper zu spielen. Jake und Baby knieten noch vor der Bühne und schlossen die Gitarrenpedale an. »Was sind das für Dinger?«, fragte sie.

»Das ist ein Tube Screamer, ein Verzerrer.«

Baby lachte. »Ach. Was verzerrt er denn so?«

»Wir brauchen noch Klebeband«, murmelte Jake, dem die Sache erstaunlicherweise peinlich war. »Wenn ihr loslegt, sollten die Kabel besser fest am Boden liegen.« Er machte sich davon. Baby kicherte noch in sich hinein, als ein düster dreinblickender junger Mann in Jeans und einem Frenzal-Rhomb-T-Shirt mit knarzenden Turnschuhen und einer leicht bedrohlichen Aura auf sie zukam. Sein langes dünnes Haar war zu einem lockeren Pferdeschwanz zusammengebunden. Mit dem enormen Schlüsselbund, der Maglite-Taschenlampe und dem Handy, das von seinem Nietengürtel baumelte, sah er aus wie der Wärter in einem Rock 'n' Roll-Knast. Er blieb etwa einen Meter vor ihr stehen. Er sah kühl auf sie herab, hob die Hände und klatschte sie scharf zusammen. Noch einmal. Und noch einmal.

Baby klatschte auch.

Mr. Frenzal schüttelte ablehnend den Kopf. »Nein, du nicht. Das mache nur ich.«

»Wer bist du und warum machst du das?« Baby wusste nicht, ob sie sich als Gruß zwischen die Beine greifen sollte. Die Reaktionen auf der Straße hatten ihr gezeigt, dass das nicht immer passend schien. Die Erdlinge waren so kompliziert. Wenn man auf Nufon jemanden traf, dann legte man einfach die Hände auf die Hüften, beugte sich nach links und stampfte zweimal mit dem rechten Huf auf. Die Begrüßung für jede Gelegenheit. Hier hieß es einmal »Willst du mir einen blasen?« und dann wieder »Wie geht es Ihnen, Ma'am?« Und jetzt Klatschen. Wie sollte sich jemand in diesem sozialen Irrgarten zurechtfinden?

»Ich teste die Echofrequenz in diesem Raum«, erklärte der Klatscher wichtig. »Ich bin Henry. Ich mache den Mix.«

»Den Mix?« Ihr Übersetzungschip lieferte ihr: Mixer, Küchengerät. Mixen, etwas vermischen. »Du bist gut in der Küche? Was mixt du denn so?«

Henry hob die Augenbraue. Heutzutage durfte man es nicht laut sagen, aber seiner Meinung nach gehörten Mädchen im Rock 'n' Roll *vor* die Bühne, laut kreischend. Sie durften auch den Tontechniker anmachen. Er saugte die Wangen ein, um den Ausdruck heftiger Missbilligung noch zu vertiefen, kehrte zu seinem Mischpult zurück, betätigte ein paar Schalter und stellte die Fader ein. Dann schlich er sich auf Gummisohlen wieder zur Bühne.

Dort sah er zum Verstärker hinauf und schüttelte den Kopf. »Nicht zu glauben, dass ihr einen Marshall benutzt«, sagte er. »Das ist ein solches Rock 'n' Roll-Klischee. Mann, Little Richard, Jimi Hendrix, Red Hot Chili Peppers, Pearl Jam – mit einem Marshall klingt alles gleich.«

»Aber was ...«

»Ich weiß, ich weiß, die meisten Amps gehen nur bis zehn und Marshall geht bis elf. Ich habe auch *Spinal Tap* gesehen. Ehrlich gesagt, an eurer Stelle würde ich eine der nicht so bekannten Marken nehmen. Ihr wollt doch einen besonderen Sound, oder? Zum Beispiel Sovtek.« Henry war nicht mehr zu bremsen. »Aus Russland, aus alten Panzerteilen gebaut. Sagt man zumindest. Das glaub ich gern.«

»Was ist der Unter ...«

»Zunächst mal hat ein Sovtek eine viel knusprigere Verzerrung, mehr Bottom End Drive ...« Henry schwafelte immer weiter. Baby tat der Kopf weh. Ihr Übersetzungschip gab nur noch Rauschen von sich. Sie verstand nichts von dem, was Henry sagte.

»Soundcheck«, verstand sie jetzt. »Sollen wir einen Soundcheck machen? Oder willst du nur rumstehen und mich raten lassen, wie ich dich aussteuern soll?«

»Ähm, was soll ich machen?«

Henry verdrehte die Augen. »Spiel irgendwas«, sagte er. Er ging zu seinem Pult zurück. Kaum hatte sie angefangen zu spielen, kam er mit wirbelnden Händen angelaufen. »Die Höhen runter«, befahl er. »Die sind viel zu scharf. Du schneidest mir die Ohren ab.« Baby fing noch einmal an. Sofort war er wieder da. »Dreh die Lautstärke etwas runter. Du bist viel zu laut«, bemängelte er. »Der Raum ist klein. Ihr braucht nicht so laut zu sein.« Jedes seiner Worte ließ eine der dünnen Blasen zerplatzen, aus denen Babys sprudelndes Selbstvertrauen bestand.

Wo war Jake bloß? Sie holte den Lokalisator aus ihrer Tasche und tippte mit nervösen Fingern den Code ein. Die Frau eines sehr wichtigen Regierungsmitglieds ließ am Haupttisch eines Staatsbanketts in Canberra einen gewaltigen Furz los. Hoppla! Falsche Nummer. Während Baby noch herumfummelte, kehrte Jake mit dem Klebeband zurück. Sie packte seinen Arm. Jake hätte schwören können, dass sie ihm mit ihren Fingern kleine Löcher in die Haut brannte. Er konnte das verbrannte Fleisch fast riechen. »Jake«, flüsterte sie. »Ich bin nervös. Ich weiß nicht, was ich hier mache.«

»Es ist nur Rock 'n' Roll«, beruhigte er sie und befreite seinen Arm, bevor sie ihn in Kebab verwandelte. Sofort dachte er erschreckt, dass sie ihn vielleicht missverstand und glaubte, er möge es nicht, wenn sie ihn berührte. Im Gegenteil. Theoretisch jedenfalls. Wenn sie erst ein bisschen mit den Höhen runtergehen könnte, wäre es ideal. »Du brauchst nicht zu wissen, was du hier machst. Du spielst einfach.«

»Einfach spielen?«, sagte sie verzweifelt und dachte, warum hat er seinen Arm weggezogen? Mochte er nicht, dass sie ihn berührte? Sie war so durcheinander, dass sie vergaß, seine Gedanken zu lesen. »Einfach spielen. Ist das so einfach?«

»Baby, wenn es bei irgendjemandem einfach aussieht, dann bei dir«, sagte Jake ehrlich, wenn auch etwas verwirrt.

Natürlich war es einfach. Sie wusste, dass es einfach war. Eine dumme kleine Panikattacke. O Gott! Wieso war sie so nervös?

Ganz einfach, Baby. Elementare Erdling-Psychologie. Ein Fall von Pseudo-Blues. Du benutzt dein Lampenfieber – übrigens ein Phänomen, das dir so fremd ist wie für deinen lockigen Freund die Vorstellung, mehrere Tage hintereinander keine Drogen zu nehmen – als Entschuldigung. Im Grunde willst du Jake nahe sein. Frag mich nicht warum. Ich persönlich sehe nicht, was an ihm anziehend ist. Nicht mein Typ. Andererseits ist kaum ein Erdling mein Typ. Egal. Dieser Angeber Henry hat jedenfalls ganz klar versucht, dich einzuschüchtern, um sein eigenes, lächerliches Ego aufzubauen, und du hast es ihm erlaubt, um eine kleinere Krise zu inszenieren. Du hast gehofft, Jake dadurch aus seiner üblichen emotionalen Trägheit zu reißen, sodass er den Helden spielen kann, sozusagen, um dich zu retten. Dadurch hättet ihr dann das Gefühl, gemeinsam etwas Wichtiges durchgemacht zu haben. Was dir eine gute Entschuldigung lieferte, ihm an die Wäsche zu gehen.

Ich verstehe. Du bist so weise und allwissend. Was soll ich Deiner Meinung nach jetzt tun?

Wie zum Teufel soll ich das wissen? Ich bin vielleicht allwissend, aber ich bin keine Kummerkastentante, um Meinetwillen. Überleg dir selbst, was du wirklich sagen und tun willst. Sag es. Tu es. Be happy, don't worry. Also, wenn das alles ist, ich muss noch den Soundcheck für eine Supernova machen, die ich am anderen Ende des Universums veranstalte. Dürfte spektakulär werden. Ich hab den Bühnenbeleuchter von Nine Inch Nails entführt, um mir bei den Lichteffekten zu helfen.

Cool. He, danke, Gott.

Bis dann. Ich mach jetzt 'nen Abflug.

Baby richtete ihre großen, feuchten, grünen Augen auf Jake. Sie senkte den Kopf und ein Wirrwarr aus rosa und orangenen Flechtzöpfen fiel ihr niedlich ins Gesicht und vermischte sich mit dem violetten Pony. Sie lächelte Jake hilflos und sehr charmant an. »Ich hab keinen blassen Schimmel«, murmelte sie.

»Schimmer«, berichtigte Jake. »Ich habe keinen blassen Schimmer.«

»Komm mir nicht so, Jake. Du hast Schimmer.« Ein flirtender Ton kehrte in ihre Stimme zurück.

Jake wusste nicht, was er davon halten sollte. Der Joint, den er eben geraucht hatte, als er wegen des Klebebands nach draußen gegangen war, fing gerade an zu wirken. Er sah Baby neugierig an. Wer war sie? In diesem Augenblick kam sie ihm sehr groß vor, nicht nur psychisch, sondern auch physisch. Sie war riesig. Wieso sagte sie, er habe Schimmer? Was wusste er? Und warum war sie grün? Was bedeutete das alles? Pa. Ra. Noi. A. Pa. Ra. Noi. A. Nein, nicht schlagen! Aaaaah.

»Du solltest mal den Ausdruck auf deinem Gesicht sehen«, lachte Torquil.

Jake zuckte zusammen. »Schleich dich bloß nicht so an, Mann«, klagte er.

Torquil schüttelte den Kopf und beobachtete, wie Doll und Lati für den Soundcheck auf die Bühne stiegen. »O Mann, hast du je mit Doll Flipper gespielt? Sie ist göttlich.«

Lati schaltete ihren Bass ein und spielte ein paar Akkorde. »Ey, Henry. Ich hör hier Höhen und Rauschen. Beheb das mal, ja?« Henry nickte und hielt den Daumen hoch. Doll, die auf ihre Drums eindrosch, riet er: »Ich könnte ein kurzes Gate drauflegen, mit einer kleinen Verzögerung zum Ausfüllen, wenn du willst.«

»Okay«, antwortete sie ohne zu zögern. »So etwa 1,5 Sekunden mit 35 Millisekunden Verzögerung.«

Baby sah Lati und Doll verblüfft an. Wo hatten sie gelernt, so zu reden?

Gedanken gelesen, telepathierte Doll. Ist ganz einfach. Kosten dich 'n müdes Lächeln, diese Erdlinge, ein müdes Lächeln.

Was soll das sein, ein müdes Lächeln?

Keine verdammte Ahnung.

Eine neue Angstwelle durchlief Baby. Sie zog am Ärmel von Jakes T-Shirt. »Wir müssen reden.«

»Worüber?« Nein, bloß nicht, kein Beziehungsgespräch!

O doch. »Über uns.«

Aaaaaargh! Hilfe, Hilfe! Die Gefahr ernsthafter zwischenmenschlicher Kommunikation, besonders durch ein ›Über-uns‹-Gespräch, löste bei Jake stets einen Flucht- oder Frustreiz aus, selbst wenn er nicht völlig weggetreten war. An diesen Urinstinkten konnte auch die Tatsache nichts ändern, dass er sicher war, ziemlich sicher jedenfalls, dass er Baby liebte oder so was in der Richtung. Er bemühte sich, seine Beine ruhig zu halten. »Mmh?«, antwortete er mit einem bemühten Lächeln. Es klang, als würde man eine Katze würgen. Ein Knäuel Paranoia stieg in ihm hoch. »Vielleicht sollten wir später ...«

»Jake, nicht später. Nicht in der ferneren Zukunft. Jetzt, jetzt, jetzt. Ich habe Angst.«

»Vielleicht sollten wir irgendwo hingehen, wo wir uns besser unterhalten können.« Er versuchte Zeit zu gewinnen und sah sich nach einem Schlupfloch um. Schließlich deutete er auf den Raum hinter dem Billardtisch, wo die Flipper und Videospiele standen. Dort trafen sie auf Ozone, Mitglied einer anderen Rockband. Ozone beugte sich über Major

Strike, ein Golfspiel. Es hatte den Vorteil, dass man nicht tatsächlich an die frische Luft musste oder schwere Ausrüstung durch die Gegend zu schleppen hatte. Ozones Frisur sah aus, als sei er eben erst aus dem Labor des verrückten Wissenschaftlers geflohen, der sie erschaffen hatte. Er trug ein grünes Polyester-Hemd, ein abgewetztes braunes Anzugsakko, Jeans und Bluntstones. Eine Zigarette hing aus seinem Mundwinkel. Seine Augen waren blutunterlaufen und verquollen. Obwohl er erst knapp über dreißig war, hatten zu viele durchgemachte Nächte und zu viele seltsame Chemikalien tiefe Falten in sein Gesicht gegraben. »He, Jake«, murmelte er, trank einen Schluck Bier und widmete sich wieder dem Spiel.

»Oze«, entgegnete Jake, dankbar für die Ablenkung. »Mein Alter.« Er blickte über Ozones Schulter auf den Bildschirm. »Scheiße. Im Teich gelandet.«

»Jake«, fauchte Baby.

»Nicht ganz, der wichtige Schlag kommt jetzt.«

Babys Ungeduld brachte ihr Ichor zum Kochen. Dies wiederum löste eine Kettenreaktion wilder elektrischer Impulse aus. Jake hatte kaum Zeit, sich über das Kribbeln in seinem Rückgrat zu wundern, als es plötzlich eine laute Explosion gab und Rauch über dem Golfspiel aufstieg.

»Ach, du Scheiße!«, rief Ozone und fiel rückwärts von seinem Hocker. Jake wurde nach hinten geschleudert und landete auf dem Sitz eines Motorradrennen-Simulators. Wenn er eben Paranoia gespürt hatte, *jetzt* hatte er sie. Alle drei sahen schweigend zu, wie die Flammen aus dem Videospiel züngelten. Der Bildschirm knisterte und die kleine Trickfigur, die einen Schläger schwang, begann zu schmelzen. Ihr fröhliches kleines Gesicht verzog sich zu einer Horrormaske.

»Schenkst du mir jetzt deine Aufmerksamkeit?« Baby zischte die Worte zwischen zusammengebissenen Zähnen hindurch.

»Grillparty!«, riefen Doll und Lati, die der Geruch schmelzender Elektroartikel angelockt hatte. Sie schnappten sich ein paar heiße Stücke Metall und verschwanden wieder im Hauptraum.

Ozone lag zusammengerollt wie ein Fötus auf dem Boden und zitterte am ganzen Körper. »Ich hätte die Anna nie verlassen dürfen«, wimmerte er.

Babys Translator gab auf. Sie sah zu Jake, der sich aufgerappelt hatte und versuchte, so zu tun, als habe er die ganze Zeit lässig an dem Motorradsitz gelehnt. »Wer ist Anna«, fragte sie. »Seine Freundin?«

»ANNA.« Jake verzog das Gesicht. »Anonyme Narkotiker.« Jake verdrängte diesen besonders unangenehmen Aspekt einer Zukunft im Rock 'n' Roll meistens.

»Wie schrecklich«, sagte sie reumütig. »Und ich hab's verursacht. Schuldenberg. Aber was ist ein anonymer Narkotiker? Und sollten wir nicht versuchen, ihn wieder horizontal zu postieren?«

Jake bückte sich und steckte die Hände unter Jakes Achseln, die sich noch durch das Sakko feucht anfühlten, und zog. Und zog. »Puh«, stöhnte er. »Ich glaube, ich kriege ihn nicht hoch.«

»Zur Seite, Erdenjunge«, sagte Baby. Sie sah Jake in die Augen und las schnell seine Gedanken. Heiliger Hyperion, was für ein Durcheinander. Das psychische Gegenstück zu seinem Zimmer. In den Ecken lauerten Männer mit teuflischen Gesichtern, Trenchcoats und Klappmessern, die »Jay-ake! Jay-ake! Wir kommen und holen dich!« zischten. Es musste was geschehen. Baby schüttelte den Kopf, richtete ihre Antennen aus, zielte und feuerte.

BUMM! Sofort fühlte sich Jake, als habe jemand ihn in eine große Badewanne mit warmer Milch gelegt, auf der duftende Rosenblüten schwammen.

Oh, wie liebte er es, wenn sie ihn Erdenjunge nannte. Mit einem sanften, leicht dümmlichen Ausdruck sah er zu, wie sie einen Finger unter Ozones Kragen hakte und ihn aufrichtete. Mann, sie war cool. Sie war mehr als cool. Sie war ... sie war ... sie war, was immer man war, wenn man mehr als cool war. Mehr noch als coool. Sie *war*.

Sie ließ Ozones Kragen los, der sie mit leeren Stecknadelaugen ansah und wieder zu Boden sank.

»Er wird schon wieder«, sagte Jake und lächelte töricht.

»Er verbringt viel Zeit auf Böden.« Er sah Baby mit unverhüllter Zärtlichkeit an.

»Können wir jetzt reden«? sagte sie freundlich.

Jake nickte.

»Ich bin nicht ganz sicher, wie ich es sagen soll, Jake, aber ich glaube, dass etwas zwischen uns steht.«

Jake schaute auf den Boden.

»Es ist Sex.«

Er sah genauer hin. Dann schaute er auf. »Sex?«

»Du erinnerst dich doch, dass ich sagte, wir hatten schon mal Sex.«

»Ähm, ja«, wand sich Jake. »Jetzt, wo du es erwähnst, meine ich mich an so etwas zu erinnern, ja.«

»Ich möchte dir reifen Wein einschenken.«

»Reinen.«

»Wie bitte?«

»Es heißt ›reinen Wein einschenken‹.«

»Egal. Wie auch immer. Siehst du, wir haben dich entführt und ...«

»He, grünes Ding.« Groovy Gregory steckte seinen Kopf zur Tür hinein. »Ihr seid in fünf Minuten dran.« Er lehnte sich an den Türrahmen und genoss die peinliche Stille, die er verursacht hatte.

»Ich hoffe, ich habe euch nicht bei was Wichtigem unterbrochen«, sagte er, aufs Gegenteil hoffend.

»... wir, ähm, haben ein paar sexuelle Experimente mit dir gemacht.« Sie sah zu Greg. Beide Männer hörten ihr nun aufmerksam zu.

»Verpiss dich, Greg«, sagte Jake und fügte hinzu. »Und das meine ich so nett wie nur möglich.«

Gregory zuckte beleidigt mit den Schultern und winkte ab, bevor er ging. Ernste Szenen lagen ihm sowieso nicht.

Jake wandte sich wieder Baby zu. Was hatte sie gerade gesagt? O Gott. »Was genau für Experimente?« Erklärte das auch, dachte er schaudernd, dieses lächerliche Jucken in seinem Arsch?

»Ähm, ja, das tut es. Wir haben einen Suchapparat dort eingebaut«, antwortete sie und schaute zu Boden. Jake errötete tief, ein Anblick, für den seine Mutter gutes Geld gezahlt hätte. »Soll ich ihn rausnehmen?«, bot sie an. »Ich meine, wir wissen ja jetzt, wie wir dich finden können und so.«

Instinktiv verschränkte Jake die Hände hinter dem Rücken. »Später«, murmelte er. »Aber wie sahen denn diese Experimente aus? Gibt es Fotos davon?«

»Videoaufnahmen. Aber wir im All benutzen Betamax, also müsstest du zu uns kommen, wenn du sie sehen willst.«

»Ach so. Ich verstehe.« Er versuchte, das alles zu begreifen. »Ihr drei?« Der Gedanke war ihm nicht unangenehm.

»Ja. Nein, vier, um genau zu sein. Revor war auch dabei.«

Die Farbe wich aus Jakes Gesicht. »Was ...« Dann fiel ihm ein, dass er das eigentlich nicht genau wissen wollte. Dieses Ding hatte Sex mit Iggy gehabt, verdammt noch mal. Würg. Cool bleiben, sagte er sich. Bleib cool. »Und?«, fragte er so lässig, wie unter diesen Umständen möglich. »Hat es mir Spaß gemacht?«

Gregory tauchte wieder auf. »Ihr seid dran«, sagte er zu Baby.

»Ja«, sagte sie zu Jake, bevor sie Greg zur Bar folgte. »Ich glaube schon.«

Plötzlich kam Jake der Gedanke, dass es ihm vielleicht deshalb so schwer fiel, an Baby ranzukommen. Er hatte schon Sex mit ihr gehabt. Sich ein zweites Mal zu binden, war ihm schon immer schwer gefallen.

Baby trat ans Mikrofon und ließ ihren Blick über das gute Dutzend Gäste schweifen. Die Entführten, ein wahrhaft buntscheckiger Haufen, grinsten wie die Idioten. Zwei Mädchen mit Haar im Leopardenfell-Muster hatten ihre knochigen Hintern auf der Fensterbank geparkt und blätterten gelangweilt die Fanzines durch, die dort lagen. Ein, zwei der Crusties von vor zwei Wochen hatten sich offenbar aus ihrem Haarteppich befreit und standen mit wippenden Dreadlocks und ausdruckslosem Blick vor der Bühne.

»Wir sind die Rock 'n' Roll Babes from Outer Space«, verkündigte Baby zu spärlichem Applaus, den größtenteils die Entführten, die Jungs von Bosnia, Saturna, Skye und Gregory spendeten. »Als erstes spielen wir ein Liebeslied.«

Ohne dass sie es beabsichtigt hatte, fiel ihr Blick dabei auf Jake. Jake sah weg. Was blieb ihm übrig? Wie konnte er sie in so einem Augenblick ansehen? Mit ihren scharfen Augen registrierte Baby, wie eines der Mädchen in der Ecke beim Wort ›Liebeslied‹ die Augen verdrehte.

»Close Encounter You!«, schrie sie. Doll, die ihre Lederjacke ausgezogen hatte, unter der sie ein schwarzes T-Shirt mit abgerissenen Ärmeln trug, attackierte wütend ihre Drums. Die Muskeln in ihren schlanken Armen dehnten und spannten sich. Lati klinkte sich mit ihrem Bass ein, beugte die Schultern nach vorne und bewegte den Kopf im Takt hin und her. Baby brach mit der Gitarre dazwischen. Der Song war schnell, wild und blieb sofort im Ohr hängen.

Ich hatte einen Traum
Da war ein Hügel
Da war ein Junge
Da war ein Mädchen
Du warst nicht da
im Licht
Du warst nicht da
auf dem Hügel
ich will dich sehen
Will dich in meiner Nacht
Ich will
dir sehr sehr nah sein

Nach der ersten Strophe warfen die Katzenmädchen ihre Zines weg, liefen vor die Bühne und tanzten zur Musik. Die Crusties strichen sich die Dreads aus der Stirn und die Berufstrinker an der Bar richteten ihre blutunterlaufenen Augen auf die Babes. Als sie ihr zweites Stück ›Space Dogs‹ begannen, hatten die Pool-Spieler aufgehört. Selbst Ozone hatte sich aufgerappelt und lehnte mit einem Ausdruck völliger Hingabe an der Wand neben der Bar.

Die Mädchen tauschten auf der Bühne aufgeregte Blicke aus. Es funktionierte. Doch dann leerte sich der Pub beim Beginn des dritten Stückes schlagartig, sodass nur noch Jake und die Zwillinge, Saturna und Skye und die treuen Entführten übrig blieben. Jake spürte, wie ihm der kalte Schweiß ausbrach, als wäre es seine eigene Band, die dort den Bühnentod starb. Torquil und Tristram wanden sich gemeinsam. Sie konnten es nicht verstehen. Die Babes waren verdammt toll. Die Energie pulsierte von der Bühne, sie spielten, als wären sie schon seit Jahren dabei, sie waren Sex in Action, die Songs hatten tolle Melodien und rockten hart und glaubwürdig. Warum liefen alle weg?

Die Antwort erfolgte am Beginn des vierten Songs. Jeder Einzelne, der gegangen war, kam wieder zurück, ganze Gruppen im Schlepptau, ihre Freunde, Mitbewohner, Kollegen, ihre Sachbearbeiter vom Arbeitsamt, sogar Fremde, die sie auf der Straße getroffen hatten. Auf der King Street leerten sich die Cafés, genau wie alle anderen Pubs und Clubs. Die intensive Schwerkraft des Alien-Charismas der Babes zog die halbe Einwohnerschaft von Newtown ins Sando. Bald war der Pub so voll, dass die Wände unter dem Druck ächzten.

Wham! Bham! »Wie geht es Ihnen, Ma'am?«, begrüßte Baby die Neuankömmlinge, bevor sie das nächste Stück ankündigte – ›Astroturf‹. Wenn die Babes anheizten – echt heiß –, dann brodelten, dampften und kochten die Besucher über. Wer einen Platz mit guter Sicht erwischt hatte, dem war es egal, dass er sich in Dim Sum verwandelte. Sollten sie ihr Leben morgen auf einem Vorspeisenwagen in Chinatown aushauchen, dann war es das wert gewesen. Die Leute kletterten zum Tanzen auf den Tresen, bis man kein Bierglas mehr dort abstellen konnte. Andere hingen im Dachgebälk oder standen auf dem Billardtisch und den Flippern.

Doll schlug mit wirbelnden Armen auf die Trommeln ein, ihr Kopf wippte im Takt und sie schickte den Beat den Leuten direkt in die Füße. Lati hing über ihrem Bass, zupfte ihn mit ansteckendem Swing und entlockte den vier einfachen Saiten erstaunlich komplexe Rhythmen. Baby steuerte vielleicht das meiste bei – ein Tausend-Watt-Electric-Ladyland. Die Zuhörer ganz vorne hätten schwören können, dass Funken zwischen ihren Antennen sprühten. Ihre Gitarre war ein

Zauberstab. Sie war in der einen Minute eine kreischende Janis Joplin, in der nächsten eine geheimnisvolle PJ Harvey, dann ein Riot Grrrl und eine Pop Queen, mit einem guten Schuss Courtney Love vor ihrer Verwandlung, als sie noch schockierte und allen die Hölle heiß gemacht hatte. Sie war ein Red Hot Chili Pepper, ein Smashing Pumpkin, eine köstliche Schüssel Pearl Jam, ein einziger großer blühender weiblicher Soundgarden.

Ich will dich in meinen Super-Girl-Armen halten,
Will dich mit meinem Space-Girl-Charme bezaubern
Will all deine Alarmsysteme ausschalten
Kometen-Karma, Erdling meiner Träume

Wer sich nicht mehr in den Pub quetschen konnte, drückte sich an der Scheibe die Nase platt. Es wurde so wild, dass die Polizei die King Street für den Verkehr sperren musste und schließlich dirigierten die Copper eine spontane Tanzparty, die sich in mehrere Seitenstraßen ergoss.

»Wer sind diese Mädchen?« Diese Frage lag allen auf den Lippen.

Jakes Freude über ihren Erfolg wurde von düsteren Vorahnungen getrübt. Es würde nicht lange dauern, bevor er an der Baby-Front Konkurrenz bekam.

Der letzte Song ihres Sets ›In the Sexual Experimentation Chamber (Anything Goes, Everything Cums)‹ kam an wie Cunnilingus. Mmh! schrien die Gäste. Mmh! »Wir sind die Rock 'n' Roll Babes from Outer Space!«, rief Baby aufgedreht und saugte Applaus und Schreie in sich auf wie eine Solarzelle Sonnenstrahlen. »Vielen Dank. Nach einer kurzen Pause kommt Bosnia.«

»Mehr!«, schrien die Leute. »Mehr!« Der Pub wurde vom Stampfen der Stiefel und vom Klatschen erschüttert. »Zu-ga-be! Zu-ga-be!«

Baby sah fragend zu Jake hinüber, der zustimmend nickte. Einerseits war es fantastisch. Er konnte sich nicht erinnern, wann er das letzte Mal eine Vorgruppe gesehen hatte, die so um Zugaben bestürmt wurde. Aber die Gruppe danach würde es nicht leicht haben und das war seine eigene. Die Babes schlossen mit einer Coverversion von ›2000 Light Years from Home‹.

Bosnia begannen mit dem Lieblingssong der Leute ›Away with the Paxies‹, ein Song, in dem sie ihre Sympathie für eine Familie von Sozialhilfeempfängern bekundeten, die von der Regierung und den Medien attackiert wurden, weil sie sich weigerten, schwachsinnige Jobs anzunehmen, für die man hässliche Frisuren und ekelhafte Uniformen tragen musste. Die Familie war für einen beträchtlichen Teil der Bevölkerung zu Nationalhelden geworden. Zum Beispiel für ganz Newtown. Die Babes hatten die Menge in so gute Laune versetzt, dass Bosnia ankam wie noch nie. Baby, Doll und Lati, die von den Fans belagert wurden, gaben sich zumindest Mühe, so zu tun, als würden sie Bosnia zuhören. Es war nicht leicht.

Nachdem alles vorbei war, kam Henry an und schüttelte jedem Babe ernst die Hand. »Es war mir eine Ehre«, murmelte er, drehte sich um und ging würdevoll ab.

Als Greg später das Deckenlicht anschaltete und die letzten Säufer aus dem Pub schob, packten die beiden Bands, noch völlig benommen vom Erfolg des Abends, ihre Sachen zusammen und schafften sie fast wortlos hinaus. Jake und Baby bauten die Bühne ab – ein Ritual für die Bands, die im Sando spielten – und warteten an der Bar darauf, bezahlt zu werden.

»Tja«, sagte Jake. »Tja, tja.« Was für ein Abend.

Torq und Trist, die mit Doll den Kombi beladen hatten, kamen hinzu. »Wo ist Lati?«, fragte Baby. »War sie nicht bei euch?«

»Sie ist weg«, sagte Torq wehmütig.

»Auf zu größeren Taten«, fügte Tristram pathetisch hinzu.

»Mit Drillingen«, klärte Doll sie auf. »Mit einem schnellen Auto.«

»Im Ernst?« Jake konnte sich ein Lachen kaum verkneifen.

»Ernst«, sagte Torquil.

»Todernst«, bestätigte Tristram. »Sie hat sie sogar überredet, sie fahren zu lassen. Hat eine meterlange Startspur hinterlassen. Unglaublich.«

»Daher wissen wir, dass es ein schnelles Auto war.«

Doll kicherte. Baby schaute besorgt. Ihr und Doll hatte man auf Nufon den Führerschein auf Lebenszeit entzogen.

Greg reichte ihnen die zweihundert Dollar, die er mit den Bands abgemacht hatte, und dazu noch einhundertundfünfzig als Prämie. »Dafür, dass es so voll war, Jungs«, sagte er und sah die Mädchen an.

»Coool!«, pfiff Jake und begann das Geld aufzuteilen. Dann hielt er inne. Er legte einhundert Dollar auf den Tresen und schob den Mädchen die übrigen zweihundertfünfzig zu. »Den Bonus habt ihr verdient.«

Doll sah Baby an. »Ohne euch wären wir nicht hier.« Sie schob den Stapel zurück.

Torquil und Tristram hielten den Atem an. »Dann teilen wir«, schlug Jake vor. »Und wir zahlen die Drinks bei Sleepers. Cocktails. Ihr werdet von den Marghuerita-Gläsern begeistert sein.«

Auf einer leeren Straße hinter Wollongong heulte eine Polizeisirene auf. Wie aus dem Nichts tauchte blaurotes Licht im Rückspiegel auf. »Scheiße!«, riefen die Drillinge im Chor. »Halt an, Lati«, sagte Bob oder Rod oder Rob.

Lati zuckte mit den Schultern und trat auf die Bremse. Der Wagen schleuderte heftig. Sgt. Alvin Pepa konnte einen Unfall nur dadurch verhindern, dass er das Lenkrad herumriss. Als alle beweglichen Objekte schließlich zum Stillstand gekommen waren, glänzten die Drillinge grün wie die Fußnägel eines Alpha Centaurianers. Lati stieß ein wildes xylophonisches Gelächter aus. Sgt. Pepa stürmte auf sie zu, die Waffe in der Hand.

»Willst du mir einen blasen?«, begrüßte Lati ihn.

»Du besorgst dir besser einen Anwalt, Kleine«, fuhr er sie an.

»Kommt mir bekannt vor, der Text«, zwitscherte Lati. Ihre kleine Spritztour hatte sie hochgebracht. »Von The Cruel Sea, oder?«

»Führerschein und Fahrzeugschein.«

»Für wen hältst du dich – Gott?« Echt dreist, der Mann.

Sgt. Pepa verlor die Geduld. »Raus aus dem Wagen.« Drohend fuchtelte er mit seinem Revolver. »Hände hoch.«

»Kenn ich auch – ist von Silverchair.« Lati blies ihm einen Kuss zu. »Nur ein Witz. Krieg bloss keinen Föhn.« Von den drei Babes hatte Lati den Jargon am besten drauf. Die verzweifelten dreifachen Warnsignale ihrer Mitreisenden ignorierend, grinste sie Sgt. Pepa an, ein dickes, saftiges, magisches Haut-den-Erdling-aus-dem-Anzug-Alien-Grinsen.

Sgt. Pepa blinzelte. Sein Zorn verebbte schneller, als man ›Lonely Hearts Club Band‹ sagen konnte. Stattdessen strömten Liebe und Frieden in ihn ein. Lati war die schönste Frau, die er je in seinem Leben gesehen hatte, noch schöner als Lily, die Zahnarzthelferin, mit der er seine erste sexuelle Erfahrung gemacht hatte, im Behandlungsstuhl, mit vierzehn, schöner als die Schwester seiner Frau mit ihren roten Strapsen und Strümpfen, schöner sogar als Guy Pearce in *Priscilla*. Er durfte sich nicht ablenken lassen. Er warf einen Blick auf den Fahrzeugschein. »Tja, der ist bereits ... ach, er gilt ja noch für dieses Jahr.« Sgt. Pepa versuchte sich verzweifelt an seine Pflichten zu erinnern. »Schätze, da ist alles in Ordnung.« Er sank auf die Knie.

»Wie hast du das gemacht?«, flüsterte Rod oder Rob oder Bob bewundernd. Sie stiegen aus dem Wagen, um sich die Szene genauer anzusehen.

Lati ignorierte die Frage. »Leck mich«, befahl sie Sgt. Pepa, legte sich auf die Motorhaube und spreizte erwartungsvoll die Beine. Der Wagen begann zu glühen, zunächst unmerklich, dann immer heller. Dort, wo der Lack in Kontakt mit Latis Haut kam, brachen kleine Dellen auf. Lati war heiß. Der Anblick von Sgt. Pepa in seiner süßen kleinen Erdling-Uniform, auf seinen anbetungswürdigen Erdling-Knien, hatte bereits gereicht, um die Formation zwischen ihren Beinen – mehr oder weniger – so zu erregen, dass er dort Zunge anlegen konnte. »Bleibt hier«, sagte sie zu den Drillingen. »Ihr seid als Nächste dran. Und gebt mir bitte noch ein E.«

»Wenn ich dürfte«, sagte Sgt. Pepa galant und holte eine Tablette aus seiner Hemdtasche, während er auf den Knien über den Asphalt rutschte. »Wir haben heute Abend eine Razzia durchgeführt. Ist guter Stoff, glaube ich. Sehr rein.«

»Wie viele Handschellen haben Sie dabei, Sir?«, fragte Bob oder Rob oder Rod. Sgt. Pepa sah sie an, als nehme er sie jetzt erst wahr. Drei gleich aussehende junge Männer mit schlanken, muskulösen Körpern, streichholzkurzem, platinblond gefärbtem Haar, großen blauen Augen, üppigen roten Lippen wie Engel – oder Cherubini, dachte Lati lächelnd – und strahlend weißen Zähnen.

»Genug für alle«, antwortete der Polizist suggestiv.

»Und für alles?«, riefen Rob und Bob und Rod mit einem listigen Blitzen in den Augen. Sie hatten verstanden.

Lati kehrte erst drei Tage später zum Raumschiff zurück.

Euer treuer Rezensent hatte am Sonntagmorgen *oder -abend, oder wann, leichte Schwierigkeiten mit dem Aufstehen und kam erst ins Sando, als die Mädchen von Rock 'n' Roll Babes from Outer Space bereits die Hälfte ihres Sets gespielt hatten (die Antennen sind stark, Mädels!). An der Bar sagte jemand zu mir, sie kämen vom Planeten Nufon, aber vielleicht sagte er auch Planet Newtown. Newtown ist schließlich auch eine Art Planet, stimmt's? Aber um wieder auf die Babes zu kommen, wo haben die nur die ganze Zeit gesteckt? Ihr Sound ist kraftvoll, weiblich und geht den Leuten mit Killer-Refrains direkt ins Hirn. Meine Prognose: Diese Babes werden astronomisch bekannt.*

Und das auch noch – sie sind Acid für die Augen. Oh, Baby Baby, verzeih den Kalauer. Lati ist kein bißchen Hole, aber das Girl ist eindeutig die Aussie-Antwort auf die Courtney-Frage. Und Doll – ich liebe dieses hämische Grinsen. Nicht dass Aussehen eine Rolle dabei spielen sollte, dass Mädchen Rockstars werden oder so. Aber eine solche Ladung an sexueller Energie habe ich noch nie auf einer Bühne gesehen, weder männlich noch weiblich, und ich habe Paige und Plant gesehen (war nur ein Witz). Aber ernsthaft, die Babes bringen es voll. Bosnias Verstärker gab während ihres vierten Songs den Geist auf, aber sie lebten von der tollen Stimmung, die die Babes produziert hatten, und es schien keinen groß zu stören. Die Rhythmuszwillinge waren in guter Form und Front-

mann Jake war auch voll intensiv. Gut, ihn so in der Musik aufgehen zu sehen, denn manchmal kann er auch richtig apathisch oder so wirken. Oh, Scheiße, Bosnia war die Hauptgruppe, ich hätte wohl mehr über sie schreiben sollen, aber leider gehen mir die Zeilen aus. Nächstes Mal.

Des Blight, On the Drum

Iggy lag auf dem Rücken, Revor streckte sich auf ihm aus und indem sie sich langsam bewegten, rieben sie ihre Nippel aneinander. Da Iggy sechs hatte und Revor sieben, von denen drei gepierct waren, bedeutete dies eine besonders intensive sinnliche Erfahrung. »Mmmh. Das ist so gut, mein kleiner Bursche. *Baby you can drive my car.*«

Wie alle Verliebten hatten Iggy und Revor ihre eigene Art der Kommunikation. *»Yes I'm gonna be a star«*, antwortete Revor. »*Baby I love you.* Kannst du mich mal hinterm Ohr kratzen? Aah, ja, da. Dank dir.« Seine Augen drehten sich wie Windmühlen in einem Wirbelsturm.

Iggy lachte. »Oh, Rev«, seufzte er und blickte in die verrückten kleinen Umlaufbahnen. »Kennst du diesen Song von den Underground Lovers, ›Your Eyes‹? Sie haben ihn für dich geschrieben.« Iggy warf Revor ab, rollte sich herum, drückte ihn sanft auf den Boden, nahm eine seiner zitronengelben Nippel zwischen die Zähne und knabberte daran. »Your eyes, your eyes ...«, summte er. Seine Lippen vibrierten an Revors Bauch, was diesen zum Japsen und Kichern brachte.

»There's a kind of hush all over the world tonight!«, rief Revor atemlos.

»And it's feeling good like lovers in love«, ergänzte Iggy glücklich murmelnd.

»Da sind sie«, sagte Saturna zu Skye. Skye stand auf Zehenspitzen und schaute über Saturnas Schultern auf die beiden Tiere, die miteinander in der Rumpelkammer kuschelten. Sie unterdrückte ein Kichern.

Als sie wieder unten in ihrem Zimmer waren, zündete Saturna eine Moschuskerze an und beugte sich herab, um Skye auf den Hals zu küssen, dort wo Dolls letzte Bissstelle verheilte. »Lass mich etwas Vera drauftun, Dark One«, sagte sie.

»Haustiere und Mädchen«, sinnierte Skye, während Saturna die Salbe in ihre Haut einmassierte. »Zumindest gibt es zwei Lebensformen in dieser Behausung, die mit dem Prinzip Beziehung keine Schwierigkeiten haben.«

»Wir sind nur für kurze Zeit auf der Erde«, sagte Saturna, wischte sich die Hände ab und deckte die schwarzen Bettlaken aus Satin auf. »Es ist dumm, nicht das Beste daraus zu machen.«

»Weißt du, das Komische ist, auf seine Art glaubt Jake, dass er das Beste daraus macht.«

»Vielleicht ist es ja so«, räumte Saturna ein, streifte Skye die Kleider ab und beobachtete, wie Samt und Spitze als sinnliche Welle ihren nackten Körper hinunterflossen, bis auf den Boden. »Vielleicht ist es so.«

Jake hatte den gesamten Montag verplant. Zuerst musste er zur Bank, nachsehen, ob seine Sozialhilfe schon gekommen war. Dann ... tja, das war's eigentlich schon. Er stellte den Wecker, damit er früh starten konnte. Das Telefon weckte ihn vorher. Rring. Rring. Stöhnend drückte er sich das Kissen über den Kopf. Rring. Rring. Er zog das Kissen herunter und wartete benommen auf das Geräusch nackter Füße auf dem Boden. Doch an dieser Front blieb alles ruhig. Rring. Rring. Wer immer es war, er würde sicher aufgeben. Aber vielleicht war ›Wer-immer‹ Baby! Jake wickelte sich ein Handtuch um die Hüften und rannte zum Telefon. Bevor er den Hörer abnahm, atmete er tief durch. »Ja, ha-llo?«, murmelte er mit seiner schläfrig-erotischen Stimme. Seiner Erfahrung nach war sie Gold wert.

»Ist da Jake?«

Er kannte die Stimme. Es war Tracy, die Frau, die Bands für das Sandringham buchte. Tracy hatte keine Zeit für Nettigkeiten, sie war abgestumpft wie eine alte Grammophonnadel. Nettigkeiten wie ›hallo‹. Er stellte sich vor, wie sie in ihrem kleinen Büro saß. Eine Zigarette baumelte aus dem

Winkel ihrer schwarz bemalten Lippen, eine Hand fuhr unruhig durch ihren wirren Haarschopf – eine *ironische* Frisur –, die andere umschloss den Hörer, als würde er davonlaufen, wenn sie den Griff lockerte.

»Es ist Jake«, bestätigte er seufzend, gab erotisch frei und ließ schläfrig das Gespräch führen.

»Hab ich dich geweckt? Hier ist Trace.«

»Mmh. Wie spät isses?«, fragte er vorwurfsvoll.

»Halb zwölf«, bellte sie. Tracy war nicht leicht einzuschüchtern. Ihr Job brachte es mit sich, dass sie dauernd *Nein heißt Nein* zu Möchtegern-Rockstars sagen musste, die Hartnäckigkeit mit Talent und Originalität verwechselten. »Nicht gerade die Morgendämmerung, Jake«, meinte sie trocken und zog an ihrer Zigarette. »Ich glaube, du brauchst einen richtigen Job.«

Jake überhörte das. Er wusste, dass sie jeden Musiker so aufzog. Keiner stand vor nachmittags auf, wenn es nicht sein musste. Sie sollte das wissen. »Was is los?«, gähnte er.

»Ich hab gehört, wie gut der Gig am Sonntag abgegangen ist«, flötete sie. »Die besten Reaktionen auf ein Konzert, seit ich hier bin, und das kommt mir vor wie anderthalb Menschenleben.« Tracy war fünfundzwanzig. Sie buchte die Band seit vier Monaten. »Also, ich mache dir keinen Ärger, weil du mir nicht gesagt hast, dass ihr die Bands getauscht habt. Du weißt, wie es eigentlich läuft. Egal, jedenfalls wollen wir beide Bands so schnell wie möglich wiederhaben. Ich kann euch für nächsten Samstag buchen, okay?«

»Ja, prima«, sagte Jake erfreut. Samstagabend. Das war ein echter Durchbruch. Bosnia traten seit ewigen Zeiten sonntags oder auch mal wochentags auf.

»Kannst du mir eine Adresse für die Rock 'n' Roll Babes from Outer Space geben?«

»Ich geb's weiter. Ich seh sie. Sie haben auch kein Telefon.«

»Du machst Witze! Nicht mal ein Handy?«

»Nein.«

»Unglaublich. Ach, Jake, mein Alter …«

Jake schürzte philosophisch die Lippen und wartete auf den Schlag. Wenn manche Leute dich ›Alter‹ nennen, dann bedeutet das nicht etwa ›Freund‹. Es konnte Trottel heißen, Schwachkopf, Tölpel oder Idiot. Es konnte auch bedeuten, dass der Sprecher, der eine Alte also, von dem anderen Alten einen Gefallen wollte, von dem er wusste, dass er dem anderen Alten damit nicht unbedingt den Tag versüßte.

»Ähm, ich würde die Babes gerne als Hauptgruppe bringen. Ihr wärt die Vorgruppe, mein Alter.«

»…«

»Geht das in Ordnung?« Es klang so, als spiele es keine große Rolle, falls nicht.

»Klar, kein Problem«, antwortete er. Ein Teil von ihm, der Nicht - dass - ich - mich - darum - schlagen - würde - aber - wenn - der - Erfolg - an - meine - Tür - klopft - würde - ich - sagen - komm - rein - Junge - wo - hast - du - die - ganze - Zeit - gesteckt - Teil, war wütend. »Was?«, schäumte dieser Teil. »Wir strampeln uns seit Jahren ab und diese Mädchen kommen da reingeschneit und wir helfen ihnen, machen ihnen Mut und besorgen ihnen ihren ersten Gig und dann dürfen wir zusehen, wie sie nach oben schießen?« Dann gab es da noch den primitiven Mann, der in den dunklen Ecken des Hirns lauerte, selbst bei noch so erleuchteten Persönlichkeiten. Dessen Gefühle waren einem so peinlich, dass man sie nicht zu äußern wagte. So was wie: *Aber sie sind* MÄDCHEN, *verdammt noch mal! Und wir sind* JUNGS! *Ungerecht! Ungerecht!* Aber ein dritter und zum Glück der größte Teil von Jake, klatschte vor lauter Freude seine Flossen zusammen und balancierte einen Ball auf der Nase. Die Babes waren toll und Baby war so cool. Sie war ein verdammter Star und er wäre froh, ihre Gitarre stimmen zu dürfen. Und außerdem, wenn er ihr davon erzählte, würde sie ihm vielleicht einen dicken Kuss geben und eins würde zum anderen führen und das andere zum einen …

»Also nächste Woche Samstag.«

»Nächste Woche Samstag.«

Jake kroch wieder ins Bett, aber er konnte nicht einschlafen. Er richtete sich auf, rollte eine Weile seine Dreads und ließ den Blick über sein Kleiderkönigreich schweifen. Er beugte sich über die Bettkante, suchte nach der am wenigsten schmutzigen Unterhose, prüfte sie kurz, drehte sie nach außen und zog sie an. Irgendwann in den nächsten Monaten musste er unbedingt mal waschen.

Vielleicht auch nicht. Das Newtown-Festival stand vor der Tür. Vor zwei Jahren, auf dem Höhepunkt ihrer Nähphase, hatten die Zwillinge einen riesigen Haufen Kleider geschneidert, die sie dort verkaufen wollten und sie am Abend zuvor in einen großen grünen Müllbeutel gestopft. Aber da sie morgens meist ähnlich drauf waren wie Jake, hatten sie am nächsten Tag aus Versehen den Beutel mit der schmutzigen Wäsche erwischt. Sie verkauften alles bis auf das letzte Teil, selbst Unterwäsche, die so verkrustet war, dass sie knisterte, und Socken, die nicht nur von allein laufen konnten, sondern bereits ausgewachsene Neurosen entwickelt hatten. Daher konnten die Zwillinge ihre genähten Sachen für sich behalten und machten genug Gewinn, um sich neue Shorts, einen Kasten Bier und ein Dutzend CDs zu kaufen. So konnte es weitergehen. Die Zwillinge stellten sich bereits ein goldenes Zeitalter vor, in dem alle Bewohner Newtowns – denn nur in Newtown war so etwas vorstellbar – ihre alten Klamotten einfach untereinander austauschten und so ständig neue Sachen bekamen, ohne sie je waschen zu müssen. Im nächsten Jahr hatte Jake neben seinen schmutzigen Sachen auch seine Bettwäsche mitgegeben. Die Laken hatte er nicht mehr ersetzt. Er brauchte aber neue, wenn Baby … wenn sie … Jake sann eingehend über diese Möglichkeit nach. Er zog und rieb und rubbelte daran und streichelte sie. Diese Antennen. O Mann. Mmmm. Wo waren die Taschentücher, wenn man sie brauchte? Sein Blick fiel auf die Uhr. Zwanzig nach zwölf. Es wurde langsam Zeit. Gähnend zog er sich die Decke über den Kopf. Nur noch zehn Minuten und er war weg.

Schritte donnerten auf der Brücke über ihm. Eine Tür schlug zu. Unheimliche Stille senkte sich über das Raumschiff. Plötzlich hallten Schreie durch die Räume. Qwerk schreckte hoch. Er spürte, wie sein Ichor gefror. Noch mehr Schreie.

»Nicht den flüssigen Sauerstoff!«, kreischte jemand. »Nicht den flüssigen Sauerstoff umrühren!«

Was um alles in der Quagaar ging hier vor? Qwerk rechnete mit dem Schlimmsten und bestellte einen der beiden Borgs. Sie nahmen drei Stufen auf einmal, Hufe klapperten auf Eisensprossen, Pablo Perkussion und der Müllwagen. Die Schreie verstummten so plötzlich, wie sie begonnen hatten. Als Qwerk die Tür aufriss, starrte er in ein Zimmer voll betreten grinsender Gesichter. Die Aliens sahen sich das Video von Apollo *13* an, das einer von ihnen vor einem Jahr bei seinem Besuch auf der Erde bei Video Ezy geklaut hatte. In der Regel fanden Aliens Tom Hanks absolut attraktiv. Die meisten hatten den Film schon etwa fünfzig Mal gesehen und kannten die Dialoge auswendig. Nur *Independence Day* war noch beliebter. Bei Qwerks Eintreten stellten sie den Rekorder auf Pause und nun saßen sie alle geduldig da und warteten auf das Ende seiner Standpauke, damit sie weitermachen konnten. »Okay Houston«, flüsterte ein Zeta Reticulaner düster. »Ich glaube, wir haben ein Problem.« Jemand kicherte und dann noch jemand und schon bald brummte der ganze Raum von unterdrücktem Gelächter.

Qwerk seufzte, ein schimmernder, leiser Vibratoklang, er verließ das Zimmer und schloss die Tür hinter sich. Das Video lief weiter und schon bald ertönten auch die Schreie wieder. Qwerk kehrte in den Kontrollraum zurück und legte seinen Kopf auf die Konsole.

Gott, war das anstrengend. Konnte man die anderen Aliens nicht irgendwie dazu kriegen, sich zu benehmen?

Gott, war das anstrengend. Konnte man die anderen Aliens nicht irgendwie dazu kriegen, sich zu benehmen?

Gott, war das …

Qwerk seufzte erneut. Gott hatte offenbar nicht vor, ihm bei dieser Sache zu helfen. Manchmal glaubte er, dass Gott ihn nicht besonders mochte. Ein deprimierender Gedanke. Sein Blick schoss zum Tachometer. Puh, gerade noch unter dem Tempolimit.

»Jake, Junge. Das Konzert ging dermaßen ab, dass es schon wieder angekommen ist.« Der zweite Gig im Sando war ein noch größerer Triumph als der erste geworden.

»Cheers.« Jake stieß mit Tim an. Nachdem das Sando geschlossen hatte, waren sie alle die Straße hinauf ins Sleepers gegangen, der Pub für alle, die nicht schlafen konnten, zumindest nicht nachts. Jake lehnte an der Bar. Von dort aus hatte er alle Bewunderer im Blick, die sich um Baby, Doll und Lati scharten. Das waren viele. Warum konnte Baby nicht bei ihm sein, nur mit ihm.

»He?« Offenbar hatte Tim mit ihm gesprochen.

»Alter«, sagte Tim. »Bist du wegen irgendwas gefrustet?«

»Gefrustet? Ich? Nö«, antwortete Jake und dachte, ist das so offensichtlich?

»Ich weiß, was du durchmachst.«

»Wirklich?« Jake bezweifelte das stark.

»Sie sind nur Pop, Mann. Es ist guter Pop – versteh mich nicht falsch –, es ist cool, es ist sexy, es ist indie und es hat Credibility. Aber in, sagen wir, zehn, zwanzig Jahren, an wen werden sich die Leute erinnern?« Tim beantwortete seine eigene rhetorische Frage: »Bosnia, Mann, Bosnia.«

Jake rang sich ein Lächeln ab. »Danke, Timbo.« Toll. Sein männliches Ego hatte so viel gelitten, dass sein Rockstar-Ego ganz vergessen hatte, dass es ebenfalls tödlich verwundet war. Scheiße. Vielen Dank, Timbo.

Jake drehte sich, damit er Baby nicht mehr sehen musste. Sein Blick fiel sofort auf ein langbeiniges Mädchen mit kurzen Haaren, einem noch kürzeren Rock und einem Zwinkern in den Augen. Sofort schaltete Jake auf Flirt. »Was trinkst du?«, fragte er weltmännisch und nickte zu ihrem fast leeren Glas hin.

Sie lächelte. Jake fühlte sich ermutigt und lächelte ebenfalls.

»Darf ich mal, Alter«, dröhnte eine tiefe Stimme hinter ihm. Der Typ, zu dem die Stimme gehörte, quetschte sich zwischen Jake und das Mädchen, das ihm zur Begrüßung um den Hals fiel. Peinlich berührt erkannte Jake, dass ihr Lächeln gar nicht ihm gegolten hatte.

Wenn man selbst im Sleepers nur noch Körbe bekam, hatte Jake stets behauptet, dann wurde es Zeit, seine Mitgliedskarte für den Newtown-Stamm zurückzugeben und wegzuziehen, nach … nach … Was gab es noch? Wie die meisten Leute, die dort wohnten, verließ Jake Newtown fast nie und hatte daher nur eine vage Vorstellung von dem, was es sydneymäßig noch gab. Jetzt lief seine Mitgliedschaft also ab. Doch dann beruhigte er sich. Schließlich hatte es niemand gesehen.

Falsch. Tim hatte alles gesehen. »Deine Ausstrahlung lässt nach«, flachste er.

»Zumindest«, entgegnete Jake trocken, »hatte ich sie mal.« Er war nicht völlig am Boden zerstört oder so. Das Mädchen war süß und er hätte sie auch nicht von der Bettkante geschubst, aber er war nicht mit dem Herzen dabei. Was sein Herz begehrte, stand etwa zwei Meter und eine Million Meilen von ihm entfernt und saugte die ekelhaften Schmeicheleien aller möglichen schmierigen und unseriösen Schöntuer auf, die alles andere als ehrenhafte Absichten verfolgten und vor denen sie gewarnt, wenn nicht gar geschützt werden musste. So sah es Jake jedenfalls. Verdammt, er kannte sie alle, und sie waren alle wie er.

Zum Frühstück in Gagal, das am folgenden Nachmittag stattfand, hatte sich eine ganze Reihe neuer Gesichter eingefunden. Nach zwei Gigs hatten die Mädchen bereits Groupies. Groupies, fanden sie, machten so viel Spaß wie Entführte. Manchmal sogar mehr. Und war es nicht toll, wie gut sie miteinander auskamen? Erdlinge waren so was von pflegeleicht.

Nun, jedenfalls die meisten. Baby saß auf dem Schoß eines ziemlich korrekt aussehenden älteren entführten Herrn, dem es gelungen war, fünf kleine Mösen an ihrer Seite hervorzuzaubern, eine für jeden Finger. Sie knabberte an den Fingern eines wundervollen jungen Groupies zu ihren Füßen, mit prächtigen Brüsten und hüftlangem purpurnem Haar. Ebola hockte in respektvoller Entfernung und wartete darauf, die

Befehle seiner Herrin zu erfüllen. Aber war Baby glücklich? Nein, Baby dachte an Jake, nicht wahr? Sie wusste, dass er sie begehrte. Aber irgend etwas hinderte ihn daran, etwas dafür zu tun. Weil sie ein Alien war? Das ließ sich nicht ändern. Und warum sollte sie? Mmmh, diese Finger fühlten sich gut an. Mmmh. Jake. Warum war er gestern Nacht im Sleepers nicht rübergekommen? Wieso hatte er sie mit diesen anderen Typen allein gelassen?

Nein, sie war nicht verknallt. Das war lächerlich. Sie war, na ja, neugierig. Begeistert. Hingerissen. Verwirrt. Euphorisch.

Verknallt.

»Jake, warum bist du letzte Nacht nicht geblieben?« Die Zwillinge fielen lärmend in das Haus ein, gefolgt von Saturna und Skye. »Wir sind noch alle zu ihnen gegangen. O Mann«, schnaufte Torquil. »Das hättest du sehen sollen.« Er ließ sich neben Jake auf das braune Sofa fallen. Jake verfolgte mit trübem Blick ein Tennisspiel im Fernsehen. »Es war eine fliegende Untertasse! Oben auf dem Sebel!«

Jake runzelte die Stirn. Er starrte auf den Bildschirm.

»Ich weiß echt nicht, warum wir noch nie da waren«, jubelte Tristram. »Echt cool da. Man sieht aus dem Fenster und auf der einen Seite ist Bondi Beach und auf der anderen die Stadt. Tolle Aussicht. Und was für eine Nacht. Du glaubst nicht, wer da war. Du weißt doch, Ebola Van Axel hat verkündet, dass er in Australien bleiben will. Und rate mal, wo er abhängt.«

Jakes Kopf wirbelte herum. »Nein«, sagte er entsetzt.

»Doch«, bestätigte Trist. »O doch.«

Jetzt bemerkte Jake, dass Torquil eines von Babys Kleidern trug, das limonengrüne mit den diamantenförmigen Einschnitten im Ärmel. Konnte seine Welt nicht allmählich auseinanderfallen, so wie bei den anderen? Musste alles auf einmal passieren? »Hübsches Kleid, Torq«, sagte er und hoffte, dass er nicht wirklich Tränen in den Augen hatte. Scheiße.

»Ja.« Torq strich genüsslich den Stretch glatt. »Lati hat

meine Sachen schlicht in Fetzen gerissen und ich musste doch mit irgendwas nach Hause.«

Jake verlor langsam die Beherrschung. »Habt ihr etwa, habt ihr …«

»Haben wir was?«, fragte Tristram und sah dabei verdächtig unschuldig aus.

Jake entschied sich dafür, nichts mehr über die letzte Nacht wissen zu wollen. Er war nicht da gewesen. Was immer geschehen war, es war nicht ihm geschehen. Was er nicht wusste, tat ihm nicht weh. Er blinzelte. »Ich glaube, es wird langsam Zeit«, wechselte er das Thema, »dass Bosnia einen Schritt nach vorne macht. Ich werde das Annandale anrufen und fragen, ob wir dort spielen können. Mit den Babes natürlich.«

»Cool«, meinte Torquil und sah Jake aufmerksam an. War das eine Träne da in seinem Auge?

Das Aanandale Hotel rangierte in der Hackordnung der Rockszene von Sydney einen Tick höher als das Sando und sei es nur, weil die Bühne nicht aus Milchkisten gebastelt werden musste, die Bar sinnvoll platziert war und mehr Leute reinpassten.

Oldtimer verglichen das Annandale-Konzert von Bosnia und den Babes hinterher mit dem berühmten Gig von Midnight Oil 1980 in der Stagedoor Tavern, wo sich etwa 2000 Leute in einen Pub gequetscht hatten, der für 129 zugelassen war, während weitere 500 draußen Randale machten. Niemand war in der Lage zu schätzen, wie viele Leute an diesem Abend ins Annandale kamen – die Türsteher waren wie alle anderen dem chaotisch-erotischen Charme der Babes verfallen und tanzten nackt auf den Billardtischen.

»Ich schätze, es wird langsam Zeit, dass wir vorwärtskommen«, meinte Jake hinterher zu den Zwillingen. Sie lehnten am Kombi und warteten darauf, dass sich die Babes aus dem lärmenden Kreis ihrer Fans befreiten, die sich auf sie gestürzt hatten, als sie durch die Backstage-Tür gekommen waren. Auch jetzt noch, eine Stunde später, wurden sie von ihnen eingekesselt. Das Einzige, was von den Babes zu sehen war, waren ihre wackelnden Antennen.

Torquil schaute Jake ungläubig an. »Du willst nicht auf die Mädchen warten?«

»Du bist doch nicht irgendwie eifersüchtig oder so.« Auch Tristram war geschockt.

Jake sah sie verächtlich an. »Ich bin enttäuscht von euch beiden. Also. Ich hab – offensichtlich – gemeint, dass es Zeit wird, dass die Band vorwärts kommt. Tournee-Zeit. Ich sehe in die Zukunft, und ich sehe Melbourne, Canberra, Brisbane, Byron Bay. Irgendwelche Verpflichtungen? Sprecht nun oder schweiget für immer.«

Die Gesichter der Zwillinge erhellten sich wie zwei Scheinwerfer. »Machen wir's«, sagte Torquil begeistert. »Ich hätte schon längst eine Auszeit vom Arbeitslosenleben nehmen sollen.«

»Und ich«, verkündete Tristram, »werde in meinem Terminkalender nachsehen, aber ich glaube, für die nächsten, ähm, zwanzig Jahre oder so ist nichts geplant. Also, jederzeit passt mir prima.« Er sprang hoch, boxte in die Luft und schrie: »Rock 'n' Roll, verdammte Scheiße!«

Kate der Kombi schreckte auf. Sie wollten doch nicht etwa mit ihr zu all diesen Orten fahren, oder? In ihrem Alter konnte schon eine kleine Einkaufstour traumatisch enden. Der kalte Radiatorschweiß brach ihr aus. Je mehr sie über den Preis nachdachte, den ihre ächzenden Achsen und ihr Anlasser für diese Reise würden bezahlen müssen, desto eher sah sie sich am Rande des Zusammenbruchs.

Zwei süße Girls mit Bhindis auf der Stirn, Federn im Haar und Sehnsucht in den Augen kamen auf Jake zu. Das war es doch schon eher. Jake ließ sein Killerlächeln los und räkelte sich in eine lockere, aber sinnliche Pose. Er steckte sich eine Zigarette zwischen die Lippen, hob eine Augenbraue und sah von der einen zur anderen. »Hi«, sagte er lässig.

»He, hi«, sagte die mit dem grünen Glitter auf den Wangen. »Wir sind echt große Fans …«

Jake qualmte vor Freude.

»... von den Babes«, fuhr das Mädchen fort. »Vielleicht könntet ihr uns ein Autogramm von ihnen ...«

Als Baby, Doll und Lati in den frühen Morgenstunden endlich zum Bus kamen, noch immer aufgedreht vom Konzert und euphorisch wegen der Fans, entschuldigten sie sich für die Verspätung.

Und dann mussten sie noch der armen Kate Starthilfe geben. Das machte Baby mit dem kleinen Finger.

»Erotisch«, sang Eros schief. »Erotisch.«

»Neurotisch«, spottete ein anderer Asteroid, der vorbeizischte und sich nicht mal auf einen kleinen Aufprall einließ. »Urkomisch.«

»Despotisch«, flötete ein zweiter. »Idiotisch.« Er rammte den ersten, nur um Eros zu ärgern. Asteroidenfragmente flogen in alle Richtungen und ihre Lustschreie hallten durch das All.

Wenn sie nicht mit ihm spielen wollten, warum ließen sie ihn dann nicht wenigstens in Ruhe!

Verzweifelt ächzte und stöhnte Eros, aber er konnte sich noch immer nicht selbst runterpusten. Trotzdem erzielte er Wirkung. Auf den Philippinen wurden kleinere Vulkanausbrüche registriert, in den brodelnden Schlammlöchern von Neuseeland gurgelte es heftig und Peking verschob sich leicht auf seiner Erdplatte. Spürst du, wie sich die Erde unter deinen Füßen bewegt?

In den geheimen Innereien des Pentagon, etwa dort, wo der Dünndarm der Kampfstrategie den Dickdarm der Militärspionage traf, befand sich eine leicht versetzte und recht unauffällige Tür, durch die nur selten Leute gingen. Aber dahinter wurde Wissen gehandelt, für das Fox Mulder seinen rechten Arm – und den von Dana Scully dazu – gegeben hätte. Über der Tür hing ein Logo, das ein ungeübtes Auge vielleicht als Frisbeeverbot gedeutet hätte. Unter dem Logo besagten eingestanzte Buchstaben: KOMPLATT.

Es war das Hauptquartier des höchst geheimen und äußerst gefürchteten Krisenstabs zur Observierung und Minimierung planetarischer Lebewesen, Alien-Terroristen und Typen-aus-dem-All. Die Büros hinter der unauffälligen Tür waren alles andere als bescheiden. Sie verfügten über eine umfangreiche Bibliothek, Reihen von Computern und ein gut ausgestattetes Labor, dessen Einrichtung der Kammer für sexuelle Experimente auf Galgal nicht unähnlich war. Eines der Dinge, über die man lieber nichts wissen wollte, war der Inhalt der kleinen sargförmigen Behälter, die in den eine gesamte Wand ausfüllenden Kühlkammern lagen. Die einzige Dekoration bestand aus Fahndungsplakaten mit Bildern und Beschreibungen von ET, einigen Klingonen und Captain Qwerk.

Als das Telefon klingelte, studierte der verantwortliche Leiter von KOMPLATT einen Fernsehspot, in dem angeblich außerirdische Schauspieler auftraten. Er stellte das Video auf Pause und drückte den Knopf auf seinem Sprechgerät. Dann ließ er seinen schweren Soldatenkörper tiefer in den ledernen Bürosessel sinken und schob sein breites Roger-Ramjet-Kinn in Richtung Lautsprecher. »Mikeson«, bellte er.

»Bo Davidey. Öffentlichkeitsarbeit.«

Mikeson war an Beziehungen zur Öffentlichkeit nicht besonders interessiert. Er nahm einen Dartpfeil, der in einem Aschenbecher lag, und warf ihn auf das Plakat von Captain Qwerk. Er landete mitten auf Qwerks gewölbter Stirn. »Ja, Davidey?«, sagte er. »Um was geht's diesmal?« Er nahm einen weiteren Pfeil. »Ich hab nicht den ganzen Tag Zeit.«

»Haben Sie je von einer Gruppe namens, ah, lassen Sie mich rasch einen Blick in meine Notizen werfen, ›Personen mit Ahnung von riesigen außerirdischen Netzwerken zur organisierten interplanetarischen Destruktion‹ gehört?«

Mikeson verdrehte die Augen. »PARANOID. Spinner, allesamt.«

»Das ist ein bisschen heftig.«

Mikeson zuckte mit seinen breiten Soldatenschultern. »Sie können buchstabieren, Davidey.« Er bohrte in der Nase und untersuchte den Fund auf Alien-Sporen.

»Ich habe hier einen Journalisten von TIME, der einen Kommentar zu der Anschuldigung der Gruppe will, dass das Militär Informationen über Kontakte zu Außerirdischen zurückhält.«

»Streiten Sie alles ab.« Manchmal konnte Mikeson kaum glauben, was diese PR-Typen so trieben. Ein echtes Das-Licht-ist-an-aber-keiner-ist-zu-Hause-Szenario. Pah, sagte er stumm in den Empfänger.

»Keine weiteren Kommentare?«

»Nein. Ist das alles?«

»Nun, eigentlich ist da noch eine andere Sache. Ich weiß nicht, ob ich Sie überhaupt damit belästigen soll, aber es gibt ein paar vereinzelte Berichte von unseren Agenten in Sydney, dass dort eine Gruppe grünhäutiger, weiblicher Aliens gelandet ist, die, ähm, eine Rockband gegründet haben.«

»Grünhäutige weibliche Aliens? Eine Rockband?« Erneut verdrehte Mikeson die Augen. »Und dazu wollen Sie einen Kommentar?«

»Wenn Sie …«

»Nein.«

»Gut. Kein Problem. Danke, General.«

»Gern geschehen.« Eine *Rockband*, um Himmels willen. Wo zum Teufel lag Sydney überhaupt? Und was für ein komischer Name für einen Ort. »Ich komme aus *Sydney*?«

Also ehrlich.

»Echt heiß«, beschwerte sich Tristram und wischte sich mit dem Ärmel seines Karen-Carpenter-T-Shirts den Schweiß von der Stirn. Der Sommer verwandelte Newtown in eine Sauna. Die Goths in ihrem unerbittlichen Schwarz litten am meisten. Aber Weiß zu tragen verbot sich in Newtown von selbst, auch im Sommer. Sicher, die Yuppies, die energisch versuchten, alles zu veredeln – die trugen Weiß. Aber sie waren nicht wirklich Newtown. Sie zählten nicht.

»Vielleicht wär es hilfreich, wenn du den Ofen ausmachst«, meinte Saturna, die gerade aus dem Laden nach Hause gekommen war, um Stricknadeln und Wolle zu holen – eine

Stammkundin von Phantasma erwartete ein Baby und wollte ein schwarzes Häubchen und schwarze Strampelschuhe für das Kind.

»Man kann keine Haschplätzchen backen, ohne den Ofen anzumachen«, erwiderte Torq nicht ohne Berechtigung. »Kein Schweiß, kein Preis.« Sie sahen, wie die Wand über dem Ofen sich mit Kakerlaken verdunkelte. Die Tiere kamen richtig in Fahrt, wenn man den Ofen anheizte.

»Arthropoden, Mann«, sagte Lati beeindruckt.

Tristram und Torquil glotzten sie verdattert an. Manchmal verstanden sie Lati kein bisschen.

Saturna schüttelte angewidert den Kopf und verschwand, wobei sie sich mit einem schwarzen Spitzenfächer Luft zuführte. So sehr sie und Skye Doll verehrten, so wenig konnten sie verstehen, dass die anderen beiden Aliens, die ja schließlich auch Mädchen waren, die Jungs in ihren miesesten Angewohnheiten und ihren seltsamen Humor noch bestärkten.

»Wisst ihr, es wäre richtig gut, wenn wir Demos hätten«, sagte Jake. Baby würde es doch nicht wirklich mit Ebola Van Axel treiben, oder? Ihm war der Gedanke gekommen, dass eine Tour mit den beiden Bands, und zwar so schnell wie möglich, die beste Methode wäre, sie diesem Wicht zu entziehen.

»Ja? Dann machen wir doch diese Demos«, stimmte Baby zu. Bildete sie sich das ein oder wich Jake ihrem Blick wirklich aus?

»Ist nicht so einfach«, sagte Jake. Verstohlen sah er zu den Zwillingen hinüber. Sie wollten ihren Plan gemeinsam den Babes unterbreiten. Aber Tristram betrachtete nur versonnen die Decke und trommelte einen Marschrhythmus auf dem Tisch. Rechtslinksrechtsrechtslinksrechtslinkslinks.

Torquil untersuchte die Tischplatte und trommelte einen Marschrhythmus auf seinem Stuhl. Rechtslinksrechtsrechtslinkslinks. Schlagzeug-Typen finden immer etwas zu tun, wenn eine Sache unangenehm wird.

»Warum nicht?«, sagte Baby. »Gibt es da irgendein unüberwindbares Hinternis oder so?«

»Hindernis. Ja, schon.«

Die Mädchen hatten bereits die Gedanken der Jungs gelesen. Sie wussten, dass sie gleich um Kohle angehauen werden sollten. Es machte ihnen nichts aus. Sie zahlten nur zu gerne. Geld zu entwenden war einfach. Es machte ihnen aber Spaß, die Jungs zappeln zu lassen.

Sie legten ihre hübschen Stirnen in Falten und neigten die Köpfe, eine perfekte Imitation irdischer Ratlosigkeit. »Und?«, fragte Lati. »Welches?«

»Geld«, platzte Jake mit einer für ihn untypischen Nervosität heraus. »Wisst ihr«, fuhr er unbeholfen fort, »für das Studio und so.« Jake zögerte. Er kam sich wie der absolute Bluffer vor. Dabei war es ein völlig berechtigter Vorschlag. Schliesslich tat er das alles auch für sie.

»Das wissen wir«, kicherte Baby. »Und wir wissen es zu schätzen.«

»Wie bitte?«

»Egal.« Doll leerte ihre Taschen aus und warf mehrere fette Geldbündel auf den Tisch. »Wie viel brauchen wir?«

»Das ist ein guter Anfang«, rief Torquil. »Ein sehr guter Anfang.«

Jake schickte die beiden CDs an Veranstaltungsorte an der Küste und ließ Anrufe folgen. Wenn er nicht damit beschäftigt war, lag er unter Kate und klopfte sie für die Tournee in Form. Aua! Vorsicht mit dem Auspuff.

Die Mädchen informierten die Entführten. Sie würden zusammen mit den Groupies auf das Schiff aufpassen. Es hatte eine sehr gefühlvolle Szene mit Ebola gegeben, der sie angefleht hatte, als Roadie mit auf die Tour gehen zu dürfen. Oder als Mixer. Egal was. Sie hatten allerdings schon Henry gefragt. Außerdem würde Jake sich strikt weigern, Ebola mitzunehmen, egal als was.

Die Zwillinge wiederum fanden die Vorstellung absolut verrückt. »Was weißt du denn vom Leben eines Roadies, Ebola?«, neckten sie ihn.

»Alles«, antwortete er ernst. »Ich kenne das Credo der Roadies auswendig.«

»Wie lautet das, Eb?«

Ebola holte tief Atem und sagte es auf: »Wenn es nass ist, trink es, wenn es trocken ist, rauch es, wenn es sich bewegt, fick es, und wenn nicht, dann schmeiß es in den Lkw.«

Die Zwillinge sahen einander an. Der Kerl meinte es ehrlich.

Schließlich gelang es Baby, ihn mit ihrem Zauberlächeln zu besänftigen, und dem Versprechen, dass er ihr bei ihrer Rückkehr zehn Minuten die Füße lecken durfte – ohne Stiefel.

Die Veranstalter für die Clubs stellten ihre CD-Player auf Wiederholung, nachdem sie die Babes zum ersten Mal gehört hatten, und machten stundenlang Liebe mit jedem, der gerade verfügbar war – Freunde, Freundinnen, Nachbarn, Haustiere, Fernseher. Es dauerte Tage, bis ihnen wieder einfiel, zur Arbeit zu gehen. Als erstes riefen sie zurück und teilten mit, dass sie mega-megascharf drauf seien, die Babes zu buchen. Es sei ihnen völlig egal, wer als Vorgruppe auftrete. Bosnia, wer auch immer.

»Wir haben noch massig Zeit zum Plaudern, wenn wir zurück sind, George. Versprochen.« Baby winkte George zum Abschied zu. Er hatte mit den Babes, bevor sie abfuhren, über das Ende der Welt sprechen wollen, aber sie hatten nie Zeit. Junge Leute. Immer in Eile. Junge Aliens schienen in dieser Beziehung nicht anders zu sein. Da konnte man nichts machen. George trottete zu seinem Haus zurück.

Baby schob sich auf den Beifahrersitz des Kombis neben Jake, der am Steuer saß und den Motor startete. Die anderen waren zusammen mit dem Equipment hinten. »Lass die Karre an!«, jauchzte sie und schlug die Tür zu, die prompt aus dem Scharnier krachte. Autsch, wimmerte Kate. Das hat wehgetan.

»Mist.« Jake stieg aus, um sich die Sache anzusehen. »Ich hab mit Ärger gerechnet, aber ich war ziemlich sicher, dass sie es zumindest bis zur Straße schaffen würde.« Frustriert trat er gegen die Stoßstange.

Behandelte man so eine Dame? Seit an jenem Abend nach dem Konzert im Annandale die Tournee geplant worden war, stand Kate schwer unter Stress.

Doll kramte in ihrer Tasche und holte eine Rolle Fesselband hervor. Sie sprang raus und klebte damit die Tür wieder fest. Es schien zu funktionieren.

»Yiiha!«, rief Torquil, als sie schließlich aus der Auffahrt fuhren.

»Hayiih!«, jodelte Tristram.

»«, juchzte Lati.

» – was?«, riefen Torquil und Tristram im Chor. Dieses Mädchen war unglaublich.

»Sorry«, kicherte Lati. »Da ist mir gerade ein bisschen Nufonisch entschlüpft.«

Nach einer Stunde auf der Küstenstraße begann Kate, deren Selbstmitleid auf dramatische Weise wuchs, zu husten. Sie würgte, stotterte, spuckte, keuchte, nieste, schniefte, bekam steife Achsen und hohes Fieber. Schließlich kroch sie an den Straßenrand und weigerte sich weiterzumachen. Wenn Jake ihren Anlasser betätigte, gab sie nur noch ein pathetisches Ächzen von sich.

Tristram sagte als Erster etwas. »Hi hi, Miracoli«, sagte er, was unter diesen Umständen nicht gerade hilfreich war.

»Ich schau's mir mal an«, erbot sich Henry und ging um den Bus herum zu Jake. Doll sprang heraus, schob Henry zur Seite und winkte auch Jake weg. Sie öffnete die kleine Luke und strich sanft über die Maschine, während sie ihr etwas zuflüsterte.

Etwa fünf Minuten später sagte sie, dass alle wieder einsteigen sollten. Ab jetzt würde sie fahren. Sie sei mit Kate zu einer beide Seiten zufriedenstellenden Vereinbarung gekommen. Kate würde sich zusammenreißen und eine insgesamt positivere Einstellung zeigen. Als Gegenleistung würde Doll sie mit einem Teil ihrer außerordentlichen Alienenergie aufpeppen. Als sie den Motor anließ und Kate schnurrend ansprang, lächelte sie stolz. Unter allgemeinem Beifall trieb sie

Kate bis an ihre Höchstgeschwindigkeit und noch darüber hinaus. Immerhin war Doll gewohnt, eine fliegende Untertasse zu steuern. Sie war ein Helldriver, wechselte von einer Minute zur anderen vom Mittel- auf den Seitenstreifen und wenn ihr danach war, hob sie ab und überflog den Rest des Verkehrs einfach. Kate war happy wie Larry, der noch immer extrem happy war. Die Mädchen hatten ihre Antennen auf den Radar eingestellt und Doll schaffte es, Kate unter das Tempolimit und auf die richtige Spur zu kriegen, sobald sie sich einer Radarfalle näherten. Mehr oder weniger.

Alte, zynische Rockstars beklagen sich immer wieder, wie langweilig es *on the road* sei. Keine Ahnung, auf welchen Straßen sie gefahren waren, aber die Babes und die Boys mussten auf einer viel besseren sein, denn sie hatten eine Sause.

Schon bald holten Tristram und Torquil eine Auswahl an Pharmazeutika hervor und ließen sie rumgehen. Danach verschwammen die Details der Reise etwas. Manchmal wurden sie jedoch auch erheblich schärfer. Dann wiederum dehnten sie sich etwas an den Rändern oder sie wurden wattig und weich, mit großen Farbstreifen und Augäpfeln, die an allem klebten. Manchmal vibrierten und verhexten sie oder sie wurden unergründlich traurig, manisch oder pfefferminzig. Und dann gibt es noch die Details, die irgendwie davongleiten und für immer verloren gehen.

Hier einige der erinnerbaren Details: Sie spielten Brettspiele in Paralleluniversen. Sie führten eine interkulturelle Erde/Nufon-Untersuchung darüber durch, was auf jedem Planeten für unaussprechlich eklig gehalten wurde, mit der Absicht, eine kosmische Gleitskala des Ekelfaktors zu entwerfen. Sie malten Bilder und Sprüche auf Kates Türen, mit deren Erlaubnis. Sie sangen zur Musik im Radio, laut und schief, während sie auf den Seiten des Busses und auf ihren Schädeln Drum-Solos spielten. Und das alles spielte sich nur während der ersten sechs Stunden ab. Sie waren noch nicht mal bis Melbourne gekommen.

Acid. Speed. Alk. Speed. Dope. Speed. Hasch. Ecstasy. Agonie. Da draußen. Hier drinnen. Hier und da. Whiiiiii. Aliens. Whiiiii.

Zzzzzzzip! Melbourne! Zzzzzzzip! Canberra! Zzzzip! Ist das ein fliegendes blaues Wombat-Gebiet oder war ich das? Zzzap! Wo zum Teufel sind wir? Kalbarri? Wo zum Teufel ist Kalbarri? Wer hat die Karte? O Scheiße! Zzzzzzip! Brisbane! Puh. Ihr *müsst* uns reinlassen, wir sind die *Band.*

In Newtown sah sich George zusammen mit Revor und Iggy die Fünf-Uhr-Nachrichten an. Er saß in seinem Lieblingssessel, mit einem besorgten Gesicht und einer Dose VB in der Hand. Die beiden Tiere lagen nebeneinander auf dem Boden, die Köpfe auf den Vorderpfoten, und blickten auf den Bildschirm. Die Regierung kündigte ein umfangreiches Entwaldungsprojekt an, mit besonderer Berücksichtigung der Nationalparks. Sie verabschiedete eine Luxussteuer auf biologisch angebautes Obst und Gemüse und richtete eine Hotline ein, auf der die Leute Naturheilkundler und Yogalehrer melden konnten. Das Rauchen von Marihuana wurde als größte Bedrohung der Nation und der traditionellen Werte gebrandmarkt. George fiel auf, dass sie auf ABC jetzt bei den Nachrichten Hintergrundmusik laufen ließen. Albträume im Polka-Rhythmus.

George schüttelte den Kopf und trank einen Schluck Bier. Unter den Politikern war der Rinderwahnsinn ausgebrochen. Apocalypse Now.

Außerdem in den Nachrichten: ein chinesischer Satellit, der Rote Stern, war bei der Berührung mit einem kleinen Stück Raumschrott explodiert. Das Stück Schrott gehörte angeblich zu den Überresten von Kosmos 1275, einem sowjetischen Satelliten, der fünfzehn Jahre zuvor mit anderem Raumschrott kollidiert war. Immer mehr Schrottteile wurden bei solchen Unfällen in nicht vorhersagbare Umlaufbahnen geschleudert, berichtete der Reporter. Es bestand die Möglichkeit, dass sie eine unkontrollierbare Kettenreaktion auslösen könnten, die eine undurchdringliche Decke aus Treibgut über dem Planeten ausbreiten würde.

Die Nachrichten waren zu Ende. George sah mit finsterem Blick, wie ein großer, dunkler Schwachkopf in Reitstiefeln eine junge Frau mit rosigen Wangen und einem Häubchen über eine Wiese verfolgte. Scheiß Jane Austen. Die Welt nähert sich ihrem Ende und alle schauen sich nur scheiß Jane-Austen-Filme an.

»Weißt du, Rev«, sinnierte Iggy. »Es ist interessant, dass der chinesische Satellit von einem Teil eines sowjetischen in die Luft gesprengt wurde. Ich glaube, das erklärt die Schwierigkeiten zwischen meinem Herrchen und deinem Frauchen.«

»Inwiefern?«

»Ganz einfach«, erläuterte Iggy. »Die Schatten unserer Vergangenheit verfolgen uns. Nein, es ist schlimmer als das. Die Fragmente explodierter Beziehungen können zurückkommen und *uns in die Luft jagen.* Jake ist einige Male verletzt worden. Er tut so, als wäre das nicht so, als wäre alles cool. Aber im All seiner Psyche fliegen einige tödliche Teile Gefühlsschrott herum. Da bin ich mir sicher,«

»Du bist so klug«, gurrte Revor. »Du jagst mich in die Luft.«

»Vielleicht läuft ja auf der Tour etwas zwischen ihnen«, sagte Iggy. »Muss doch, oder? Immer diese tödliche Nähe? Ich glaube, Jake hofft darauf.«

»Baby auch«, sagte Revor und nickte. »Aber irgendwie glaube ich nicht, dass es passiert. Die Herrchenrasse ist in diesen Dingen sehr kompliziert.« Er hob den Kopf und leckte Iggys Zunge, die ihm bei der Hitze aus dem Maul hing. Slrp. »Auch wenn es gar nicht kompliziert ist.« Slrp slrp. »Ich meine, wir machen es nicht kompliziert, oder? Ich meine, ich kann dich einfach ansehen und sagen, ich liebe dich, Iggy-wiggy-puh.«

Iggy spitzte die Ohren, ein Lächeln breitete sich auf seinem Gesicht aus, er holte plötzlich Atem und saugte Revor geradewegs die Kehle hinunter. Revors Hinterpfoten und sein Schwanz schauten zwischen Iggys Zähnen hervor. Er wedelte mit dem Schwanz. *»Let it roll, Baby«*, schnurrte er, irgendwo in Iggys Magen.

Als die Babes und die Jungs für das letzte Konzert der Tour in Byron Bay einrockten, fühlten sie sich total triumphal, ungeheuer ausgebrannt, voll auf Touren, voll vom Touren ab, absolut euphorisch, unglaublich depressiv, hundertprozentig drogengefickt und sie brauchten ganz verzweifelt mehr und weniger von was immer sie letzte Nacht abgeschworen hatten. Sie waren an den richtigen Ort gekommen.

Byron Bay, südlich von Brisbane, nördlich von Sydney, östlich von allem anderen außer L.A., war eine kleine Stadt, die sich zwischen großartige Surfstrände und herrlichen Regenwald schmiegte. Sie genoss den Ruf, ein Ort der Heilung zu sein. Byron Bay liest dir dein Tarot, bringt dir den Bauchtanz bei, heilt dich mit Kristallen, führt dich in Yoga ein, workshopt deine ›Probleme‹, lässt dich in Psycho-Tanks schweben, macht deine Aura sichtbar, tiefenmassiert dein Gewebe, berührt dich, um dich gesund zu machen, zeigt dir Wale, stellt dich Delphinen vor, spielt dir in seinen Kneipen Musik vor, lädt dich zu Rave-Partys ein und erlaubt dir, nackt an seinen Stränden zu liegen. Byron Bay bietet dir naturheilkundliche Zahnärzte und ganzheitliche Chiropraktiker. Byron Bay tut dir Löwenzahn in den Milchkaffee, Guarana in den Vitaminsaft und legt dir jede erdenkliche Droge in die Hände. Man musste nur fragen.

»Pilze?«, fragte Jake.

Es war etwa zehn Uhr. Die Gang hatte die Gold Coast nach ihrem Konzert im Playroom verlassen und war mitten in der Nacht in Byron angekommen. Es war echt mild und sie gingen sofort zum Strand, schwammen im Ozean und schliefen im Sand. Am Morgen frühstückten sie auf der Main Street in Ringo's Café.

Jake und Baby schlenderten die Main Street zurück zum Strand, als Jake fand, dass es Zeit wurde, die örtliche Wirtschaft zu unterstützen.

Jake und Baby passten gut nach Byron. Byron ähnelte in vielerlei Hinsicht Newtown, außer dass hier noch weniger Leute Schuhe trugen und dass es mehr Surfer gab. Jeder zweite in Byron hatte Dreadlocks und buntes Haar und manche färbten sich sogar die Haut. Byron war eine andauernde kosmische Konvention, ein Paradies für Ferals. Die Frisuren in Byron erinnerten an die Polsterwolle viktorianischer Sofas und hier sah man mehr Nasenringe als auf einem Dutzend Rinderfarmen. Während sich nur wenige Ferals dazu herabließen, festen Jobs nachzugehen, betrieben eine ganze Reihe von ihnen mobile und nicht unprofitable Geschäfte. Jake verhandelte gerade mit einem solchen Geschäftsmann, einem jungen Mann mit wirrem blondem Haar und einem narkotischen Lächeln.

Während sie über Gewichte und Preise sprachen, sah sich Baby um und blickte in die hellen, strahlenden Augen eines jungen Feral-Mädchens mit enormen rosa Dreadlocks, grünem Glitzer auf den Wangen und einem Outfit, das nur aus einem winzigen Stück purpurnen Stoffs und vielen Tüchern und Glocken zu bestehen schien. Sie trug einen kleinen Korb über dem Arm, in dem sich ein überreifes Bund Trauben, ein Antragsformular für Arbeitslosenhilfe, eine kleine Flasche und eine riesige Kollektion von Strass und Perlen befand.

»Was nimmst du denn, Alte?«, fragte die kleine Feral und klingelte vor Enthusiasmus mit ihren Glöckchen. Es klang fast nufonisch.

»Nehmen?« Baby hatte keine Ahnung, wovon sie sprach.

»Für deine Haut, Alte. Für deine Haut. Um sie so grün zu kriegen.«

»Das ist Natur«, sagte Baby lachend und legte eine Hand auf die Wange.

»Wir sind alle Natur«, entgegnete die Feral, erfreut über die Antwort. Sie freute sich immer. »Wir sind alle Kinder von Mutter Natur. Die Antennen find ich auch toll. Kommst du zur Vollmondparty heute Nacht im Epicenter?« Das Epicenter war ein ehemaliges Schlachthaus, das am Strand lag. Es war zwar karmisch gestört, bot aber ansonsten Yogis, Künstlern, Ferals, Hippy-Coutouriers, Erdgöttinnen und anderen Bewohnern der alternativen Szene ein angenehmes Heim. Es beherbergte ein Café, eine Galerie und hier fanden die besten Tanzpartys statt.

»Vollmondparty?«

»Yeah. Komm und werde Teil der kosmischen Familie.

Hier hast du etwas Blumenessenz, um dich darauf vorzubereiten. Streck die Zunge raus.«

Baby streckte ihre Zunge raus. Sie war türkis.

»O Mann, du bist so cool.« Die kleine Feral nahm die kleine Flasche aus dem Korb und träufelte ein paar Tropfen auf Babys Zunge, die sofort sah, wie sich ein Muster von Mohnblumen in hellen Farben am Himmel ausbreitete. Als die Blumen verschwanden, war auch die Feral fort und Jake sah sie ziemlich amüsiert an.

Sie gingen weiter zum Strand. Ein Bus, auf dessen Türen Meereswellen gemalt waren und auf dessen Dach sich Surfbretter stapelten, rumpelte mit voll aufgedrehter Stereoanlage vorbei.

»Da ist Lati«, sagte Baby und deutete auf die beiden steifen Antennen, die zwischen den Dreads und den Irokesen aufragten. Die Zwillinge und Henry waren nach Nimbin gefahren, um zu probieren, was immer in der abgefahrenen kleinen Berggemeinde plus Drogenmarkt im Angebot war. Doll hatte ein Surfbrett entwendet und war zum Pass gegangen, wo die Brandung sich sehr kooperativ in perfekten Röhren wellte, die sie sehr gut surfen konnte.

Byron machte komische Sachen mit den Leuten. Im Augenblick machte es etwas so Komisches mit Jake, dass er doch wirklich Babys Hand ergriff. Eine perfekte Sekunde lang schwebten sie Hand in Hand über die Straße. Sie blickten zum Wasser, wo Delphinschulen voller Lebenslust in die Höhe sprangen. Dann glitten sie sanft zur Erde zurück. Jake beschloss, Baby zu sagen, dass er sie liebte. Er würde hier und jetzt vor ihr auf die Knie fallen, vor dem Earth-&-Sea-Pizzarestaurant, und es tun. Ich liebe dich, Baby.

Er sah sie an und öffnete den Mund. Komm schon. Du schaffst es, Jake. Er räusperte sich. »Baby.«

»Ja, Erdenjunge?«

Verdammt! Es wollte einfach nicht raus. »Probier mal«, sagte er stattdessen. »Space Cookies.« Er hatte es versucht. Wirklich.

»Glaubst du, dass man auch zu viele Drogen nehmen kann, Jake?«

»Nö. Doch. Hängt, glaub ich, vom Timing ab.«

Sie hatten den Hauptstrand erreicht und kletterten über die Steine zum Sand. »Was meinst du mit Timing?«, fragte sie. »So wie, nimm dies, warte eine Stunde, dann nimm das?«

»Ich meinte eher das Timing, daran zu denken. Am Morgen danach, wenn in deinem Kopf Holzfäller mit Kettensägen arbeiten und kleine Männer mit Hämmern versuchen, Dinge in die Rückseite deiner Augäpfel zu nageln und dein Magen sich anfühlt, als hättest du jemandes Furz verschluckt, ja, dann denke ich, ich habe zu viele Drogen genommen. Aber am Abend zuvor hat die gleiche Menge Drogen in deinem Kopf Cancan getanzt und man beginnt, die Farben der Musik zu sehen und man fühlt sich wie eine Kombination aus Jesus, Stephen Hawking und Jim Morrison. Das war dann die richtige Menge. Das meine ich mit Timing.«

»Ich verstehe«, sagte Baby und biss noch ein Stück von dem Keks ab. »Bah. Ich weiß nicht, wie du dieses Zeug runterkriegst. Zum Kotzen. Hast du nicht irgendwas, um den bitteren Geschmack wegzubekommen?« Jake holte eine Packung Zigaretten hervor und bot ihr die Folie an. »Danke«, sagte sie erleichtert. Ihre Antennen leuchteten plötzlich auf wie Wunderkerzen und sprühten Funken.

»Ein netter Ort, Byron Bay«, sagte Baby und schaute verträumt in den Himmel, wo sich die Wolken in weiße Lilien und Freesien verwandelten. »Wovon sprachen wir?«

»Weiß nicht mehr«, antwortete Jake, zwischen dessen Zehen Gänseblümchen sprossen. Mit einem Mal fühlte er sich unter Zwang, sich klarzumachen, wie das Alphabet buchstabiert wurde. ›A‹ war nicht so schwer – A-H genügte, aber ›B‹ – B-E? Und was war mit ›C‹? Z-E-H? Da war der Buchstabe schon mal nicht drin. War das okay? *Wirklich* okay?

Jake war noch immer mit diesem Problem beschäftigt, als sie die Dünen hinaufstapften, dort, wo die Bäume und der Sand sich trafen. Sie räkelten sich auf dem feinen weißen Pulver. Jake spielte mit dem Gedanken, eine Linie Sand zu schnüffeln, merkte jedoch, dass das sicher keine gute Idee war. Stattdessen rollte er einen Joint und reichte ihn zusammen mit dem Beutel Pilze Baby.

Als sie dort saßen und den Rausch geschärfter Empfindungen genossen, fiel ein Insekt von einem Zweig und landete mit einem leisen Plopp neben ihnen im Sand. Es hatte einen rundlichen, goldenen Kopf mit zarten Antennen und ein einziges großes schwarzes Auge mitten im Gesicht. Seine sechs dürren Beine arbeiteten schwer, um den wurmähnlichen grünen Körper hinter sich herzuziehen. Für den Fall, dass eine andere Kreatur auf die Idee kommen sollte, sich über seinen Zyklopenkopf oder mühsamen Gang lustig zu machen, verfügte es über einen furchterregenden Dorn am Hintern. Das Zusammen- und Auseinanderziehen seines starren Hausskeletts ließen es aussehen, als pulsiere es vor Elektrizität. Mit jedem Pulsieren wurde es größer, bis es so groß war wie Jakes Bein. Babys Herz setzte einen Schlag aus. Sie sah Jake an, der nichts Außergewöhnliches zu bemerken schien. Sonnenanbeter gingen an ihnen vorbei und sahen zu ihnen hin, ohne besondere Überraschung zu zeigen. Baby dachte, dass die Drogensache doch ein wenig freakig wurde, als das Wesen sie mit seiner Antenne anstupste. »Psst«, sagte es. »Ich bin's. Dein Cousin Zyggo.«

Baby riss die Augen auf. »Zyg! Ich habe dich nicht erkannt. Wieso auch? Was machst du hier? In diesem Aufzug? Wie bist du hierher gekommen?«

Nervös sah sie zu Jake hinüber, der vergnügt durch seine dunklen Gläser in die Sonne blinzelte. ›H‹, dachte er, wie buchstabiert man ›H‹?

»He he he«, lachte Zyggo. »Eins nach dem anderen. Macht dich dieses Zeug überhaupt nicht ruhiger? Erstens, bin ich eigentlich gar nicht hier. Nicht im physischen Sinn, so wie du. Es ist der alte Paralelluniversum-Trick. Was die Family betrifft, so bin ich noch immer auf Onkel Oysztys Geburtstagsgrillparty. Ich mampfe Uran-Burger und ärgere ein paar Vogonen, die sich selbst eingeladen haben.«

»Mmh, lecker.« Baby lief das Wasser im Mund zusammen. »Ich habe mich so nach Uran gesehnt, seit ich hier bin, du glaubst es nicht. Oben im Norden soll es Massen davon geben. Vielleicht können wir zusammen hin. Wie lange bleibst du?«

Zyggo versuchte sich aufzurichten, aber sein neuer Körper war nicht für senkrechte Mobilität ausgerichtet. Er fiel auf den Rücken und strampelte mit seinen sechs Beinen in der Luft, bis Baby ihn wieder auf den Bauch drehte. »Danke«, sagte er. »Nicht lange. Ich muss zurück sein, bevor jemand merkt, dass ich nur ein Hologramm meines früheren Selbst bin. Aber ich bin nicht zum Vergnügen hier, so viel Spaß es auch macht, dich zu sehen, meine Liebe. Hast du meine Nachrichten gelesen?«

»Nachrichten? Wo hast du sie hinterlassen?«

»Wo schon?« Zyggo verdrehte sein eines Auge, kein schöner Anblick. »Im Äther. Checkst du denn nie deine Ä-mail?«

Verlegen antwortete Baby: »Nein. Ist mir nie in den Sinn gekommen. Ich habe viel zu viel Spaß hier, Zyg. Wer will schon die ganze Zeit vor einem Computer hocken? Ich hab die Nase voll von diesem Compu-Zeug. Tschüss, Computerfreak. Weg mit dem Virtuellen, her mit dem Realen. Außerdem weiß ich gar nicht, wie man mailt. Was machst du da?«

Zyggo strampelte mit seinen Vorderbeinen in der Luft. »Ich versuche, den Kopf in die Hände zu legen, als Ausdruck meines Entsetzens und meiner Missbilligung. Kommunikation ist das Erste, was sie einem interstellaren Piloten beibringen.«

»Zyg. Sie haben uns nicht irgendwie ausgebildet und uns das Handbuch mitgegeben. Wir haben das Raumschiff gestohlen.«

»Genau. Und das bringt mich zum Punkt. Der Grund, aus dem ich hier bin. Gut tut es mir nicht.« Mit seinem einem hervorstehenden Auge sah Zyggo an sich herab. »Diese Halluzination ist wirklich zum Kotzen. Konntest du nicht einfach eine riesige Blume oder sonst was erträumen? Ich hätte nur einen einzigen guten Bildzugang gebraucht, um Körperlichkeit zu erlangen. Du weißt doch, wie es funktioniert. Ein netter kleiner Waldgeist hätte mir genügt oder ein blaues Känguruh, ja selbst ein Bagel.«

»Ich wusste nicht, dass du kommst.«

»Macht nichts. Jedenfalls scheint es so, als habe der kleine Zwischenfall ziemlichen Wirbel in der Führer-Qohorte ausgelöst. Ein Kumpel von mir, Exl, arbeitet als Metallurge in der Küche der Qohorte. Er hing dort noch spät rum, weil er ein paar Aluminiumblöcke mitgehen lassen wollte, als diese beiden großen Nummern reinkamen, Qwerk und dieser andere. Exl wechselte schnell die Form und tat so, als wäre er ein Schmelztiegel, bis sie wieder gingen, wobei er nur darauf hoffen konnte, dass niemand ein Feuer unter ihm anmachte. Als Tiegel konnte er natürlich nicht so gut hören und er konnte nicht alles verstehen, was sie sagten, aber es hatte damit zu tun, dich und deine beiden Freundinnen zu ›neutralisieren‹. Sie sagten, eure Anlage sei gestört.«

»Unsere Anlage? Die Verstärker sind ganz neu.«

»Erbanlage, Mendelchen. Wie in Chromosomen. Der Punkt ist der, du steckst in dem, was Erdlinge, glaube ich, die Scheibe nennen.«

Jake drehte langsam den Kopf, nahm seine Sonnenbrille ab, richtete seine erweiterten Pupillen auf Zyggo und murmelte: »Die Scheiße, Mann, die Scheiße.« Dann setzte er mit einer würdevollen und betonten Geste die Gläser wieder auf und machte schlapp.

Zyggo sah Baby fragend an. »Wer ist denn dieser Zombie?«

»Mach dir um ihn keine Sorgen«, sagte Baby. »Ihm geht's bald wieder gut.«

»Die Frage ist bloß, wie geht es dir? Sie sind hinter dir her, Baby. Ich an deiner Stelle würde zusammenpacken und deiner süßen Erde Lebewohl sagen. Oh, schau mich bloß nicht so traurig an, das kann ich nicht aushalten. Es gibt jede Menge anderer Planeten im Universum. Jeden Tag entstehen neue.«

»Ja, *aber*.« Babys Stirn bewölkte sich.

»Aber was? Du hast erlebt, was sie mit Michelle Mabelle gemacht haben. Und die hat nicht mal 'n Raumschiff gestohlen und ist damit zur Erde durchgebrannt. Und hat auch nicht, bei Betelgeuse, eine Rockband gegründet. Wirklich, Baby! Weißt du denn nicht, dass Rock 'n' Roll tot ist? Ambient, Trance, Jungle, ja sogar Pop oder Easy Listening, das könnte ich ja verstehen – aber Rock? Das ist so, ich weiß nicht, passé oder so. Darling, wenn du nicht meine Cousine wärst, würde ich dich wahrscheinlich wegen Geschmacksverirrung verhaften lassen. Ach komm, ich mach doch nur Spaß. Sieh mich an, Baby.«

»Rock 'n' Roll stirbt nie«, entgegnete Baby. Ihre Unterlippe zitterte leicht. »Und ich bleibe.« Sie legte die Hand auf Jakes Bein.

Zyggo blickte Jake an, als sehe er ihn zum ersten Mal. »Sag bloß, du bist in ihn …?«

»Nein.«

»Verliebt.«

»Liebe? Was hat das damit zu tun?«, blaffte sie. »Tut mir Leid, Zyg«, fügte sie sofort beschämt hinzu. »Es ist alles ein bisschen emotional.« Sie sah zum Himmel hinauf, wo eine doppelkonvexe Wolke schwebte, die plötzlich hupte. »Wollen die dich mitnehmen?«

Zyggo versuchte zu winken. »Ich komme!«, rief er.

Biep biep. Die Wolke, eine getarnte Untertasse, parkte in der zweiten Reihe. Und jeder wusste, was Gott vom Parken in der zweiten Reihe hielt. Biep biep.

»Zyg, ich dachte, du reist per Paralleluniversum. Was ist mit der Untertasse?«

»Ein paar Typen vom Planeten X, die ich unterwegs getroffen habe. Sie nehmen mich nur auf eine höhere Ebene mit. Von da geht's dann los. Prima Typen, übrigens. Sie haben wegen meiner jetzigen, äh, Konfiguration nicht mal mit der Wimper gezuckt. Du solltest sie kennen lernen, Baby. Ein bisschen Ablenkung.«

»Ich interessiere mich nicht für andere Aliens«, schniefte sie.

Zyg wollte noch etwas sagen, als die Untertasse erneut hupte. Er ließ es dabei bewenden. »Also, Cousine, es war echt nett. Chip chip.«

»Chip chip. Oh, und danke, Zyggo, vielen Dank.«

Zyggo flog wie ein chinesischer Papierdrache in den Himmel. In der Wolke öffnete sich eine Tür, durch die er verschwand. Die Wolke hing kurz rum, zischte dann nach Osten, schoss über Cape Byron hinaus und verschwand.

Ein Mann namens Qwerk, der war Kapitän
Der größte Trottel, den man je hat gesehen
Obwohl ein Grauer keine Haare hat
Bürstet er sich jeden Tag
Fünfzig Striche, auf und ab, er hat 'nen Spleen

Qwerk presste seinen ausdruckslosen kleinen Mund zu einem noch engeren Schlitz zusammen, während er die neuesten Graffiti von der Badezimmerwand des Vaterschiffs abschrubbte. Warum quälten sie ihn so? Musste das sein? Er konnte wirklich nicht verstehen, warum jemand eine Handlung unternahm, die nicht ein sicheres und vorhersagbares, geschweige denn vernünftiges und konstruktives Ergebnis zeitigte. Außerdem, was war an Bürsten so komisch? Er hatte also keine Haare. Und wenn schon. Was war so toll an Haar?

Er drückte den Schwamm aus und sah auf seinen Chronometer. Die geschätzte Ankunftszeit lag noch etwa zwei Erdenmonate entfernt. Zum hundertsten Mal ging er im Geiste seinen Plan durch. Zuerst mussten sich die anderen Aliens verpissen. Mein Gott, er redete schon wie sie. Dann die wilden Hybriden, Miss Baby, Miss Parts und Miss Dodidohdoh, aufspüren und ergreifen, bevor sie den Planeten noch weiter in den Wahnsinn trieben. Eine Rockband, also wirklich. Er war drauf gestoßen, als einer der vielen Roboter, die die Nufonier überall in der Welt einsetzten, um ein Auge auf die Angelegenheiten der Erdlinge zu werfen, einen aufgeregten Bericht über ihren Gig im Annandale hinaufgebeamt hatte. Zu aufgeregt, nach Qwerks Meinung. Waren nicht einmal Roboter vor dem schädlichen Einfluss der Babes sicher? Offenbar nicht.

Egal. Wenn die Babes erst einmal aus dem Weg geräumt waren und sie damit beginnen konnten, den Geheimplan umzusetzen, würde sich alles schon regeln.

In Parkes rieb sich Professor Luella Skye-Walker die geröteten Augen und checkte zum hundertsten Mal ihren Bildschirm. »Kriegst du irgendwas, Aaron?«

»Nicht das geringste. Wie sieht's bei dir aus, Jason?«

»Nichts. Gar nichts«, sagte Jason. Er erhob sich und legte eine CD ein. »*The Cult of Ray*, ist das in Ordnung?«

»Klar«, sagte Aaron. In letzter Zeit hatten sie fast ständig Pee Shys *Who Let All the Monkeys Out?* gehört. Bei dem Stück ›Jason, I Thought I Saw a UFO‹ sangen sie immer gerne mit.

»Verdammt, verdammt, verdammt«, fluchte Luella. »Vor zwei Monaten waren wir so nahe dran. Ich bin sicher. Sie sagten ›Hallo, Mum‹ und verstummten. Sind sie nun da draußen oder nicht?«

»Wie wär's, wenn wir eine Nachricht senden?«, schlug Aaron vor. »Ich weiß, dass das nicht vorgesehen ist.«

»Es ist in der Tat nicht vorgesehen«, bestätigte Luella.

»Na schön«, seufzte Aaron.

Luella schüttelte den Kopf. »Gib doch nicht so schnell auf. Woran hast du gedacht, nachrichtenmäßig?«

»Oh, ich weiß nicht«, antwortete er unschlüssig. »Irgendwas wie ›Hallo, Pa‹?«

Jason lachte. »›Hallo, Pa‹? Mir gefällt's.«

»Schaden kann es nicht«, meinte Luella. »Tu es, Raumfahrer.«

Baby sah auf Jakes Uhr. Sie tippte ihm auf die Schulter. Er öffnete die Augen, richtete sich auf und schüttelte den Sand aus seinen Dreads. »Wie spät isses?«, fragte er.

»Vier.«

Wo war der Tag geblieben? Es war bereits Zeit, sich mit der Gang für den Soundcheck im Pub zu treffen.

Jake und Baby kamen gerade an, als der Türsteher zwei miteinander streitende Besoffene hinauswarf. Der Türsteher, Big Brian, hatte eine Figur wie ein Ziegelscheißhaus, was in etwa bedeutet, ›er hatte keinen Hals‹. Er hielt das in seinem Nüchtern-Sein beeinträchtigte Duo bei den Hemdkragen gepackt und stieß es auf die Straße wie Hühner. Er wischte sich die Hände an den Jeans ab, schnaubte verächtlich und verschwand wieder im Pub. Baby sah Jake an. »Heftig, Mann«, rief sie.

Die beiden Betrunkenen hatten den Grund ihres Streits bereits vergessen. Sie saßen auf dem Bürgersteig und gaben einander Feuer. Als ihr Blick auf Baby fiel, beugten sie sich vor und küssten den Beton.

»He, Baby, Jake!« Der Surfer-Bus hielt hinter Kate und Lati sprang heraus. »Bis später, Leute, okay?« Sie winkte ihnen zu. Doll kam die Straße vom Strand hinunter, noch immer in ihrem Surfanzug. Zusammen betraten sie den Pub.

»Hehehehehe!«, rief ein Vertreter von Byrons unhippester Subkultur, die, in der die Männer nicht-keltische Tätowierungen, Schnurrbärte und nicht-ironische schlechte Frisuren zur Schau stellten und die Frauen auf Namen wie Janelle und Shareen hörten. Wenn man sie ansprach, sagten sie: »Hä? Sprichse mit mir?«

»Wow! Hierher, Baby.« Einige der Männer an der Bar griffen sich zur Begrüßung in den Schritt.

»Woher wisst ihr denn meinen Namen?«, fragte Baby, genauso ehrlich verblüfft wie bei ihrem ersten Treffen mit Ebola. Natürlich griff auch sie sich zwischen die Beine. Aus irgendeinem Grund schien das noch mehr anzustacheln. Einer pfiff begeistert auf den Fingern und andere stimmten ein.

Auf die Rufe, das Pfeifen und das allgemeine testeronale Jodeln reagierte Lati – nicht überraschend – mit der Frage: »Wollt ihr meinen Schwanz lutschen?«

Nun, zumindest für sie nicht überraschend. Die Prolls waren unübersehbar verblüfft. Einige öffneten den Mund und kräuselten die Unterlippe, was auf Erdlingisch bedeutete: »Lust auf Hiebe?«

»Ähm, Mädchen«, warf Jake nervös ein. »Ich glaube nicht …«

»Halt deine Schwuchtelklappe«, beschied ihn ein dürrer Mann mit Knopfaugen, gefährlich spitzen Stiefeln und einem fehlenden Vorderzahn kurz und bündig. Dann wandte er seine ganze Herrlichkeit den Mädchen zu. »Seid ihr Lesben?«, fragte er herausfordernd. Seine ganze Art und der

Klang seiner Stimme ließen vermuten, dass es sich bei ihm nicht um einen überzeugten Anhänger der Schwulen- und Lesbenbewegung handelte. »Also, ich meine«, verkündete er, ohne eine Klärung ihrer sexuellen Präferenzen abzuwarten, »dass ihr Lesben bloß ma'n richtigen Mann braucht.« Er kratzte sich am Sack und erhob sich, langsam und auffällig Kaugummi kauend. »Das is meine Meinung.«

»Ach ja?«, sagte Doll und ging auf ihn zu, eine zierliche Gestalt in einem Surfanzug. Die Brandung hatte ihre Hörner abgeflacht, die wie die eines Stiers nach vorne zeigten. Sie nahm die Bierflasche des Mannes vom Tresen. Auf Zehenspitzen stehend, goss sie ihm den Inhalt über den Kopf und achtete sorgfältig darauf, dass ihm das meiste übers Gesicht lief. Dann biss sie ein großes Stück aus der Flasche heraus, ohne den Blick von ihm abzuwenden. »Das ist also deine Meinung«, sagte sie, Glas kauend. »Ein richtiger Mann, was? Dann sag mir eins? Was macht ein Mann schon richtig?« Sie spuckte eine kleine Scherbe auf den Boden. »Pass auf, dass ich dir den anderen Zahn nicht auch noch rausreiße, Rattengesicht«, warnte sie ihn. »Das hätte tragische Konsequenzen für deinen Lifestyle. Du könntest beispielsweise keine Elektrokabel mehr durchnagen.«

»DU …« Rattengesicht erhob seine rechte Faust gegen Doll.

»Action!«, rief Lati, sprang auf den Tresen und wiegte sich wie Michael Jackson im Video für ›Beat it‹.

»Ach, du Scheiße«, murmelte Jake. Jake stand auf Tarantino und so, *aber.* Besorgt sah er zu Baby hinüber. Zu seinem Schrecken schien sie eine Million Meilen fort.

Baby mochte vielleicht nicht eine Million Meilen fort sein, aber ganz da war sie definitiv nicht. Sie befand sich nämlich in einer anderen Dimension, Dimension 865A, um genau zu sein. Dort tanzte sie mit einer Schar singender Gänseblümchen. Sie waren so süß, so niedlich. Sie steuerten und wirbelten und hüpften wie gelb gepunktete fliegende Untertassen in ihrem Kopf herum.

Lati beugte sich herab, packte Rattengesicht an den Ohren und zog ihn hoch. Er hatte sie und Doll wie paralysiert angestarrt, aber jetzt kam er eindeutig wieder zu Bewusstsein und sein Bewusstsein war biergetränkt und wütend. Seine Kumpel erhoben sich ebenfalls von ihren Hockern und machten die Art von Bewegungen, die Erdlinge so machen, wenn sie andeuten wollen, dass sie gleich jemandem die Fresse polieren werden – sie zerschlugen Flaschen auf dem Tresen, fluchten leise, grinsten hämisch und spuckten auf den Boden.

Baby liebte ihre Gänseblümchen. Sie standen für alles Schöne im Universum. Und das Universum war so schön. Die Gänseblümchen lächelten ihr zu. Sie lächelte und lächelte auch.

ZING! Plötzlich wurde der Raum in ein Licht getaucht, das gleißender war als das der Sonne und weicher als das des Mondes. Ein Duft nach sonnengewärmter Haut und Klebreis mit Mango erfüllte die Luft. Jeder hörte den Klang himmlischer Harfen und Geigen, vermischt mit scheppernden Gitarrenriffs und heißem Gesang. Die alte Alien-Magie nahm ihren Lauf.

»DU, DU – SCHÖNHEIT!« Rattengesicht strahlte. Er drückte Doll an sich, während die anderen klatschten. Ihre trunkenen Augen glänzten vor guter Laune und gutem Willen.

»Würg«, sagte Doll abschätzig und schob ihn mit dem Ausdruck äußersten Abscheus von sich. »Warum machst du so was, Baby. Es fing gerade an, mir zu gefallen.«

Baby blinzelte. »Wie bitte? Was?«

In diesem Augenblick stolperten Torquil und Tristram unter dramatischem Jammern in den Pub. Sie trugen Sonnenbrillen und hielten die Arme über dem Bauch verschränkt. Scharfe, seltsam geformte Objekte zeichneten sich unter ihren ›I ♥ Tina Arena‹-T-Shirts ab.

»Yo«, piepste Torquil.

»Noch mehr Schwuchteln«, meinte Rattengesicht erfreut. »Schön, euch hier zu sehen, wirklich. Nimmt dem Ganzen dieses Machohafte, hab ich Recht? Willkommen, Jungs«, säuselte er. »In diesem Pub wird Abweichendes respektiert.«

»Ah, danke«, sagte Torquil unsicher. Fragend sah er Jake

an, auf der Suche nach Hilfe bei der Entschlüsselung dieses neuen und unerwarteten Signifikanten in der großen postmodernen Landschaft des Lebens. Jake war jedoch zu sehr damit beschäftigt, ihrwisstschonwen zu bewundern. Lati sprang leicht enttäuscht vom Tresen.

»Was ist hier los?«, krächzte Tristram.

Lati hatte das Kommunikationsgebaren unter Slackern perfekt drauf. Sie zuckte als Antwort mit den Schultern und lächelte hintergründig.

»Alles klar«, sagte Tristram.

Doll hatte genug, von allen. »Machen wir jetzt Soundcheck oder was?«, bellte sie. Sie ging zum Bus und begann auszuladen. »Was habt ihr unter euren Hemden?« Jake hatte sich endlich von Baby losgerissen und half beim Tragen des Equipments.

»Kristalle«, antwortete Torquil stirnrunzelnd.

»Kristalle?«

»Wir haben in Nimbin ganz irres Zeug gekriegt. Ich weiß nicht, wie wir wieder nach Byron gekommen sind, aber wir sind vor etwa einer Stunde am Strand zu uns gekommen und haben uns gefühlt wie ein Gekröse, das eine sehr große Katze gerade von sich gegeben hat. Echt eklig. Wir waren beim Entgiften, als Tristram sich erinnerte, dass er ein Schild für Kristallheilung gesehen hatte. Also halben wir ein paar Kristalle gekauft und sie mit Klebeband überall am Körper befestigt.« Er hob sein T-Shirt hoch und zeigte sie Jake.

»Und – wirkt es?«

»Nicht so richtig«, sagte Tristram.

»Vielleicht braucht das eine Weile, bis es losgeht.«

»Darauf hoffen wir.«

»Wo ist Henry?« Die Zwillinge verzogen parallel das Gesicht.

»Hier.« Was war das. Die anderen sahen sich um. Wo kam dieses Stimmchen her? »Hier drüben.« Henry hockte auf allen vieren in der Tür und sah aus wie etwas, das sogar ein Hund nicht fressen würde.

»Ach du liebes bisschen«, sagte Jake.

»Ich bin bald okay«, sagte Henry. »Ich brauche nur ein Aspirin.«

Nach dem Soundcheck gingen die Zwillinge los, um sich und Henry ein paar Pharmazeutika zu besorgen, die man über dem Ladentisch bekam. Henry nüchterte sich an der einen Seite der Bühne aus. Er trug eine Sonnenbrille und hatte sich einen Drumkoffer über den Kopf gestülpt. Lati und Doll suchten auf der Johnson Street nach einer Auto-Reparaturwerkstatt – der kleine Zwischenfall hatte sie hungrig gemacht.

»Was willst du machen?«, fragte Jake Baby. Sie hatten noch etwas Zeit bis zum Konzertbeginn.

»Ich weiß nicht«, sagte sie. »Der Nachmittag war aufregend genug. Von mir aus können wir hier bleiben und Billard spielen.« Sie warf eine Münze in den Schlitz und begann mit dem Aufbau. Baby war regelrecht Pool-süchtig. Auf Jakes Rat hin hatte sie ein paar schlechte Stöße eingebaut, um die anderen Erdlinge nicht abzuschrecken.

Er ging zur Tür, blinzelte in die Sonne, setzte wieder seine Sonnenbrille auf und ging zur ihr in den Nebenraum. »Ja, ich denke auch, es ist besser, drinnen zu bleiben«, sagte er. »Ich glaube, dass man das mit der frischen Luft auch übertreiben kann. Sonnenschein wird allgemein überschätzt, findest du nicht auch?«

»Total«, stimmte sie zu, hing das Dreieck wieder an die grüne Lampe über dem Tisch und kreidete ihren Queue ein. »Ich persönlich ziehe das Licht eines weißen Zwerges vor. Es ist viel weicher und romantischer.«

Mein Gott, wie liebte er dieses Mädchen.

Warum tust du dann nicht etwas dafür, Jake. Ich langweile mich jetzt schon. Schön und gut, Kennen lernen und Flirten sind eine Sache, aber es geht jetzt schon fast 250 Seiten so – zumindest in meinem Tagebuch –, und du hast noch immer nichts unternommen.

Wer war das? Jake sah sich nervös um.

Gott. Du hast mich gerufen. Erinnerst du dich?

Heh? Scheiße, diese Space-Cookies waren zu hart. Das war's. Keine Drogen mehr. Nie.

Es sind nicht die Space-Kekse, mein hübscher dreadlockiger Freund. Ich dachte, du wärst der Traum aller intelligenten Mäd-

chen, Jake. Ich bin ein bisschen enttäuscht von dir. Ich kann kaum Denktätigkeit entdecken. Entschuldige meine offenen Worte, aber du solltest mal eine Zeit lang die Finger von den Chemikalien lassen und dich mehr um die Chemie kümmern.

Wie bitte?

Küss sie, Dummkopf

Sie küssen? Jetzt? Einfach so? Hallo? Gott? Kumpel?

Wo war Er hin?

(Er war nirgendwo hin; Er beobachtete.)

Jake schluckte. »Ehm, Baby?«

»Willst du anstoßen? Was ist?« Baby sah Jake an. Auf seinem linken Ohr saß eine Tulpe. Sie wollte sic pflücken, aber sie war gar nicht da und stattdessen strich ihre Hand über die wippenden Haarröhren. Zu sagen, dass Jake zitterte, wäre weniger zutreffend, als zu sagen, er vibrierte. Vom Kopf bis zu den Zehen und wieder zurück. Jakes Herz klopfte. Wawoomwawoomwawoom. Er starrte auf ihre vollen roten Lippen, deren Winkel leicht nach oben gebogen waren, und ihm fiel auf, wie dicht der obere Rand ihrer Lippen an der Nasenspitze saß. Das hatte Jake bei Mädchen schon immer gemocht. Jake stellte sich vor, dass er schrumpfte und sich in die Biegung ihrer Lippen legte, als wären sie ein Liegestuhl. Seine Beine baumelten an den Seiten herunter, er kitzelte mit den Fingern ihre Zähne und blies sanften Atem in ihre Nasenlöcher. Er stellte sich vor, wie er in der weichen Hängematte ihrer dichten, blauen Wimpern schaukelte, an ihren bewundernswerten Ohrläppchen hin und her schwang und sich auf der gefederten Matratze ihrer großartigen Wangen räkelte.

Baby zog seinen Kopf zu sich und bot ihm ihre Lippen dar. Der türkise Samt ihrer Zunge schob sich in seinen Mund und fand in dem fleischigen rosa Organ, das dort lebte, einen willigen Spielgefährten. Ihre Antennen summten ›What a Wonderful World‹ (die Nick-Cave- und Shane-McGowan-Fassung). Sie atmete unregelmäßig, aber sehr tief, und ließ ihren Queue los, der auf den Boden knallte.

Keiner der beiden bemerkte, wie Brian der Türsteher den Raum betrat. Nach der Sache mit den Betrunkenen hatte

Brian geglaubt, dass in der Bar alles ruhig bleiben würde. Er hatte sich für eine Sitzung aufs Klo begeben, seine Spoilerfrisur gecheckt und an Shareens teigige Schenkel gedacht, als der Streit zwischen Rattengesicht und Doll ausgebrochen war. Als er herauskam, fand er eine seltsame Stille vor. Keine Schlägerei. Kein Streit. Nichts. Nur eine nett-adrette Hippy-Atmosphäre von Liebe und Frieden. Das machte ihn unruhig. Irgendwas war im Busch. Er sah im Hinterzimmer nach. Er ging noch mal zur Bar. Er sah die Straße hinauf und hinunter. Er lehnte sich gegen die Wand und wartete. Als er hörte, wie ein Queue auf den Boden krachte, eilte er in den Billardraum.

O Gott, wuschen sich diese Bräute denn nie? Sie war grün. Und der Typ, mit dem sie rummachte. Scheißdünnes Hemd. Brian sah zu, bis er es nicht mehr länger aushielt. Er ging auf sie zu und schlug Jake auf die Schulter. »Ey«, sagte er. »Dschungelboy.«

Schnelle Auszeit für das Zungenkussteam.

Jake und Baby starrten verständnislos in Brians hämische Visage. »Ich hab dich beobachtet«, knurrte er. »Und du machst mich krank, Freundchen. Wenn du diese Scheiße machen willst, dann mach es draußen. Und wisch dir das Grinsen aus dem Gesicht«, beschied er Jake außerdem. »Es sei denn, du möchtest, dass ich es für dich mache. Kneipen«, ließ er sie mit einer Stimme wissen, die keinen Widerspruch duldete, »sind dazu da, sich die Hucke voll zu saufen.«

Der Hauptcomputer auf Pa erwachte knisternd zum Leben. »Nach. richt. er. halten, ›Ha. lo. Pa.‹ Over.«

Qwerk überprüfte sofort die Koordinaten. Parkes? Wo zum Quagaar war das denn?

Lati stand in der Tür zum Billardraum und traute ihren Augen kaum. Sie hatte den Abduktor holen wollen, der mit dem Rest der Ausrüstung an der Bühne lag, und war gerade rechtzeitig zum großen Kuss gekommen. Lati verstand nicht, warum Baby und Jake diesem großen Rüpel erlaubten, das zu stören, was ganz offensichtlich für sie – und alle anderen im Raum, einschließlich Lati, der beim bloßen Zusehen eine kleine Möse mitten zwischen den Augen gewachsen war – ein ziemlich sensationeller Moment war.

Die beiden waren scheiß hoffnungslos. Baby hätte den Türsteher in einen Barhocker verwandeln oder in eine Benimmschule nach Perth zappen sollen. Stattdessen stand sie nur dämlich rum und wagte nicht einmal, Jake in die Augen zu sehen. Brian grinste. Er drehte sich um und ging zurück zur Bar und begutachtete dabei seine Fingernägel. Schließlich hob Baby ihren Queue auf und spielte weiter Pool, als wäre nichts geschehen. Allerdings spielte sie dauernd die falschen Kugeln. Jake bemühte sich um eine gleichermaßen idiotische Abgeklärtheit. Er hatte einen leeren Bierkrug von einem Nebentisch genommen und tat so, als trinke er daraus.

Nun, dachte Lati, wenn Baby mit Jake nicht weiterkam, dann konnte sie genauso gut machen, was sie wollte. Und sie machte gern ein bisschen Ärger.

Das Konzert kam bei den Leuten von Byron fantastisch an. Selbst Brian sprang auf einen Tisch, um mit Shareen zu tanzen. Die Ärmsten mussten abtransportiert werden, als der unter ihnen zusammenbrach, aber das ist halt Rock 'n' Roll.

Nachdem die Gang eingepackt hatte, ging es rüber zum Epicenter zur Vollmondparty. Als sie durch die Dünen zum Strand kamen, sahen sie etwa hundert Leute im Feral-Look, die unter dem silbernen Licht des Mondes tanzten, nackt badeten, mit Feuerstäben jonglierten und Pfeifen und Pillen herumreichten. Torquil und Tristram schlossen sich dem großen Trommelkreis an. Henry murmelte etwas Unverständliches über ›grafische Equalizer‹, bevor er am Strand bewusstlos wurde. Doll tätowierte einer Frau die Brüste und die kleine Göttin der floralen Essenzen vom Nachmittag schleppte Baby ab, um ihr ihre kosmische Familie vorzustellen.

Jake saß im kühlen Sand, wie hypnotisiert vom Geräusch der Wellen und Trommeln, und dachte an Babys Lippen. Er hatte Stoff aus Mulumbimby gekauft und eine Pfeife geraucht. Oder zwei. Auf keinen Fall drei. Vielleicht auch drei. Ja, bitte, küss mich noch einmal. Mmmh. Das ist wunderbar. Das ist das Schönste, was es gibt. Mmmm. Ich bin im Himmel. Ich werde die Augen öffnen und dich anschauen, mein wunderbares Alien-Mädchen.

Scheiße! Jake machte einen Satz nach hinten und hielt sich die Hand vor den Mund.

Baby sah nicht, wie Jake zurückzuckte. Sie sah nur, wie er Lati küsste. Das reichte. Sie drehte sich um und ging geradewegs ins Wasser. Wütend schwamm sie hinaus aufs Meer, tauchte auf den Grund und schlug so heftig mit der Faust auf den Boden, wie sie konnte. Der Meeresgrund erbebte und es bildete sich eine neue Sandbank, die, wie Surfer später schwören würden, die *geilsten* Wellen erzeugte, die sie je an der Nordküste gesehen hatten.

Als sie aus dem Wasser auftauchte, war Jake völlig verzweifelt. Er stolperte ans Wasser und rief. »Baby, es ist nicht so, wie du …« Doch bevor er seinen Satz beenden konnte, war sie wieder untergetaucht. Er drehte sich um und sah direkt in Latis reuelose Augen.

»Mein Gott, Lati«, stöhnte er und hob die Arme an den Kopf. Seine Tätowierung schmerzte.

»Jake«, sagte sie achselzuckend, »du kennst doch den Dave Graney-Song ›You Wanna Be There But You Don't Wanna Travel‹? Denk mal drüber nach.«

Nach diesem rätselhaften Rat drehte sich Lati auf dem Absatz um und mischte sich unter die Tänzer. Jake wartete darauf, dass Baby aus dem Wasser kam, aber sie tauchte erst wieder am Morgen auf, als es Zeit wurde, loszufahren.

Für die Fahrt zurück nach Sydney übernahm Doll das Steuer. Baby saß vorne neben ihr, starrte aus dem Fenster und sagte auf der ganzen Reise kein einziges Wort. Nur einmal forderte sie Lati gereizt auf, den Mund zu halten, als sie zum etwa hundersten Mal ›For All the Cows‹ von den Foo Fighters sang, nachdem sie zum soundso vielten Mal ein beschissenes Viehgatter passiert hatten. Lati machte sich nichts draus. Sie kuschelte sich an Henry, der sich noch immer sehr angegriffen fühlte. Jake, geschockt, entsetzt, gekreuzigt, drogenverbrutzelt, hockte hinter dem Beifahrersitz und folterte sich mit dem Anblick von Babys Hinterkopf. Die Zwillinge bekamen von dem ganzen Psychodrama nichts mit. Sie lagen nebeneinander und versuchten sich zu erinnern, wo genau sie ihre Hirne verlegt hatten. »Irgendwo zwischen Kalbarri und Brisbane«, sagte Torq. »Ganz bestimmt irgendwo zwischen Kalbarri und Brisbane.«

»Kannst du nicht etwas genauer sein?«, stöhnte Tristram. »Sonst finden wir sie nie mehr wieder.«

»Es ist für dich Jake«, rief Saturna, ohne den Hörer abzunehmen. Auch ohne Doktortitel war das nicht schwer zu erraten. Das Telefon klingelte schon seit Tagen ohne Unterlass – noch öfter, als letztes Jahr die diversen Freundinnen von Jake irgendwie gleichzeitig voneinander erfahren hatten und sich bemüßigt fühlten, ihm detailliert mitzuteilen, was sie von seiner grundsätzlichen Eignung als Mitglied der menschlichen Rasse hielten. Wie damals war auch jetzt jeder Anruf für Jake. Aber dieses Mal waren es Anrufe, von denen jeder Musiker träumt – Veranstalter von Clubs und Festivals, Talentspäher der Schallplattenfirmen, Produzenten, die ihre Dienste anboten, Journalisten, die um Interviews baten. Kwong Josè Abdul Foo wünschte sich ein gemeinsames Konzert, Nick Cave hoffte auf ein Duett. Zahllose Fans boten sexuelle Dienste an oder flehten nur um Haarsträhnen oder ein Stück Kleidung. Keiner der Anrufer interessierte sich im mindesten für Bosnia.

Die Karriere der Rock 'n' Roll Babes from Outer Space hatte mit Warp-Geschwindigkeit abgehoben. Ihr Ruhm verbreitete sich schneller als warme Butter auf einem heißen Toaster (das Lieblingsfrühstück der Mädchen). Radio Triple J, das mit einem Mini-Budget auskommen musste, nachdem die Regierung 95 Prozent der Subventionen gestrichen hatte, hatte sich auf die Single der Babes gestürzt. ›In the Sexual Experimentation Chamber (Anything Goes, Everything Cums)‹ lief rund um die Uhr, obwohl die Regierung gedroht hatte, auch die letzten fünf Prozent zu streichen, wenn der Sender nicht anständige Musik spiele. Als die Babes ihre LP *Come to Mothership* herausbrachten, wählte der Sender die Scheibe trotzig zum Album der Woche, genau so wie Triple C, die sich als Alternative zur Alternative verstanden. Die kommerziellen Sender wählten einige Tracks der LP für ihre Top Ten aus und selbst die christlichen Sender spielten ›Hangar 99‹. (Gott hatte ihnen was ins Ohr geflüstert.)

Sie spielten weiterhin live vor ausverkauften Häusern im ganzen Land. Die seit dem Vorfall in Byron bestehende Spannung zwischen Baby und Lati erhöhte die Intensität ihrer Auftritte nur noch.

Eines Tages machte sich Jake, der mittlerweile zum Defacto-Manager der Babes geworden war, nach Elizabeth Bay auf, um ein Gespräch über das bevorstehende No-Way-Out-Festival zu führen, wo die Babes zusammen mit internationalen Top Acts auf der Bühne stehen würden. Als er mit Iggy im Sebel ankam, nahm er den Lift zum Pool, gerade rechtzeitig, um noch mitzubekommen, wie Ebola seine tägliche Rosengabe vor dem Wasserturm niederlegte. »Hi, Jake«, grunzte Ebola unterwürfig.

Ein Schauder des Ekels lief Jake über den Rücken. Der Mann war ästhetisch eine Beleidigung. Jake schaffte es nicht einmal, ihn mit Namen zu begrüßen. Was Iggy betraf, er sah zu Ebola hinauf und knurrte ihn an. Iggy hasste Death Metal.

»Willst du zu unserer Baby?«

Unser Baby? Der Mann hatte sie wohl nicht mehr alle. Iggys Knurren wurde tiefer. Jake ignorierte Eb und rief zur Untertasse hinauf: »Baby?«

Sie sah aus dem Fenster, winkte und ließ die Stufen herab. Jake und Iggy fassten es nicht, dass Ebola ihnen unaufgefordert folgte.

Während Iggy sich trollte, um Revor zu suchen, zog Jake Baby beiseite. »Wie kannst du nur diesen Typen hier rumhängen lassen«, beklagte er sich. Das Handy, das die Babes für ihn entwendet hatten, klingelte. Während er telefonierte, erhellte ein Wutblitz Babys Gesicht. Jake hatte Nerven; ihr vorzuschreiben, mit wem sie sich abgab.

Sie hatte den Zwischenfall mit Lati noch nicht verwunden. Doll, die alles gesehen hatte, hatte Baby nach ihrer Ankunft in Sydney alles erzählt. Baby hatte Lati danach zur Rede gestellt und nachdem sie sich ein wenig an den Antennen gezogen und einiges an den Kopf geworfen hatten, konnten sie einander wieder in die Augen sehen. Baby irritierte allerdings noch immer, dass Jake alle ihre Versuche, das Thema zur Sprache zu bringen, abblockte. Fühlte er sich schuldiger, als Doll glaubte? Wenn nicht, was war sein Problem? Obwohl die Erdlinge von primitiven Spielzeugen wie Handys und E-Mail so fasziniert waren, konnten sie doch nicht kommunizieren, und wenn ihr Leben davon abgehangen hätte.

Einem plötzlichen Impuls nachgebend, packte sie Ebola, der zusammengekrümmt zu ihren Füßen lag, eine Rose zwischen den Zähnen. Sie riss ihn am Kragen hoch, nahm die Pflanze aus seinem Mund und drückte ihm einen dicken feuchten Kuss auf die Lippen, genau vor den Augen des verblüfften Jake. Ebs Haar (das er kürzlich auf Schulterlänge abgeschnitten hatte, als Kompromiss zu der Metallica-Sache) richtete sich auf und seine Ohren leuchteten orange. Dann klopfte sie ihm auf den Hintern und befahl ihm, zurück zum Pool zu gehen und sie allein zu lassen. Der liebestrunkene Rockstar trat aus dem Raumschiff und stürzte hinab auf die Pool-Ebene, da niemand die Stufen aktiviert hatte. Er schrie auf, als sich sein Knöchel verdrehte. Dann saß er neben dem Pool, hielt sich den verletzten Fuß und weinte Tränen des Schmerzes und der Dankbarkeit.

Jake schluckte. Er beendete das Gespräch und schaltete das Handy aus. »Wegen des Konzerts«, begann er ziemlich barsch. Sie sprachen über einige Details, wobei keiner dem anderen in die Augen schaute. Dann verabschiedete sich Jake. »Iggy?«, rief er. »IGGY?«

Mit tonloser Stimme versicherte Baby Jake, dass mit Iggy alles klar sei. Er amüsiere sich wahrscheinlich mit Revor. Sie würde ihn am nächsten Tag zurückbringen, wenn sie nach Newtown käme, wo sie ein Treffen mit einigen der Schallplattenbosse vereinbart hatten.

Jake, der sich fühlte, als habe er alles verloren, was ihm

etwas bedeutete – sein Mädchen, seinen Hund –, stolperte durch das Sebel zurück zu Kate. Kate war mürrisch. Sie hatten einen anstrengenden Umweg fahren müssen, um einer Demonstration von Arbeitern auszuweichen, die gegen die harten neuen Industriegesetze der Regierung protestierten und forderten, dass Mittagspausen wieder gesetzlich gestattet wurden. Außerdem erfuhr sie eine Erniedrigung durch eine hochnäsige Elizabeth-Bay-Politesse, die so grausam gewesen war, sich über den Zustand ihrer Lackierung lustig zu machen. Sie hatte nicht übel Lust, Jake auf der Straße nach Newtown Ärger zu machen, aber als sie den Ausdruck völliger Verzweiflung auf seinem Gesicht sah, merkte sie, dass das wahrscheinlich keine gute Idee war.

Jake konnte nicht wissen, dass es das erste und einzige Mal war, dass der arme Ebola seine heißen, schleimigen Lippen auf Babys Mund bekam, oder dass weiter nichts geschah, oder dass sie, kaum hatte er sich verabschiedet, in das Badezimmer des Raumschiffs gelaufen war, Revor aus der Wanne geworfen und ein Bad in Desinfektionsmittel genommen hatte. Während sie »würg würg würg« vor sich hinmurmelte, kniff sie sich aus Reue und zur Strafe heftig in die Antennen.

»Iggles? Iggles?« Revor, dessen Fell nach Lavendel-Badeöl roch, fand Iggy in der Kammer, wo er sich trübsinnig die Eier leckte. »Was ist los?« Revor bohrte seine kleine Schnauze in Iggys Geschlechtsteile, aber Iggy wandte sich ab und kümmerte sich um eine fiktive Nisse auf seinem Bauch. *»She Lives on Love Street?«*, testete Revor. Keine Reaktion. Revor verschwand kurz und kehrte mit einer Sonnenbrille und einem glitzernden Bühnenanzug zurück, den ihm mal ein Siriander geschenkt hatte. Er stellte sich auf seine Hinterpfoten, streckte seinen pelzigen kleinen Bauch heraus und sang: *»You ain't Nothing but a Hound Dog«*, worauf der melancholische Iggy endlich seine vertränten kleinen Knopfaugen hob. Als er Revors Outfit sah, lächelte er zunächst, dann bellte er vor Lachen. Er rollte sich auf den Rücken, ruderte mit den Pfoten in der Luft und fiel schließlich japsend auf die Seite. Das sah ihm schon ähnlicher. Revor atmete erleichtert auf.

»Was ist los, Iggy Puh? Hab ich was Falsches gesagt?« Revor hatte sich eng an Iggys Brust geschmiegt. Iggy zupfte mit seinen Klauen an den Perlen von Revors Anzug. »Es ist Jake.«

Während Iggy die Sache erklärte, hielt Revor entsetzt die Vorderpfoten an die Schnauze. »Ich weiß, dass du das nur schwer verstehen kannst«, seufzte Iggy abschließend. »Aber dieser ganze Erfolg, praktisch über Nacht … ich meine, jeder in unserem Haus freut sich natürlich für die Babes, wir sind überglücklich. Aber du musst wissen, dass es nicht so einfach ist. Ich meine, was glaubst du, wie Jake sich fühlt? Er kriegte ja schon vorher den Arsch nicht hoch; jetzt ist er wie gelähmt. Seien wir ehrlich: Für Newtown ist er ziemlich süß, aber im Grunde ist er nur ein cleveres junges Ding, das auf einer Müllhalde wohnt, zu viel Dope raucht und Musik macht, die nicht schlecht ist, aber nie großartig sein wird. Sie spielt längst nicht mehr in seiner Liga.«

»Ebola hat es nicht verdient, Jake die Stiefel zu lecken«, schniefte Revor.

Baby dachte das Gleiche.

Byebye Macho-Rock, hallo Mädchen-Rock

Juice

Wie geht es weiter, wenn man das Genre neu definiert hat?

Man nehme die Britpop-Rüpel von Oasis, erhöhe den Sex-, Drugs- and Rock 'n' Roll-Faktor um etwa einen Googolplex, male sie grün an und verpasse ihnen Antennen; dann hat man eine ungefähre Vorstellung davon, wie die Rock 'n' Roll Babes from Outer Space sind …

Rolling Stone

Eine Karikatur seiner selbst werden?

Babes im Net! Infos, Klatsch, Texte und Online Chats mit Baby, Doll und Lati. Kontakt über news group alt.fan.greenteens …

The J Mag

Verbunden mit jeder verdrahteten Plaudertasche von hier bis Hercules?

Willkommen in der Kammer für Sex-Experimente. Wir werden alles über außerirdischen Sex erfahren, und zwar aus erster Hand, von wem sonst als den Rock 'n' Roll Babes from Outer Space ...

Australian Women's Forum

In intimem Gespräch mit der Öffentlichkeit, über Dinge, die du mit deinen Intimpartnern noch nicht geklärt hast?

Hat etwa jemand die Nicht-von-dieser-Welt-Eröffnungs-Party für X-Terrestrials verpasst, dem neuen Laden auf der Oxford Street, der von der Raumfahrt inspirierte Mode für Männer, Frauen und – wie das Schild im Schaufenster sagt – Sternenkinder jeden Geschlechts führt? Die Rock 'n' Roll Babes haben die Marke kreiert ...

Pulse (Sydney's ›Neues Trendtestament‹)

Zu einem beschissenen Kommerzunternehmen werden?

Tulip King bieten eine neue Kreation grüner Lippenstifte an – inspiriert von den Rock 'n' Roll Babes from Outer Space – mit passender Foundation und Blusher in grünen Farbnuancen ...

Vogue

Ein Idol?

Die Frontfrau der Rock 'n' Roll Babes from Outer Space, Baby Baby, ist ganz Frau Frau. Die beeindruckende grüne Schönheit sagt von sich selbst, dass sie keine besondere Diät macht oder Schönheitstipps hat. »Ich esse, was ich will, alles, sogar die Küchenspüle«, witzelt sie. Sie weigert sich, Gerüchte zu bestätigen, nach denen sie eine Affäre mit dem männlichen Supermodel Troy Polloni hat und gibt auch keinen Kommentar zu den Berichten ab, nach denen zu ihren Liebhabern Bad Seed Nick Cave, Oasis' Liam Gallagher, Henry Rollins, Cruel Sea-Steuermann Tex Perkins oder der amerikanische Country Superstar k.d.Laing zählen. WHO WEEKLY konnte jedoch folgende Exklusivfotos ergattern, die

Babes' Bassistin Lati Dodidohdoh mit Brad Pitt in einem Nachtclub zeigen – der attraktive amerikanische Schauspieler soll ein Fan der Babes sein, seit er von Tom Cruise deren erste CD Come to the Mothership *geschenkt bekam …*

People

Alles, was du jemals wolltest? Außerirdisch außer beschissen-gewöhnlich? Ein Rockstar?

Ich bin's wieder. Ja, Baby Baby. Und ich rede mit dir, Erdenjunge. Erdenmädchen. Erdling. Was auch immer.

Wir hatten eine geile Zeit auf der Erde. Sex, Drugs and Rock 'n' Roll, was? Volles Programm. Alles exzessiv. Vergesst die fünfzehn Minuten – wir sind jetzt schon seit, wie lange ist es her?, sechs heißen Monaten berühmt.

Irgendwie hab ich den Eindruck, das ist alles zu leicht gegangen. Zum Beispiel der Rock 'n' Roll. Wir hatten kaum unsere Instrumente in der Hand, da waren wir auch schon Rockstars. Hast du das mitbekommen? Mit Drogen und Sex gab's auch keine Probleme. Wir haben alles gefickt, was in Sichtweite kam, wir haben keine Kondome benutzt, uns keine Krankheiten geholt und auch wenn wir von dem wirklich harten Zeug die Finger gelassen haben, hatten wir doch 'ne Menge Spaß mit Drogen und haben dabei nicht mal zu viele Hirnzellen verloren. Super.

Ist das hier ein Zebrastreifen für purpurne Kängurus oder liegt es an mir?

Hab nur Spaß gemacht. Aber es war wirklich eine Hammerparty. Und jetzt bereiten wir uns auf die größte Fete überhaupt vor – Come to Mothership, unser großes Konzert im Sydney Cricket Ground. Wir haben haufenweise Spezialeffekte geplant. Ich hoffe, du hast 'ne Karte – das Konzert war megaschnell ausverkauft. Wenn nicht, sag mir Bescheid. Wir haben noch ein paar Backstage-Pässe übrig. Irgendwie kriegen wir dich schon rein.

Na ja, ich weiß nicht. Diese ganze Sache mit dem Ruhm japst mir Angst ein. Jagt mir. Egal. Jedenfalls, ich kann mittlerweile nicht mehr ins Sando gehen, um mir 'ne Band anzuhören, ohne dass die Erdlinge an mir hängen wie die Kletten. Ich stehe durchaus gerne im Mittelpunkt, zugegeben. Trotzdem, es ist seltsam, aber ich fühl mich fast erleichtert, wenn ich daran denke, was Zyggo gesagt hast, du weißt schon, dass Qwerk uns verfolgt. Klar, auf der Erde war es echt cool, aber es wird Zeit, weiter zu ziehen. Andere Welten erobern und so.

Ich weiß, du wartest darauf, dass ich etwas über Jake sage. Was kann ich sagen. Der Soundtrack reichte von No Doubt bis zu Faith no More. Du kennst den Stand der Dinge. Ich kenne ihn. Aber das macht es auch nicht einfacher, nicht wahr? Melodrama pur.

Nein, das ist keine Träne in meinem Auge.

»Tja«, sagte Jake, »morgen ist der große Tag.«

»Bist du sauer, dass die Veranstalter Bosnia aus dem Programm geschmissen haben?« Sie saßen auf dem Sofa im Wohnzimmer und Baby versuchte näher an Jake heranzurücken, aber die unförmigen Kissen rutschten und glitten unter ihr weg, sodass sie schließlich sogar weiter von ihm entfernt landete.

»Nö«, log Jake. »Ich weiß, ihr habt alles versucht. Ist wahrscheinlich besser so. Wir wollten eh nie Mainstream werden. Würden unsere ganze Glaubwürdigkeit verlieren. Ich kann mir Bosnia als Stadion-Rockband auch gar nicht vorstellen. Wir wollen nicht so enden wie Silverchair.«

Baby dachte daran, wie Silverchair geendet waren. »Du meinst reich und berühmt?«, kicherte sie.

Jake verzog das Gesicht. »Ruhm und Reichtum bedeuten mir nichts.« Als ihm klar wurde, was er damit gesagt hatte, sah er Baby von der Seite an. »Ich will dich nicht kritisieren oder so was. Ich weiß, dass es euch nicht ums Geld geht. Ich finde es super, wie es mit den Babes gelaufen ist. Es ist nur, dass ich nicht so auf so was stehe. Ich persönlich.«

»Du weißt, dass ich auch nicht auf so was stehe. Ich mach nur gerne Musik. Aber sag mir eines, Jake. Worauf stehst du? Ich kenne dich jetzt schon so lang und ich hab's noch immer nicht rausgekriegt.«

»Och, alles Mögliche.« Er starrte an die Decke. Ein geheimnisvoller brauner Fleck hatte sich über eine Ecke ausgebreitet und dort hing nun eine kleine Kolonie von Schimmelpilzen herab. Er fragte sich kurz, ob die wohl als Drogen taugten. »Wahre Liebe, vielleicht?«

Babys Antennen richteten sich auf. Sie versuchte ihn zu

lesen, aber Jake war zu schnell für sie. Seine Gedanken jagten in einem Batmobil durch die Gegend. Seine Deflektorschirme waren hochgefahren – er war ein emotionaler Fluchtwagen mit getönten Scheiben. Kugelsicher, bombensicher, völlig undurchdringlich. Als sie aufgab, zitterten ihre Antennen vor Anstrengung.

»Jake?«

»Ja?«

»Vielleicht bin ich nicht mehr allzu lange hier.«

Jakes Herz hüpfte in seine Kehle, plumpste dann in den Magen, glitt seine Beine hinunter und fiel geradewegs durch das Loch in seinem Strumpf. »Wie meinst du das?«, fragte er schluckend. »Gehst du in die Staaten? Ist dir Australien zu klein und eng geworden und so?«

»Nein.« Baby lächelte schwach. »Das meine ich nicht. Natürlich nicht. Ich meine diesen Planeten.«

»Aber ...« Jake vergaß immer wieder, dass sie ein Alien war. Es war so, als wäre sie schon immer Teil seines Lebens gewesen. Er konnte sich nicht vorstellen, dass sie Sydney verließ, ganz zu schweigen von der Erde. Gab es dort draußen nicht nur einsame Kälte und Sterne und diese Scheiße?

»Es ist nicht einfach zu erklären, aber ich habe einen Cousin, Zyggo, und bei uns gibt es diese Gruppe von Führern, die Qohorte, und diesen Captain Qwerk. Es sieht so aus, als sei er hinter uns her und ...« – sie merkte, dass Jake keine Ahnung hatte, wovon sie redete – »liebst du mich?«

Liebst du mich?

O Gott! Was zum Teufel sollte Jake jetzt machen? Wenn sie gesagt hätte: »Ich liebe dich«, dann wäre Jake auch überrascht gewesen, aber er hätte damit umgehen können. Wenn ein Mädchen sagt: »Ich liebe dich«, dann hat man eine Reihe von Reaktionsmöglichkeiten, die unabhängig davon sind, ob man sie ebenfalls liebt oder nicht. Man kann das Thema wechseln, man kann etwas Unverständliches murmeln, man kann sagen »Ich weiß« oder »Das ist aber nett« oder etwas Ähnliches, das ihr das Herz bricht, oder man sagt: »Ich liebe dich auch.« Oder man gibt ihr einen Zungenkuss.

Jakes Augen huschten wie ein Kaninchen über Wände und Gegenstände des Zimmers. Er beugte sich über den Couchtisch, feuchtete seinen Finger an, hob damit einen Krümel vom Tisch hoch und roch daran. Dann legte er ihn wieder auf den Tisch. Er griff nach der Fernbedienung für den CD-Player. »Hast du schon die neue Damnbuilders EP gehört?«, sagte er und drückte einige Knöpfe.

»Jake, ich hab dich was gefragt.« Babys Stimme war klein und zittrig. Auf der Veranda klimperte ein Glockenspiel.

Jake drückte weiter auf der Fernbedienung herum. »Funktioniert nicht«, meinte er stirnrunzelnd.

»Ich weiß«, sagte Baby mit einer Spur Ungeduld in der Stimme. »Schon vergessen? Ich kann die Elektrogeräte stören, wenn mir danach ist.«

Liebst du mich?

Schweigen. Jake überlegte krampfhaft, was er sagen sollte. Warum zum Teufel konnte er nicht einfach ein ›Ja‹ hervorbringen?

»Ach, vergiss es«, sagte Baby traurig. »Ich find's nur ein bisschen schade, dass wir nie eine despotische Beziehung hatten, du weißt schon. Ich hab eine Menge darüber nachgedacht und ich glaube, dass wir wirklich eine Beziehung haben. Jetzt schon. Das habe ich in meiner Zeit auf der Erde gelernt. Eine Beziehung ist eine Verbindung zwischen zwei Leuten. Das ist alles.«

»Erotische Beziehung«, sagte Jake mit einer Stimme, die plötzlich heiser und rau klang.

»Erotisch«, wiederholte sie.

Liebst du mich?

Schweigen. Dann sagte Jake in das Schweigen hinein. »Ja, ich schätze schon.« Seine Stimme hörte sich an, als habe man sie an ein Verzerrerpedal angeschlossen. »Du weißt schon.« Sie sah ihn mit fragenden grünen Augen an. Er betrachtete den Boden. »Ich lieb dich.«

Leise surrend schaltete sich der CD-Player ein. Genau wie Baby. Jetzt oder nie, hieß der Song. Sie ergriff Jakes linke Hand mit ihrer rechten und presste sie auf ihre Lippen. Elektrische Impulse tanzten seinen Arm hinauf und zogen auf kitzelnden Pfaden durch seinen Körper. Baby kostete den leichten Salzgeschmack auf Jakes Hand und spürte, wie ihr ganzer Körper zitterte. Seine Finger suchten ihre Wange und er strich über die zarte Haut. Sie küssten sich, sehr ausgiebig.

Sanft drückte er ihren Kopf herab, nahm eine ihrer Antennen in den Mund und saugte daran. Die wohlgeformten Antennen mit ihren wunderschön abgerundeten Spitzen, ihrer feinen wasserblauen Farbe und den schlanken membranen Schäften waren fürs Saugen wie geschaffen.

Sie schnappte nach Luft, als sie spürte, wie sich Jakes Lippen um die Spitze stülpten und zärtlich an dem Schaft knabberten. Wie die Augen die Fenster der Erdlingseele sind, so sind die Antennen Augen, Ohren, Nase und mehr für die Alienseele. Mit ihren Antennen können die Aliens hinter das Sichtbare auf das Verborgene blicken, können die geheimnisvollsten Geräusche hören und Gefühle wahrnehmen, die über Geschmacks-, Geruchs- und Tastsinn hinausgehen. Als Bestandteile der Hypersinne waren die Antennen extrem sensible Organe. Es war kein Zufall, dass die Evolution sie auf den Kopf gesetzt hatte, wo ihr willkürlicher Kontakt mit Luft, umherschwebenden Pollen, Schallwellen und der einen oder anderen Fliege bereits ausreichte, um den Durchschnitts-Alien ernsthaft abzulenken. Und Baby war keineswegs ein Durchschnitts-Alien.

Jetzt, da Jakes Zunge ihre Haut entlangfuhr und sie mit seinem Speichel schlüpfrig machte und seine Lippen sich dicht um den Schaft schlossen, den er bis in seine Kehle hinuntersaugte, wurde Baby parallel von zahllosen Gefühlen überflutet. Sie hörte, wie Jakes Herz klopfte. Sie hörte, wie die Blutzellen in seinen Lungen den Sauerstoff schlürften und ihn mit roten, zufriedenen Seufzern wieder in den Strom seiner Arterien zurückstießen. Sie schmeckte das Salz, das sich auf seiner Haut kristallisierte, deren Feuchtigkeit sie so spürte, als wäre es ihre eigene. Der intensiver werdende Moschusduft seiner Lust reichte aus, um sie an den Rand der Bewusstlosigkeit zu treiben. Die Wärme seines Körpers erhitzte sie und als er mit den Fingern durch ihre Perlenzöpfe fuhr und mit seinen Fingerspitzen ihre Kopfhaut streichelte, spürte sie kitzelnde Stromstöße, die die Pfade ihres Hirns hinabrasten.

Jake vermittelten die psychischen Sekrete der Antennen die Illusion völliger Schwerelosigkeit. Obwohl er in der Realität noch immer auf dem alten braunen Sofa saß, war sein Gefühl zu schweben so stark, dass er für ein paar Sekunden von schrecklicher Höhenangst gepackt wurde. Als sich das legte, öffnete er die Augen, oder glaubte es zumindest, und sah, dass er durchs All flog. Er überblickte ein kosmisches Panorama, hörte das Klopfen der Pulsare, das Zischen der Kometen und dahinter die unglaubliche Stille des Universums.

Babys Zöpfe loderten farbig auf und leuchteten in übernatürlichem Grün, Pink, Blau und Purpur.

Sie glitten auf einer Kaskade von Kissen zu Boden.

Elektrische Regenbögen liefen durch Babys Körper und ihre Haut vibrierte wie eine Trommel. Langsam zog sie ihren Kopf beiseite und die Antennen glitten aus Jakes Mund. Sie bahnte sich einen Weg durch seine Dreadlocks und legte ihre Lippen auf seine blasse Ohrmuschel. Er zitterte, als ihre Zunge sich weich und feucht in die wohlgeformte Kammer bewegte und den zarten Flaum an den Wänden kitzelte. Sie knabberte an seinem weichen Ohrläppchen, zog spielerisch mit den Zähnen daran und ließ ihre Zunge wieder hineingleiten.

Er beugte sich zu ihrem Hals hinab und presste seine Lippen auf die Jadehaut. Als sie feucht wurde, öffnete sich ein kleiner rosiger Mund für ihn und hieß seine Zunge willkommen. Er streichelte ihr Bein, und auch dort wurde die Haut warm und feucht und teilte sich, um seine Finger zu umschließen. Bewundernd sah er dem zu, sah auch, wie sie von der Spitze ihrer Antennen bis zu den Zehen zitterte. Sie rollte sich auf ihn und beugte sich herab, um ihn in die Ellbogenbeuge zu küssen. Sie streichelte und leckte die Haut wie in Trance, fast als erwarte sie, dass auch er sich ihr öffnen würde, als sie spürte, wie er seine Hand unter ihren Rock schob.

Er liebkoste die weiche Haut, die er zwischen ihren Beinen

fand, kreiste mit den Fingern darauf, kitzelte sie und strich fester darüber. Der Zauber funktionierte auch hier und langsam, wie sich Rosenblüten entfalten, machte die Feuchtigkeit einer Spalte Platz und bald spürte er den beharrlichen Druck von Lippen, die nicht weniger weich oder schön waren als die, die sich auf seinen Mund pressten. Schließlich verschwand seine ganze Hand in dieser mysteriösen Öffnung. Baby stöhnte vor Lust und sie bewegte sich sachte auf seiner Hand hin und her.

Sie griff nach seinem T-Shirt, zog es ihm über den Kopf und warf es auf den Boden. Sie beugte sich zu seinen Achselhöhlen herab und erinnerte sich an die erste unschuldige Begegnung in der Kammer für Sexexperimente, vor all den Monaten. Sie atmete seinen betörenden, jungenhaften Duft ein. *Smells like Teen Spirit.* Wer hatte das gesagt? Egal. Sie leckte mit der Zunge über den Stecker, der durch seine Brustwarze gepierct war, ließ ihre Finger sanft über seine Brust und seinen Bauch gleiten.

Jake hatte seine tropfnasse Hand herausgezogen, presste sein Gesicht gegen ihre Brüste und suchte auf der Rückseite ihres hautengen Kleids nach dem Reißverschluss. Wie zum Teufel hatte sie dieses Ding ... Mist. Sein Augenbrauenring hatte sich vorne am Kleid verhakt. Ssssst. Er hatte sich nur losmachen wollen, doch dann hatte der Ring eine Naht aufgetrennt, eine weitere folgte und plötzlich rutschte das Kleid herunter, säuberlich in zwei Teile getrennt. Sie lachte nur und zog an seinem Gürtel. Bald lagen die meisten ihrer Kleidungsstücke auf dem Sofa verstreut und das, was sie noch anhatten, störte nicht. Während sich ihre Zungen verknoteten, rieb sich Baby gegen ihn. Sie genoss die behaarte Wärme und die Härte seines Schwanzes, der gegen ihren Bauch drückte, dort, wo ein weiterer Mund seine hungrigen Lippen teilte. Diese Lippen saugten ihn ein und Jake japste, als die bewegliche innere Zunge, die in beide Richtungen Vergnügen bereiten konnte, sich um die angeschwollene Eichel und den empfindlichen Rand seines Schwanzes wickelte. Baby war mittlerweile so erregt, dass ihre Haut vor kaleidoskopischen Bildern flimmerte, Schleifen, Spiralen, psychedelische

Muster. Jakes Zunge und Finger glitten in immer neue *petites bouches*, die sich auf ihren Brüsten und üppigen Arschbacken geöffnet hatten. Die kleinen Zungen in jeder dieser Mösen schwollen an, bis sie aussahen wie überreife Früchte, die bei der kleinsten Berührung platzen konnten. Die Säfte, die aus diesen Mündern flossen, verbreiteten den Duft von Zimt und Muskat und Muscheln und Zitrone.

Jake griff erneut nach ihren Antennen. Dieses Mal genügte die bloße Berührung seiner Lippen auf dem sensiblen Schaft, um sie in *simultanen* multiplen Orgasmen explodieren zu lassen. Zweifellos ein ziemlich großer Vorteil des Alien-Daseins.

Während sie vor Lust zuckte und sprühte, wuchsen ihre vielen Mösen immer weiter und vereinigten sich, und wo sie eben noch an einem Finger geleckt hatten, war es jetzt die ganze Hand, die in ihnen verschwand, dann ein Arm, bis sich schließlich ihr ganzer Körper vor Jake aufstülpte und ihn vollkommen verschlang. Er füllte sie aus, von Kopf bis Fuß – er war selbst in ihren Extremitäten. Jake fand, sich in den wunderbarsten, wärmsten, nassen Raum gequetscht, gleichzeitig völlig entspannend und extrem erregend. Er war wirklich im Mutterschiff angekommen. Er schwamm durch sie hindurch, surfte auf ihren Wellen. Er spürte, wie vom Kopf bis zu den Füßen ein Orgasmus durch seinen Körper lief, durch jedes Glied, durch jeden Nervenpfad, selbst durch sein Knochenmark. Jake hatte noch nie einen solch starken und langen Orgasmus gehabt. Er fühlte sich wie ausgelöscht. Erschüttert und durchgeschüttelt, bis ins Innerste seines Erdlingskörpers. Gerade als er merkte, dass es mit dem Atmen ein bisschen schwierig wurde, stöhnte Baby, versteifte sich und kam noch einmal, schreiend vor Lust: *Odelay-hi-ho!*

Lati und die Zwillinge betraten gerade das Haus, als sie Baby jodeln hörten. Sie rannten ins Wohnzimmer, gerade noch rechtzeitig, um mitzubekommen, wie ein nach Luft schnappender, in Schleim gehüllter Jake aus der größten, unglaublichsten Möse taumelte, die sie je gesehen hatten, auf einer Flutwelle von Säften. Er war etwas blau im Gesicht und das machte aus ihm und Baby ein noch perfekteres Paar.

Iggy und Revor waren ebenfalls hereingestürmt, jaulten und fiepten und schlugen vor lauter Freude Purzelbäume.

Baby sah zu ihrem Publikum hoch. »Tut mir Leid«, entschuldigte sie sich atemlos und mit einem ungezogenen Kichern. »Aber im All hört niemand, wenn du kommst. Jetzt verpisst euch, ihr Nutten.«

Lati schnappte sich die beiden Zwillinge und führte sie nach oben, um der Frage nachzugehen, wie viel Spaß ein Alien-Mädchen mit einer unbegrenzten Anzahl von Mösen mit zwei Erdenjungen haben kann.

Als Jake sich langsam erholte, hatten sich Babys Blüten wieder zurückgebildet, bis auf eine an ihrem Hals, über die sie abwesend und mit geschlossenen Augen strich. Er beugte sich über sie, nahm sie in seine Arme und trug sie die Stufen hinauf unter die Dusche (wobei er sich Mühe gab, nicht zu sehr zu stöhnen und zu ächzen, denn schließlich war sie eine Art Amazone und er kein Arnold). Dort liebten sie sich noch einmal. Schließlich endeten sie in Jakes Zimmer, wo sie in den Armen des anderen einschliefen. Eigentlich schlief nur Jake in Babys Armen ein. Baby brauchte nicht viel Schlaf und in ihrem Kopf summte es. Etwas sagte ihr, dass dies ihre letzte Nacht auf der Erde sein würde.

Whiiiiii, juchzten die Sirianer und die Alphas und die Cherubim und der Rest, als Pa durch das Letzte Wurmloch Vor Dem Planeten Erde zischte wie ein Rodelschlitten über eine Eisbahn. Yiiiha! Bald herrschte jedoch Aufregung und jede Menge Panik, als sich herausstellte, dass sie die empfohlene Höchstgeschwindigkeit für Wurmlöcher überschritten hatten und ein paar ihrer Moleküle die Besitzer wechselten. Zum Beispiel tauschten ein Sirianer und ein Zeta Reticulaner ungewollt die Nasen und Qwerk musste ein paar Gehirnzellen von einem Alpha übernommen haben, denn er fing tatsächlich an, *über die Witze der anderen zu lachen.*

Unterdessen hatte Eros Wind davon bekommen, dass das größte, schärfste, heißeste Rockkonzert aller Zeiten am nächsten Abend in Sydney, Australien, Erde, stattfinden würde. Diese Babes. Versprechen hin, Versprechen her. Eros würde in der ersten Reihe sitzen. Was hatte Gott jemals für ihn getan, hä?

Aber zwinker zwinker, kleiner Stern, ist die Erde nicht ein bisschen fern? Die Kirkwood-Spalten! Eros hüpfte vor Freude auf und ab. Das war's! Die Schleudersitze des Asteroidengürtels. Wenn ich mich nur in eine der Spalten manövrieren kann, wird mich die Schwerkraft Jupiters ganz schnell losschießen lassen, auf und davon.

Los geht's! Aaaaaaah!

Es kam Baby endlos lang vor, bis Jake endlich aufwachte. »Guten Morgen, Sternenschein«, begrüßte sie ihn, etwas zu munter für die Tageszeit.

»Mmmm.« Er stöhnte, streckte sich, gähnte und rollte sich auf sie, noch immer verklebt von ihren Säften und seinen eigenen. »Ich bin ganz klebrig«, erläuterte er ihr.

»Warum gehst du dann nicht duschen?«

»Was – und alles verderben?«, entgegnete er, gähnte wieder, rollte von ihr herunter und kratzte sich am Sack. Baby sah ihn mit einer neuen und verunsichernden Klarheit an. Ihre Antennen schienen ungewöhnlich scharf. Sie empfingen alle möglichen Dinge. Jakes post-koitale Trägheit zum Beispiel. Die verschwundene Banane. (Sie lag unter Homers *Ilias*, auch ein Buch, das Jake lesen wollte, wenn er alt war.) Plötzlich erinnerte Baby sich an das leere Gefühl, das sie in der ersten Nacht in der Kammer für Sexexperimente erlebt hatte, als sie sich fragte, ob das alles sei, was an Sex dran war. Inzwischen wusste sie es natürlich besser. Letzte Nacht – das war Sex in Großbuchstaben gewesen. Es war noch mehr als das, es war, nun, es war nicht nur Rock, es war auch Pop. Aber was jetzt?

Jake legte den Arm um sie. Er fühlte sich schwer und einengend an. Ich brauche *Raum*, dachte sie. Was bei einem Alien ein Menge Dinge bedeuten kann.

»Frühstück?«

»Gerne«, sagte Baby und dachte, ja geh, lass mich mal eine Minute allein.

Jake machte sich auf nach unten. Sie hörte die Toilettenspülung. Igitt. Sie hatte sich noch immer nicht an die Verdauungsregeln der Erdlinge gewöhnt. Die Systeme der Aliens waren da um vieles effizienter. Sie verwandelten Nahrung einfach in Energie. Punkt. Oh, sicher gab es den ein oder anderen Furz. Aber wir haben's ja schon mitbekommen, dass Alien-Winde eine Sache für sich sind. Praktische Kunst. Kunstfurzen.

Bald kehrte Jake mit zwei Tellern zurück. Auf dem einen lag ein drei Tage altes Mandelcroissant, Rührei und etwas Käse, den er von Saturna und Skyes Hälfte des Kühlschranks gestohlen hatte, auf dem anderen ein elektrischer Bleistiftspitzer und andere kleine Teile, die er aus Georges Garten für sie geholt hatte. Sie aßen schweigend, wenn auch nicht in aller Stille. Das Surren des Anspitzers und das Knirschen des Metalls, auf das Baby biss, unterlegten die romantische kleine Szene mit dem Soundtrack eines Schrottplatzes. Jake war es egal, er war verliebt. Kann es wirklich sein, dachte er, dass dort auf dem Hügel Vögel waren, deren Gezwitscher ich noch nie gehört habe?

Nach dem Frühstück erwachten wieder amouröse Gefühle in ihnen. Jake kniete auf der Matratze und zog eine Schublade des Schranks neben dem Bett auf. »Hier sind also all meine Socken?!«, meinte er verwundert, bevor er das schmutzige Geschirr in die Schublade beförderte. Dann schob er sie zu, drehte sich zu Baby um und lieferte seine ganz persönliche Imitation von Iggy ab, indem er knurrend an ihren erstaunlichen Brüsten saugte.

Die kleine Aufführung mit dem schmutzigen Geschirr und der Sockenschublade hatte es bei Baby klicken lassen: *Rock 'n' Roll.* Sie war definitiv wieder verliebt.

Für den Augenblick jedenfalls.

Was willst du und was kannst du kriegen?

Courtney Love: »Wenn ich kriege, was ich will, will ich es nie wieder haben.«

Doll war die Erste, die am Tag des großen Konzerts in die fliegende Untertasse zurückkehrte. Skye und Saturna waren früh aufgestanden, um ihren Laden zu öffnen. Lati war mit den chemischen Brüdern fort, wie üblich auf irgendeiner pharmazeutischen Suche. Baby war noch bei Jake. Doll schäumte. Jungen. Drogen. Die beiden waren so was von unzuverlässig. Sie hatten nur noch ein paar Stunden, bevor sie zum Soundcheck ins Stadion mussten. Während sie auf und ab ging, fand sie sich plötzlich vor der Tür von Galgals Kontrollraum wieder. Seit Ewigkeiten hatte ihn keiner von ihnen mehr betreten. Sie öffnete die Tür, warf einen Blick hinein und wollte schon wieder gehen, als ihr eine Bewegung auf einem der Monitore ins Auge fiel. »Heiliger scheiß Jupiter!«, fluchte sie und ihr lief ein Schauder durch die Antennen.

Sie durften keine Zeit mehr verlieren.

Mum hatte eine Nachricht erhalten. Es war eine simple Nachricht. »Hallo, Mum.« Nur ein Nufonier konnte so etwas senden. Qwerk. Zweifellos. Er kam, um sie zu holen. Sie überprüfte das Datum und den Raumort. Nach ein paar schnellen Berechnungen wusste sie, dass er wahrscheinlich schon das Letzte Wurmloch Vor Der Erde passiert und die Mautstelle zur Mondbahn fast erreicht hatte.

Natürlich betrieb Gott die Mautstelle. Da Er sich gerne als großen Metaphysiker sah, hatte Er die Maut auf ›etwas von universellem Wert‹ festgesetzt. Die Mädchen waren durchgekommen, indem sie die Bing-Crosby-CD-Sammlung in den Korb geworfen hatten. Eigentlich hatte Lati es nur als Witz gemeint, eine kurze Ablenkung, während sie über ein plausibleres Angebot nachdachten. Sie konnten es kaum glauben, als die Ampel auf Grün schaltete und die Schranke hochging. Doll hatte die Triebwerke aktiviert und sie schossen durch, bevor Gott vielleicht darauf kam, dass Er einen

Fehler gemacht hatte. Andererseits war es kein Fehler. Gott war unfehlbar.

Die Nufonier würden in ein paar Stunden landen. Doll wusste, wie sehr die Nufonier peinliche Szenen hassten, und hielt es daher für sehr wahrscheinlich, dass Qwerk das Ende des Konzerts abwarten würde, bevor er zuschlug. Wenn sie sofort nach der letzten Zugabe in ihre Untertasse flüchteten, hatten sie eine gute Chance davonzukommen. Dazu musste Doll Galgal zum Cricket Ground fliegen. Sie würde es später erklären.

Sie sah auf ihre Armbanduhr. In der Hoffnung, dass die anderen wieder zurück waren, ging sie zuerst zu Latis Zimmer und schaute hinein. Niemand da. Eine unordentliche Ansammlung kleiner versiegelter Tüten bedeckte das Bett. In den Tüten waren Pillen und Pulver, Pilze und Blätter jeder Art. Doll öffnete eine, dippte den Finger in ein weißes Pulver und zog es durch die Nase ein. Das Kokain schoss sofort in ihr Hirn und wirbelte einen Teil der blauen Masse gehörig durcheinander. Doll spürte, wie ihre Füße den Boden verließen. Sie drehte sich wie eine Spindel. Mit einem Schlag wurde ihr klar, was zu tun war. Sie packte sämtliche Drogen ein und ging in Galgals Maschinenraum. Sie durfte keine Sekunde verlieren.

»Fessle mich, bitte, fessle mich.«

»Wir sollen uns doch nur anschnallen, du Idiot.«

»Ist doch egal. Ich steh halt auf dieses Bondage und Disziplin-Zeug.«

»Wo wir davon sprechen …«

Captain Qwerk hatte herausgefunden, dass er durch Gottes Mautstelle kommen konnte, indem er dort seinen neu entdeckten Sinn für Humor ablud. Jetzt inspizierte er, gefolgt von seiner Crew aus Borgs und Robotern, ein letztes Mal die Untertasse, bevor sie von Pa ausgeworfen wurde, der in der Mondbahn in der Nähe von Mum angedockt hatte. Die Aliens hatten sich bereits in ihren Sitzen angeschnallt, aber als Qwerk vorbeikam, öffneten sie ihre Gurte wieder, klappten die Tabletts herunter und stellten ihre Sitze nach hinten, nur um ihn zu ärgern. Qwerk kannte das schon. In würdevollem Schweigen ging er an ihnen vorüber und betrat das Cockpit.

Die Untertasse war ein jüngeres Modell als Galgal, größer, aber schlanker. Ptt! Pa spukte Boyboy aus wie einen Wassermelonenkern. Ziiip!

»Es wird heiß.«

»Die größte Vibro-Sauna der Welt«, schmunzelte ein Zeta Reticulaner und fühlte unter seinem Sitz nach der aufblasbaren Rettungsweste, die Nicht Ganz Aufgeblasen Werden Durfte, Bis Man Das Raumschiff Verlassen Hatte. Das war ein weiterer beliebter Streich, die Stöpsel der Weste zu ziehen und dann auf die heulenden Sirenen und blitzenden Lichter zu warten. Aber halt, was war das? Bei dem Herumtasten unter dem Sitz war er an einen kleinen Schalter gekommen. Selbstverständlich spielte er daran herum.

»Au!«, rief ein Sirianer, der auf der anderen Seite des Gangs saß, und griff sich an seinen fetten Kopf, auf den ein harter Gegenstand gefallen war. »Au!«

Während die Sirianer hysterisch wurden, streckte ein Alpha das Bein aus und angelte sich mit seinen geschickten Zehen das Geschoss. »Heiliger Canopus!«, rief er und öffnete den Geheimplan, denn um nichts anderes handelte es sich. Alphas waren die Hochgeschwindigkeitsleser des Universums und nur Minuten später hatte er den Plan fast überflogen, als Boyboy sich scharf nach unten neigte und seinen Fall zur Erde begann.

»Whiiiiiiiiiiiiiiiiii!«, schrien die anderen Aliens, als die Mächte der Schwerkraft sie in ihre Sitze drückten. »Whiiiiiiiii!«

Im KOMPLATT-Büro in Washington glühte ein rotes Licht auf und ein Summer ertönte. General ›Jackal‹ Mikeson hob sein breites Kinn und schaute zwischen den Beinen seines Sekretärs hervor. »O mein Gott«, raunte er, als er sah, was auf dem Computerschirm erschien. »Es ist die große Nummer. Hoch mit deinem dicken fetten Popo, Herman, und die Truppen zusammengerufen. Qwerk ist hier und wir werden seinen grauen Arsch kriegen.«

Qwerk steuerte die Untertasse direkt nach Parkes. Vor einigen Wochen hatte die Regierung die Zuschüsse für wissenschaftliche Institutionen gestoppt. Luella und ihre Crew – die sicher waren, dass sie kurz davor standen, einen Kontakt herzustellen – hatten ihre Sachen zusammenpacken und sich nach Jobs in der holzverarbeitenden Industrie umsehen müssen, dem einzigen Wachstumsbereich in der gesamten Volkswirtschaft, abgesehen von Spielcasinos.

Boyboy flog niedrig über mehrere Provinzstädte in Queensland und New South Wales hinweg. Während Erdlinge nach oben zeigten und fasziniert und ängstlich hinaufstarrten, beugten sich die Sirianer in ihren glitzernden Bühnenanzügen aus den Luken und riefen: »Wir bringen euch Elvis!« Qwerk hatte nicht die geringste Ahnung, was sie meinten, aber er hatte zu viel zu tun, um lange darüber nachzudenken.

Parkes war nicht schwer zu finden – ein riesiges Geflecht aus Stahl und Aluminium, das auf einem weiten eingezäunten Feld stand. Im Zentrum befand sich eine große weiße Schüssel mit einem Durchmesser von vierundsechzig Metern, der Ort, von dem der Gruß ausgegangen war. Als die Untertasse neben dem verlassenen Gebäudekomplex landete, bähten Schafe die abgeschalteten Monitore an. In der Schüssel nistete eine Kakadu-Kolonie. Ein Erdling war nicht in Sicht.

Die Babes waren offensichtlich auch nicht hier. Qwerk überprüfte seine Koordinaten. Er war sicher, dass die Botschaft an Pa von hier gesendet worden war. Verdammt. Er durchwühlte den Müll des hastig aufgegebenen Außenpostens der Wissenschaft auf der Suche nach einem Hinweis über ihren Verbleib. A-*ha.*

»Es geht nach Sydney«, erklärte er den anderen. Er hielt eine Anzeige für Come to Mothership in den Fingern. Darin war ein Foto der Rock 'n' Roll Babes from Outer Space zu sehen. »Wir lassen Boyboy hier. In Pallas können wir uns leichter bewegen.« Pallas war ein zigarrenförmiges Schiff, das in Boyboy lag. Unter den richtigen Wetterbedingungen konnte Pallas über von Erdlingen bewohnte Zonen fliegen, ohne bis kurz vor der Landung sichtbar zu sein.

Die Babes hatten darauf bestanden, dass die Eintrittspreise für das Konzert niedrig blieben. Zuerst murrten die Veranstalter, aber als die Girls ihnen mitteilten, dass sie nicht am Gewinn beteiligt werden wollten, dass sie alles behalten konnten, waren die Konzertmanager happy wie Larry. Der immer noch sehr, sehr happy war.

Jede Band zieht ihr eigenes Publikum an. Die properen Discohäschen, die zu den Pet Shop Boys strömen, kann man kaum mit den haarigen kleinen Headbangern verwechseln, die Metallica und Twisted Mofo verehren, genauso wenig wie die süßen Punk-Mädchen mit Glitter im Gesicht, die zu Babes in Toyland moshen mit den Vorstadtblondinen mit Pferdeschwanz, die zu Le Club Nerd boppen.

Aber wie wollte man die Menge beschreiben, die in den Sydney Cricket Ground strömte – floss, sich ergoss –, um die Rock 'n' Roll Babes from Outer Space zu sehen? Es gab Hippies in gebatikten Pluderhosen, North Shore-Jungs in Segelschuhen, Hardcore Punks mit Irokesenfrisur, Lesben in Lederkorsett und Netzstrümpfen, Kids auf Skateboards, New Ager mit vielen lockigen Haaren, SF-Freaks in Button-Down-Hemden, hübsche Schwulenjungs sowie Raver jeder Couleur. Selbst altersmäßig konnte man sie nicht exakt erfassen. Es gab Oldies, die nicht mehr in einem Konzert gewesen waren, oh, seit den Rolling Stones und den Rolling Stones davor, und Babys, denen man eines Tages, wenn sie alt genug waren, um es zu verstehen, erzählen würde, *du warst dabei.* Viele der Besucher trugen Stirnbänder, an denen zwei wackelnde Antennen befestigt waren, oder selbstgemachte T-Shirts mit der Aufschrift ›Aliens Rocken Besser‹. Manche hatten Spielzeugstöcke mit sich drehenden Fliegenden Untertassen auf der Spitze dabei.

Luella, die noch immer einen Job suchte, war mit Aubrey, Aaron und Jason dort. Ebenfalls da waren Zach und der Rest des Teams von Kissed for the Very First Time Records (einschließlich Mr. Spinner): ganz Newtown, halb Darlinghurst. Die Mormonen waren da, der Transvestit, Kya und Groovy Gregory. Rattengesicht war aus Byron Bay gekommen und, ja, Brian der Türsteher und Shareen waren auch da. Three waren aus Melbourne gekommen und Prik Harness und The Angel Pygar aus Canberra. Die Entführten waren natürlich auch dabei. Und Ebola. George auch. Er hätte das hier nie und nimmer verpasst und wenn das Ende der Welt gekommen wäre.

Qwerk setzte die anderen am Opernhaus ab. Er wunderte sich ein wenig, dass sie alle ganz froh schienen, mit ihm nach Sydney zu gehen. Sonst musste er sie überall auf dem Planeten absetzen: in Moskau, wo sie in der U-Bahn spielten, auf Madagaskar, weil sie die Lemuren zum Kichern fanden, in England, wo sie auf dem Land Kornkreise zogen. Aber heute wollten sie alle nach Sydney. Ein Picknick am Eagle Rock? Wer weiß? War auch egal. Es war ein herrlicher Spätsommertag, der Himmel zeigte ein wolkenloses Blau, das Dach des Opernhauses glänzte in der Sonne und im Hafen blitzten hübsche weiße Segel auf. Wenn er diese kleinen Tunichtgute nur finden würde, sie neutralisieren könnte und die Untertasse wieder bekäme, dann, he he, es war Samstag, und die Erde läge Qwerk zu Füßen.

Die Erde ist jedoch an manchen Stellen ziemlich glatt. Und wenn Qwerk ein bisschen mehr von seiner Jugend verschwendet hätte, wenn er überhaupt etwas von seiner Jugend verschwendet hätte, dann hätte er gemerkt, dass etwas im Busch war. Picknick am Eagle Rock, in der Tat.

Das war nämlich passiert: Durch die Lektüre des Geheimplans hatten die Aliens erfahren, was die Nufonier wirklich auf der Erde vorhatten. Sie zu einem besseren Ort machen, sicher. Wenn die Definition von ›besserer Ort‹ ein Planet ohne Musik, ohne Liebe, ohne Begierde war. Ohne Rock 'n'

Roll. In den Augen der Nufonier die Hauptfaktoren im irdischen Chaos. Und sie würden sie eliminieren, einen nach dem anderen, angefangen mit ihren eigenen Geschöpfen, den sehr musikalischen, sehr liebenswerten, sehr begehrenswerten und begehrlichen Rock 'n' Roll Babes from Outer Space. Was sie mit Michelle Mabelle gemacht hatten – das war Kinderkram.

Die Nufonier hatten natürlich keine Ahnung von Eros.

Doll ging im Backstagebereich auf und ab und wartete darauf, dass die anderen endlich auftauchten. Roadies und andere Helfer liefen hin und her, zogen Kabel, schleppten sie umher, testeten Mikrofone und Schalter und Scheinwerfer und Laser. »Wir haben einen Notfall«, sagte sie zu Baby und Lati, als die endlich erschienen. Sie zog sie fort von den Fans, den Veranstaltern und den Journalisten, die alle vor der Show noch schnell mit ihnen reden wollten, schob sie in die Garderobe und schloss die Tür. »Sie sind uns auf den Fersen.«

»Wer ist uns auf den Fersen? Wovon redest du?« Baby tat so überrascht wie möglich, was ihr nicht leicht fiel. Sie hatte den anderen bewusst nichts von Zyggo erzählt. Würdest du dein Leben ändern, nur weil dich ein dicker Käfer anquatscht, während du auf dem Trip bist, behauptet dein Cousin zu sein und dir rät, dich zu verpissen? Andererseits war sie bereit, die Koffer zu packen, wie sie schon zu Jake gesagt hatte. Bald jedenfalls. Wenn sie Koffer gehabt hätte. Wer hat heute schon noch Koffer? »Daddy Pop. Captain Qwerk persönlich. Er will uns einkassieren und das wird nicht sehr lustig werden.«

»Wieso glaubst du, dass er hier ist?«, fragte Lati.

»Sie haben Mum kontaktiert«, sagte Doll. »Nach meinen Berechnungen haben wir gerade noch Zeit für das Konzert, bevor wir abhauen müssen. Ich habe die Untertasse mit Enigmacreme eingeschmiert – unser Vorrat ist jetzt leider aufgebraucht – und an der Seite der Bühne geparkt. Wenn das Konzert beginnt, wird der Tarneffekt langsam verblassen, aber das macht nichts. Ich glaube nicht, dass dann jemand eingreifen wird.«

»O Gott«, jammerte Baby. »Ich muss zu Jake.«

Du wirst schon zu ihm kommen. Außerdem, hast du nicht rumgetönt, dass dir dieser ganze Erden-Gig langsam auf die Nerven geht? Du bist nicht sehr konsequent.

»Närrische Konsequenz ist der Popanz kleiner Geister.«

Emerson. Du zitierst Ralph Waldo Emerson für mich? Ich muss schon sagen, ich bin von den Socken. Ich wusste nicht, dass du liest.

Tu ich auch nicht. Das ist eine Zeile aus einem Angel-Pygar-Song.

Hätte ich mir denken können. Aber zu Jake. Sicher kommt er zum Konzert.

Ja. Aber Gott, ich muss jetzt zu ihm.

Du weißt, dass ich euch Mädchen verwöhne.

Ja. Und dafür lieben und ehren wir Dich. Wir haben keinen anderen Gott außer Dir rarara.

Das höre ich gerne. Wenn ich je was über komische Sachen mit falschen Idolen oder goldenen Kälbern oder so etwas erfahre, seid ihr allein.

Verstanden. Danke. Vielen Dank. Danke danke danke.

Saturna und Skye waren angezogen und wollten los. Sie standen in der Tür zum Wohnzimmer, wippten ungeduldig mit den Füßen und taten so, als schauten sie auf Armbanduhren, während die Zwillinge ihr vor Konzerten übliches Ritual vollzogen und sich zudröhnten.

»Weißt du, was ich glaube?«, sagte Skye so laut, dass es die Jungs hören konnten. »Ich glaube, dass die Jungs so wahnsinnig Dope rauchen, um der Intensität des Lebens aus dem Weg zu gehen, um sich nicht ihren Gefühlen stellen zu müssen.«

»Quatsch«, entgegnete Torquil, ohne recht zu wissen, warum. »Dope, ehm, intensiviert die Intensität«, stammelte er. »Des Lebens.«

»Ja«, pflichtete ihm Tristram ausatmend zu. »Man stellt

sich seinen Gefühlen. Es ist, als sähe man das wahre Gesicht seiner Gefühle.« Ihm gefiel, was er sagte. »Die Nase und der Mund und die Augen seiner Gefühle. Man kann sie riechen. Echt wahr.«

Schweigen folgte. Ein ungeduldiges, was Skye und Saturna betraf, ein philosophisches vonseiten der Zwillinge. »Wovon haben wir gesprochen?«, fragte Torquil verstört.

»Ich weiß nicht genau«, sagte Tristram einatmend. Er wurde leicht paranoid. Warum trägt Saturna immer Purpur, dachte er. Was bedeutet das? Mag sie mich nicht?

»Wo ist Jake?«, fragte Skye und trommelte mit den Fingern auf dem Treppengeländer.

»Er, äh.«

»Er, äh, sucht oben einen Socken«, beendete Torquil den Satz seines Bruders.

»Einen Socken«, meinte Skye.

»Einen Socken«, wiederholte Saturna ironisch. Sie und Skye hatten keine Probleme mit ihren Strümpfen.

»Hat einer von euch Socken übrig?«, rief Jake von oben. »Auf meinen ist überall Ei.«

»Wow«, murmelte Torquil bewundernd. »Habt ihr das gehört? Ei? Das ist so cool.«

Tristram gefiel das, was er gehört hatte, jedoch überhaupt nicht. Was hatte Ei auf Jakes Socken zu suchen? Wessen Ei war es? Und warum sah Skye ihn so an?

Jake tauchte am Treppenabsatz auf. Dann verschwand er plötzlich vor ihren Augen in einem Lichtstrudel, begleitet von Trompetenstößen.

»Ähm, ich schätze, er ist schon mal vorgegangen«, meinte Torquil.

Ping! Mit einem Mal fand Jake sich backstage wieder.

»Wär schön, wenn ihr so was lassen könntet«, sagte er gereizt, während Doll ein Lachen unterdrückte. Sein Fuct-T-Shirt war verkehrt herum und mit der Innenseite nach außen herausgekommen.

Auch Gott machte seine kleinen Scherze.

Während Jake sich das Shirt wieder richtig anzog, schob Baby ihn zur Seite. »Wir müssen reden.«

O nein! Nicht schon wieder! Lief denn nicht alles prima? So wie in prima genug, um nicht darüber reden zu müssen?

»Es sieht aus, als bekämen wir ein kleines bisschen Ärger. Es ist eine lange Geschichte, aber die Kurzversion lautet, dass wir uns aus dem Stau machen müssen.«

»Staub«, korrigierte Jake freundlich. »Staub.«

»Egal. Jedenfalls haben sie einen Suchtrupp von unserem Heimatplaneten geschickt. Wenn sie uns fangen, werden sie uns zwingen, mit zurück zu kommen, und wer weiß, was sie mit uns machen. Auf alle Fälle Straflager. Wir werden sofort nach dem Konzert abheben. Wenn du willst, kannst du mitkommen«, bot sie beiläufig an. »Ich weiß nicht genau, wohin wir gehen, und ich weiß nicht, wie lange wir bleiben, aber ich hätte nichts dagegen, mit dir ein hübsches Weltallkontinuum zu verbringen.« Während sie das sagte, hängte sie ihm einen Plastikausweis um den Hals. Darauf stand: ›Rock 'n' Roll Babes from Outer Space: Überall Zutritt.‹ »Hier«, kicherte sie. »Jetzt ist es offiziell.«

Jake war völlig verwirrt. »Ja, toll.« Wovon zum Teufel redete sie? Wohin wollte sie gehen? Baby, geh nicht.

»Babes! Babes!« Die Rufe nach den Babes begannen bereits in der Mitte des Sets der Vorgruppe. Vor dem Stadion flehten Fans mit Tränen in den Augen die Kontrolleure an, sie durchzulassen. Es gab keine Schwarzhändler – keiner, der eine Karte ergattert hatte, hätte sich für was auch immer davon getrennt. Die Ordner, ebenfalls von der Aura der Babes verzaubert, ließen mehr Leute rein als sie durften. So etwa zwanzig- oder dreißigtausend mehr. Als die Lichter erloschen, war die Menge vor Erwartung fast hysterisch. Im Sanitätszelt waren bereits mehrere Dutzend Leute behandelt worden, die sich bei La Ola verrenkt hatten. Tausende von Kondomen wurden ausgegeben, weil die bloße Anwesenheit der Babes eine Art Lusttaumel auslöste.

Ein Stroboskop projizierte Millionen von rotierenden Sternen auf eine schwarze Leinwand. Kometen schossen durch die Nacht und das riesige Hologramm eines Mondes stieg über der Bühne auf. Ein erwartungsvolles »Aah« ging durch die Menge. Dann durchschnitten Laser den Himmel und ein Scheinwerfer richtete sich auf die Drums und erleuchtete Doll, in einem ärmellosen, schwarzen Minikleid aus Leder, schwarzen Strümpfen und kniehohen Stiefeln. Sie tupfte leicht auf die Snares. Dann kam Lati auf die Bühne, in einem limonengrünen Catsuit aus PVC, mit oberschenkelhohen Kelly-grünen Lederstiefeln, und nahm ihren Bass. Ihre Riffs gingen in den enthusiastischen Schreien und Pfiffen fast unter, als Baby in einem Anti-Schwerkraft-Raumanzug auf die Bühne schwebte. Sie riss sich den Helm vom Kopf, warf ihn in die Menge, schüttelte die bezopfte Mähne und begann, noch immer hoch über der Bühne, die neue Hit-Single ›Chaos is my Best Friend‹. Während sie sang, entledigte sie sich Stück für Stück ihres Raumanzugs, ein Striptease im Raumfahrtzeitalter, so wie Jane Fonda in *Barbarella,* nur schärfer. Der Raumanzug war mit Helium gefüllt und jedes Teil, das sie sich vom Körper riss, stieg nach oben, hoch übers Stadion und schwebte davon. Darunter trug sie ein Minikleid, das komplett aus Spiegeln bestand, wie eine Discokugel. Ihre langen Beine steckten in glitzernden schwarzen Strümpfen, die Revor für die besondere Gelegenheit wieder zerrissen hatte, und an den Füßen trug sie maßgearbeitete silberne Blundstones. Als sie auf die Bühne herabschwebte und zu ihrer Gitarre griff, dampfte und brodelte es in den ersten Reihen wie in einem Hexenkessel. Der Zauber der Babes verhinderte, dass einer der Stage Diver auf den Boden stürzte, dass einer der Mosher einen Fuß ins Gesicht bekam, dass ein Mädchen betatscht wurde, es sei denn, es wollte es, und dass trotz der Intensität des Moshens sich niemand auch nur eine Rippe prellte oder einen Zeh verstauchte.

Als Nächstes spielte sie das immer umjubelte ›Abduction‹.

Ich lasse mich von dir entführen
gefesselt und gefangen, wilde Freiheit spüren,
O Darling, wie wir zueinander passten,

Du darfst mich mit deinem Stethoskop betasten,
Stech mich mit Nadeln, bevor du mich berührst
Ich möchte, dass du mich entführst.

Beim Refrain fiel die Menge stimmgewaltig ein:

Gefesselt und gefangen, wilde Freiheit spüren!

Jubel brandete auf, als Revor über die Bühne wackelte, um Doll einen neuen Trommelstock zu bringen, der Roadie der Roadies in einem schwarzen T-Shirt und Sneakers und mit mehr Schlüsseln am Gürtel als selbst Henry der Mixer.

Mitten im vierten Song kam plötzlich Unruhe auf. Alle Augen richteten sich zum Himmel, als Pallas mit brennenden Raketendüsen niederging. Das Raumschiff blinkte und glühte. Ein Stroboskoplicht an der Spitze des Schiffs erfasste die Menge. »Jiihiiee!«, schrien die Leute. Das hier war besser als Voodoo Lounge und Zoo TV und Madonna zusammen!

Pallas war kaum gelandet, als plötzlich eine Schar Cherubim auftauchte. Sie zwitscherten und plauderten in ihrer spiralenförmigen Sprache wie ein abgedrehter Loop von einer Technoscheibe, wofür die Leute das alles auch hielten. Jubel begrüßte die Cherubim, die hierhin und dorthin flogen, wie wild mit den Flügeln schlugen und Federn über den Fans verstreuten, die sie begeistert als Souvenir aufsammelten.

Der Nachrichtenhubschrauber von Channel Three war ebenfalls am Ort des Geschehens eingetroffen, zusammen mit einem etwas gestressten Paraglider, der vom Auftrieb mitgezogen worden war.

Jetzt öffnete sich eine Luke in Pallas und Qwerk erschien im Eingang. Das war das Letzte, was er gewollt hatte: bei einem Rockkonzert den Affen mimen. Er zitterte so heftig, dass es klang, als schlage jemand mit einem riesigen Hammer auf einen Gong, ein Sound, der sich perfekt mit Dolls wildem Drumming vermischte. Qwerk groovte sozusagen zum Beat.

Er holte tief Luft und trat heraus, einen halbautomatischen Lobotomierer in der Hand, und wich sofort entsetzt zurück, als er auf das Meer aus kreischenden Gesichtern, umherfliegendem Haar, in die Luft gestreckten Fäusten und Pogo tanzenden Körpern blickte. Hier befand sich mehr Hysterie und erotische Energie pro Quadratmeter, als er im gesamten Kosmos vermutet hätte. Und dort auf der Bühne, der Grund für all den Wahnsinn und das Chaos: die Babes.

»Close Encounter You!«, schrie die Menge, die diese fantastischen Special Effects für das Intro des Songs hielten. Zwei Teenager mit pinker und gelber Irokesenfrisur brachen durch die Barrikaden, rannten auf Qwerk zu, drückten ihm einen dicken feuchten Kuss auf die Wange, machten das Victory-Zeichen zur Menge und stürzten sich wieder vor die Bühne.

Es war des Nufoniers schlimmster Albtraum. Nufonier kommen lieber anders auf die Erde: Sie schätzen eine diskrete Ankunft, vorzugsweise auf einem leeren Stück Autobahn mitten in der Nacht, wo sie niemanden stören. Wenn sie Erdlingen begegnen, halten Nufonier gerne auf Distanz, denn sie schätzen das Prinzip des körperlichen Freiraums. Sie küssen Erdlinge auch nicht gerne. Selbst der Sex läuft ein bisschen klinisch ab – man denke an die Laboratmosphäre in der Kammer für sexuelle Experimente. Sie fragen immer sehr höflich nach den Führern der Erdlinge, denn sie halten gern den Amtsweg ein.

Qwerk, unklinisch geküsst und tief geschockt, stand eingefroren wie eine Träne auf Pluto da.

Ich hatte einen Traum
von einem Hügel
von einem Jungen
von einem Mädchen
du warst nicht dort
im Licht …

Kaum hatte Baby ›Close Encounter You‹ beendet, schrie die Menge nach ›Hangar 99‹.

In diesem Augenblick betraten die Alphas, die Sirianer, die Zetas und die anderen die Szene. Da sie weder Karten noch Flügel hatten, waren sie nicht an den Ordnern vorbeigekommen, aber einer der Sirianer erinnerte sich an etwas, das er in einer alten Folge von *Unheimliche Schattenlichter* gesehen hatte, und so schlichen sie durch eine Zeitfalte vorbei. Aus diesem Grund kamen sie zehn Minuten eher auf die Bühne, als sie aufgebrochen waren. Die meisten der Sirianer trugen Elvis-Anzüge, nur einer hatte seine ET-Maske auf.

Ein Sirianer tat den ersten Schritt. Behände sprang er auf Captain Qwerks Rücken, wickelte seine Saugfinger um dessen glänzenden kleinen Körper und steckte seine meterlange Zunge in Qwerks Ohr. Wir wissen, wie sensibel nufonische Ohren sind. Qwerk war vor Lust wie gelähmt und ließ seinen Lobotomierer fallen. Der Sirianer zog seine Zunge aus Qwerks Ohr und rief einem anderen Sirianer zu: »Ziemlich schmalzig!« Darüber mussten sie beide so heftig lachen, dass Qwerk Zeit hatte, sich zusammenzureißen, seine Waffe aufzuheben und sie dem ersten Sirianer an den Kopf zu halten.

»Schluck!«, schrie der Sirianer.

Diesen Augenblick nutzten die Cherubim, um sich auf Qwerk zu stürzen. Mit ihren feisten Händen packten sie ihn an den knochigen Gelenken und trugen den kleinen Grauen hoch über die Bühne in die Luft, wo sie ein Wörtchen mit ihm plauderten. Sie erzählten ihm, dass sie mehrere Male gesehen hatten, wie er während der Reise an seinem Zäpfchen gespielt hatte. Sie erzählten ihm, dass sie den Geheimplan gefunden hatten. Dann setzten sie ihn mitten auf dem Bühnendach ab. Für einen Kosmonauten hatte Qwerk erstaunliche Höhenangst. Er wagte es nicht herabzublicken und war durch die Ereignisse derart aufgeregt, dass seine Glieder wie spastisch zu zappeln und zu zucken begannen. Nichts Lebensbedrohliches, aber es sah spektakulär aus.

Luella Skye-Walker stieß ihren Mann an und zeigte nach oben auf Qwerk. »Ich hab seit Ewigkeiten kein Breakdancing mehr gesehen.«

»Definitiv Zeit für ein Revival.« Aubrey nickte begeistert und probierte ein Schulterzucken, eine Schlangenbewegung und ein Fingerverdrehen. Er rieb sich den Nacken. »Na ja, vielleicht nicht in meinem Alter.«

»Weißt du, Aubrey, ich wünschte wirklich, wir hätten Kontakt bekommen, bevor sie das Projekt eingestellt haben«, seufzte Luella. »Kannst du dir vorstellen, wie toll es wäre, wenn all diese Aliens echt wären?«

Mittlerweile holten Qwerks Borgs und Roboter tief Atem und wollten sich gerade in den Wahnsinn stürzen, um ihren Führer zu befreien, als Revor und Iggy angeschossen kamen und sich am Fuße von Pallas' Ausstiegsrampe aufbauten. Ein Blick auf Iggy, der sich nicht einmal Mühe gab, bedrohlich auszusehen, und selbst die berüchtigten Borgs von 49 Serpentis wichen zurück. Sie kauerten hinter der Tür und zitterten wie verrückt unter ihren rosafarbenen, dreieckigen Brustkörben.

Die Babes spielten weiter.

Warp Drive, ich hau hier ab
Warp Drive, ich hab die Enge satt
Eines Tages wär ich gern mit dir auf einem Stern
Aber auch wenn wir uns nah sind, bist du mir fern
Also danke für das Memozid
Es hat Spaß gemacht, war ein wilder Trip
Warp Drive, Warp Drive
Ich hau hier ab.

Da Sirianer größenmäßig beeinträchtigt waren, konnten sie bei Rockkonzerten nicht sehr gut sehen. Da er nicht richtig mitbekam, was abging, wählte der Sirianer mit der ET-Maske diesen Augenblick, um auf die Bühne zu klettern.

Sein Anblick versetzte die Menge fast in Raserei. »Nach Hause telefonieren!«, riefen die Leute. »Nach Hause telefonieren!« Da bemerkte er, dass so etwas wie eine Mobile Einsatztruppe in voller Kampfausrüstung von der anderen Seite auf die Bühne stürmte. Ängstlich sprang er von der Bühne und landete ganz vorne, wo er aufgefangen und für den Rest des Konzerts auf den Händen der Leute weitergereicht wurde.

Der Sirianer hatte sich geirrt. Es war keine Mobile Einsatztruppe, es war General Jackal Mikesons TABS-Team (Truppe, die Aliens zu Brei Schlägt), der militante Arm von KOMPLATT. TABS waren viel schlimmer als Mobile. Die Alphas und die anderen Sirianer und Zeta Reticulaner, die bis jetzt gar nicht gewusst hatten, was sie machen sollten, stürzten sich auf die TABS, hingen sich an ihre Helme, stülpten die Saugzehen über ihre Gesichter, versuchten sie unter den Kampfjacken zu kitzeln und ihnen in die Nasen zu furzen. Die TABS ließen sich davon jedoch nicht im mindestens beeindrucken, denn genau für solche Situationen waren sie professionell ausgebildet worden. Mikeson zog sich einen Sirianer vom Gesicht und signalisierte seinen Männern, auf die Babes loszugehen – die noch immer wie verrückt spielten – und sich dann Qwerk zu schnappen.

»Drama-Drama!«, rief Tristram entsetzt. In seiner Fantasie sprang er auf die Bühne, machte die TABS ganz allein fertig, rettete die Babes und sicherte sich damit die ungeteilte Aufmerksamkeit Latis, die nie mehr einen anderen Erdling ansah. Außer vielleicht Torquil, wenn er es erlaubte. Torquil dachte das Gleiche. Und was taten die beiden heldenhaften Slacker? Tristram zündete mit tief besorgter Miene noch einen Joint an und reichte ihn Torquil. Dann gingen sie nach vorne und tippten einem der Sirianer auf die Schulter.

»Ähm, können wir irgendwie helfen?«, fragte Torquil.

»Cousin!«, rief der Sirianer und umarmte ihn.

Doll reagierte inmitten der ganzen Verwirrung am schnellsten. »O Gott«, flüsterte sie mit einem Trommelwirbel. »Hilf uns, bitte. Wenn wir dich je gebraucht haben, dann jetzt.«

KKKKKKKKRRRRRRR – KKKRCCCKKK! Ein großes Loch tat sich in einem der Lautsprechertürme auf, und eine riesige Gestalt mit dem Gesicht von Phil Collins, der Frisur von Lenny Kravitz, dem Körper des jungen Elvis, dem Stil Dave Graneys, der knisternden Sexualität des Artist Formerly Known as Prince, dem hämischen Grinsen Johnny Rottens und der größten verdammten dreihälsigen Gitarre des Universums trat daraus hervor. Er zog farbige Streamer hinter sich her und schwang einen glitzernden Taktstock plus Lasso, mit dem Er die gesamte TABS-Division einfing.

»KONG FOO SING!«, brüllte er und befahl ihnen: »Versüßt mir den Tag. Tanzt zur Musik!« Augenblicklich drehten sich die Soldaten wie ein Mann der Menge zu, warfen ihre Helme in die Luft, rissen die Hemden auf, präsentierten durchtrainierte Oberkörper und ließen unter der Leitung von Mikeson persönlich zum Refrain von ›In the Sexual Experimentation Chamber (Anything Goes, Everything Cums)‹ verführerisch die Becken kreisen.

Die Fans waren aus dem Häuschen. Sie schrien, sie lachten, sie pfiffen, sie klatschten, sie tanzten Pogo, sie moshten, sie fickten in den Gängen. Die nicht enden wollende Musik, die pulsierende Pallas auf der einen Seite der Bühne, die glühende Galgal auf der anderen, der noch immer breakdancende Qwerk auf dem Bühnendach, die Cherubim, die in der Luft mit dem verirrten Paraglider spielten, und der schwebende Hubschrauber, die auf der Bühne hüpfenden Sirianer, ET in der ersten Reihe, und jetzt diese Invasion tanzender Soldaten, ganz zu schweigen vom Auftritt des ultimativen Rockgottes, geheiligt sei Sein Name, der gerade ein geiles Gitarrensolo von ›Stairway to Heaven‹ ablieferte, das alles vereinigte sich zu dem zweifellos besten Rock 'n' Roll-Konzert in der vergangenen, gegenwärtigen und zukünftigen Geschichte des Universums.

Es war so cool, so abgedreht, so scharf, so absolut begeisternd und grandios, dass niemand bemerkte, wie sich der Himmel verfinsterte, als ein Asteroid mit einem Durchmesser von etwa zweiundzwanzig Kilometern seinen Anflug auf die Erde begann.

»Tut uns Leid wegen des Aufruhrs« – Baby stand vorne an der Bühne und rief durch das Mikro –, »aber wie ihr seht, werden wir von einigen Leuten gesucht, von denen wir nicht gerne gesucht werden möchten. Aber so ist das Leben als außerirdischer Rock 'n' Roll-Outlaw nun mal. Wir hatten eine Superzeit auf eurem Planeten, es war echt stark, und wir lieben euch alle.«

Was? Jake spürte, wie Panik in ihm aufstieg. Was war hier los? Hatte sie das mit dem Weggehen etwa ernst gemeint? Und was meinte sie damit ›lieben euch alle‹? Was war mit ihm? Was war mit ihm?

»Bitte versteht«, fuhr sie fort. »Wenn wir nicht bald, also, um genau zu sein, jetzt sofort hier verschwinden, dann sind wir bald tote Aliens. Und wenn ihr je tote Aliens gesehen habt, dann wisst ihr, dass das kein hübscher Anblick ist. Also, wir sind weg. Wir wissen nicht, wohin, wir wissen auch nicht, wann wir zurückkommen. Wir fahren einfach auf die große Autobahn im All und bleiben auf Achse.«

Ohne ihn? He – wo waren die Zwillinge geblieben? Ließen ihn jetzt alle im Stich?

»Hört gut zu«, sagte Baby. »Wer mit uns kommen will, macht Folgendes. Wenn ich sage *Rock 'n' Roll*, stellt euch vor, ihr wärt in der fliegenden Untertasse und nickt dreimal mit dem Kopf. Also Leute, jetzt – ROCK 'N' ROLL.« Haare flogen und Löcher taten sich in der Menge auf. Zum Beispiel dort, wo Larry und die anderen Entführten gestanden hatten, George, der junge Zach, Skye und Saturna, Ozone und Ebola, Groovy Gregory und sogar ein prominenter Regierungspolitiker, der kürzlich geäußert hatte, die Babes seien seine Lieblingsband, besser noch als Silverchair, und Jackal Mikesons Sekretär Hermann und Des Blight und Henry der Mixer.

Jake versuchte, sich in der Untertasse zu sehen. Er sah das Bild seiner Entführung, sah sich und Baby im Sando Pool spielen, den ersten Tag, an dem er und Torquil die Babes hatten proben hören, das erste Konzert, die Tournee. Er sah, wie er mit Baby Sex hatte. Sie war das unglaublichste Mädchen, das er je kennengelernt hatte, sie hatten tolle Zeiten erlebt und atomaren Sex. Es stimmte. Er liebte sie. Von ganzem Herzen.

Vielleicht war es wirklich an der Zeit, sich, ähm, zu binden. Aber seine Haut fühlte sich an, als wäre sie eine Nummer zu klein für ihn geworden, seine Handflächen waren feucht und seine Schläfen pochten. Er brauchte dringend einen Joint und ein Bier. Er musste diese Sache erst mal überdenken.

Babys Antennen hatten Jake in der Menge aufgespürt. Sie spürte, wie er auswich. Es versetzte ihr einen Stich ins Herz. »Letzter Aufruf«, sagte sie und sah ihn an. Willst du nicht mit mir kommen? »ROCK 'N' ROLL!« Er stand noch immer da. Er kam nicht mit. Das wusste sie jetzt. Aber da sie seine Gedanken gelesen hatte, wusste sie auch, dass er sie liebte. Auf seine eigene, seltsame Erdenjunge-Weise. Und während ein Teil von ihr sich wünschte, es wäre anders und sie wären für immer zusammen, war sie andererseits doch froh. Denn schließlich war sie Baby Baby, wild und frei, außerirdisch ungewöhnlich, das Nummer Eins Rock 'n' Roll-Girl aus dem Weltall. Es würde andere Abenteuer geben, andere Planeten, andere Lieben, wenn nicht in diesem Sonnensystem, dann im nächsten oder übernächsten. Jake würde immer einen Platz in ihrem Herzen haben, aber sie hatte ein sehr großes Herz.

Doll winkte ihr heftig zu, dass sie sich beeilen sollte. Die Borgs und Roboter in Pallas warfen die Maschinen an und Gott, der Seinen Teil getan hatte, wippte mit dem Fuß und sah auf Seine Armbanduhr. Qwerk, der noch immer auf dem Dach stand, war der Einzige, der den herannahenden Eros bemerkte, aber seine Schreie gingen in dem allgemeinen Tumult unter.

»Vielen Dank, Sydney!«, rief Baby. »Danke Australien. Danke Erde. Wir sind die Rock 'n' Roll Babes from Outer Space. Bis zum nächsten Mal!« Sie hob ihre Gitarre hoch und zertrümmerte sie auf dem Bühnenboden. Lati sprang auf ihren Bass und Doll trat ihre Drums um und warf die Stöcke in die ersten Reihen, wo tausend Hände nach ihnen griffen und – man sehe und staune –, die Stöcke vervielfältigten sich in der Luft, bis für jede Hand einer da war.

Während die Fans schrien, winkten und hüpften, warf Doll Galgal an. Keine Minute zu früh. Die Untertasse erhob sich auf einem Lichtstrahl in die Luft, den es dann mit einem großen fetten Schmatzer wieder einsog. »Haltet euch fest«, sagte Doll, legte den Gang ein und hing kurz über dem Stadion, die borggesteuerte Pallas hinter sich. Qwerk auf dem Dach starrte entsetzt zu dem sich schnell nähernden Eros hinauf.

Doll brachte das Schiff in eine scharfe Rechtskurve, rief: »OK Computer« und legte sämtliche Schalter um. Latis Drogen fluteten die Maschine. Die Amphetamine sorgten dafür, dass die Untertasse immer schneller und schneller wurde. Speed und Kokain ließen sie summen und vibrieren. Acid und die Magic Mushrooms trieben Schabernack auf den Monitoren und gaukelten Doll kleine grüne Teddybären und Teller mit blauen Spaghetti vor, aber sie wappnete sich dagegen und fuhr einfach hindurch.

Als die Untertasse über die Vorstadt Wollstonecraft hinwegflog, gab es einen gigantischen Überschallknall. Jedes Fenster in jedem Haus zerbarst in einer Explosion aus Glas, Nippes und Geschirr purzelten aus den Regalen.

»Das war das letzte Mal, dass ich diese Ärsche gewählt habe«, meinte ein erzürnter Anwohner. »Die Votzen haben uns versprochen ›kein Fluglärm, wenn wir in der Regierung sind‹.«

Eros wurde jetzt immer schneller, und der freie Fall machte ihn heiß. »Ich habe keine Angst, schwer zu sein«, sang er. Der Aufprall war nur noch Minuten entfernt. Nur daran zu denken, war schon so aufregend.

»Was zum Teufel ist das?«, fragte Baby. Sie hatte nach Cocktailgläsern gesucht und zum ersten Mal die zweite Kopie des Geheimplans entdeckt. »Iih. Nufonischer Müll.« Sie öffnete ein Fenster und warf ihn hinaus. Der Band taumelte mit rasender Geschwindigkeit durch das All und prallte direkt gegen Pallas, die in tausend Stücke Weltraumschrott explodierte. Eines dieser Stücke wirbelte umher und raste in Eros, der nun seinerseits explodierte, mit einem enormen asteroiden Lustschrei. Eine Million Fragmente von einhundert Prozent reiner Liebe regneten auf die Erde nieder.

JA! riefen die Erdlinge. O ja!

Es war für sie genauso schön wie für Eros.

In einer Szene, die sich ähnlich in vielen Hauptstädten der Welt abspielte, wirbelte ein besonders großes Fragment von Eros durch die Atmosphäre und landete in Canberra. Der Premierminister und das Kabinett hielten eine nächtliche Sitzung ab. Es hatte einen Grund, warum sie sich nachts trafen. Wenn zu viel Licht auf ihre Aktivitäten gefallen wäre, dann hätte man sie schneller aus dem Amt geworfen, als man »Schweinebande« sagen kann. PLONG! Ein Stück Raumfelsen krachte durch die Decke des Parlaments und in den Konferenzraum hinein, wo es den Premierminister erwischte. Es prallte von seiner Stirn ab und traf nacheinander seine Männer. Es waren alles Männer, selbst die Frauen. Einige Minuten lang hingen sie bewusstlos in ihren Sesseln. Als sie zu sich kamen, sahen sie alles mit anderen Augen. Der Premierminister blinzelte. »Wo waren wir?«, fragte er benommen. Er warf einen Blick auf die Tagesordnung, die vor ihm auf dem Tisch lag. Der erste Punkt lautete: »Vorbeugende soziale Gerechtigkeit – Inhaftierung der Armen, bevor sie anfangen, die Reichen zu bestehlen.«

»Das ist doch scheiß lächerlich«, rief der Premierminister und riss sich die Kleider vom Leibe. Er stellte sich auf seinen Sessel und leerte die Taschen seiner Hose aus. Münzen und Banknoten purzelten und flatterten heraus, bis sie in einem großen Haufen auf dem Tisch lagen. »Ich glaube, es wird Zeit für eine Umverteilung des Reichtums«, verkündete er. »Und ich glaube, wir in diesem Raum sollten persönlich mit bestem Beispiel vorangehen.«

»Hört! Hört!« Im Chor gaben die Minister ihrer Freude und ihrer Zustimmung zum Vorschlag des Premierministers Ausdruck. Sie streiften ihre Kleider ab und bald schon ächzte der Tisch unter dem Gewicht ihres gesammelten Kleingelds. Es waren nur acht Milliarden Dollar, aber es war ein Anfang. Und sie fanden heraus, dass sie sehr viel mehr Spaß haben konnten, wenn sie das miteinander machten, was sie vorher nur mit der Nation gemacht hatten.

Und so gelang es den Rock 'n' Roll Babes from Outer Space auch noch so ganz nebenbei, mit leichter Unterstützung von Eros, die Welt zu retten.

Nachdem Galgal an das Mutterschiff angedockt hatte, ging die Party erst richtig los.

George bahnte sich einen Weg durch die Fans und klopfte Baby auf die Schulter. Er sah besorgt aus. »Baby, ich habe nicht gewusst, dass wir so schnell abheben. Ich hatte mein ganzes Zeug in meinem Laster vor dem Cricket Ground. Ich dachte immer, du weißt schon, wir könnten es gebrauchen.«

»Doll hat es mit dem Abduktor nach oben geholt, als wir drüber hinweg flogen. Kluges Gör, unsere Doll.«

»Dann«, sagte George, grinste breit und knackte eine Dose – denn Doll hatte die Weitsicht gehabt, das Lager von drei Schnapsläden und einem Woolworth zu entwenden – »Prost.«

»Prost, George«, entgegnete Baby und kniff ihn in die Wange. »Oh, und gib mir die Dose, wenn du ausgetrunken hast. Du auch, Eb.«

Doll hielt es für angebracht, eine kleine Auszeit zu nehmen und Gott zu danken, der nun populärer war als die Beatles.

Danke, Gott.

War mir ein Vergnügen. Um einen Gadflys-Song zu zitieren, von all meinen Kindern, Darlings, seid ihr mir die liebsten. Außerdem wollte ich dieses alte Deus-ex-machina-Ding schon lange mal wieder machen.

Baby ließ die anderen kurz allein, stahl sich in ihr Zimmer und nahm den Lokator. S-P-U-N-K-N-I. Nein, ich mach's nicht, sagte sie sich. Lass ihn doch gehen. Lass ihn in Ruhe. Sie legte den Apparat wieder weg und kehrte zur Party zurück.

Jake ging langsam nach Hause und betrachtete das Tattoo auf seinem Handgelenk. Er setzte seine Sonnenbrille auf, obwohl es dunkel war, aber ihm waren ein paar Tränen in die Augen geschossen und das war ja nicht sonderlich cool, oder?

Als er die Haustür aufgemacht hatte, fand er das ganze

Haus voll mit Sirianern und Alphas. Sie rauchten mit Orq und Trist Wasserpfeife. »Cousins!«, riefen die Sirianer zwischen ihren Kicheranfällen immer wieder aus. »Cousins!«

Jake ging in die Küche und öffnete die Kühlschranktür. Nichts als eine alte Tomate und eine Dose VB.

Er sah diese beiden Dinge sehr lange an, bevor er die Kühlschranktür wieder schloss.

Im Cricket Ground schwebte der Channel-Three-Helikopter über dem Bühnendach. Der Reporter, der darin saß, rief Qwerk durch ein Megaphon etwas zu. »Versprechen Sie uns eine Exklusivstory«, sagte er. »Zu Ihren Bedingungen!«

»Holen Sie mich nur hier runter!«, flehte Qwerk. »Ich tue alles.«

Revor und Iggy saßen nebeneinander auf den Hinterpfoten, die Schnauzen zum Himmel gereckt. *»What's the Story, Morning Glory?«*, fragte Iggy vorsichtig, wandte den Kopf und streichelte Revor. Er machte sich Sorgen. Der kleine Kerl hatte seit Stunden kein Wort mehr gesagt. Revor drehte den Kopf und zwang seinem komischen kleinen Mund ein entschuldigendes Lächeln ab. Er hob eine Pfote und wischte sich eine Träne aus dem Auge.

»O Ig«, schniefte er. »Ich werde sie vermissen.«

»Ich weiß.« Iggy klappte seinen großen Kiefer auf und riss die Schnauze auf. Revor heftete seinen Blick auf den Hund. Er klammerte sich mit den Pfoten an Iggys Zähne, zog sich hoch, darüber hinweg und hinein. Dann drehte er sich herum, sodass seine Schnauze dicht hinter Iggys Lippen hervorlugte, und machte es sich auf der fetten feuchten Zunge des Bullterriers bequem, deren gekräuselte Ränder ihm als Kissen dienten. So saßen sie lange da, während Revors Atem in langen Seufzern aus Iggys Mund strömte.

Ein paar Wochen später ...

Jake fischte eine Sprosse aus der Salatschüssel auf dem Tisch und untersuchte sie beim Licht der Kerze. »Heißt es eigentlich Allfalfa?«, fragte er.

Kya, das Yin-Yang-Mädchen aus dem Sando, zuckte mit den Schultern. »Keine Ahnung.« Sie beugte sich über den Tisch, legte ihren Kopf auf die Hände und sah Jake eindringlich an. Sie war hin. Sie hatte es seit Urzeiten nicht geschafft, ihn zum Essen in ihre Wohnung zu kriegen. Jetzt musste er nur noch aus dieser komischen Stimmung raus, in der er sich befand. Er betrachtete noch immer die Sprosse. »Du bist sehr spacig heute Abend«, sagte sie.

»Tut mir Leid«, sagte Jake zu dem Salat. »Ich bin in letzter Zeit nicht sehr unterhaltsam. Ich geh wohl besser.«

»Nein, nein, nein, ich wollte nicht, dass du ... Soll ich noch eine Flasche aufmachen?«

»Wenn du willst.«

»Warum, glaubst du, heißt es abspacen?«, fragte Kya, schob ihren Stuhl zurück und holte eine neue Flasche Wein aus dem Kühlschrank. »Denk mal drüber nach. Wir sagen, etwas ist ›galaktisch‹, wenn es besonders gut ist. Von Leuten, die nicht fest mit beiden Beinen auf dem Boden stehen, sagen wir, die sind ›von einem anderen Stern‹. Aber das kann auch eine gute Sache sein. Wenn wir etwas loben, sagen wir, ›echt kosmisch‹. Was meinst du, Jake, ist der Weltraum als Gedankenrahmen gut oder schlecht?«

»Weiß nich«, murmelte er unbestimmt und zerkrümelte ein Stück Brot auf seinem Teller. »Wie schon Sun Ra sagte.« Er hielt ihr sein Glas hin und zwang sich zu einem Lächeln. »*Space is the place.* Der Weltraum ist ein Ort. Nur ein Ort, weißt du.«

Die beiden saßen ein paar Minuten schweigend zusammen und tranken. Kya legte ihre Hand auf Jakes Arm. Sie sah die eintätowierte Untertasse und fuhr mit dem Finger über deren Umrisse. Weitere Minuten verstrichen, ohne dass einer ein Wort sagte. »Du hast dieses Mädchen wirklich gemocht, nicht wahr?«, fragte sie.

»Ja«, antwortete Jake.

»Junge Herzen heilen schnell«, sagte sie. »So heißt es jedenfalls in dem Song.«

Jake sagte nichts.

»Bleibst du heute Nacht hier, Jake?«

Jake seufzte. Er sah Kya mit traurigen Augen an. Er dachte noch immer die ganze Zeit an Baby. Ob sie wohl je an ihn dachte? Plötzlich juckte sein Hintern und gab ein leises, flaches Hupen von sich. Ein Lächeln glitt über sein Gesicht. Plötzlich fiel ihm auf, dass Kya ein sehr süßes Mädchen war.

»Weiß nich«, sagte er schläfrig. »Was meinst du?«

Anmerkungen

S. 13: *Bondi Beach* – der berühmteste australische Strand ist etwa einen Kilometer lang und liegt bei Waverly im Osten Sydneys.

Silverchair – enorm erfolgreiche australische Teenie-Band, deren Mitglieder allesamt um die 18 sind und die in den USA und Australien in den Top Ten landeten.

S. 18: *LAPD* heißt eine amerikanische Fernsehserie über die Arbeit des Los Angeles Police Department. Vollständiger Titel *LAPD – on the beat* (auf Streife).

A Current Affair – Amerikanisches Boulevard-Magazin, dessen Kolportage-Journalismus unter anderem auch den ›Videorazzi‹ hervorgebracht hat – er liefert die körnigen Videoaufnahmen, die den einen oder anderen Prominenten in möglichst intimen oder peinlichen Situationen zeigen. Weitaus härter als die deutschen Kopien.

Ricki Lake – amerikanische Schauspielerin, spielte in John-Waters-Filmen und *Last Exit to Brooklyn.* Berühmt wurde sie mit ›The Ricki-Lake-Show‹, mit der sie es auf über 1000 Sendungen gebracht hat. Öffentliche Erniedrigung ist angesagt, wenn es mit Studiogästen um Themen wie ›Meine Mutter hat mir den Freund ausgespannt‹, ›Du hast mir die Cops auf den Hals gehetzt, jetzt räche ich mich‹, ›Mutti, ich schaff es allein‹ geht. Daneben gibt es aber auch was fürs Herz, wenn Ricki getrennte Liebespaare oder Verwandte zusammenführt. Auch hier sind die deutschen Plagiate ebenso zahl- wie erfolgreich.

S. 19: *Grrrl:* auch Riot Grrrl – eine Mädchen- und Frauen-Subkultur, aus der amerikanischen Undergroundszene entstanden und stark von der Punkethik geprägt. Bands: Bikini Kill, Huggy Bear, Sleater-Kinney, L7 …

S. 21: *Sandringham* – Das Sandringham Hotel, auch Sando genannt, liegt in Newtown und bietet regelmäßig Live-Musik. Linda Jaivin hat hier schon selbst an der Kasse gesessen und den Besuchern Eintrittsstempel auf die Hand gedrückt.

S. 22: *Slacker* – auch unter dem Namen ›Generation X‹ bekannte jugendliche Subkultur. Dem Klischee nach leben Slacker in den Tag hinein, gehen wenig motiviert wenig lukrativen Jobs nach, ›Twentysomethings‹, die nicht Karriere machen wollen (oder können) und lieber qualmend und quasselnd den Tag genießen. Jake als typischer Vertreter dieser Generation kommt dem Klischee ziemlich nahe.

S. 25: *Regurgitator* – eine Band aus Brisbane, deren Musik Elemente von Funk, Industrial, Hip Hop, Synthie-Pop und Disco(!) enthält. Haben einen Song mit dem Titel ›I Sucked a Lot of Cock to Get Where I am‹ im Repertoire.

S. 26: *Newtown* – trendiger Stadtteil von Sydney, in dem viele junge Leute, Künstler aller Art usw. wohnen.

S. 28: *Australian Women's Forum* – monatliche Hochglanz-Zeitschrift mit eindeutig feministischem Anstrich und Artikeln über weibliche Rockstars, Hexen, Prostituierte, Stripperinnen, obdachlose Frauen usw; dazwischen erscheinen witzige Kolumnen, Tipps für die Lesbenszene, Ratgeberseiten zum Thema Sex. In der Mitte immer ein doppelseitiges Foto von einem nackten Mann, dem einige Seiten mit Aktbildern von jungen wie alten Männern folgen.

S. 31: *Ed Kuepper* – Ex-Mitglied der frühen australischen Punkband The Saints (›I'm Stranded‹), seit vielen Jahren solo und mit seiner Band The Aints unterwegs.

S. 40: *Foo Fighters* – die Band des Ex-Nirvana-Drummers Dave Grohl, gleichzeitig der Spitzname, den US-Bomberpiloten im Zweiten Weltkrieg für ein unerklärliches Phänomen erfanden. Einige von ihnen berichteten, von weißen Feuerbällen verfolgt und eingehüllt worden zu sein. So wurden die Foo Fighter sogar für eine Geheimwaffe des Feindes gehalten.

S. 43: *Kylie Purr* – Herausgeberin des Grrrl-Fanzines catPounce. Themen u. a. Mädchen, Gitarren und Zeichnungen von Katzen. Kylie ist Anfang Zwanzig, wohnt in Newtown und will mit ihrem Zine junge Mädchen ermutigen, sich nicht von ihrer männlichen Umwelt unterdrücken zu lassen, sondern aktiv zu werden.

Locomotion – das ›kleine blonde Ding‹ ist die australische Sängerin Kylie Minogue, Locomotion eine Single von ihr.

S. 50: *Goths* – auch unter dem leicht irreführenden Namen Grufties bekannt. Es gibt sie zwar in allen Variationen und Kombinationen (Gothpunks), doch allgemein gelten die Vorliebe für schwarze Klamotten, düster-romantischen Rock à la Sisters of Mercy und eine pessimistische Weltsicht als gemeinsamer Nenner.

Crusties – eine Art Land-Punks, die zu ihren Anfängen in ausrangierten Autobussen durch die Gegend zogen. Der Name leitet sich von ihrer vermeintlichen permanenten Schmutzkruste ab. Haben sich mit Anarchos, Alt-Hippies und Acid-House-Anhängern zu einer freien Raver-Szene zusammengetan. In Linda Jaivins Buch ähneln sie eher Pig Pen von den Peanuts.

S. 53: *Planet Rescue* – eine Umweltorganisation, deren Mitglieder manchmal in Bärenkostümen Spenden sammeln.

S. 54: *Dandenongs* – die Dandenongs Ranges sind eine bewaldete Bergkette mit üppiger Vegetation. Das teilweise zum Nationalpark ernannte Gebiet ist eines der beliebtesten Ausflugs- und Ferienziele und liegt eine Autostunde südöstlich von Melbourne entfernt.

S. 56: *Lubbocklichter* – in den Fünfzigerjahren wurden bei Lubbock, Texas, unerklärliche, fliegende Lichter beobachtet. Trotz eingehender Untersuchungen fanden sich keine überzeugenden Erklärungen für die ›Lubbock Lights‹. Wahrscheinlich handelt es sich aber um Luftspiegelungen.

S. 58: *Alvin and the Chipmunks* – eine Comicserie, die in den Fünfzigern entstand und bis heute existiert. Die Chipmunks sind die drei singenden Backenhörnchen Alvin, Simon und Theodore. Ihr Erfinder ist der Musiker und Produzent Ross Bagdasarian, der als ›David Neville‹ mit dem Titel ›Witch Doctor‹ in den Fünfzigerjahren einen Novelty-Hit landete, den ein mit schnellerer Geschwindigkeit aufgenommener Refrain auszeichnete (denselben Effekt setzten die Schlümpfe ein). Um die geniale Idee auszuweiten, erfand Bagdasarian die drei Hörnchen, deren Abenteuer zu einer Fernsehserie wurde und die bis in die späten Sechziger Schallplatten aufnahmen, mit Titeln wie ›Let's all Sing with the Chipmunks‹, ›The Chipmunks Sing the Beatles Hits‹, ›The Chipmunks a Go Go‹ und (naheliegend) ›The Chipmunks Sing Songs from Dr. Doolittle‹.

S. 59: *The Skills of Defensive Driving* – ein tatsächlich existierendes Fanzine.

S. 72: *Sebel Townhouse* – 163-Betten-Hotel in Elisabeth Bay, drei Kilometer vom Zentrum Sydneys entfernt, laut Eigenwerbung ›ideal für alle, die eine ruhige Clubatmosphäre zu schätzen wissen‹.

S. 101: *Mintie* – ein in Papier eingewickeltes Bonbon mit Vanille-Pfefferminz-Geschmack, deren Logo das Mintie-Männchen ist. Der Werbeslogan lautet: »It's Moments Like These You Need Minties.«

S. 111: *Dave Graney* – australischer Rocksänger, früher bei den Moodists, dann solo mit den White Buffallos und den Coral Snakes. Sowohl musikalisch als auch optisch eine sehr elegante Erscheinung.

Perkins, Walker und Owen – Projekt von Tex Perkins, früher Mitglied der australischen Band Beasts of Bourbon, heute Frontmann von The Cruel Sea. »Er ist Sex in Aktion, ein echter Rock-Gott«, meint Linda Jaivin.

S. 119: *Cry to Heaven, Exit to Eden* – Bücher von Anne Rice.

S. 126: *Coldie* – eine Biersorte der Marke Carlsberg.

S. 137: *Jodphurs* – Reithosen, vom Knie bis zum Knöchel eng, vom Knie aufwärts weit geschnitten.

S. 150: *Songs in the Key of X* – Music from and Inspired by the X-Files. Ein Soundtrack und Tribute-Album zur Serie *Akte X*, zu dem unter anderem auch die Foo Fighters einen Song beisteuern.

S. 169: *Spinal Tap* – satirischer Film über die Welt des Hard Rock mit gleichnamiger (erfundener) Band.

S. 166: *John Laws* – australischer Talk-Radio- und TV-Moderator mit dezidierten, ausgesprochen bodenständigen, man kann auch sagen, reaktionären Ansichten über Gott und die Welt.

Rush Limbaugh – ultrakonservativer amerikanischer Radiomoderator, gehört zum ganz harten Kern der politischen Rechten in den USA.

›Elmer‹ und ›FUDD‹ – Anspielung auf Elmer Fudd, den lispelnden Hobbyjäger, der in der Cartoon-Serie Looney Tunes der ständige Gegenspieler des Hasen Bugs Bunny ist.

S. 179: *Dim Sum* – eine Spezialität der chinesischen Küche, kleine ›Snacks‹, die in den Restaurants von den Kellnern auf Servierwagen an die Tische gefahren werden, wo sich die Gäste aus der Vielzahl der kleinen Happen bedienen.

S. 184: *Baby You can Drive my Car* – Iggys und Revors Sprache der Liebe ist auch die der Pop-Songs. Die Zeile stammt aus dem Song ›Drive my Car‹ vom Beatles-Album *Rubber Soul*.

There's a kind of Hush all over the World tonight und *And it's Feeling Good like Lovers in Love* – aus einer Hitsingle ›There's a Kind of Hush‹ von Herman's Hermits.

S. 194: *Byron Bay* – der östlichste Punkt des australischen Festlands, ein sehr ›alternativer‹ Ort.

Bhindis – aus Indien stammender Körperschmuck, eigentlich kleine farbige Punkte. Heute gibt es sie in allen Materialien und Variationen, selbstklebende Herzen, Pfeile, Sterne, fluoreszierend, holografisch und vieles mehr.

S. 196: *Roger Ramjet* – ein vom Comiczeichner Fred Crippen erfundener Superheld und Pilot mit fliehendem Kinn und im Gegensatz zu Figuren wie Superman eher von der kindlich-niedlichen Sorte. Allerdings entwickelt auch Roger Superkräfte, wenn er Proton-Energiepillen geschluckt hat, wenn auch nur für Sekunden. Zusammen mit seinen Gefährten Yank, Doodle, Dan und De schützt er gesetzestreue Bürger vor jeder Art von Bösewichtern.

S. 206: *Ferals* – Hippie-Nachfolger, die den Weg zurück zur Natur sehr weit gehen. Sie leben in Kommunen in den Wäldern, bauen ihre Behausungen selbst und versuchen, so autonom wie möglich zu bleiben (*feral:* ungezähmt, wild).

Das *Epicenter* ist in der Tat ein als Kommunikationszentrum und Disco genutzter ehemaliger Schlachthof.

S. 214: *The Cult of Ray* – Album des ehemaligen Pixies-Sängers und Gitarristen Frank Black, erklärter Ufologe und Beobachter der Sterne. Ray ist der Science-Fiction-Autor Ray Bradbury.

Pee Shy – Frauenband aus Tampa, Florida, mit schräger Instrumentierung (u. a. Akkordeon und Klarinette), schrägen Melodien und schrägen Texten. *Who Let All the Monkeys Out* ist ihr Debüt-Album, ›Jason, I Thought I Saw a UFO‹ ein Song darauf.

S. 227: *She Lives on Love Street* – aus dem Doors-Song ›Love Street‹ vom *Waiting for the Sun*-Album.

You ain't Nothing but a Hound Dog – Der Anfang von ›Hound Dog‹. Elvis, natürlich.

S. 240: *Kirkwood Gaps* – so genannte Resonanzlücken im Asteroidengürtel, in denen es nur sehr wenige Asteroiden gibt. Die Zwischenräume der Saturnringe sind z. B. solche Lücken. Von dort aus kann ein Asteroid in eine Umlaufbahn katapultiert werden, die ihn in den inneren Teil des Sonnensystems bringt – Kurs Erde.

S. 257: *Kong Foo Sing* – eine Single der Band Regurgitator, in der es um chinesische Glückskekse geht.

S. 264: *What's the Story, Morning Glory?* – Album der Britpop-Band Oasis, um genau zu sein: (What's the Story) Morning Glory?